Brigitte Wiers

Wer wohnt schon in der
Ziethenstraße

2. Auflage, Dorsten 2021

Herstellung und Verlag:
BoD – Books on Demand, Norderstedt

ISBN:9 783755 711797

Vorwort

Brigitte Wiers hat ihre eigenen Erlebnisse und Eindrücke aus der Jugendzeit vor, in und nach den schrecklichen Kriegsereignissen so lebendig geschildert, dass sowohl Zeitgenossen ihre eigene Geschichte aus jenen Jahren wiedererkennen als auch spätere Generationen die persönlichen Schicksale inmitten der geschichtlichen Abläufe nachvollziehen können.

Dabei hat sie aufgezeigt, dass privates und familiäres alltägliches Handeln, auch unbeschwertes kindliches Spielen, unabhängig von politischen Bedrängnissen durchaus noch bis zu einem gewissen Grad in regimefreien Nischen möglich waren und doch auch wieder durch Krieg und Politik stark gestört wurden. Not machte oft erstaunlich erfinderisch. Manche Trennungen waren leider auch vorgezeichnet. Belangloses und Entscheidendes wechseln sich ab nicht anders als in weniger bewegten Zeiten auch.

In Sprache und Mentalität des Ruhrgebietsmilieus beschreibt W. ihre Gefühle so, wie sie diese damals als Jugendliche empfunden hat, und nicht so, wie sie einer später korrigierten und beeinflussten Erinnerung entsprießen. Das macht den Wert dieses Werkes aus.

Dorsten, im Juni 2007

Dr. Hans-Joachim Behnen

Inhalt

III. Und das Leben geht weiter   196

**Puste den Staub aus meinem Herzen
lass noch einmal die Lieder
meiner Kindheit erklingen
die Träume meiner frühen Jahre
sind noch nicht zu Ende geträumt**

1. Die frühen Jahre

Wie war doch der Anfang?

Darf ich mich vorstellen? Mein Name ist Eva, doch meine Freunde nennen mich Evchen. Ich weiß, Namen sind nicht so wichtig, und besonders modern ist mein Name ja auch nicht - eigentlich sogar ist er der älteste Name der Welt. Aber was soll's, ich hab' mich daran gewöhnt. Viel Aufregender dagegen finde ich die Geschichte meiner Kindheit, die eng mit dem Kohlenpott verbunden ist.

Wann sie angefangen hat? 1930 war's, an einem Tag im März. Ob es ein Sonntag war? Dann wäre ich nämlich ein Sonntagskind, und ich möchte so gern eins sein! Doch die Mama kann sich nicht daran erinnern, sie weiß nur noch, dass es der Tag war, an dem Miriam, ihre älteste Tochter, acht Jahre alt wurde. Du meine Güte, war Miriam stolz darauf, dass sie als Geburtstaggeschenk ein Baby bekam - ein echtes, lebendiges Baby. Doch die Begeisterung für dieses unerwartete Präsent hielt nicht lange an, denn dieser Wonneproppen hatte anscheinend schien nichts anderes im Sinn, als möglichst oft zu schreien und in die Windeln zu pillern. Schon allzu bald dämmerte es ihr daher, dass sie wieder aufs Neue dazu verdammt war, bei allen möglichen Gelegenheiten den Babysitter zu spielen. Damit hatte sie schon ihre einschlägigen Erfahrungen, denn schließlich lümmelten sich in unserer Familie bereits ein halbes Dutzend Kinder – drei Jungen und drei Mädchen. Merkwürdigerweise waren meine Brüder alle an einem *Neunzehnten* zur Welt gekommen, während wir Schwestern es vorgezogen hatten, die warme Höhle in Mamas Bauch an einem *Siebzehnten* zu verlassen. Dass sich Erstgeborene und Letztgeborene auch den Geburtsmonat teilten, fanden manche doch ein wenig kurios.

Also, wie unsere Oldies diese Zahlenakrobatik hingekriegt haben, weiß ich bis heute nicht. Doch so *viele* Kinder zu haben, war zur damaligen Zeit jedenfalls in unserer Umgebung keine Seltenheit. Nur Leute aus so genannten *besseren Kreisen* rümpften manchmal ihre Nase über so viel Kindersegen - ungeachtet der Mutterkreuze, die der Staat den geplagten Müttern dafür verlieh. „Du lieber Himmel" hieß es dann, „wie haltet ihr das bloß aus mit so vielen Blagen?" Oder: „Mensch, konnten deine Eltern denn nicht besser aufpassen?" Dass Papa ein Kindernarr war, Mama an ihren Bälgern hing und wir Gören uns ein Leben ohne Geschwister kaum vorstellen konnten, lag wohl außerhalb ihres Horizontes. Es galt halt damals schon als nicht ganz fein, eine Großfamilie zu sein! Doch was störte uns dieser Unverstand; wir kannten es nicht anders und wünschten uns auch nichts anderes! Oder etwa doch? Also, wenn ich ehrlich sein soll, muss ich zugeben, dass unsere Älteste ihre jüngere Geschwisterbande so manches Mal zur Hölle gewünscht hat. Wir Übrigen aber fanden es herrlich, im Sechserpack aufzuwachsen und fühlten eher Mitleid mit den Kindern, die keine Geschwister hatten.

Später jedoch, als ich auf der Straße die ersten schmutzigen Witze aufschnappte, begann ich, mich meiner Eltern zu schämen, weil die ja mindestens sechsmal *solche Sachen* miteinander getrieben haben mussten. Hätten sie sonst *sechs* Kinder bekommen? Also, an dieser *Schande* hatte ich 'ne ganze Weile zu knacken, bis ich irgendwann den Mut fand, mit Mama darüber zu reden. Wie das Gespräch im Einzelnen ablief, weiß ich nicht mehr, den entscheidenden Teil ihrer Antwort aber habe ich noch heute im Ohr: „Weißt du, Kleines", sagte sie zärtlich, „es ist was Heiliges, ein Kind unterm Herzen zu tragen." Und damit war mein Weltbild wieder gerade gerückt und meine Sexualaufklärung fürs erste beendet.

Es sollten noch Jahre vergehen, bevor meine Kenntnis über die menschliche Fortpflanzung durch... na sagen wir mal, durch praktische Erfahrungen erweitert wurden. Doch davon soll hier nicht die Rede sein, denn schließlich fanden diese Lektionen erst statt, als meine frühen Jahre bereits hinter mir lagen. Also werde ich im nächsten Kapitel wieder von vorne beginnen.

Das jüngste Küken im Stall

Wer weiß schon, wie es ist, wenn man in einer großen Familie aufwächst und dann noch als jüngstes Küken im Stall? Da gibt es so viele Höhen und Tiefen, dass es nicht immer leicht ist, die Balance zu halten zwischen den Erwartungen der Familie und den eigenen Möglichkeiten und Bedürfnissen. Das hört sich verdammt nach einem Dschungelkrieg an mit wechselnden Rollen - mal Opfer, mal Täter. Auf uns traf das nur teilweise zu. Klar, hatten wir hin und wieder Streit, weil der eine Sachen bekommen hatte, die der andere haben wollte. Oder umgekehrt. Solche Dinge eben. Und natürlich macht es einen Unterschied, ob man das erste oder das letzte Glied in einer Geschwisterreihe ist. Das Jüngste zu sein, ist fast ein Privileg, aber nur fast. Denn dass man als Nesthäkchen durchaus zu kurz kommen kann, musste ich bereits wenige Wochen nach meiner Geburt erfahren. Während nämlich meine Brüder und Schwestern solange an Mutters Busen nuckeln durften, bis der nächste kleine Hosenscheißer unterwegs war, war ich mit Mamas Milchquelle nie zufrieden zu stellen. Dabei riss ich meine Schnute stets so weit auf, als wolle ich die Mama gleich mit verschlingen. Und da all ihre Bemühungen, mir das Maul zu stopfen, fehlschlugen, blieb ihr schließlich nichts anderes übrig, als unseren guten, alten Hausarzt zu konsultieren.

„Was mag die Lütte bloß haben?" fragte Mama entnervt. Der Doktor - erfahren im Umgang mit quengelnden Säuglingen - beschränkte seine Untersuchung darauf, mich vor und nach dem Stillen auf die Waage zu legen, und schon stand seine Diagnose fest: "Das arme Würmchen! Es wird einfach nicht satt! Ihre Brust ist bereits vom Stillen ihrer ersten Kinder so ausgelaugt, dass für dieses nicht mehr genug übrig ist." Also füllte Mama fortan ein Fläschchen mit frischer Kuhmilch aus Tante Marthas Laden und ließ mich nuckeln, bis mein Bäuchlein überlief. Trotzdem bin ich - im Gegensatz zu meinen fünf Geschwistern, die alle Papas Gardemaß erreichten - die Kleinste in unserer Familie geblieben. Na ja, Mama zählte schließlich auch nicht gerade zu den *Großen* dieser Welt. Von ihr - einer waschechten Tochter der Rodenstock-Sippe - habe ich auch die typische *Rodenstock-Nase* geerbt, eine Nase von geradezu aristokratischem Ausmaß, die leider die Eigenart hat, mit zunehmendem Alter noch länger zu werden. Aus unerfindlichen Gründen ist all meinen Geschwistern dieser Zinken erspart geblieben.

Doch was soll's! Noch sind wir eben nicht so weit, dass wir unsere Gene nach Belieben selber aussuchen können! So muss ich notgedrungen mit meinen Webfehlern leben; die Nase könnte ich mir ja irgendwann von einem Chirurgen umformen lassen, wenn auch dadurch das markante Rodenstock-Profil verloren gehen dürfte. Und dass ich im Gegensatz zu den Geschwistern etwas kurz geraten bin, hat mich bis heute nicht gestört. War Marilyn Monroe nicht auch nur Einsfünfundsechzig groß? Ungerecht aber fand ich dagegen, dass meine Geschwister stets so großartige Dinge bekamen wie Fahrräder, Rollschuhe und Schlittschuhe, während ich mich mit Teddybären, Puppenstuben und Kaufläden begnügen durfte. „Was willst du eigentlich?" ereiferten sich meine Brüder, „du bist doch nur 'ne Schickse und außerdem noch viel zu klein für solche Dinge. Werd' erst mal ein bisschen größer und gescheiter, dann kannst du ja irgendwann unsere Sachen erben."

Man sieht, bei uns wurde damals schon das perfekte Recycling praktiziert. Was den Älteren nicht mehr passte oder woran sie das Interesse verloren hatten, wurde an die Jüngeren weiter gegeben. Doch bis *ich* an die Reihe kam, waren die von mir so heiß begehrten Schätze längst zu Schrott gefahren oder anderweitig in die ewigen Jagdgründe befördert worden. Und nur für mich allein noch einmal Roller, Fahrrad, Schlittschuhe und ähnliches anschaffen? Das wäre ja die reinste Verschwendung gewesen! Kein Wunder also, dass ich als Kind weder Radfahren, noch Rollschuh- oder Schlittschuhlaufen lernte. Zum Ausgleich aber haben meine Geschwister mich in anderer Hinsicht entschädigt: Sie haben mich behütet, mich verwöhnt, mich zurechtgestupst, mich ermuntert, und sie ließen mich großzügig von ihren Erfahrungen profitieren. Ihnen verdanke ich neben ein paar kleinen Narben auch einige bunte Farbtupfer, die mich zu dem geformt haben, was ich heute bin.

Nicht allein das A-B-C

„Mit dem ersten Schultag beginnt der Ernst des Lebens!"
Wie oft hatte man mir diesen Spruch schon um die Ohren gehauen. Und so ahnte ich bereits, dass mir mit dem Eintritt in die
Schule Einiges bevorstand. Hatte ich deshalb in der Nacht vor
der Einschulung diesen denkwürdigen Traum? Mutterseelenallein
wandelte ich darin über den höckerigen Rand der Mauer, die das
geheimnisumwitterte Schulgelände von dem Leben der übrigen
Welt trennte. Ich trug ein Körbchen am Arm wie Rotkäppchen,
jedoch war ich nicht auf dem Weg zur Großmutter, sondern wollte
nur einen neugierigen Blick auf den Bau werfen, in dem ich künftig einen Teil meines Lebens zubringen sollte. Da lag sie nun vor
mir, die schon arg angegraute katholische Volksschule. Links
daneben entdeckte ich als bedrohlichen Schatten die ebenso
verwitterten Steinblöcke der evangelischen Volksschule - zwei
feindliche Brüder, die sich hinter derselben hohen Mauer versteckten, doch ihre Pausenhöfe fein säuberlich durch Maschen-
draht voneinander getrennt.

Nebelweiß trat die Sonne zwischen den Bäumen hervor, ohne
dass sich das Szenario merklich erhellte. Lautlos ließ ich mich
von der Mauer herab gleiten, überquerte den Schulhof, öffnete
die schwere Eingangstür und betrat das dunkle Treppenhaus mit
seinen von vielen Kinderhänden poliertem Holzgeländer. Die
Schule wirkte kalt und abweisend. Wände, Bänke, Ecken, Winkel,
alles roch nach Schule, nach Kreide und Staub. Plötzlich fiel vom
ersten Stockwerk eine messerscharfe Stimme herab: „Du da unten, was machst du da?"

„Ich ... äh, ich wollte ..." stotterte ich und blickte angstvoll nach
oben. Ein knapper, beherrschter Schritt, und der Hausmeister
erschien auf der Treppe, schwarz gekleidet, das graue Haar in
der Mitte streng gescheitelt. „Was suchst du hier?" fragte er
grimmig. Ja, was suchte ich eigentlich hier? Wenn ich das nur
selber wüsste! Doch bevor ich antworten konnte, löste sich der
Schatten des Inquisitors ebenso wie das Schulgebäude in Luft
auf, und ich fand mich wieder in meinem Bett. Was hatte dieser
Traum zu bedeuten? Hatte ich etwa Angst vor der Schule?
Fürchtete ich gleichzeitig, wonach ich mich sehnte? Doch wenn

die Großen schon alles können und man in allem hinter ihnen her hinkt, dann ist das keine erhebende Sache. Seit ich begriffen hatte, dass die schwarzen Zeichen auf den Buchseiten Geschichten enthielten, erschien mir das so wunderbar, dass ich seitdem auf jedes weiße Blatt mit Leidenschaft Schnörkelreihen malte, die jedoch niemand entziffern konnte. Nun sollte ich endlich richtig Lesen und Schreiben lernen, sollte ich endlich aus dem Schatten der älteren Geschwister heraustreten, Doch die Erzählungen der Brüder dämpften meine Vorfreude. In ihren Augen waren die Lehrer froschblütige Pädagogen, die von der Wissenschaft nur den gelehrten Staub kannten und ihren Schülern die Liebe zur Lehre mehr austrieben als eintrichterten.

Als Mama mich an ersten Schultag zur Schule begleitete, fühlte ich mich hin und her gerissen. Die Ängste, sie konnte ich nicht einfach in der Schultüte zwischen all dem Zuckerzeug vergraben. Der Lärm auf dem Schulhof verwirrte mich zusätzlich. Nur zögernd ließ ich Mamas Hand los und reihte mich ein in die Gruppe derer, die wie ich an diesem Tag zum ersten Mal die Segnungen der Schule empfangen sollten. Eine Glocke ertönte. Schweigend erstiegen wir die Stufen, die zum Haupteingang führten. Anders als im Traum stand die schwere Holztür bereits offen, und wir betraten den hallenden Gang, von dem rechts und links die Klassenräume abgingen. Am Ende des Flures lag unser Klassenzimmer. Schon beim ersten Eintritt flößten mir die hundertjährigen Bänke und das holzwurmdurchlöcherte Katheder Ehrfurcht ein. Ein beklemmender Geruch nach Tinte und Kreidestaub schlug mir entgegen. Drei Reihen zerkratzter Pulte mit eingeritzten Herzen und dunkelblauen Tintenklecksen warteten auf vierzig Jungen und Mädchen. Ich bekam meinen Platz zugewiesen in der zweiten Bank gleich neben dem Fenster. Der Blick auf die vertrauten Platanen, die die Allee vor der Schule säumten, flößte mir wieder Vertrauen ein.

Neben mir saß Johanna, ein Mädchen aus der Nachbarschaft. Verlegen grinste sie mich an, ebenso verlegen grinste ich zurück. Na, schön, hieß das, lassen wir alles auf uns zukommen; der Ernst des Lebens kann beginnen. Auf einer riesigen, nur notdürftig gereinigten Tafel waren einige Buchstaben gemalt, und als ich zum ersten Mal aufgerufen wurde, fügte ich stolz das O, das M und das A zu *OMA* zusammen. Die Lehrerin aber - eine ältliche Frau mit Namen „Siebenschön", die jedoch eher hässlich als schön aussah - begnügte sich nicht mit diesem Erfolg. Immer neue Buchstaben warf sie an die Tafel, bis mir der Kopf schwirrte. Endlich läutete die Glocke das Ende des Unterrichts ein. Unter Schreien und Gelächter stürmten wir davon und machten uns auf den Heimweg. Doch kaum hatten wir den Schulhof verlassen, da bimmelte auch die Glocke der evangelischen Schule, und schon kreuzten deren Zöglinge unsere Bahnen. Im gleichen Moment begann ein wohl traditionelles Spiel, aufregend und erschreckend zugleich. Anzügliche Redensarten flogen hinüber und herüber, man titulierte uns als „katholische Frösche", während meine Schulkameraden mit „evangelische Ketzer" konterten. Nach diesen verbalen Attacken ging die Schlacht über zu handfesteren Rüpeleien. Mit den Worten: „meine Mutter hat gesagt, ich solle alle katholischen Kakerlaken tot treten", sprangen die evangelischen Schüler uns als ihre vermeintlichen Gegner auf die Füße. Natürlich folgte die Retourkutsche gegen die evangelischen Schuhspitzen auf dem Fuße. Zum Glück aber erschöpften sich darin die Auseinandersetzungen zwischen den Konkurrenten beider Konfessionen. Es folgte kein buntes Handgemenge, kein weiteres Hauen und Stechen. Hatte man zwei, drei Spezies die Füße platt getreten, hörte der Spuk auf. Und spätestens, wenn die Schule außer Sichtweite war, vergaß man, welches Kind katholisch, welches evangelisch betete, und man schlenderte den Rest des Weges einträchtig nebeneinander her.

Ich kann nicht sagen, dass ich gern in die Volksschule gegangen bin, aber so ungern auch wieder nicht. Nach Fräulein Siebenschön, die ein wenig kalt und unnahbar war, zum Glück aber bald in Rente ging, kam Fräulein Pfannkuchen. Sie hieß wirklich so und hatte passend zu ihrem Namen ein liebes, rundes Pfannkuchengesicht, das von einem zur Schnecke gewundenen Zopf gedeckt wurde. Einige Lehrer haben in jener Zeit noch den Rohrstock geschwungen. Auch meine Geschwister wurden von diesem grausigen Utensil nicht verschont. Toni durfte gleich mehrmals sein Hinterteil über der Bank ausstrecken als Strafe für so manchen dummen Jungenstreich, Selbst mein liebes Schwesterchen Anna musste einmal nach vorne kommen, weil sie im Unterricht geschwätzt hatte. Fräulein Pfannkuchen jedoch hielt nichts von solch kruden Erziehungsmethoden. Sie arbeitete eher mit Lob als mit Tadel, und deshalb wird sie bis heute von mir als Reliquie aus einer freundlichen Zeit hoch geschätzt.

Auf meinem Weg zur Schule begleiteten mich das ganze Jahr hindurch die Platanen der Yorkstraße. Im Herbst rief das Rascheln ihrer bunten Blätter unter meinen Füßen ein Gefühl der Lebensfreude in mir wach. Im Winter war's der Schnee, der - angeschmiegt an die kahlen Äste der Baumriesen - meine Phantasie anregte, und im Frühjahr beobachtete ich stets mit neuer Spannung das Aufblühen der Blattknospen, die ihre braune Schutzhülle sprengten und sich in ihrem zarten Grün zeigten. Im Sommer dagegen genoss ich den Schatten, den die mächtigen Zweige mit ihrem dichten Laub spendeten und beobachtete fasziniert die tanzenden Sonnenstrahlen, die den Weg durch das leise wispernde Blätterwerk fanden.

Im Gegensatz zu den Platanen nehme ich meine Schulkameraden aus dieser Zeit nur noch schemenhaft wahr. Doch deutlich erinnere ich mich daran, dass so manche Mitschüler den gewaltsamen Versuchen der Lehrer, ihnen Wissen einzubläuen, auf bemerkenswerte Weise Widerstand leisteten. Sie sprangen herum, stiegen auf Tische und Stühle und vollführten ein großes Geschrei. Aus ihren wilden Spielen habe ich mich weitgehend heraus gehalten. Ich zog mich in den Pausen lieber still in mich selbst zurück - ein wenig beachtetes graues Mäuschen. Nicht einmal die üblichen Schülerflirts, die den Schulalltag prickelnder machten, waren mir vergönnt. Ganz im Gegensatz zu meiner Busenfreundin Hella, die – ein Jahr nach mir eingeschult - von einer Eroberung zur anderen taumelte. Und das bereits mit sieben, acht Jahren. Sie war halt so ein Schneewittchentyp – weiße Haut, rote Wangen, (denen sie durch häufiges Kneifen noch mehr Farbe zu geben versuchte) pechschwarzes Haar und als Kontrast dazu himmelblaue Augen.

Ach, diese Hella mit ihren Unschuldsaugen, die ihre Wimpern mit einem abgebrannten Streichholz nachzog, um ihrem koketten Augenaufschlag noch mehr Wirkung zu verleihen. Ja, für Hella waren die ersten Schuljahre sicher aufregend und schön, auch wenn ihr das Lernen ein wenig schwer fiel. Und für mich? Möchte ich diesen Schulabschnitt am besten vergessen? Sicher nicht, denn immerhin habe ich in dieser Zeit neben dem Einmaleins vor allem Lesen und Schreiben gelernt. Wegen meiner Schrift allerdings stand ich mit den Lehren ständig auf Kriegsfuß. Sie regten sich darüber auf, dass meine Schulhefte aussähen, als wäre ein Hahn mit tintenbeschmierten Pfoten darüber gelaufen. Mit dem Lesen war das eine andere Sache. Seit ich die schwierige Aufgabe beherrschte, Buchstaben aneinanderzureihen und auseinander zu halten, las ich alles, was mir in die Finger fiel. Ich erinnere mich noch genau an das Geschenk meiner Patentante zum siebten Geburtstag. Es war *Max und Moritz* von Wilhelm Busch. Ich stürzte mich geradezu darüber, las es einmal, zweimal, dreimal, las so lange darin, dass Tante Hetty beunruhigt fragte, ob ich die Streiche etwa auswendig lernen wollte. Also, beabsichtigt hatte ich das nicht. Doch tatsächlich sind mir die sieben Streiche der bösen Buben noch heute wortwörtlich im Gedächtnis. Mein unstillbarer Lesehunger war meinen Eltern nicht geheuer. Trotzdem waren sie bereit, mich nach vier Volksschuljahren auf die Mittel-Schule zu schicken. Und ich, ich freute mich auf den Wechsel zur weiterführenden Schule, denn, um bei Wilhelm Busch zu bleiben:

„Nicht allein das ABC bringt den Menschen in die Höh',

nicht allein im Schreiben, Lesen übt sich ein vernünftig Wesen,

nicht allein in Rechnungssachen soll der Mensch sich Mühe machen,

sondern auch der Weisheit Lehren muss er mit Vergnügen hören."

Tante Luise und das Land

Tante Luise, das war - na, sagen wir mal – die markanteste Persönlichkeit unter meinen Verwandten. Sie war recht hager, um nicht zu sagen, dünn wie ein Bindfaden. Ihr schmales Gesicht mit der ausgeprägten Nase hatte etwas Raubvogelartiges; von ihren hohen Wangenknochen leuchtete Tag für Tag unübersehbar ein orangefarbener Klecks von Rouge. Ihre Augen aber - diese veilchenblauen Augen - blickten mit geheimer Lebensgier in die Welt. Nein, eine Schönheit war sie nicht! Schon als Kind fiel sie aus dem Rahmen. Auf alten Familienfotos war sie die Einzige unter ihren Geschwistern, die stets eine mürrische Flappe zog. Dabei war sie eigentlich kein miesepetriger Mensch. Ihre Stimmung wechselte nur ebenso häufig, wie das Wetter im April. O sie konnte so wunderbar exzentrisch sein, dabei ebenso großzügig wie geizig, ebenso spontan wie zögerlich, ebenso kritisch wie abergläubisch. An schlechten Tagen nervte sie mit ihrer schlechten Laune, die sie dann voll auslebte, an guten aber war sie von hinreißendem Charme. Niemand konnte so witzig plaudern wie sie. Die gute Tante Luise! Sie kam mir oft vor wie ein schlummernder Vulkan, der urplötzlich ausbrechen und wie feurige Lava über einen hinwegfegen konnte. Langweilig war es bei ihr jedenfalls nie! Nun also lud sie mich ein, für zwei Wochen zu ihr nach Rheindahlen zu kommen, wo sie als Dorfschul-Lehrerin arbeitete.

„Deiner Eva würden Ferien auf dem Lande sicher gut tun", schrieb sie der Mama. „Hier im Rheinland fangen die Schulferien zwar eine Woche später an als bei euch. Doch könnte Evchen - während ich noch Unterricht halten muss – auf einem Bauernfamilie wohnen, der gleich neben meiner Schule liegt."

„Toll", rief ich begeistert, „Ferien auf dem Lande hab' ich mir schon immer gewünscht."

„Na, dann rufe ich gleich Tante Luise an und sage ihr, dass du schon morgen losfährst", lachte Mama und brachte mich bereits am nächsten Tag zum Bahnhof. „Einmal Kinderfahrschein nach Rheydt" verlangte ich am Schalter mit der ganzen Autorität meiner sieben Jahre und nahm stolz den Fahrausweis entgegen. Als der Zug auf dem Bahnsteig einlief, setzte Mama mich in ein Abteil und bat den Zugschaffner, darauf zu achten, dass ihr Töchterlein an der Endstation in Rheydt aussteigt, und drückte ihm ein gutes Trinkgeld in die Hand.

Kaum hatte ich Platz genommen, setzte sich die Bahn in Bewegung. An meinem Fenster flitzten die Telegrafenmasten vorbei; die Häuser schrumpften zu Spielzeug-Bauklötzen zusammen. Dicht besiedelte Ortschaften wechselten sich ab mit Wiesen und Feldern, und begierig sog ich die verwirrenden Eindrücke in mich auf. Dabei verging die Fahrt wie im Flug.

Am Zielbahnhof angekommen, war ich so aufgekratzt, dass ich auf dem Bahnsteig beinahe eine alte Frau samt ihrem Gepäck umgerannt hätte. Zum Glück stand Tante Luise in der Nähe und konnte gerade noch das Schlimmste verhindern. Nachdem sie den ersten Schock über den Beinahe-Unfall überwunden hatte, musterte sie mich eindringlich mit ihren Raubvogel-Augen. Und natürlich fand sie mich viel zu blass. Also kramte sie - noch bevor wir den Bahnsteig verlassen hatten - ihr Rouge-Döschen aus der Handtasche und klatschte mir zwei rote Kleckse auf die Wangen. „Muss ja nicht jeder sehen, dass du aus dem Kohlenpott kommst!" Also, was denkt die eigentlich, wo ich herkomme? dachte ich empört, ließ aber Schicksal ergeben die Prozedur über mich ergehen. So präpariert führte mich Tante Luise zum Bus, der uns in ihr Dorf bringen sollte. „Wenn wir ankommen", erklärte sie, „werden wir gleich zum Bauernhof gehen. Die Maiers warten dort schon auf dich. Du wirst sehen, das sind nette Leute."

Als wir in Rheindahlen den Bus verließen, umfing uns flirrender Sonnenschein, dazu eine Luft, die den Körper prickelnd umschmeichelte. Da kauerte das Dorf – ein schaurig-schönes Kaff - zwischen Äckern und Weiden. Das Gehöft der Maiers - am Ende einer großen Wiese gelegen - bot Schatten und Wohlgerüche und jenen Laut, der erfrischend ist wie eine sanfte Briese. Vor dem Haus aus rotem Backstein stand ein jahrhundertealter Eichenbaum - einem fernöstlichen Wesen gleich, das nur noch ganz einfache Geschichten erzählte. In seinen Zweigen hüpfte ein Dompfaff aufgeregt hin und her und ließ sein prächtiges rotes Brustgefieder leuchten. Neben der Treppe saß ein weiß-braun gescheckter Hund und blinzelte unendlich müde zu uns herüber. Plötzlich sprang er auf, und sein Gebell zerriss den Sonnen beschienenen Frieden. „Kann man sich nicht einen Augenblick lang hinsetzen, ohne dass du herumkläffst? Halt doch endlich die Klappe, Robin, ich komm ja schon."

Im Türrahmen des Bauernhauses zeigte sich eine imposante Gestalt - eine Frau mittleren Alters, kräftig und so breithüftig, wie man sich eine Bäuerin vorstellt. „Ach du dicker Vater", bemerkte sie mit einem Stoßseufzer. Hatte sie uns noch nicht erwartet oder entsprach ich nicht den Vorstellungen, die sie sich von ihrem Ferienkind gemacht hatte? Doch falls sie enttäuscht war, sah man das ihrem heiter gelassenen Blick nicht an. „Ich wollte dich nicht erschrecken, Kleines", sagte sie mit tiefer Stimme. „Du musst Eva sein, nicht wahr? Das Fräulein Lehrerin, also deine Tante, hat uns schon viel von dir erzählt. Na, dann kommt mal rein in die gute Stube", forderte sie uns auf und führte uns durch einen kühlen Flur ins Innere des Hauses. In der Wohnstube gab es eine Eckbank aus hellem Kiefernholz, einige Stühle mit gedrechselten Lehnen und einen rustikalen Tisch, den die Zeit poliert hatte. Auf der Anrichte gegenüber war ein kleiner Altar aufgebaut. Darauf stand eine Marienfigur aus Gips mit einem grellroten Herzen auf der Brust. Davor brannte eine Kerze.

Während wir uns umsahen, bereitet die Bäuerin bereits das Essen vor. Bald darauf versammelte sich die Familie um den Tisch, auf dem in großen Schüsseln Kartoffeln und Möhren dampften. Daneben stand verführerisch duftend eine Platte mit saftigem Braten. „Wenn Frau Ecker zu uns kommt, zittern schon die Schweine im Stall. Die wissen nämlich, dass sie gerne Schweinebraten isst", scherzte der Bauer. Doch bevor Tante Luise zulangen konnte, musste das Tischgebet gesprochen werden. Alle falteten die Hände und senkten andächtig den Blick. Die Jüngste betete mit heller Stimme vor und die anderen wiederholten in endloser Litanei das Gebet. Endlich wurde das Kreuzzeichen geschlagen, das Mahl konnte beginnen. Nun hörte man eine Zeitlang nichts als das unbekümmerte Geräusch des Schlürfens und Schmatzens. Nach dem Essen hatten alle es plötzlich eilig, die gute Stube zu verlassen. Auch mich trieb es raus. Ich wollte die Tiere sehen, deren Gerüche mir in die Nase stachen, deren warmer Dunst die Luft schwängerte. Was machte es schon, dass es im Stall so aufdringlich nach Kuhscheiße roch. Da standen nebeneinander gereiht die Kühe. Was für merkwürdige

Tiere! Die riesigen Hörner, das lange Gesicht, die großen dunklen Augen mit langen Wimpern. Dann der dicke Bauch, die vollen Euter! Irgendwie fremdartig, diese Tiere.

Im Nebenstall standen glänzend gestriegelte Pferde, in ihrer Mitte ein feuriger Rappe, der – wie man stolz erwähnte - als Zuchthengst hohes Ansehen genoss. Nun sollte er einer Stute zugeführt werden. Ich wollte ihm folgen, aber die Bäuerin hielt mich zurück. „Hast du schon die Kälbchen gesehen, Eva? Schau mal, da hinten am Ende des Stalles sind sie untergebracht. Doch pass auf, dass du auf dem Weg dorthin dem Bullen nicht zu nahe kommst. Der mag Kinder nämlich nicht." Das sollte ich nur allzu selbst herausfinden. Als ich mich nämlich an der Reihe der Rinder vorbeidrücken wollte, deren Schlusspunkt der Koloss bildete, senkte dieser gleich kampfeslustig seine mächtigen Hörner. Beinahe hätte er mich aufgespießt! Nur gut, dass er an einer kurze Kette gebunden war! Fortan hielt ich gebührenden Abstand zu ihm. Wie aber sollte ich die Kälber erreichen, die mich durch die Ritzen ihres Bretterverschlags so sanftmütig anschauten? Morgen früh, dachte ich, ja, gleich morgen früh muss ich einen Weg finden, um zu ihnen zu kommen.

Als ich den Stall verließ, machte sich Tante Luise gerade auf den Heimweg. Ich winkte ihr nur flüchtig zu. Für eine große Abschiedsszene war keine Zeit; zuviel gab es auf dem Hof zu entdecken. In der kommenden Nacht konnte ich kaum schlafen, obwohl ich doch in einem wunderbar weichen Bauernbett lag. Ich blickte durchs Fenster auf das hohe Gras des Gartens. Es schien leise mit dem Licht des Mondes zu spielen, das wie gold flirrende Schmetterlinge durch die Blätter der Bäume brach. Wie schön das doch ist, dachte ich und kuschelte mich selig in die Kissen.

Bereits gegen fünf Uhr brach der Morgen an. Die Hühner schliefen noch. Nur die Spatzen schrieen, und ihr Gezwitscher klang, als reibe man Kieselsteine aneinander. Leise schlich ich mich vors Haus. Frieden ringsherum. Auf den Blättern der Sträucher dicke Tautropfen. Ein schmaler Pfad im Gestrüpp, eine niedrige Pforte, ein beweglicher Balken, verschlossen durch einen Klotz. Wie war das alles gesichert, damit die Pferde nicht ausbrechen konnten. Die Pflanzen, die Steine, die Tiere – da war eine gute Ordnung. Der Bauer schlief noch. Die Hähne aber waren inzwischen erwacht und begrüßten den Tag. Aus dem Stall ertönte das Muhen der Kühe. Die Bäuerin war beim Melken. Üppig prasselten weiße Strahlen in den Eimer. Die Kühe peitschten mit den Schwänzen, und die Bäuerin sprach beruhigend auf sie ein. Vor den Raufen der Rinder lag das frische Grünfutter in Bergen. Die Bäuerin stach mit der Gabel hinein und füllte die Tröge. Die Kühe mahlten. Wie sie im Gleichmaß fraßen! Der Stier lag in der Ecke wie ein kleines Gebirge. Das Mampfen der Kühe ließ ihn offensichtlich kalt. Um Sieben brachte die Bäuerin einen großen Topf mit Futter zum Schweinestall – Kartoffelschalen und Essensreste gut gemischt. Der braune Brei platschte in die Tröge. Die Tiere drängten heran, schlürften, schlabberten, schmatzten und steckten sich gegenseitig in ihrer Gier an. Sie sahen aus wie aufgeblasene Ballons. Eine Schweinedame hatte einen besonders dicken Bauch. „Das ist Josefine", sagte die Bäuerin, „sie wird bald Junge kriegen."

„Darf ich dabei sein, wenn die zur Welt kommen?"

„Klar, wenn es soweit ist, sag ich dir Bescheid", versprach die Bäuerin und strebte dann dem entgegengesetzten Ende des Stalles zu, dorthin, wo sich hinter der Tür mit dem Herzchen das Plumpsklo verbarg. Bereits auf dem Weg dorthin lüftete sie im Vorgriff auf das anstehende Geschäft ihren weiten Rock und löste die Seitenknöpfe ihrer Spitzen besetzten Unterhose. Im Zeitlupentempo fiel die Klappe aus Leinen herunter und gab den Blick frei auf ihren überdimensionalen Hintern, der wie ein Mond im Halbdunkel des Stalles aufblitzte, bevor die irdische Gestalt hinter der bewussten Tür verschwand.

„Ach Gott, ach Gott!", hörte ich die Bauersfrau plötzlich stöhnen. Waren ihr zu viele Schmeißfliegen im Scheißhäuschen oder hatte sie bemerkt, dass ihr Striptease beobachtet wurde? Mir schien es jedenfalls angebracht, mich diskret zurückzuziehen, um nicht Zeuge weiterer Enthüllungen zu werden. Bei meinem Versuch, vom Kälberpferch aus schnellstens den Rückweg über den Schweinestall anzutreten, wäre ich fast über Josefine gestolpert, die ein grässliches Gezeter anstimmte. „O Jemine, sie wird doch wohl nicht jetzt vor lauter Schreck schon ihre Jungen kriegen?" Aufgeregt rannte ich weiter zur Scheune und kletterte dort die wackelige Leiter zum Heuboden hinauf. Er war geräumig und düster. Ich rollte mich im Heu ein und übergab meine Sinne der Dunkelheit.

In der folgenden Nacht träumte ich, ich läge im Heu und Josefine, die Sau, hätte dort ihre Jungen zur Welt gebracht. Als ich endlich die Augen öffnete, fand ich mich in meinem weichen Bauernbett wieder, und tatsächlich, da hüpften echte Ferkelchen um mich herum. Gott, war das himmlisch! Sieben kleine lebendige Schweine! Diese samtweichen Schnäuzchen, diese winzigen Knopfäugelchen, diese rosaroten Schlappöhrchen! Und wie sie alle munter drauflos quiekten und mit ihren Ringelschwänzchen den Takt dazu schlugen! Die Beinchen, so zerbrechlich und doch so hartnäckig in ihrem Bestreben, sich aufzurichten auf der Suche nach der Futterquelle!

„Da staunst du, was?" meinte die Bäuerin. „Ja, denk nur, Josefine hat mitten in der Nacht ihre Jungen bekommen. Da wollte ich dich nicht wecken. Du hast so fest geschlafen. Drum habe ich sie eben in einen Korb gesteckt und sie dir ins Bett gebracht." Das Gesicht der Bäuerin strahlte vor Freude über die gelungene Überraschung, als ich mit den Ferkeln um die Wette quiekte. Plötzlich plätscherte eins der Tierchen los und wie auf Kommando fingen auch die andern an, mein Bett als Schweineklo zu benutzen. Fasziniert sah ich dem zu. Der Bäuerin ging das nun doch zu weit. Vorsichtig packte sie die Rasselbande wieder ins Körbchen und brachte sie zurück in den Stall, wo sie gleich schmatzend über die Zitzen ihrer Schweinemama herfielen. Ich aber musste erst unter der Pumpe den deftigen Schweinegeruch von meinem Körper waschen, bevor ich mich an den Frühstückstisch setzen durfte.

Die Dorfschule

Die Ferien auf dem Bauernhof von Tante Luises Freunden hatten für mich vielversprechend angefangen. In herrlicher Umgebung zwischen netten Menschen und zauberhaften Tieren sollte ich – losgelöst vom Schulzwang - eine ungewohnte Freiheit genießen. Meine Tante aber - die Ärmste – musste noch eine Woche lang an ihrer Dorfschule Unterricht halten, bevor auch bei ihr die Schulferien begannen. Gegen Mittag des nächsten Tages jedoch tauchte Tante Luise nach der letzten Schulstunde wieder auf dem Hof auf, und wie am Vortag servierte die Bäuerin der verehrten Frau Ecker erneut den von ihr so geliebten Schinkenbraten. Ich aber mochte diesmal nichts davon essen. Das arme Schwein! Mir drehte sich der Magen um, wenn ich nur dran dachte, wie glücklich es sich draußen im Matsch gesuhlt hatte, bevor der Metzger mit dem großen Messer wie ein böser Schatten über ihn gekommen war. Bloß nicht daran denken! Tante Luise aber genoss offensichtlich den Braten, von dem sie sich noch ein weiteres Stück auf den Teller legte. Komisch nur, dass sie so mager blieb bei dem, was sie alles so verputzte.

Nach dem üppigen Mittagsmahl überraschte Tante Luise mich mit einem funkelnagelneuen Vorschlag: „Wenn du willst", meinte sie, „kannst du ab morgen in meiner Klasse am Unterricht teilnehmen. Ein paar Tage Dorfschule würden dir sicher gefallen. Weil du aber eigentlich schon Ferien hast, brauchst du erst um zehn Uhr kommen. Was hältst du davon?"

„Hm, für zwei, drei Stunden könnte ich ja mal vorbei kommen", antwortete ich gnädig. Dabei war ich richtig neugierig auf die Zwergschule, die aus nur zwei Klassen bestand, in der Tante Luise die Jahrgangsstufen 1 bis 4 und der Rektor die Stufen 5 bis 8 unterrichtete. Also traf ich am nächsten Morgen Punkt zehn Uhr auf dem Schulhof ein. Und so wurde ich – als die Schulglocke das Ende der großen Pause verkündete - vom zurückflutenden Strom der Schüler in das Schulgebäude mitgerissen. Und so fand ich mich wieder in einem Klassenzimmer, das nach Bohnerwachs und Kreidestaub roch. Und so landete ich in einer der abgewetzten Bänke zwischen zwanzig Jungen und Mädchen, die alle durcheinander schrien, und zunächst von mir keine Notiz nahmen. Als Tantchen erschien, blickte sie gelassen in die Runde, und wie durch Hexerei erstarb der Lärm.

„Wir haben heute meine Nichte Eva als Gast bei uns;", stellte sie mich vor. „Sie wird bis zum Ferienbeginn jeweils nach der großen Pause hier am Unterricht teilnehmen." Während dieser Worte waren alle Augen auf mich gerichtet. Doch weitere Reaktionen gab es nicht. Eine Schülerin mehr oder weniger in der Klasse, was bedeutete das schon? Der Unterricht würde weitergehen wie gewohnt. Die Erst- und Zweitklässler, die in den vorderen Bänken saßen, holten ohne Aufforderung ihre Tafeln hervor und schrieben mit Griffeln ihre Zeichen darauf. Hin und wieder wischten sie mit den Fingern über die Tafel. Falsches wurde weggewischt, Richtiges dem Nachbarn in die Ohren gebrüllt. Tante Luise - von den Schülern respektvoll „Frau Ecker" genannt – nickte beifällig oder zog auch mal an einem Knabenohr, um zu sehen, wie weit es sich vom Kopf entfernen ließ. Manche kratzten verbotene Rillen in die Tafeln; ihre Zungen strichen über die Lippen, ihre Stirnen verschwanden vor Anstrengung beinahe unter den Haaren. Ich konnte mich von diesem Schauspiel nicht lösen. Da, guck mal, der eine, wie frech der ist! Und der da, der schläft doch mit offenen Augen! Auch Frau Ecker hatte es bemerkt. Sie holte eine altertümliche weiße Nachthaube aus dem Schrank und setzte sie dem Knaben auf den Kopf. Die Mitschüler lachten. Aber es war kein bösartiges Lachen; diese *Schlafmütze* hatte wohl jeder von ihnen schon mal getragen. Als Tante Luise in die Hände klatschte, kehrte sofort Ruhe ein.

Jetzt wandte sie sich den Größeren zu. Die hatten bereits ihre Hefte auf den Pulten liegen. Tante Luise notierte etwas mit ihrer charakteristischen großen Schrift an die Tafel. „Schreibt das ab!" Und schon steckten die Dritt- und Viertklässler ihre Federhalter ins Tintenfass, wo sie blau wieder heraus kamen und brachten damit in schön gemalten oder auch hastig hingeschmierten Buchstaben die Worte zu Papier. Nun mussten die Kinder zusammen etwas aufsagen und noch einmal wiederholen. Doch als mitten im Satz die Schulglocke das Ende der Unterrichtszeit ankündigte, sprangen alle auf und rannten wie eine Horde wild gewordener Ponys aus dem Klassenzimmer. Einige bewarfen sich mit Papierkugeln, andere traten sich gegenseitig vors Schienbein, bevor sie in alle Richtungen auseinander stoben. Ich freute mich, dass draußen noch immer die Sonne schien, und die Kühe auf den Weiden behaglich wiederkäuten.

Auch an den nächsten Tagen besuchte ich die Zwergschule. Schon bald fühlte ich mich nicht mehr als Zuschauerin, sondern als Teil der Klasse. Entsprechend beteiligte ich mich am Unterricht. „Frau Ecker, darf ich mal an die Tafel?", fragte ich kess. „Ach", lachte sie amüsiert, „du musst nicht Frau Ecker zu mir sagen. Für dich bin ich auch weiterhin deine Tante Luise." Ich aber wollte keine Sonderrolle haben und blieb dabei, sie während der Unterrichtsstunden mit „Frau Ecker" anzureden.

Der Besuch dieser Schule machte mir von Tag zu Tag mehr Spaß. Ich bewunderte den Eifer, mit dem die Kinder der unterschiedlichen Jahrgänge dem Unterricht folgten, staunte darüber, mit welcher Selbstverständlichkeit die Großen den Kleinen halfen, fand, dass die Schüler dieser Dorfschule in ihrem Wissensstand die Schüler der städtischen Volksschule teils beträchtlich übertrafen. Tante Luise hatte ihre eigene Art, die Schüler mitzureißen. Sie fesselte ihre flatternden jungen Geister durch Erzählungen und Märchen. Wenn sie in die Klasse kam und neue Bücher auf das Pult legte, ging ein verheißungsvolles Raunen durch die Reihen. Und wenn sie aus der Mär von der „Gänsehirtin am Brunnen" die Klage der armen Magd vortrug - *O du Fallada, da du hangest"* – dann ging ein leises Schluchzen durch die Reihen, und selbst hart gesottenen Burschen rannen Tränen über das Gesicht.

Blumen für Mama

Der Himmel war verhangen, meine Stimmung irgendwie entsprechend. Lustlos schaute ich den anderen zu, die mit nicht ermüdendem Elan den Ball gegen die Mauer schmetterten nach Regeln, die von Fall zu Fall festgelegt wurden. Einige der Spezis aus unserer Ecke waren ja reine Artisten; bei denen konnte es ewig dauern, bis die mal den Ball auf die Erde fallen ließen und man endlich selber an die Reihe kam. Bei mir brauchte man nicht so lange warten. Ich habe es in solchen Verrenkungen nie zu großer Meisterschaft gebracht; die anderen waren mir darin weit überlegen. An diesem Tag aber war ich nicht die Einzige, die dem Spiel recht lustlos zusah. Da lümmelte sich noch jemand frustriert herum: Fränzchen Wilanowski. „Mensch", nörgelte er, „dat hält ja kein Mensch aus! In eine Tour klatschen die die Bälle anne Wand. Un überhaupt, die blöden Schicksen lassen mich wieda ma nich mitspielen." Ich zählte für ihn nicht zu den blöden Schicksen, schließlich sind wir am selben Tag in der gleichen Kirche getauft worden. Mit einem Wort, wir waren alte Sandkasten-Kameraden. „Wat is, Evchen, hasse Lust, mitzugehen innen Stadtgarten?"

Warum nicht? dachte ich, ist doch besser, als hier in der Gasse herumzustehen und zuzusehen, wie andere ihre Kunststücke vorführten. Allerdings war im Stadtgarten an diesem Tag auch nicht viel los. Den alten Braunbär - den *„Phillip-Maul-auf"* wie alle Welt ihn nannte - den gab's ja hier nicht mehr. Irgend so ein Rowdy hatte offensichtlich Vergnügen daran gefunden, ihn mit Steinen zu füttern. Der dumme Bär - dieser ewig hungrige Meister Petz – hat einfach nach allem geschnappt, was man ihm in den Rachen warf. Und die Steine, die konnte er eben nicht verdauen. Daran ist er dann krepiert. Armer *Philipp-Maul-auf!* Ja, das war wirklich traurig, denn jetzt, wo es ihn nicht mehr gab, konnte die Atmosphäre im Stadtgarten nie mehr so sein wie früher. Das zottige Ungetüm auf vier Beinen hatte stets für Atmosphäre gesorgt, und das war sozusagen die entscheidende Zutat zum Erlebnis Stadtgarten. Erst die stimmgewaltige Schar der kleinen Kröten, die den Bären aufpeitschte, hatte ja für die Stimmung gesorgt, die auch andere anlockte. Und jetzt? Würden die

Mamis und Papis mit ihren lieben Kleinen noch kommen, wenn sie selbst für das nötige Trara sorgen mussten?

„Meinste, die vonne Stadt, die wern nochmal nen neuen Bärn anschaffen?" wollte Fränzchen wissen. Der alte Mann, der schon eine ganze Weile vor dem leeren Käfig gestanden hat, und dessen Dackel mit Hingabe den noch immer vorhandenen Raubtiergeruch an den verrosteten Gitterstäben aufnahm, schüttelte verneinend den Kopf: „'Ne, dat glaub ich nich, dat wärn se wohl nich machen. Wär auch nich gut, wenn se dat täten, da wärn se ja schön blöd, nämlich, weil dann wieder so dumme Bengel rufen würden: „Phillip Maul auf „ und ihn dann mit Steine füttern täten! Ne, ne! Son amet Dier könnt eim dann nur leid tun." Und darin musste ich dem Alten Recht geben.

Plötzlich tauchten ein paar Jungs auf, vielleicht in unserem Alter, aber um einen Meter größer als wir und bestimmt von einem anderen Stern. Die rempelten uns an, als wir an ihnen vorbei gingen. Vor Angst stand uns fast das Herz still, bevor wir eilig Richtung Ausgang davon rannten. Die Burschen aber folgten uns auf dem Fuß. Wir bewegten uns schneller, bestrebt, durch das Gewirr der Anlage zum rettenden Ausgang zu gelangen. Auf offener Straße würden es die rabiaten Burschen sicher nicht wagen, uns weiter zu belästigen. Doch so schnell wir auch rannten, sie blieben uns auf den Fersen. Da entdeckten wir im Zaun - der den Stadtgarten von seinem Umfeld trennte - ein Loch.

Eilig schlüpften wir hindurch und fanden uns am Bahndamm wieder. Oben donnerte gerade die Zechenbahn vorbei, um ihre schwarz glänzende Kohlenfracht von der Zeche Rhein-Elbe nach Wer-weiß-wohin zu transportieren. Wir verhielten uns mucksmäuschenstill. Als der Zug um die nächste Biegung verschwunden war, lugten wir vorsichtig durch den Zaun. Die Jungs waren nicht mehr zu sehen, sie mussten unsere Fährte wohl verloren haben. Erleichtert atmeten wir auf, tauchten wieder ein in den Park und schlenderten nun gemächlich weiter und bestaunten die herrlichen Blumenrabatte, die die grünen Rasenflächen auflockerten. Ach ja, die Blumen in ihren glühenden Frühlingsfarben! Doch ihre Pracht würde nicht mehr lange dauern. Schon verloren einige Tulpen ihre Blätter, die Himmelsschlüsselchen ließen ihre Köpfe hängen und die Krokusse gehörten bereits der Vergangenheit an. Dafür wagten sich nun einige Maiglöckchen hervor, und die ersten Narzissen öffneten ihre strahlend-gelben Kelche. Wir konnten uns ihrem Zauber nicht entziehen.

War nicht morgen Muttertag? Mama liebte doch die Osterblumen so sehr. Fränzchen und ich sahen uns an, wir hatten beide denselben Gedanken. Ein Frühlingsstrauß zum Muttertag, wär' das nicht was? *Ein* Geschenk hatte ich zwar schon für Mama, einen Windhund aus weißem Porzellan. Oder war er aus Gips? Egal! Jedenfalls hatte ich ihn in der *Woolli* entdeckt und mich tierisch in ihn verliebt. Ich war halt immer schon ein Hundefan! Mein Gott, wie lange hatte ich dafür sparen müssen! Doch das war Mama mir wert. Aber gehörte dazu nicht auch ein hübscher Blumenstrauß? „Natürlich", meinte Fränzchen und schon stürzten wir uns auf die Rabatte und pflückten begierig, was uns in die Finger kam. So, jetzt reicht's! dachte ich gerade, als eine donnernde Stimme mir das Blut in den Adern gefrieren ließ: „Halt, ihr Diebe! Ich werd' euch helfen, hier Blumen zu klauen!"

Auwei, der Wärter! Und seinen Schäferhund hat er auch noch dabei! O ihr Heiligen, steht uns bei! Wenn der uns schnappt! Was machen wir jetzt bloß? Ja, was macht man schon in solch einer Situation? Man läuft weg und zwar so schnell man kann. Genau das taten wir. Wir liefen und liefen und erreichten in unserer Angst ein Tempo, mit dem jeder Sportsfreund auf der Gewinnerspur gewesen wäre. Hier aber ging es nicht um Trophäen, hier ging es schlichtweg ums nackte Leben. Es dauerte eine Ewigkeit, bis wir feststellten, dass uns der Wärter gar nicht mehr folgte. Völlig außer Atem verharrten wir einen Moment und schnappten nach Luft. Ohne dass es uns bewusst geworden war, hatten wir inzwischen die *Heilig-Kreuz-Kirche* erreicht. Erst jetzt, im Anblick des Gotteshauses, erstarb unsere Angst, dafür erwachte unser Schuldgefühl. Der Himmel mochte wissen, was wir uns dabei gedacht hatten: Blumen klauen zum Muttertag! Was waren wir doch für armselige Sünder! Im ersten Impuls wollten wir unsere Beute einfach wegwerfen. Nur ja nicht behalten und sich damit noch einmal erwischen lassen! Doch dann kam mir eine Erleuchtung:

„Was hältst du davon, Fränzchen, wenn wir die Blumen der Mutter Gottes auf den Altar legen? Glaubst du nicht, sie würde sich darüber freuen?" Franzl hatte da so seine Zweifel, trotzdem stimmte er mir in Ermangelung eines besseren Vorschlags zu. Wie Hänsel und Gretel fassten wir uns an den Händen und schlichen leise in die Kirche. Kühle Kellerluft empfing uns, gemischt mit dem Duft von Weihrauch und Lilien. Im Vordergrund ergoss sich geheimnisvoll das rot flackernde Licht eines Öllämpchens. Ein wenig versteckt in einer Nische entdeckten wir den kleinen Altar der Heiligen Jungfrau. Ihr bleiches Gesicht wurde nur spärlich von einer einsamen Kerze beleuchtet. Zaghaft breiteten wir unsere ein wenig welk gewordenen Blüten zu ihren Füßen aus. „Heilige Maria", betete ich reumütig, „kannst du nicht beim Lieben Gott ein gutes Wort für uns einlegen? Wir wollen auch nie wieder Blumen klauen."

„Da, hast du gesehen?" flüsterte Fränzchen mir zu. „Die Mutter Gottes hat uns zugeblinzelt. Ja wirklich, sie hat uns zugelächelt." Plötzlich schwebte ein leiser Ton heran. Wo kam er her? Ein anderer gesellte sich hinzu, ein dritter, es wurden immer mehr; es wuchs an zum Brausen, zum Dröhnen, und in mächtigen Akkorden zog ein alter Choral vorüber. Als der letzte Ton verklungen war, verließen wir getröstet das Kirchenschiff und eilten erleichtert heim. Unser Vergehen hatte uns der Himmel bestimmt verziehen. Was konnte uns noch passieren? Nichts, rein gar nichts!

O doch! Es konnte! An mir nagte weiterhin das schlechte Gewissen, und um meine Ruhe war es schlecht bestellt. Frustriert schnappte ich mir Annas Ball und prellte ihn in einer Mischung aus Wut und Scham mit aller Kraft gegen die Wand des Kinderzimmers, wieder und wieder, bis der Ball im hohen Bogen auf den Kleiderschrank sprang und dabei - du lieber Himmel! - ausgerechnet das Päckchen umwarf, in dem mein Geschenk für Mama eingewickelt war. Und, was soll ich sagen, der schöne weiße Hund war in tausend Scherben zerbrochen! Da half auch kein Uhu mehr! Dabei war es ein so süßer Hund gewesen! Ganze Drei-Mark-fünfzig hatte er gekostet! Nun stand ich am Muttertag mit leeren Händen da. Mein Bruder Georg aber, dieser scheinheilige Tugendbold, bemerkte nur schadenfroh: „Siehst du? Die kleinen Sünden bestraft der liebe Gott sofort!"

Wer wohnt schon in der Ziethenstraße

Die Straße, in der wir wohnten, war eine elende Gasse. Alles, was recht ist. Ganze drei Meter war sie breit. Die Händler kamen durch unsere Straße und boten alles Mögliche an, nur nicht das Glück. Was aber ist Glück?

Zugegeben, die Ziethenstraße zählte nicht gerade zu den bevorzugten Wohnlagen unserer Stadt. Sie war nichts weiter als eine dieser ärmlich wirkenden, unscheinbaren Straßen, wie sie häufig im Kohlenpott zu finden sind - dunkle Gassen, Hinterhöfe mit Taubenschlag und stinkenden Kaninchenställen. Und auch das ist wahr: Vor meinem Vaterhaus wuchs keine Linde, nicht einmal ein mickriger Strauch. Eingezwängt zwischen den Nachbarhäusern stand es nackt an der Straße, kein Grün belebte die Szenerie, und selbst das Tageslicht erhellte nur spärlich die grau verschleierte Backsteinidylle.

„Was, in diese düstere Ecke willst du ziehen? fragten Mamas Freundinnen entsetzt, als sie hörten, dass *ihre* Marie dem frisch angetrauten Ehemann in dieses gottverlassene Viertel folgen wollte. Doch Mama lächelte tapfer. „Na und? Wir werden ja nicht ewig dort wohnen bleiben. Wartet nur ab, mein Johann ist ein guter Handwerksmeister und wird bald soviel verdienen, dass wir uns dann ein Häuschen im Grünen leisten können."

Die arme Mama! Wie viele Jahre hat sie vergebens davon geträumt, irgendwann aus der popeligen Ziethenstraße wegziehen zu können! Sie wollte doch so gerne raus, raus aus der Enge unserer Straße, raus aus Gelsenkirchen, raus ins Grüne – nach Hattingen, Kettwig, oder nach Essen-Stadtwald, dort im Ruhrtal, wo ihr Vater seinen Lebensabend verbrachte. Ein kleines Landhäuschen, ein alter Bauernkoten, ein hübsches Einfamilienhaus mit einem blühenden Garten drum herum - war das zuviel verlangt? Ach, wenn das nur so einfach gewesen wäre! Der Papa hätte - weiß Gott - für seine schnell wachsende Familie allzu gern anderswo ein schöneres und größeres Heim aufgebaut. Doch wie es oft so geht im Leben, immer wieder türmten sich neue Hindernisse auf. Entweder fehlte das Geld oder das angebotene Grundstück reichte nicht aus, um dort auch eine Maler-Werkstatt einzurichten. Der größte Hemmschuh jedoch war die Eifersucht seiner Mutter auf die ungeliebte Schwiegertochter.

„Ist dir das Haus deines Vaters nicht gut genug?" nörgelte sie. „Muss es unbedingt ein Palast sein für deine Gnädige?" Und so begrub der Papa seine Umzugspläne im hintersten Winkel seines Herzens, und die Mama harrte weiter aus in dem alten Haus in der Ziethenstraße und wartete darauf, dass die Dinge sich zurechtrückten. Und siehe da, eines Tages - die Schwiegermutter hatte inzwischen das Zeitliche gesegnet - schien der Traum plötzlich zum Greifen nahe. An diesem denkwürdigen Tag kam Papa mit einem großen Koffer nach Hause. „Was ist los, Johann, willst du verreisen?" fragte die Mama überrascht. „Aber nein", lächelte der Papa verschmitzt. „Was glaubst du wohl, was ich in dem Koffer habe? Geld, Mariechen! Geld, 'nen ganzen Haufen Geld!" Langsam öffnete Papa den Koffer und tatsächlich, er war bis oben hin vollgestopft mit frischen Banknoten, die überdruckt waren mit vielen, vielen Nullen. Zehn Millionen! Hundert Millionen! Eine Milliarde! Mama wurde es richtig schwindelig bei diesem Anblick. „Um Gottes Willen, Johann, wo hast du das viele Geld her?"

„Von der Bank natürlich. Stell dir vor, die Knappschaft hat heute ihre längst fällige Rechnung für die Renovierung in ihrem Krankenhaus bezahlt. Jetzt können wir uns endlich das lang ersehnte Häuschen im Grünen leisten!" Papa holte tief Luft und sah Mama triumphierend an. „Und denk nur, Marie, man hat mir eine wunderschöne Villa angeboten, in Essen-Stadtwald, an einem wunderschönen Hang gelegen. Und denk nur, 'ne ganze Menge Zimmer gibt's da drin, so an die hundert Stück und 'nen Garten drum herum, so groß wie ein Zoo. Na ja, vielleicht nicht ganz so groß! Aber ich hab's gesehen, auf einem Foto hab' ich's gesehen, und ich habe gleich gewusst, das ist genau das Richtige für uns! Allerdings müssen wir uns sofort entscheiden, heute noch, denn morgen schon können diese vielen Scheine hier nichts mehr wert sein. Du weißt ja, Marie, die Inflation frisst das Geld mitunter in einer einzigen Nacht auf. Also, was meinst du, sollen wir da nicht zuschlagen?"

„Ach, Johann, seufzte Mama, „denk doch mal nach! Was sollen wir mit einem Haus anfangen, das hundert Zimmer hat? Dafür hätten wir ja nicht einmal genügend Möbel. Und brauchen wir denn etwa ein Gästezimmer oder gar ein Raucherzimmer, ein Speisezimmer und eine riesige Küche? Brauchen wir das wirklich?" Nein, diese Vision war Mama einige Nummern zu groß, dafür konnte sie sich nun doch nicht erwärmen. Stattdessen drängte sie Papa, das Geld eiligst anderweitig umzusetzen, bevor seine Kaufkraft völlig in den Keller sackte. Und tatsächlich langten die vielen Banknoten - die wenige Stunden zuvor noch für eine ganze Villa gereicht hätten - nach all dem Hin und Her nur noch für den Kauf einer Biberpelzjacke. Und die Mama versuchte, sich mit dem edlen Stück darüber hinwegzutrösten, dass die Flucht aus der Enge unserer Straße auch diesmal wieder nicht gelungen war.

(Übrigens, der Kragen dieser seinerzeit so teuer erkauften Pelzjacke ziert heute einen alten Wintermantel von mir. Mama selbst hat ihn mir noch drauf genäht. Allerdings verkümmert das gute Stück inzwischen in der hintersten Ecke meines Kleiderschrankes, denn wer traut sich heute noch mit dem Fell eines toten Bibers um den Hals auf die Straße, und sei es auch nur die popelige Ziethenstraße?)

Also lebten wir weiter in diesem Haus, das mein Großvater um die Jahrhundertwende in der Ziethenstraße erbaut hat und später auf Papa überging. Stets versuchte Papa, das Beste aus dem Haus zu machen. Doch nie war es ganz fertig, nie vollkommen, ständig musste daran herumlaboriert werden. Wie gern hätte Mama wenigstens ein Badezimmer in der Wohnung gehabt. Die kleine Zinkwanne reichte gerade mal zur Katzenwäsche. Für ein vernünftiges Bad aber fehlte der Platz. Eines Tages karrte Papa eine riesige emaillierte Badewanne mit vier geschwungenen Füßen an. Doch wohin damit? In die Wohnung passte das Ungetüm beim besten Willen nicht. „Wir werden die Wanne einfach in der Waschküche aufstellen", meinte Papa. „Da können wir sie während Waschtage zum Wäscheeinweichen nutzen und uns an den Wochenenden selbst darin abschrubben."

Zu gern hätte Papa auch für jede Etage Toiletten am Haus angebaut, doch dafür bekam er einfach keine Genehmigung. Weiß der Himmel, warum die städtischen Beamten sich dabei so quer stellten! Wahrscheinlich haben sie nie am eigenen Leib erfahren, was es heißt, jeden Morgen in aller Frühe die überquellenden Pinkeleimer vor den Augen der Nachbarn über den Hof zu den Klos - die sich schamhaft an die Werkstattmauer duckten - zu balancieren, oder wie es ist, wenn an kalten Wintertagen der Hintern am Klodeckel festfriert und die Wasserleitung mit Karbidbrennern aufgetaut werden muss. Solange wir in der Ziethenstraße wohnten, hing uns das Dilemma mit den Klosetts wie ein Klotz am Arsch.

Alles Chaos oder was?

Heirate nie einen Geschäftsmann! Das hatte ich mir schon als Kind geschworen. Zwar mag so ein Geschäftsleben zeitweise recht gut gehen, du gewöhnst dich an einen gewissen Luxus. Was aber ist, wenn plötzlich die Aufträge ausbleiben oder säumige Kunden ihre Rechnungen nicht bezahlen? Was ist, wenn irgendwann der Gerichtsvollzieher deine liebsten Zierstücke pfändet und der *Kuckuck* deinen Gästen ins Auge springt? Wie war es noch mit der Silvesterparty, als sich ein längst vergessener Pfändungsbeleg vom Deckel des Bowlentopfes löste und für alle sichtbar auf der begehrten Erdbeerbowle schwamm? Unsere ahnungslosen Gäste! Sie konnten nicht verstehen, warum wir plötzlich in ein so hemmungsloses Gelächter ausbrachen.

Doch nicht immer lief alles glatt, nicht immer war uns zum Lachen zumute. Dazu kehrten die Sorgen zu häufig ein und zwangen uns, von Zeit zu Zeit den Gürtel enger zu schnallen. Zum Glück gab es noch *Kapalla,* den Kaufmann, der sein Lebensmittelgeschäft auf der gegenüber liegenden Straßenseite betrieb. Er gewährte großzügig Kredit. Mama aber hasste es, ohne Bargeld einkaufen zu müssen. Da schickte sie doch lieber Anneken oder mich rüber, um Brot und Zucker und andere notwendige Dinge zu besorgen. „Sag einfach, ich bezahle am Ende der Woche", schärfte sie uns ein.

Natürlich waren wir nicht die einzigen Kunden, die ihre Einkäufe auf Pump betätigten. Der olle Kapalla trug alle Schulden fein säuberlich in eine schwarze Kladde ein. Freitags, wenn die Kumpel ihren Lohn ausgezahlt bekamen, wurden meist die Rückstände beglichen, am Montag darauf aber fing das *Auf-Keife-kaufen* wieder von vorne an. Dass auch unser Name so manches Mal in der schwarzen Kladde auftauchte, empfanden wir als äußerst blamabel, wo Papa doch als Geschäftsmann galt, der ein bisschen mehr Geld in der Tasche hatte als die Bergleute von nebenan. Was aber sollten wir machen? Im Geschäftsleben ging es eben mal rauf, mal runter. Sobald Papa wieder einen lukrativen Auftrag ergattert hatte, verblasste der Schandfleck schnell, und der Händler konnte sich die Hände reiben, denn nun wurde das Geld wieder großzügiger ausgegeben. Mama hatte ja so gerne

Gäste, für die der Tisch dann reichlich gedeckt wurde. Selbst in schlechten Zeiten konnten Besucher jederzeit zu uns kommen. „Wo Acht satt werden, da reicht's auch für einige mehr", war Mamas Wahlspruch.

Und wenn jemand Hilfe benötigte? In unserem Haus brauchte niemand vergebens um etwas bitten. „In kleinen Dingen soll man großzügig sein", meinte Papa. Und weiß Gott, er war gerne großzügig. Als sein Freund Josef Röper sein erstes Lebensmittelgeschäft in unserem Stadtteil eröffnete, hat er ihm kostenlos die Fassade gestrichen. „Wenn du Kunden anlocken willst, muss dein Laden auch von außen ansprechend wirken." Dieser Ratschlag sollte sich für Papas Freund auszahlen. Damals gab's noch keine Supermärkte mit speziellen Billigangeboten, nur *Tante-Emma-Läden* und *Kaisers Kaffee Geschäfte*. Nun aber sprach es sich schnell herum, dass man nirgendwo so billig kaufen konnte wie dort, wo der von Papa markant gestaltete Schriftzug *Röper* prangte. Kein Wunder, dass die Leute jedes Mal Schlange standen, wenn wieder eine neue Röper-Filiale eröffnet wurde. Mein armer Papa kam mit dem Streichen der Ladenfassaden kaum mit, denn schon bald gab es in unserer Stadt über hundert Röper-Läden. Mit seiner Methode - die Hauptnahrungsmittel wie Zucker und Mehl, gleich waggonweise einzukaufen und sie teilweise noch unterm Einkaufspreis zu verkaufen - war Röper im Grunde so etwas wie ein früher *Aldi*. Wer sparen musste, kaufte dort ein.

Auch so mancher Familie hat Papa die Wohnung gestrichen, ohne einen Pfennig dafür zu verlangen. Manchmal revanchierten sie sich dann mit einem Stück vom Schwein aus dem eigenen Stall, einem Bund Möhren aus dem Schrebergarten oder einem lädiertem Dreirad ihres inzwischen herangewachsenen Sohnemanns. Ich erinnere mich noch gut an jenen Nachmittag, als Papa von der Arbeit nach Hause kam und Anneken und mir geheimnisvoll zuzwinkerte. „Hast du uns was mitgebracht, Vati?" fragten wir hoffnungsvoll, denn meistens zauberte er aus seinen unergründlich Taschen für uns eine glänzende Kastanie oder ein paar bunte Glaskugeln hervor. Diesmal jedoch waren seine Taschen leer. „Nein, mitgebracht habe ich nichts, ich habe aber eine Überraschung für euch."

„Was denn, Vati, sag schon, was ist es?" krähten wir aufgeregt.

„Also, die Frau Sombetzki aus der Seydlitzstraße, der ich heute die Küche gestrichen habe, die hat gesagt, sie hätte noch einen schönen Puppenwagen und eine Puppe, mit denen früher ihre Paula gespielt hat, und sie hat mich gefragt, ob ich die statt Bargeld nehmen würde. Und ich hab gesagt, das ginge schon in Ordnung, ihr würdet euch sicher darüber freuen. Also, wenn ihr wollt, könnt ihr die Sachen gleich abholen. Na, was sagt ihr dazu?"

„O Vati, das ist ja toll", sagten wir und machten uns gleich auf den Weg. Unterwegs stritten wir heftig darüber, wer als erste den Puppenwagen fahren dürfe. Anneken meinte, dass sie als Ältere den Vorrang hätte. „Na meinetwegen" gab ich schließlich nach, „dafür darf ich aber die Puppe tragen."

Wie groß jedoch war unsere Enttäuschung, als Frau Sombetzki uns mit wehmütigem Lächeln den Puppenwagen samt Lieblingspuppe ihrer verstorbenen Tochter präsentierte. O nein! War der Wagen altmodisch! Diese komische Wanne aus dunkelbraunen Binsen, dieser hoch aufragende Griff aus spindeldürrem Holz, dieses heruntergeklappte Verdeck aus verknittertem, grauem Wachstuch! An den riesigen Rädern sah man spitze Stangen wie die Rippen eines Sonnenschirms, nur viel zerbrechlicher wirkend. Nein, dieses verstaubte Modell hatte nicht die geringste Ähnlichkeit mit dem modernen, niedrigen, hellen Puppenwagen, den wir uns seit langem gewünscht hatten. Und die Puppe? O Gott, o Gott, was für ein bleiches Wachsgesicht die hatte! Und dieses altertümliche Kleid mit den halb verschlissenen Spitzenärmeln, die nur unzureichend die wächsernen Unterarme verdeckten! Und mit so einen Gelumpe sollten wir durch die Gegend ziehen? Die anderen Kinder würden uns ja auslachen. Kein Wunder, dass wir auf dem Nachhauseweg wieder mächtig stritten. Diesmal jedoch ging es nicht darum, wer den Puppenwagen zuerst schieben *durfte*, sondern wer ihn schieben *musste*. Als wir mit unserer ungeliebten Beute zu Hause eintrudelten, zeigten wir lange Gesichter. „Dat solln Puppenwagen sein? Und die Puppe, die ist ja absolut hässlich, 'ne, die gefällt uns überhaupt nicht", maulten wir. Damit aber kamen wir bei Papa schlecht an. Seine sonst so freundlich braunen Augen färbten sich tintenschwarz, ein sicheres Zeichen dafür, dass er ärgerlich war. „Wie könnt ihr so undankbar sein! Die arme Frau Sombetzki! Die hat sich nur schweren Herzens von Puppe und Puppenwagen trennen können. Da hängen doch die Erinnerungen an ihre Tochter dran." Zornig zog er die kleinen Schubladen mit den weißen Porzellangriffen aus dem Küchenschrank und knallte ihren Inhalt auf den Tisch. Da purzelten Knöpfe, Nähgarn, Nägel, Schrauben, Gummifletscher und ein weiteres Sammelsurium von Krimskram aller Art wild durcheinander. „So, nun sortiert mal den ganzen Mist! Aber schön ordentlich! Es ist ja das reinste Chaos in den Schubläden! Mit der neuen Puppe zu spielen, dazu habt ihr ja keine Lust. Also könnt ihr euch genau so gut Ordnung schaffen."

O, diese Wohnung, die mir so vertraut war, diese Wohnung, die mein Zuhause war, sie hatte trotz Mamas Anstrengungen die unverbesserliche Eigenschaft, nie so ordentlich und hübsch auszusehen, wie sie es wünschte. Sie zeigte stets eine Mischung aus Chaos und Ordnungsversuch. Alles wurde dadurch noch verwickelter, dass die ganze Familie offenbar dem Chaos huldigte. Stets suchten wir die vielen verwickelten Winkel unserer Wohnung auf, um dort etwas abzulegen. Und wenn Besuch erwartet wurde, musste vorher aufgeräumt werden. Aber die Zeit reichte nie, auch alle Ecken in Ordnung zu bringen, und so schoben wir die Sachen, so gut es ging, von einer Ecke in die andere. Einiges stopften wir in Schränke, die ohnehin schon überquollen, anderes in Schachteln, die rasch in dunkle Winkel versteckt wurden. War dann die Wohnung glücklich aufgeräumt, sah sie ganz fremd aus.

Doch an einem Tag wie diesem, an dem Papa aus Ärger darauf bestand, das Chaos zu lichten, fühlten wir uns als Leidtragende. Unsere gute Wochenend-Laune war futsch und alles ging schief. Die Mama war nervös, die Geschwister zickig, der Papa brummelte und ich, ich bockte, und niemand war da, der mich aus meinem Schmollwinkel befreite. Am Abend aber, als die *Armen Ritter* – in Milch eingeweichte Brötchen – in der Pfanne schmorten, war die Luft längst wieder gereinigt. Hat Papa nicht immer gesagt, Essen und Trinken hält Leib und Seele zusammen? Na also!

Sicher war es für meine Eltern nicht immer leicht, eine Rasselbande wie uns unter Kontrolle zu halten. Schon allein der Lärm,
den wir beim Spielen, Streiten und Herumalbern verursachten,
muss ihnen oft den letzten Nerv geraubt haben. Vergebens
wünschten wir Mädchen uns eine Blockflöte, und den Brüdern
wurden die begehrten Trommeln verwehrt. Es fiel meinen Eltern
ohnehin schwer genug, unseren häuslichen Lärmpegel in Gren-
zen zu halten. Wenn es mal allzu laut wurde, dann funkte Papa
ordentlich dazwischen, und für kurze Zeit ging es wieder gesitte-
ter zu. Mama aber meinte: „Johann, ein Klavier muss her, damit
unsere Kinder endlich lernen, gepflegtere Töne von sich zu geben."

„Aber nein, das ist unmöglich, du willst, dass sie Klavierspielen
lernen?" stöhnte der Papa. „Sollen wir uns das wirklich antun,
Mariechen? Wir haben doch schon sechs Lautsprecher, die man
nicht abstellen kann. Ich finde, das reicht!"

Recht hatte er, der Papa! So ein ständiges Geklimper auf
stumpfsinnigen Tasten hätten selbst wir Kinder auf Dauer nicht
ausgehalten. Musikalisch waren wir ohnehin nicht. Uns fehlte
wohl auch der Ehrgeiz, ständig vor so einem Klimperkasten zu
sitzen und zu üben, bis einem die Töne aus den Ohren heraus
quollen. Auch Mama gab schließlich die Hoffnung auf, dass aus
uns jemals kleine Mozarts werden könnten. Papa aber tat, was er
konnte, um seiner wilden Bande als Ausgleich so viel körperliche
Bewegungsfreiheit wie möglich zu verschaffen. Den Türrahmen
zwischen Küche und Wohnzimmer versah er mit zwei lederbezo-
genen Ringen, die eine ständige Aufforderung waren, uns wie
Urwaldaffen in Klimmzügen daran hochzuziehen. Und quer über
den Hof – von der Werkstatt zum Haus – hatte Papa einen ei-
sernen Balken anbringen lassen, an der zwei robuste Schaukeln
befestigt wurden. Wir schaukelten damit bis zum Himmel hinauf
und fühlten uns dabei so frei wie die Tauben von Nachbars
Franz. Oder wir tobten uns an der Turnstange aus, die sich an
der anderen Seite über den Hof spannte. An diesem Gerät war
ich meinen Geschwistern überlegen. Hier konnte ich zeigen, was
'ne echte Rolle ist - so gelenkig wie ich damals war.

Wo viele Kinder sind, zieht es natürlich auch andere Kinder hin. Also war unser Hof immer bevölkert mit einer Schar von Rotznasen unterschiedlichsten Alters. So lernten wir gemeinsam, auf Händen zu laufen, *Kusselkopf* zu schießen und an den Wänden *Brücken* zu bauen. Auch Papas Malerwerkstatt übte auf uns eine magische Anziehungskraft aus. Zwischen bunten Lacktöpfen und alten Leitern, Glasertisch und Glasscherben tat sich für uns ein Spielparadies auf. Wir hatten aber auch ein richtiges Spielzimmer, das früher mal ein Pferdestall war. Dort hatte mein Großvater den Gaul untergebracht, der tagsüber seinen Milchwagen zog. Nun, den alten Klepper gab's schon lange nicht mehr. Großpapa verkaufte seine Milch nur noch in dem Milchgeschäft, das sich neben unserer Wohnung befand. So hat Papa den ehemaligen Stall zum Toberaum für uns umgewandelt.

Eines Tages waren meine Brüder gerade dabei, heimlich Pfannkuchen zu backen. Trotz der sommerlichen Hitze verfeuerten sie in dem kleinen Kanonenofen jede Menge Holz. Auf der rotglühenden Herdplatte stand bereits Mamas bewährte Pfanne. Das Plattenfett lag auf dem Stuhl gleich neben dem Ofen. Toni wollte gerade danach greifen, da öffnete sich die Tür, und Papa erschien auf der Schwelle. O je, dachten wir, ertappt! Er aber, der Papa, er grinste nur spitzbübisch, schnupperte begierig und ließ sich dann gemütlich auf dem Stuhl neben dem bullernden Kanonenofen nieder. Erleichtert atmeten wir auf. Doch plötzlich weiteten sich unsere Augen vor Schreck. Was ist denn los mit euch?" fragte Papa und erhob sich beunruhigt von seinem Stuhl. Nur allmählich erfasste er das volle Ausmaß der Bescherung. Das Plattenfett - Marke Palmin - hatte sich verflüssigt und Papas Hosenboden bereits vollkommen durchtränkt. Auch das Jackett hatte sein Fett abgekriegt. Völlig entgeistert starrte Papa auf den Stuhl und befühlte sein Hinterteil. Allmählich aber änderte sich sein Gesichtsausdruck. Fast lautlos ging sein Atem über in ein kaum merkliches Beben und Glucksen. Doch gleich darauf wurde der imposante Bauch von Lachsalven erschüttert, seine Hemdenknöpfe drohten abzuplatzen. Das Lachen, mit dem er das Malheur zur Kenntnis nahm, wurde noch übertroffen von dem Lachen, mit dem er sich wieder auf den Stuhl setzte und weiterprustete, bis ihm die Tränen die Backen hinunter liefen.

„Nun wirst du dir wohl endlich beim Schneider einen neuen Anzug machen lassen", frohlockte Mama. Schließlich war sie schon lange der Meinung, dass Papas alter Anzug seine besten Tage bereits hinter sich hätte. „Vergiss nicht, Mariechen", dämpfte Papa die Vorfreude seines Eheweibes, „wir haben zurzeit mehr Außenstände als Einnahmen. Sobald uns aber wieder mal ein dicker Auftrag ins Haus schneit, gehe ich zum Schneider und lass mir einen ganz schnicken Anzug bauen. Ehrenwort!" Also, alles Chaos oder was?

Himmel und Erde

Wer war zuerst da, das Ei oder die Henne? Ich bin mir da nicht sicher, nicht wirklich sicher. Es gibt immer noch so viele Rätsel zwischen Himmel und Erde, die meine Neugierde reizen. Doch wenn ich meinen eigenen Wurzeln nachspürte, dann ahnte ich, dass die entscheidende Vorstufe zu meiner Existenz bereits mit der Romanze meiner Eltern gelegt wurde. Mich interessierte daher brennend, wie Mama und Papa sich kennen gelernt haben und nervte Mama mit dieser Frage zu allen möglichen und unmöglichen Zeiten. So auch an dem Tag, von dem ich hier berichten möchte:

Es ist ein ganz normaler Tag in unserem Leben! Ich sehe alles so deutlich vor mir wie ein Foto aus dem Familienalbum. Der Hunger lockt mich rechtzeitig ins Haus. Meine Eltern und die Geschwister sitzen bereits am Küchentisch. Miriam thront wie immer vor Kopf. Sie hat die Ellbogen auf den Tisch gelegt und beugt sich über ihren Teller. Anna redet auf Georg ein; es klingt wie Singsang. Ich sitze zwischen Hansi und Toni, die mir kaum Platz lassen, um meine Arme auszubreiten. Auf dem Tisch steht eine große dampfende Schüssel mit *Himmel und Erde*. Natürlich darf dazu nicht die frische Blutwurst fehlen, die Mama am Morgen beim Metzger Beinert gekauft hat. Während die Wurst noch in der Pfanne brutzelt, zieht ihr Duft so verführerisch durch das offene Fenster über den Hof, dass Anton - der Lehrling - die Werkstatt nicht schnell genug verlassen kann, um auch noch einen Platz am Mittagstisch zu ergattern. *Himmel und Erde* - diese Eichsfelder Spezialität aus Äpfeln und Kartoffeln - kann niemand so gut kochen wie meine Mam'. Kein Wunder, dass alle tüchtig zulangen; nur Anton ziert sich ein wenig. „Iss man tüchtig, mein Junge, iss, damit du groß und stark wirst. Du kannst noch ein bisschen Speck auf den Rippen brauchen", muntert Papa ihn auf. „Wenn dir dein Anzug nicht mehr passt, dann kauf' ich dir einen neuen", verspricht er. Ich fürchte, er wird sein Versprechen schon bald erfüllen müssen, so haut der Junge jetzt rein.

Auch ich stecke meine Nase in den Teller, bis von *Himmel und Erde* kein Löffel voll mehr übrig ist. Dafür ist die Luft bald gesättigt von Wärme und Wohlbehagen. Der Papa legt seine Hand auf

Mamas Arm und blickt ihr ganz lieb in die Augen. „Ach, war das mal wieder ein leckeres Essen! Weißt du, Muttilein, du bist wirklich eine großartige Köchin." Eigentlich heißt Mama ja Maria, aber Papa nennt sie nur *Marie* oder *Muttilein* oder - wenn er sich besonders wohl fühlt - *meine kleine Pferdebraut.* Und wenn er Mama dabei so lieb anschaut wie jetzt, dann wird auch mir richtig warm ums Herz. Zärtlichkeit zwischen Eheleuten ist in unserer Nachbarschaft ja nicht alltäglich. Wie oft habe ich erlebt, dass andere Familienväter im Suff ihre Frauen verprügeln, die dann schreiend zu ihren Nachbarn flüchten, um Stunden später trotzdem wieder in die Hölle ihrer Ehen zurückzukehren. Wie heißt es doch im Refrain eines Singspiels, das wir oft auf der Straße mit wahrer Leidenschaft zelebrieren? *Warum hast du geheirat', warum hast du's getan? Eine Stube voll Blagen, einen besoffenen Mann!*

Die Ehe meiner Eltern aber ist zum Glück nicht so... so deprimierend, so gewalttätig. Mag ja sein, dass sie nicht gerade im Himmel geschlossen wurde, sicher aber auch nicht in irgendwelchen Untiefen. Die Ehe meiner Eltern - finde ich - gleicht eher einer Mischung aus Himmel und Erde, in der Liebe und Leid, Wohlstand und Sorgen sich die Hand geben. Bei all dem Auf und Ab aber herrscht zwischen Mama und Papa ein großes Einverständnis, ein Vertrauen, das sich auch auf uns Kinder auswirkt.

Nachdem Papa wieder mit Anton in der Werkstatt verschwunden ist und die Geschwister sich in alle Himmelsrichtungen verdrückt haben, nutze ich die Gelegenheit, Mama einmal mehr über ihre Liebesromanze mit Papa auszuhorchen. Natürlich habe ich die Geschichte schon hundertmal gehört, aber ich kann nie genug davon kriegen. Und Mama ist so lieb, sie ein weiteres Mal geduldig vor mir auszubreiten. Zunächst sitzt sie ganz still, lächelt leise vor sich hin, kramt in ihren Erinnerungen. Sie sieht wunderschön aus in diesem Moment, wie eine junge Braut. Ihre Augen bekommen diesen irisierenden Sternenglanz. Hat man je solche Augen gesehen? Ich kuschle mich an Mama, spüre die Wärme ihres Körpers, die mich wie ein weiches Tuch einhüllt, und aufs Neue erregt die Geschichte, die sie erzählt, mein Entzücken und lässt in mir den Wunsch wachwerden, den Zauber dieser flüchtigen Bilder für immer festzuhalten.

„Du weißt ja", beginnt Mama, „kennengelernt habe ich deinen Vater an dem Tag, an dem mein Bruder Jochen sich mit Papas ältester Schwester verlobt hat. Die Verlobungsfeier fand im Haus von Papas Eltern statt, also hier, wo wir jetzt wohnen. Dein Vater – also der Bruder meiner künftigen Schwägerin - fehlte noch in unserer Runde. Es hieß, er sei unterwegs, um ausgemusterte Kavalleriepferde aufzukaufen, die damals kurz nach dem Krieg zu Spottpreisen angeboten wurden. Wir saßen bereits am Kaffeetisch, als plötzlich von draußen lautes Wiehern zu uns heraufschallte. Ich lief ans Fenster und blickte auf den Hof hinunter."

Hier macht Mama eine Pause, schaut träumerisch ins Nichts, lässt noch einmal den bewussten Tag vor ihrem geistigen Auge lebendig werden, hört das Wiehern der Pferde, die auf dem offenen Waggon stehen, sieht ihre polierten Hufe, die unruhig über den Boden scharren, erahnt die Muskeln unter dem seidigen Fell, die mit ihrem fließenden Spiel eine ungeheure Kraft verraten, beobachtet, wie eines der Tiere seine feuchte Schnauze hebt, seine Nüstern bläht und schnuppernd die Luft einzieht. Von klein auf ist Mama mit Pferden vertraut. Ihr Vater hat immer Pferde gehalten für den Brotwagen, mit dem er seine weit verbreitete Kundschaft täglich mit frischem Brot versorgte. Als im ersten Weltkrieg dann die Söhne eingezogen wurden, da musste Marie auf den Kutschbock steigen und die Pferde lenken. Auf dem Rückweg konnte sie die Zügel schleifen lassen, denn die alten Zugtiere fanden den Weg zum Stall dann alleine. Nun aber sieht sie auf dem Hof vor der Werkstatt keine alten Klappergäule, sondern Pferde von auserlesener Schönheit. Hat man in dieser sonst so tristen Umgebung je so edle Pferde gesehen?

„Mama", dränge ich ungeduldig, „wie ist die Sache denn weitergegangen?"

„Ja, wie ist sie weitergegangen? Also dein Papa, der stand neben dem Waggon und erzählte meinem Bruder gerade, dass er die Pferde auf dem Bottroper Pferdemarkt verkaufen wolle und hoffe, einen guten Gewinn dabei zu machen, damit er endlich seine Werkstatt erweitern könne. Da bemerkte er plötzlich, dass ich ihn vom Küchenfenster aus beobachtete. ‚Wer ist denn der Lockenkopf da oben?' hat er meinen Bruder gefragt. ‚Das ist meine Schwester Marie, die versteht auch was von Pferden', hat

Jochen geantwortet und hinzugefügt, ‚die ist noch zu haben!' Darauf hat dein Papa gesagt: „Die wird meine Frau!'

„Und du, Mama, was hast du dazu gesagt?"

„Also, ich hab das zunächst nur als Scherz angesehen, aber dein Papa, der hat bald keinen Zweifel daran gelassen, dass es ihm damit ernst war."

„War's bei dir denn auch Liebe auf den ersten Blick, Mama?"

„Das kann ich eigentlich nicht sagen. Obwohl - er war so anders, als die jungen Männer, die ich bis dahin kannte. Und, weiß Gott, er sah gut aus. Sein dunkles Haar verlieh ihm etwas Fremdländisches, und seine braunen Augen wirkten – hm - wie feuchte Oliven. Trotzdem, es hat schon ein Weilchen gedauert, bis es auch bei mir so richtig gefunkt hat. Dein Papa war übrigens ein leidenschaftlicher Tänzer. Vor meiner Zeit, da hat er lediglich seine drei Schwestern zum Ball ausgeführt und keine anderen Frauen angesehen. Aber seit er mich kannte, wollte er sich nur noch mit mir im Walzer drehen. Und wenn sein französisches Temperament bei ihm durchbrach, dann hörte er nicht eher auf zu tanzen, bis sein Hemdkragen völlig durchgeschwitzt war und sich mir bereits der Kopf drehte."

Mama hält verträumt inne, bevor sie mit ihrer Erzählung fortfährt: „Natürlich haben wir in den hellen Sommernächten jenes Jahres auch viel miteinander geredet - über unsere Wünsche, unsere Träume. Und schon bald spürten wir dabei, dass sich unser Leben immer mehr ineinander verhakte. Und es dauerte auch nicht mehr lange, bis er mich – seine *kleine Pferdebraut* - vor dem Traualtar schleppte."

„Ach, Mama", sagte ich, „was bin ich froh, dass du nicht ins Kloster gegangen bist, wie du es als junges Mädchen vorhattest. Dann hättest du Papa nicht heiraten können, und ich wäre nicht auf die Welt gekommen, oder vielleicht irgendwann nur als glitschiger Frosch. Igittigitt!"

Was weißt du schon von deinen Ahnen

Nicht nur Himmel und Erde berühren sich - auch das Gestern und Heute beeinflussen einander. Immer wieder tauchen in unserer kleinen, abgegrenzten Alltagswelt die Geister unserer Ahnen aus dem Meer der Vergangenheit auf und werfen uns ein paar Bälle zu, die uns auf unserem Weg in die Zukunft nützlich sein könnten. Spuren von ihnen haben sich in meinem Gedächtnis verankert. Fotos, Bilder, ererbte Möbelstücke und Andenken erinnern an die Narrheiten oder Vorlieben von Vorfahren, die uns noch nahe genug standen, damit wir die Einzelheiten darüber kennen, zumindest vom Hörensagen. Und während wir mit Vergessen den Tod füttern, können wir durch Erinnern die Vergangenheit wieder lebendig werden lassen. Darum will ich versuchen, die Erinnerungsfetzen so auszubreiten, dass sie wie ein bunter Teppich die Bilder meiner Ahnen widerspiegeln. Doch wo anfangen? Mir ist, als müsse ich einen Schleier nach dem andern von der Vergangenheit wegziehen, um den Beginn der Geschichte zu finden, die wahrscheinlich damit endet, dass ich verzweifelt versuche, alle Fäden zusammenzubringen.

Langsam lasse ich die Spule meiner Erinnerung rückwärts laufen, bis ich über einen schimmernden Bernstein stolpere. Es ist ein uralter Stein, vielleicht hunderttausend Jahre alt. Irgendwann hat ihn das Meer ausgespuckt und an den Strand gespült, an den Strand der Ostseeinsel Rügen. Dort hat mein Großvater ihn während eines Urlaubs im Sand entdeckt. Hält man den Bernstein gegen das Licht, zeigen sich in seinem Innern geheimnisvolle Einschlüsse, deren Zeichen nicht recht zu deuten sind. Je nachdem, wie man den Stein dreht, ändert sich seine äußere Form — mal ähnelt er einem Fisch, mal einem Adler. Großpapa hat den honigfarbenen Stein seiner jungen Braut zur Hochzeit geschenkt, und sie hat ihn Zeit ihres Lebens geliebt. Für sie war er etwas Besonderes - ein Zauberstein! Nahm sie ihn in die Hand, so spürte sie seine magischen Kräfte. Es war, als wäre ihr ganzes Lebens darin gespeichert – ihre Ehe mit dem Bäckermeister Conrad Rodenstock, dem sie aus dem kleinen Eichsfelder Dörfchen Ehrshausen nach Essen gefolgt ist in diese Stadt mitten im Kohlenpott - dort, wo der Stahl gehärtet wurde, dort, wo die Bergleute auf der Suche nach dem schwarzen Gold tief in die Erde eindrangen, dort, wo auch der Handel blühte. Und dort – das hat der Stein ebenso eingefangen – sollte ihr Mann die Bäckerei aufbauen, die ihrer Familie - zu der bald zwei Söhne und sieben Töchter zählten - einen gewissen Wohlstand ermöglichte.

Ist es da verwunderlich, dass Großmama auch an ihrem letzten Tag - ihrem Sterbetag - den Bernstein fest mit ihrer weißen Hand umklammert hielt? Die sanften Schwingungen, die von dem Stein ausgingen, schienen eine beruhigende Wirkung auf sie auszuüben. Was mag der Zauberstein ihr in diesen Minuten noch verraten haben? Dass die Zukunft ihrer Kinder – dank ihrer rührenden Vorsorge – weitgehend gesichert sei? Dass sie diese Welt nun beruhigt verlassen konnte? In Großmamas Gesicht spiegelte sich der ganze Adel ihrer Persönlichkeit. Noch einmal öffnete sie Augen und schaute liebevoll auf ihre Angehörige, die sich leise schluchzend um das Sterbebett versammelt hatten. „Warum weint ihr denn? Da, wo ich hingehe, ist es doch so schön, so hell! Nein, ihr müsst nicht um mich weinen."

Verstohlen trockneten die Abschiednehmenden ihre Tränen und blickten voller Rührung auf Großmama. Ihr bleiches Gesicht wurde immer schöner, immer zarter. Es drückte einen ungeheuren Frieden aus. Ein seliges Lächeln lag auf ihren Lippen. Sah sie den Garten vor sich, ihren geliebten Garten mit der herrlich duftenden Jasminlaube, die jetzt in wunderbarem Licht erstrahlte? Das Leuchten schien immer heller, immer lockender zu werden. Lächelnd ging sie darauf zu, während die Lichter um sie herum schwächer und schwächer wurden und schließlich erloschen wie der Mond, wenn die Morgenröte kommt. Die Hand der Sterbenden, die Mama zärtlich umfasst hielt, öffnete sich sacht. Es war, als wolle sie der Mama den Bernstein übergeben. Für Mama wurde der Stein zum Vermächtnis.

Irgendwann ist der goldfarbene Bernstein von Mama in meine Hände übergegangen. Von diesem Relikt aus versteinertem Baumharz - meinem einzigen Reichtum - trenne ich mich nie. Wenn ich ihn ans Ohr halte, flüstert er mir Geschichten zu von Großmama, die ich nie kennen gelernt habe - sie war ja bereits tot, bevor ich geboren wurde. Manchmal, wenn ich dem Raunen des Steines lausche, erfasst mich geradezu ein Rausch von Bildern, in denen ich nicht nur Großmama, sondern auch Großpapa vor mir sehe mit seiner Würde, seiner Tatkraft, aber auch mit seiner Trauer über den Tod seiner geliebten Gertrud. Ach, Großpapa! Wie sehr musst du gelitten haben, als Großmama beerdigt wurde! Die Menschen ihres Viertels kannten Großmama, schätzten ihre Güte, ihre Hilfsbereitschaft. So folgten viele ihrem Sarg „Fast täglich hat sie nach mir gesehen, als ich krank war", sagte eine Frau. Und ein von schwerer Krankheit gezeichnete Mann erinnerte sich, dass sie seiner Familie während des großen Bergarbeiterstreiks mehrmals Lebensmittelpakete zukommen ließ. "Sie war eine Heilige." murmelten einige Stimmen, „ja, sie war eine Heilige!"

Ja, sie war eine gute Frau! Großvater aber, der stark wie eine biblische Gestalt durch die vielen Erzählungen meiner Kindheit geisterte – schien seit Großmamas Tod ein gebrochener Mann. Die Bäckerei überließ er seinem ältesten Sohn. Er selbst zog sich zurück auf seinen Altenteil, einem romantischen Häuschen im Grünen von Essen-Stadtwald. Seine jüngste, noch unverheiratete Tochter hat ihm den Haushalt geführt. Bin ich als Kind nicht auch einige Male dort gewesen? Großvater war – nachdem er seine früher zur Schau gestellte Würde samt Kaiser-Willhelm-Bart abgelegt hatte – zugänglicher geworden. Vor allem wir Enkelkinder profitierten von dieser, seiner neuen Milde und konnten selbst neben seinem geliebten Schäferhund Ador bestehen. Als Großpapa mich eines Tages fragte: „Na, bist du Opas Liebling?" da antwortete ich selbstbewusst: „Nein, ich bin Opas Ador."

Ist es wirklich der Bernstein, der diese Szenen in mir wachruft? Oder hat Mama mich allzu sehr mit diesen Geschichten gefüttert, sodass sie sich nun wie ein zäher Brei an mein Gedächtnis klammern und ich kaum unterscheiden kann, was ich selbst erlebt habe und was ich vom Hörensagen kenne? „Mama", wollte ich wissen, „Opa ist doch auf dem Lande groß geworden. Warum ist er nicht dort geblieben?"

„Im Eichsfeld", erklärte Mama, „wo die Rodenstocks seit Generationen ihren Bauernhof hatten, war der Boden so karg, dass er die Familie nicht allein ernähren konnte. Daher haben sie nebenbei oft noch ein Handwerk ausgeübt oder fuhren mit Pferd und

Wagen als Händler über Land. So hat dein Großvater das Bäckerhandwerk gelernt und ist – wie's damals üblich war - anschließend als Wandergeselle durch Thüringen gezogen. Dabei hat ihn übrigens sein Vetter Michael Rodenstock als Optikergeselle begleitet. Nach zwei Jahren Wanderschaft haben sie beschlossen, sich selbstständig zu machen. Während Vetter Michael sich aufs Anfertigen von Brillen verlegt hat und 1877 mit seinem Bruder Josef in Würzburg die *optische Fabrik Rodenstock* gründete, die heute noch besteht, zog es deinen Großvater nach Essen, wo er stolz die erste *,Brotfabrik mit elektrischem Antrieb aufbaute.*"

„Wenn du über deinen Großvater schreiben willst", sagte Mama, „dann schreib, er war ein Mensch, der seine Mitmenschen sehr beeindruckt hat - warmherzig, großzügig, lustig."

Was, er und lustig? dachte ich. Das kann doch nicht wahr sein. Also machte ich mich geduldig daran, die Bruchstücke zusammenzufügen und die Gegensätze in Übereinstimmung zu bringen, die nicht recht zusammenpassen wollten. Auf der Suche nach Großpapa kamen die Zeugnisse zu Hauf, ohne dass ich darum bitten musste: Hat er nicht um sein Haus diesen paradiesischen Garten angelegt mit lustigen Perlhühnern und exotischen Pfauen, mit wilden Büschen und stillen Winkeln und jener sagenhaften Jasminlaube, in der seine heranwachsende Kinderschar ihre ersten Frühlingsgefühle entfalten durfte? Hat er nicht ein wunderschön poliertes Klavier angeschafft und ein echtes Grammophon, und gab es da nicht eine riesige Bibliothek, in der auch seine Töchter nach Herzenslust schmökern konnten? Was störte Großpapa die Meinung anderer Leute, die es verflucht überflüssig fanden, dass Mädchen Bücher lasen, statt Topflappen zu häkeln und Strümpfe zu stopfen. Nein, graue Mäuse sollten aus ihnen nicht werden! Sogar studieren durften sie, und das in einer Zeit, als Frauen an Universitäten noch Ausnahmeerscheinungen waren. Großpapa war eben ein liberaler Mensch. Auch meine Mama hätte studieren dürfen, doch sie wollte damals allen Ernstes Nonne werden. Als dann der erste Weltkrieg ausbrach und die Söhne eingezogen wurden, da musste Marie für ihre Brüder im väterlichen Betrieb einspringen, denn wer sonst sollte das Rodenstocker Landbrot mit dem Brotwagen an die weit verzweigte Kundschaft ausliefern? In Kriegszeiten wurden Frauen ja gern als Lückenbüßer eingesetzt. Böse aber war Mama darüber nicht. Es bereitete ihr durchaus Vergnügen, die Pferde zu lenken und mit den Kunden zusammenzukommen. „Ich habe dabei vieles gelernt, was mir heute als Handwerksfrau zugute kommt", betonte sie.

Zu gern hätte ich mehr über Großpapa erfahren. Vielleicht konnte mir ja der Bernstein weitere Details verraten. Doch schon begann sein Spiegelbild im versteinerten Harz zu verblassen. Ach, Großpapa! Nun bist du ganz aus meinem Blick verschwunden! Dabei wollte ich dich noch so vieles fragen. Hättest du mir nicht schon früher begegnen können?

„Nein", klang mir seine Stimme aus dem Bernstein entgegen. „Wenn du mich bereits früher gekannt hättest, dann wärst du jetzt nicht auf die Suche nach mir gegangen. Und diese Reise in die Vergangenheit war doch sehr aufschlussreich, findest du nicht auch?"

Anna klopft an die Himmelstür

Endlich Weihnachtsferien! Und ich durfte wieder für einige Tage nach Kettwig zu Tante Hetty - meiner Patentante – fahren. Darauf freute ich mich schon sehr, zumal Tante Hetty versprochen hatte, dass sie mit mir dann das Märchenspiel von „Peterchens Mondfahrt" im Essener Stadttheater besuchen würde. Theater - dieses Wort hatte für mich einen magischen Klang. Meine Schwester Anna schwärmte ständig davon. Nun also sollte ich zum ersten Mal selbst ins Theater gehen.

Schon vor Beginn der Aufführung war ich entsetzlich aufgeregt. Dieses Stimmengewirr im Saal, der große rote Vorhang, der sich nach langem Warten endlich hob, die Bühne mit ihrer prächtigen Kulisse, und dann die Schauspieler, die sich so sicher und natürlich in ihren Rollen bewegten! Mitgerissen, fast trunken folgte ich dem Geschehen auf dem Podium. An den Ablauf des Stückes habe ich kaum noch eine Erinnerung, die Szene jedoch, in der Peterle an die Himmelspforte klopfte, ist mir tief im Gedächtnis geblieben. Wie der kleine Mondfahrer war auch ich überwältig von dem himmlischen Tor, das übersät war mit lauter funkelnden Edelsteinen. Ja, und als Petrus das Tor nur ein kleines Stückchen öffnete und Peterchen nicht hineinließ, weil seine Zeit noch nicht gekommen sei, da fühlte ich mich enttäuscht und befreit zugleich. Auf dem Heimweg schwebte ich sinnestrunken wie auf Wolken dahin. Wenn ich wieder zuhause bin – nahm ich mir vor – muss ich sofort der Anna davon erzählen. Doch als ich Tage zwei später wieder zurückkehrte, spürte ich, dass etwas nicht in Ordnung war.

„Was ist los?" fragte ich verunsichert.

„Anna ist krank, sie hat eine schwere Lungenentzündung", sagte die Mama.

Ich lief gleich ins Kinderzimmer. Da lag Anna halb versunken in den Kissen, die man um sie herum aufgebaut hatte. Ihre Augen glänzten fiebrig. Sie hustete, ohne den Mund zu öffnen, wobei sich ihr Gesicht gequält verzog. Ich setzte mich auf die Bettkante und betrachtete sie sorgenvoll. Wie bleich sie ist, dachte ich, so bleich, so schmerzensbleich, und ihre Hände, die sind so weiß, so weiß, als ob sie schon tot wäre. Bei diesem Gedanken erschrak ich. Mir fiel Erika ein, Erika, meine kleine Freundin aus dem Nachbarhaus, die im letzten Sommer an einer Lungenentzündung gestorben war.

Wenige Tage vorher noch hatten wir zusammen gespielt. Und dann, dann war sie mit einem Mal nicht mehr da. Einfach so! Ich hatte sie noch einmal sehen wollen und drängelte mich mit anderen Besuchern in das Trauerhaus. In der Stube war eine sanfte, goldene Dämmerung, und in der Mitte stand ein weißer Sarg, und darin lag ein stilles, wachsbleiches Mädchen im weißen Hemd und gescheiteltem Haar. Unter die gefalteten Hände hatte man ihr einen Strauß glühender Sommerblumen geschoben. Die dufteten süß und krank durch das Zimmer, und die Züge meiner kleinen Freundin waren so klar und friedlich, dass mir ganz feierlich zu Mute wurde. Ich stand lange da und schaute sie an, und um den Mund der Toten war ein bitteres Lächeln, und draußen heulte plötzlich ganz jämmerlich ein Hund. Da fuhr mir der Schreck durch alle Glieder, und ich lief schnell aus dem Zimmer und atmete erst auf, als ich den kühlen Abendwind auf meiner Haut spürte. Am Tag darauf wurde Erika beerdigt.

„Man muss Beerdigungen üben", hatte Anna gesagt, „und zwar möglichst früh, damit man nachher nicht aus allen Wolken fällt." Ich schüttelte die Erinnerung ab und fasste nach Annas Hand.

„Hast du Schmerzen?" fragte ich.

„Nur wenn ich huste", antwortete sie heiser.

„Weißt du, dass Tante Hetty mit mir im Theater war?"

Sie krauste die Stirn, als überlege sie, was Theater wohl bedeuten könne. „Erzähl doch mal", bat sie, lehnte sich in die Kissen zurück und sah mich erwartungsvoll an. Und ich erzählte, erzählte von Peterles Fahrt zum Mond, und wie er das Himmelstor mit seinen funkelnden Edelsteinen erreicht, und wie er draußen vor bleiben muss und nicht hinein darf in den hell erleuchteten Himmelssaal, weil seine Zeit noch nicht gekommen ist, und wie er wieder zurück muss zur Erde und sich danach in seinem Bettchen wiederfindet. Als ich meine Erzählung beendet hatte, stieg ein schwerer Seufzer aus der Brust meiner kranken Schwester. Doch ehe der Seufzer zu Ende war, verwandelte er sich in Husten, und als der Husten zu Ende war, schloss sie die

Augen und blieb bewegungslos liegen. Ich hätte ihr gern noch mehr erzählt, Anneken aber hörte nicht mehr hin - sie war eingeschlafen.

In den nächsten Tagen schien es, als wisse meine Schwester nicht recht, ob sie leben oder sterben sollte. Dabei hatte Papa alles versucht, sie wieder auf die Beine zu bringen, alles, was er als Sanitäter gelernt hatte – kalte Wadenwickel gegen das Fieber, gekochte Zwiebeln auf der Brust gegen den Husten, heiße Milch mit Honig, um den Schleim zu lösen! Als all das nichts half, holte er den Arzt. Doch auch der Medizinmann war bald mit seinem Latein am Ende! Traurig nickte er der weiß gewandeten Nonne zu, die Mama zu Hilfe geeilt war. Die nickte zurück. Auch die andern nickten daraufhin mit dem Kopf. Die Kranke stöhnte leise. Ihr Gesicht war reines Weiß. Papa sagte, ich solle mich zu den Geschwistern in die Küche setzen. Ich wusste nicht, warum plötzlich alle flüsterten, bekam kaum mit, wie Papa zu Georg sagte: „lauf und hol den Priester" und begriff nicht, wieso die Nonne zu mir sagte, „bete für sie, mein Kind, bete, bete!"

Der Geistliche erschien in seiner Soutane mit violetter Stola, begleitet von Ministranten in weißen Hemdchen über scharlachrotem Unterkleid, die mit ihrer Rolle nicht zurechtzukommen schienen. Schwester Thomasita - die Nonne - kniete vor Annas Bett und betete den Rosenkranz. Zwischen den Gebeten war Mamas Schluchzen zu hören. Die rauchenden Weihwassergefäße, die die Knaben durch die Luft schwangen wie vergoldete Blumen, erfüllten das Krankenzimmer mit narkotischem Duft. Engelsgleich lag Anna in ihrem Bett. Nahm sie noch wahr, was um sie herum geschah?

„Ja", erzählte Anna später, „ja, ich bekam alles mit, was sich in diesen Minuten ereignete. Ich sah mich quasi von außen, sah mich Blut spuckend im Bett liegen, umringt vom salbungsvoll murmelnden Pastor, den Glöckchen läutenden Messdienern, der betenden Nonne, der weinenden Mama, und ich war sicher, dass ich sterben würde. Plötzlich fühlte ich mich leicht wie eine Feder, spürte, wie ich langsam emporschwebte, höher und höher, bis ich vor einem mit Gold und Juwelen geschmücktem Tor anlangte. Und ich dachte, dieses Tor sieht ja aus wie die Himmelstür aus dem Theater, von der Eva mir erzählt hat, und ich erwartete nun, dass Petrus die Tür öffnen und mich eintreten lassen würde in den hell erleuchteten Himmelssaal. Und ich fühlte mich glücklich und hatte keine Angst! Doch Petrus erschien nicht, und die Tür blieb verschlossen, und so schwebte ich langsam wieder zur Erde zurück. Und da sah ich, dass Mama immer noch neben meinem Bett kniete, während der Pastor und seine Messdiener gerade Glöckchen bimmelnd das Schlafzimmer verließen. Aber die Totenglocken machten mir keine Angst. Nein, sie machten mir keine Angst mehr. Und ich bin sicher, ich werde auch nie mehr Angst haben vor dem Sterben", fügte sie hinzu.

Sommerfreuden - trotz allem

Papa war ein Freiluftfanatiker und ein großer Freund von Pfarrer Kneipps Kaltwasserkuren. Er tat alles, um sich abzuhärten und so seiner Krankheit - der Tuberkulose - zu trotzen. Diese Krankheit hatte ihn überfallen wie ein bösartiges Tier, damals nach dem Unfall, den er an einem Bahnübergang erlitten hatte. 1925 war es. Ich war noch nicht auf der Welt. Mama war damals hochschwanger und erwartete in Kürze die Niederkunft mit meinem Bruder Toni. Papa und Mama waren gegen Abend mit dem Auto losgefahren, um zu tanken. Das Wetter war warm. Papa hatte deshalb das Verdeck geöffnet. Als er an der Dessauer Straße den Bahnübergang kreuzen wollte, ging plötzlich ohne Vorwarnung die Schranke auf sein Auto nieder. Seit Wochen schon - erfuhr er später - war der Übergang wegen einer kaputten Ampelanlage nicht beleuchtet. Doch gegen die Reichsbahn wegen schuldhafter Verkehrsgefährdung zu klagen, war ein aussichtsloses Unterfangen. Dabei hatte die Barriere nicht nur sein Auto zertrümmert, sondern auch einige seiner Rippen gebrochen, deren Spitzen sich tief in seine Lungen bohrten. In diesen Wunden hatte sich schon bald die Tuberkulose – eine zu jener Zeit häufig grassierende Krankheit - eingenistet und ihn seither in ihrem Würgegriff gehalten.

Papa aber wollte sich nicht unterkriegen lassen. Von einem Tag zum anderen verzichtete er auf seine geliebten Zigarren und achtete auf eine gesunde Ernährung. Im Übrigen ignorierte er die verfluchte Krankheit, schon um seiner Kinder willen. Wie gern hat er doch mit uns herumgetollt, wie sehr hat er doch das Leben geliebt! Zwar konnte Papa die TB nie wirklich bezwingen, ihr aber auf seine Weise Widerstand entgegensetzen. Schon am frühen Morgen präparierte er sich entsprechend für den neuen Tag. Sein erster Gang vor dem Frühstück führte ihn – angetan mit einem Bademantel – in die Waschküche, wo er sich von oben bis unten kalt abspritzte.

Brrr! Nie werde ich begreifen, wie man sich bereits im Morgengrauen kalt duschen kann! Papa aber drängte es ständig ins Wasser. Ob Fluss oder Bach, ob Teich oder See, er konnte nicht daran vorbei, ohne sich hineinzustürzen. Er schwamm hinaus, tauchte ein, tauchte unter, schüttelte sich danach wie ein nasser Pudel und trotzte jeder Kälte. Selbst im stärksten Winter hielt ihn nichts am Ufer eines Gewässers, und wenn er erst ein Loch in die Eisdecke schlagen musste. Natürlich versuchte Papa, auch uns Kindern seine Leidenschaft für das nasse Element einzuimpfen. Im Sommer hatte er damit mehr Glück als im Winter, denn an heißen Tagen war uns eine Abkühlung immer willkommen, vor allem wenn wir sie hausnah auf unserem Hinterhof genießen konnten.

Der Hof im Sommer – das war das Tor zur Werkstatt, auf dem die Gesellen ihre Farbpinsel ausstrichen, wobei die Farbreste sich in immer neuen Schattierungen auftürmten und unter der Kraft der Sonne zu dicken Blasen aufblähten, die lebten, bebten, platzten und immer neue Figurenhervorquellen ließen.

Der Hof im Sommer - das war der Wasserschlauch aus der Waschküche, mit dem Papa züngelnde Schlangen durch die Luft tanzen ließ, je nachdem wie er den Schlauch bewegte, von rechts nach links, von oben nach unten, im schnellen oder langsamen Takt.

Der Hof im Sommer - das war der Ort, an dem eine Horde von Kindern aus der ganzen Nachbarschaft zusammenkam, um sich unterm Wasserstrahl ihre erhitzten Gemüter abzukühlen, davon nie genug bekommen konnten, *mehr, mehr* schrien und ausgelassen wie kleine Derwische im Wasserregen hin und her tanzten.

Doch nicht immer reichten uns die Wasserspiele auf dem Hof. Dann bettelten wir, dass Papa mit uns zum Schwimmen gehen sollte. An Wochenenden, wenn die Arbeit im Betrieb ruhte und der Himmel sein schönstes Sonntagsgesicht zeigte, machte Papa sich gern mit uns auf den Weg zum Beckmannstadion, dem Solefreibad in Wattenscheid. Manchmal begleitete uns auch Mama mit einem Korb Butterstullen und mit Limonadenflaschen - rot wie Himbeeren, grün wie Waldmeister, deren gläserne Knicker man mit dem Daumen eindrücken musste, damit die prickelnden Perlen hochblubbern und den ausgetrockneten Mund erfrischen konnten. Natürlich gingen wir zu Fuß, um das Geld für die Straßenbahn zu sparen. Nach langem Marsch am Freibad angekommen, empfing uns der Lärm von Hunderten sonnenhungrigen

Menschen. Und jauchzend stürzten wir uns mitten hinein in dieses sommerliche Getümmel. Papa brachte meinen Brüdern bereits mit drei, vier Jahren das Schwimmen bei. Kaum hatten sie ihre ersten Paddel-Versuche im Nichtschwimmerbereich absolviert, da trauten sich die Burschen schon ins große Becken. Mit angezogenen Beinen plumpsten in die Tiefe, tauchten unter und kamen prustend wieder hoch: „Das war toll, Vati, das machen wir noch mal.“

Mama fiel fast in Ohnmacht, als sie ihre Lütten so springen sah, Papa aber strahlte vor Stolz. Unter seiner Anleitung wurden meine Geschwister alle großartige Schwimmer und Taucher. Nur aus mir wurde nie eine echte Wasserratte. Meine Versuche, mit halb durchs Wasser gezogenem Kopf zu schwimmen, bescherten mir nur allzu häufig eine Mittelohrentzündung. Wie oft habe ich dann des Nachts unterm Kopfkissen gewimmert, um die Geschwister nicht zu wecken! Ganz aufgegeben aber habe ich das Schwimmen nie, denn die Liebe zum Wasser brach auch bei mir immer wieder durch. Irgendwann aber wurde mir das Schwimmen im Freibad fast zum Verhängnis, nämlich, als ich eines Tages mit meinem Bruder Toni dorthin marschiert bin.

Es war einer dieser heißen, himmelblauen Tage, die nach Vanille-Eis und Sonne schmecken, einer der Tage, an denen das Herz ohne vernünftigen Grund höher schlägt. „Jetzt schwimmen gehen“, dachte ich gerade, „das wäre was! Kühles Wasser und dann in der Sonne dösen!“ Da tauchte Toni auf. „Na, Schwesterlein, hast du Lust, mitzukommen zum Beckmann-Stadion?“ Ich zögerte - Ausflüge mit Toni wurden manchmal zum Fiasko. Da versuchte Toni, mich mit ungewohnten Aspekten zu locken: „Du, ich bin dort mit ein paar Freunden verabredet. Die möchten dich gern kennen lernen. Es sind nette Burschen dabei. Der eine oder andere könnte dir sicher gefallen.“

Na, ich wusste nicht recht! Mit meinen elf Jahren interessierte ich mich eigentlich noch nicht für Jungen. Aber vielleicht konnte es doch ganz lustig werden. Also ging ich mit. Von den Liegewiesen schallte lautes Stimmengewirr, die Schwimmbecken waren überflutet von Wasserratten, am Beckenrand herrschte wildes Geschubse und bei der Rutsche staute sich eine lange Schlange. Ein kleiner Dicker spiralte im Sturzflug vom Sprungbrett und schleuderte eine Fontäne in den Himmel. Am Beckenrand grinste ein magerer Hecht mit blau gefrorenen Lippen von einem Ohr zum andern, bevor er sich wie ein nasser Sack ins Wasser plumpsen ließ.

Endlich, nach langem Suchen hatte ich eine freie Kabine ergattert, mich in mein Badezeug gepresst, und platsch, ging' s ins Wasser, doch, rumps, hatte mir einer seine Flosse auf den Kopf gedonnert. Ich schwamm weiter und hielt zur Schonung meiner Trommelfelle den Kopf schön hoch, sehr zur Freude der Freistilschwimmer, die mir zielsicher ihre Pranke auf den Schädel schlugen. Ich wich aus, genau in den Sprungwinkel eines Bengels, der mit einer wilden Arschbombe ins Wasser knallte. Das aber war erst der Anfang meiner Leidenszeit. Jetzt waren es Tonis Kumpane, die mich aufs Korn nahmen. Ihnen fiel nichts Lustigeres ein, als die kleine Schwester ihres großen Freundes zu tauchen. Wieder und wieder drückten sie meinen Kopf unter Wasser, zogen mich an den Beinen in die Tiefe, ließen mich beim Hochkommen kaum Luft holen. Wollten die mich tatsächlich ersäufen? Wo war Toni? Warum kam er mir nicht zu Hilfe? Dieser Schuft! Er dachte gar nicht daran, sah grinsend dem Treiben der Bande zu und rührte keinen Finger, um mich von den Quälgeistern zu befreien. Die aber ließen erst von mir ab, als eine gutgewachsene Badenixe mit aufgebleichtem Blondhaar auftauchte.

Nie wieder - schwor ich mir an diesem Tag – nie wieder werde ich mit meinen Brüder und ihren Freunden schwimmen gehen! Und überhaupt, Jungen sind doch einfach zu blöd und gar nicht wert, dass man sich mit ihnen einlässt!

Zur Geisterstunde

Meine Freundin Hella und ich waren unzertrennlich. Wenn wir sonntags Ausflüge machten, war sie mit von der Partie. Wenn wir auf unserem Hof spielten, war sie dabei. Und wenn samstags das Badewasser im Waschkessel erhitzt wurde, traf sie rechtzeitig ein, um zusammen mit mir in die große Emailwanne zu steigen, die kurioser Weise ihren Platz in der Waschküche gefunden hatte. Und wenn uns Papa nach der Badeschlacht in Badetüchern gewickelt wie zwei *Mehlsäcke* auf seinen Schultern über den kalten Hof in die warme Wohnung trug, jauchzten Hella und ich um die Wette. Nach dem Bad trocknete Mama uns die Haare – ja, wir besaßen bereits einen elektrischen Fön. Danach durften wir uns bis zum Abendessen unter den Augen der nachsichtig aus ihrem Rahmen auf uns herab lächelnden Madonna von Raffael im weichen Doppelbett der Eltern kuscheln.

Wie wir diese Stunde liebten! Während uns von der Küche her bereits der Duft von Kartoffelpuffern umwehte – an Badetagen gab's stets Reibekuchen mit Preiselbeeren – erzählte Hella mit Vorliebe Gruselgeschichten. Manche dieser Geschichten waren so schrecklich, dass mir richtig das Grausen kam. Ich schaute dann unter den Betten nach, ob dort irgendwelche schrecklichen Nachtgespenster lauerten. Da war es beruhigend, wenn sich nach solchen *Geisterstunden* mein Bruder Toni erbarmte und Hella nach Hause brachte, denn sie hatte sich inzwischen selber in Angst geredet. Weit entfernt wohnte sie zwar nicht. Das Häuschen ihrer Familie lag nur am Ende unserer Straße. Doch so vertraut dieser Weg bei Tage auch war, am Abend trauten wir uns nicht allein hinaus. „Mensch, da krisse doch dat arme Dier, wennze so allein im Dunkeln anne Häuser entlang schleichen tus", meinte Hella und war deshalb froh, wenn Toni sie begleitete. Und war Toni mal nicht da, ja, dann musste Georg sich eben opfern. Wofür sind Brüder schließlich da! Doch an einem dieser Samstagabende war weder Toni noch Georg in der Nähe. Was nun?

„Wie wär's, wenn ich mit dir gehe und dein Bruder mich dann zurückbringt?" fragte ich.

„Keine schlechte Idee", befand Hella. „Also, dann wolln wer mal!"

So machten wir uns tapfer auf den Weg, den Kopf randvoll mit Gespenstergeschichten. Draußen war es noch nicht völlig dunkel. Es herrschte das merkwürdige Zwielicht, in dem die Gegenstände ihre Wirklichkeit verlieren und die phantastischen Formen eines Albtraums annehmen. Zwei weit voneinander entfernte Laternen mühten sich vergebens, die Finsternis zu verscheuchen. Auch der Mond verbarg sein fahles Gesicht hinter fahrenden Wolkenfetzen. Irgendjemand blies mit einer Flöte dumpfe Töne in die Stille des Abends. Uns schauderte. Schatten zuckten am Boden, so dass man glaubte, auf Gespenster zu treten. Wir konnten nur ein paar Meter weit sehen, dann wurde alles undeutlich; Häuser erschienen und verschwanden, als wären sie in Bewegung. Phantome - in schimmerndes Grau gekleidet – kamen uns entgegen und glitten wie körperlos an uns vorbei. Wenn ich mich umdrehte, sah ich sie verschwinden, verschluckt von dem dichten Vorhang, der in der engen Straße hing wie ein Fluch. Eng aneinander gedrängt schlichen wir die Gasse entlang. War dort nicht ein wildes Tier, das darauf lauerte, uns anzuspringen? Wehte nicht hinter uns der weite Mantel eines finsteren Geistes? Schlich nicht ein böser Räuber hinter uns her? Wir hielten den Atem an, schauten uns vorsichtig um, da wich der Schatten, löste sich auf. Jäh tauchte ein Mann aus einer dunklen Passage auf, versperrte uns den Weg. Finster blickte er auf uns nieder. Diese Augen mit diesen seltsamen Lidern! Schlossen sich, als zöge ein Vorhang schräg darüber! Seine spindeldürren Finger wurden zu Zauberfingern. Wollte er uns packen? Ach, es schien ihm Wonne zu bereiteten, unsere Angst zu spüren, die Angst zweier kleiner Mädchen, die sich im Dunkeln fürchteten. „Huhuh", schrie er, und fuchtelte dabei mit seinen Händen vor unseren Gesichtern herum, um dann so plötzlich wie er aufgetaucht war, wieder zu verschwinden. Wir fassten uns an den Händen und rannten, bis wir Hellas Wohnhaus erreichten, am ganzen Körper zitternd. Erst beim Eintritt in die hell erleuchtete Wohnküche legte sich der Bann, der uns den Atem nahm.

„Ist Walter zuhause?" fragte ich Hellas Mutter aufgelöst.

„Nein, er ist nicht da, wird aber bald zurück sein. Was willst du denn von ihm?"

„Och", sagte ich und bemühte mich, möglichst lässig zu klingen, „ich hab gedacht, er könne mich nach Hause bringen. Aber Angst allein zu gehen, nein, Angst hab ich nicht!"

Tante Mattas kleine Welt

Unter den Kindern, die ich kannte, gab's so einige, die von ihren Tanten nichts wissen wollten. Ach, die Tanten! hieß es verächtlich. Ständig liegen sie einem in den Ohren: „Mach einen Knicks!" „Gib Tante ein Küsschen!" „Trägst du auch brav die Socken, die ich dir gestrickt habe?" „Lernst du anständig in der Schule?" Kein Wunder, dass sie von ihren Tanten nichts wissen wollten. Bei mir war das anders. Ich mochte meine Tanten. Jede war auf ihre Art ein Original. Ob kauzig oder intellektuell, lebenslustig oder vornehm zurückhaltend – sie alle waren starke Frauen, die voll im Leben standen.

Selbst meine Tante Martha war nicht zu verachten. Sie – eine Schwester von Papa - wohnte in unserem Haus gleich hinter ihrem kleinen Milchladen. Einige Leute waren der Meinung, „unser Tante Matta" - wie wir sie nannten - hätte nicht alle Tassen im Schrank. Das aber finde ich doch etwas übertrieben. Na ja, eigentlich war sie schon eine alte Transuse, manchmal auch ein bisschen lächerlich. Sie war eben eine hoffnungslose alte Jungfrau, obwohl sie keine echte Jungfrau war, eher so was wie eine Langzeitwitwe, wenn Sie wissen, was ich meine. Schließlich ist sie mal verheiratet gewesen – wenn auch nur für ein Jahr - und zwar mit einem drittklassigen Redakteur eines christlichen Heimatblättchens. Dass dieser brave Mann seine Artikel nur schreiben konnte, wenn er ein oder zwei Glas Wein getrunken hatte, sollte ihm eines Tages zum Verhängnis werden. Als er nämlich – vom Rebensaft bereits benebelt - für eine besonders wichtige Reportage eine neue Flasche aus dem Keller holen wollte, stürzte er kopfüber die Treppe hinab und blieb mit gebrochenem Genick vor der Tür der Verheißung liegen.

Nur wenige hatten Mitleid mit dem armen Mann, denn kaum einer konnte sich vorstellen, dass ihm ein langes Leben mit seiner Angetrauten auf Dauer Spaß gemacht hätte. Tantchen aber trauerte auf ihre Weise ausgiebig um den lieben Verstorbenen. Wenigstens einmal im Monat staubte sie mit ihrem Staubwedel sorgfältig die pietätvoll gesammelten Stapel seiner Heimatblättchen ab, und zweimal im Jahr klopfte sie die Motten aus den in Ehren gehaltenen Sonntagsröcken ihres Seligen heraus. Als sie sich nach zwanzig Jahren endlich dazu durchgerungen hatte, die Anzüge an die Wohlfahrt weiterzugeben, da waren sie steif und brüchig geworden wie alte Planen im Sturmwind.

Doch Tante Mattas Leben erschöpfte sich nicht nur in der Erinnerung an den teuren Verblichenen. Sie ehrte auch das Andenken an ihre geliebte Mutter. Mehr und mehr begann sie, ihrem Bild zu gleichen - sie wurde ebenso fromm, wurde ebenso schrullig, bekam ein ebenso rundes Gesicht, wie man es oft in Kirchenbänken antrifft. Wenn sie sprach, klang ihre Stimme hoch, wenn sie schimpfte, wurde sie schrill. Sie wirkte jung und alt zugleich, hatte Kinder gern und beklagte sich ständig über den Lärm, den sie machten. Einsam aber fühlte sie sich nicht. Sie kramte in alten Zeitungen, sammelte allerlei Krimskrams, betete täglich ihren Rosenkranz und pflegte das Andenken an ihre Vorfahren, die - ebenso wie Mamas Vorfahren - aus dem Eichsfeld kamen. Ihre Erzählungen waren für uns eine reine Fundgrube. Stets suchte sie in ihrem Kopf nach Ereignissen und Themen aus alten Zeiten, wobei eine Geschichte zur nächsten führte und so ein lebendiges Mosaik der Vergangenheit entstehen ließ.

Ihre Interessen waren dennoch nicht nur in die Vergangenheit gerichtet. Gelegentlich übte sie sich auch darin, ihre Mitmenschen zu ärgern. Und so manches Mal hatte sie es dabei auf uns Kinder abgesehen. Wenn ich nur dran denke, was sie an Badetagen mit uns angestellt hat! Heute kann ich darüber lachen, damals aber kochte ich vor Wut. Da plätscherten wir – meine Freundin Hella und ich – samstags vergnügt in der Badewanne, die sich in der Waschküche gleich neben dem Waschkessel befand und dachten an nichts Böses. Da erschien wie eine Spukgestalt *unser Tante Matta* mit einem ausgebeulten Putzeimer auf der Schwelle, füllte den Behälter mit unserem Badewasser und scherte sich den Deibel um unsere Proteste. „Was wollt ihr denn? Ich brauche das Wasser zum Flurputzen, damit basta!" Und ungerührt rauschte sie davon. O diese Hexe! Wir hätten sie umbringen mögen in solchen Momenten. Doch ganz wehrlos gegenüber ihren Attacken waren wir nicht. Wir revanchierten uns bei nächster Gelegenheit, indem wir ihr eine Handvoll Stinkbomben in den Milchladen warfen. Tante Matta schäumte dann vor Wut. "Verdammte Blagen", schrie sie dann wild hinter uns her, „wartet nur, wenn ich euch erwische!" Wir jedoch rannten blitzschnell davon und amüsierten uns rachelüstern über ihre Aufgeregtheit. Andererseits, wenn Tante Matta gute Laune hatte, erlaubte sie uns gnädig, ihr beim Verkauf im Milchladen zu helfen. „Wieg' mal ein Viertel Pfund Butter ab." „Füll mal 'nen Schoppen Milch in die Kanne." „Pack mal drei Eier ein." Als Belohnung drückte Tantchen uns dann auch schon mal ein paar Bonbons aus den runden Gläsern - die auf der Theke prangten – in die Hand.

Tante Mattas Milchladen war eigentlich kein typischer „Tante-Emma-Laden", er war eher ein Dinosaurier unter den kleinen Läden, eben ein echter „Tante-Matta-Laden". Dieser Laden - er war ihre Höhle, ihr Stammplatz, ihre Begegnungsstätte, ihr eigentliches Leben! Hier empfing sie täglich ihre Kunden, selbst am Sonntagmorgen, wenn die Kirchenglocken das Ende der Frühmesse ausgeläutet hatten, selbst am späten Abend, wenn einer alten Kundin die Butter fürs Vesperbrot ausgegangen war. Vielleicht hatte Tante Matta irgendwann von einem anderen Leben geträumt, doch das Schicksal hatte sie da hineingestellt, und nur der Tod konnte sie von dort vertreiben. Den aber hielt sie eisern auf Distanz. Sie lebte ja so gesund, trank jeden Tag eine Tasse Buttermilch, in der die Butterstückchen noch wie Schneeflocken umeinander wirbelten und aß jeden Tag eine Schale selbst angesetzter Dickemilch.

Es gab Zeiten, da hielten Anna und ich uns ausgesprochen gern in ihrer Küche auf, die zugleich ihre Gute Stube war. Dort roch es an so manchen Tagen nach Sauerkraut mit Hefeklößen auf Eichsfelder Art. Und es roch nach Aufregung. So gewissenhaft Tante Matta ihre Arbeit im Geschäft auch tat, so erlaubte sie sich in ihrer Wohnung eine ausufernde Unordnung, die uns immer wieder überraschte. Überall stapelten sich Kartons auf Kartons, beschriftet mit dickem Bleistift in kaum leserlicher Schrift. Überall flogen Zettel herum. Auseinandergefaltete Briefumschläge dienten ihr als Notizpapier, verbogene Büroklammern als Universalinstrumente, kleine Schachteln als Sammelbehälter für allerlei Sammelsurium. Ihre Schränke und ihr Buffet quollen über von Gegenständen, die schon lange nicht mehr genutzt wurden, die sie aber nicht als nutzlos gelten lassen wollte. Ihr System war gut abgesichert, weil niemand dieses Ordnungssystem durchblicken konnte, nicht einmal sie selbst. Vergeblich daher ihre Mühe, wenigstens einmal im Jahr Ordnung in diese Unordnung zu bringen. Nur die großen Bonbongläser, in denen sie ihren Vorrat an Süßigkeiten für den Laden aufbewahrte, standen – von einem blassen Vorhang verdeckt - schön in Reih und Glied hintereinander auf den Treppenstufen, die zu den oben gelegenen Wohnräumen führten, deren geheiligte Böden wir nie betreten durften. Der vordere dieser Räume war wohl eine Art Museum für ihren ach so früh verstorbenen Gatten, wo sich neben seinen nach Mottenkugeln riechenden Kleidungsstücken und den vergilbten Zeitungsblättchen noch weiterer unentwirrbarer Trödel türmte. Im hinteren Zimmer dagegen musste sich ihre Schlafkammer befinden, denn tagaus, tagein flegelte sich in dem zum Hof hin starrenden Fenster ein zum Lüften ausgelegtes Federbett.

Was sich sonst noch dort oben verbarg? Wir hatten keinen Schimmer, das Obergeschoss war ja für uns absolut tabu. Trotzdem übte die Treppe, die zu diesem geheimnisumwitterten Obergeschoss führte, eine unwiderstehliche Anziehungskraft auf uns aus. Wir wussten ja um das Versteck der roten Himbeerbonbons, der bunten Lakritztropfen, der in Gold gefassten Schokoladentaler, die - nur durch den Vorhang unseren Blicken entzogen - darauf warteten, aus ihren gläsernen Särgen befreit zu werden. Und während wir zunächst von der untersten Stufe der Treppe mit unschuldigen Blicken Tante Matta bei ihrem vergeblichen Kampf gegen die Unordnung auf Tisch und Stühlen beobachteten, rutschten wir langsam immer ein Stückchen höher, bis wir auf der ersten Stufe der Versuchung angelangt waren und ein paar Bonbons in unsere Taschen stopfen konnten. Bevor wir aber die Gläser mit den größten Kostbarkeiten erreicht hatten, pfiff uns die doch nicht ganz so arglose Tante mit einem schrillen: „Tschschsch! Wollt ihr wohl da runter kommen!" zurück. Heiliger Himmel! Wie ertappte Sünder schraken wir zusammen und hatten es plötzlich eilig, den Rückzug anzutreten. Ein schlechtes Gewissen? Ne, hatten wir nicht, denn wer wollte bestreiten, dass geklaute Süßigkeiten besser schmecken als ehrlich erworbene?

Heimliche Liebe

Natürlich klebten wir nicht nur an unserem engen Stadtviertel. Nein, wir riskierten hin und wieder auch einen Blick darüber hinaus. Und wenn das Sonntagswetter mitspielte, die Sommersonne verheißungsvoll vom Himmel strahlte, dann lockte es uns auch weit über die Gelsenkirchener Stadtgrenzen hinweg. Schließlich gab es im Revier noch andere schöne Plätze – Plätze voller Romantik, geschaffen, um die Lungen mit frischer Luft zu füllen, die Augen zu erfreuen, die Seele baumeln zu lassen. Mama aber fand, dass es nirgendwo so schön sei wie im Essener Süden. Natürlich schwangen bei ihr sentimentale Heimatgefühle mit, Mama war schließlich dort groß geworden und kannte im weiten Umkreis jeden Weg und Steg. Sobald also Papa mit seinem tiefem Bass losschmetterte *„Es grünt so grün im Ruhrpott auf den Höh'n"*, dann hielt uns nichts mehr in unserer alten Ziethenstraße, dann rüsteten wir uns für einen Ausflug zu unserer heimlichen Liebe, dem Essener Stadtwald am Baldeneyer See. Mama bestrich die Weißbrotstullen mit guter Butter, teilte den frisch gebackenen Streuselkuchen in handfeste Stücke und packte alles in die bereitliegenden Brotbeutel. Zünftig behängt mit den Proviant-taschen marschierten wir dann gut gelaunt zum Bahnhof.

Wie immer an Wochenenden mit prächtigem *Kaiserwetter* herrschte an den Fahrkartenausgaben großes Gedränge. Wenn Papa endlich an die Reihe kam und eine *Familien-Rückfahrkarte nach Essen-Stadtwald für 8 Personen* verlangte, verdrehten die Wartenden hinter uns neugierig ihre Hälse, und so manch einer prüfte heimlich nach, ob die angegebene Personenzahl tatsächlich stimmte. Als hätte Papa die *Häupter seiner Lieben* nicht richtig zählen können! Oft genug waren gar noch mehr mit von der Partie, zum Beispiel Hella, meine Busenfreundin, die schon fast zur Familie gehörte, oder - wie an diesem Tag - Emil, Georgs Schulkamerad. Kein Wunder, dass unsere quirlige Schar Aufsehen erregte! Papa quittierte dieses Interesse mit stolzem Lächeln. Als Oberhaupt unseres Familienclans fühlte er sich sichtlich in seinem Element. Und sah er nicht aus wie das Sinnbild eines verkappten Piratenhäuptlings mit seinem spiegelglatt rasierten Schädel und dem verwegenem Grinsen?

Für uns Kinder waren die Fahrten ins Blaue immer ein prickelndes Ereignis. Wenn der Zug mit viel Getöse in den Bahnhof einlief, wenn alles drängelte, um in die Waggons zu kommen, wenn Mama krampfhaft versuchte, in diesem Geschiebe ihre Lieben nicht aus den Augen zu verlieren, wenn die Lokomotive sich endlich in Bewegung setzte, dann hielt uns nichts auf unseren Plätzen. Aufgeregt drückten wir unsere Nasen an den Fenstern platt, während die Landschaft an uns vorüberrauschte. Doch allzu schnell erfolgte die Durchsage: „Hier Essen Hauptbahnhof! Alles aussteigen, der Zug endet hier!" Und schon geriet die Schar der Mitreisenden in hektische Bewegung.

„Beeilt euch", mahnte Papa, „sonst verpassen wir unseren Anschluss." Wie eine aufgescheuchte Hammelherde drängelten wir uns durch die schiebende Menge, stolperten die Bahnhofstreppen hinunter, huschten den Tunnel entlang, stiegen andere Treppen hinauf und hastete zum äußersten Ende des Bahnsteigs 9, wo der Zug nach Stadtwald bereits voll unter Dampf stand, und der Zugführer ungeduldig seine Trillerpfeife zum Mund führte. Geschafft – auch wenn wir keine Sitzplätze mehr erwischten! Es war eben, als hätte sich der halbe Kohlenpott aufgemacht, um den grünen Süden von Essen zu überrennen. Mit Zischen und Ruckeln schlängelte sich der Zug durch grünes, welliges Land. Die so vertraut klingenden Namen der Zwischenstationen ließen mich erregt auffahren. Nicht mehr lange, und der Zug hielt am Bahnhof Stadtwald. Und wieder setzte eine wahre Völkerwanderung ein, die Heisinger Straße entlang Richtung Ruhrtal. Allmählich lichtete sich der Strom der Ausflügler – hier gab es ja so viele Wege, so viele verlockende Ziele, zum Beispiel Essen-Hügel, wo die Schönen und die Reichen residierten. Nehmen wir nur die Familie Krupp, deren Villa damals noch nicht zur Besichtigung freigegeben war und deshalb besonders geheimnisumwittert erschien. Vornehm und wuchtig zugleich sah diese Villa auf andere Behausungen herab, die durchaus auch sehenswert waren - alternde Prachthäuser eben, die am Hang saßen wie fein gemachte Damen. Ringsherum lockten zudem die vielen Wälder mit ihren gepflegten Wanderwegen und ihrem Kranz von gemütlichen Ausflugslokalen wie *Jagdhaus Schellenberg, Schöne Aussicht, Schwarze Lene* und nicht zu vergessen *Pflaumen-Paula*.

Unser erstes Ziel war Schloss Baldeney. Auf dem Weg dorthin zeigte uns Papa, dass es hier im Ruhrtal einen Lebensraum der Vielfalt gab – er öffnete uns die Augen für die schlichte Sinnlichkeit einer roten Heckenfrucht, die Zartheit eines Zitronenfalters, die herbe Schönheit einer Schwertlilie am Bach. Er ließ für uns eine Welt voller Wunder entstehen, in der die Blumen, die Vögel, die Käfer ein verzaubertes Leben führten; in der alles möglich war, in der ein Baum oder ein Stein viel mehr bedeutete, als das, was wir mit unseren Sinnen wahrnehmen konnten. Auf diese Weise wurde uns der Weg nicht lang. Je näher wir aber dem See kamen, desto mehr mussten wir darauf achten, dass unsere Familie in dem immer stärker anschwellenden Strom der Sonntagsgäste nicht auseinander gerissen wurde, denn an diesem schönen Sommertag herrschte rund um Schloss Baldeney hektische Betriebsamkeit. Um den Affenkäfig herum, der auf der Rückseite des Schlosses lag, war das Gedränge so groß, dass ich kaum einen Blick auf meine quirligen Freunde werfen konnte. „Also, jetzt ist es hier einfach zu voll", meinte Papa. „Was haltet ihr davon, wenn wir erst eine Schiffsrundfahrt machen und hinterher Kaffee trinken? Vielleicht finden wir danach eher einen Platz."

„Ne gute Idee", fand Mama, „da kommt auch gerade die Fähre, also nichts wie hin!" Kaum hatten wir das Schiff gestürmt, legte es schon ab. Der Baldeneyer-See gab sich leicht unruhig. Zärtlich spielte die Morgensonne auf seiner gekräuselten Oberfläche. Goldene Formen schwirrten wie ein Schwarm Fische darüber hin und umtanzten übermütig unser Boot. Weiße Segelschiffe glitten vorbei, ein paar hungrige Enten quakten und ein langhalsiges Schwanenpaar zog majestätisch seine Runden, während fröhliche Ruhrpöttler sich im Rudern übten. Papa hatte zum Schutz gegen die gleißenden Sonnenstrahlen auf seinen blank rasierten Schädel ein an den Ecken verknotetes Taschentuch gelegt, während Mama versuchte, wenigstens ihr rechtes Auge unter dem kess zur Seite gezogenen Hütchen zu verbergen. Wir Kinder aber konnten nicht genug bekommen von der Sonne und rekelten uns zufrieden an der Reling. Eine volle Stunde glitten wir so über den Baldeneyer See, hielten kurz auf der gegenüber liegenden Seeseite bei Haus Scheppen, wendeten in einem eleganten Bogen und fuhren entspannt zum Ausgangspunkt zurück.

„Hier ist ja noch immer kein Tisch frei", klagte Mama, als wir die Schloss-Terrassen wieder erreicht hatten. „Ich schlage vor, wir gehen rauf zur *Heimlichen Liebe.*"

„Watt? Zur *Heimlichen Liebe?*" fragte Emil erstaunt. „Wer iss'n datt?"

„Na, lass dich überraschen", grinste Georg. Anna übernahm es dann, den unwissenden Jungen aufzuklären: „Also, die *Heimliche Liebe*, das ist ein Ausflugslokal ganz oben auf dem Berg. Da kann man seine Stullen essen, und da dürfen Familien sogar selber Kaffee kochen. Ach ja, und Schaukeln und Wippen gibt es da oben und sogar ein Karussell", setzte sie aufgeregt hinzu, und die Mama wies noch auf die schöne Aussichtsplattform hin, und erwartungsfroh zogen wir los. Doch der Weg war fürchterlich, ganz ohne Schatten. Er zog sich unendlich hin durch die immer heißer werdende Sonne. Miriam quengelte. Ihr taten die Füße weh. Natürlich, sie hatte aus lauter Eitelkeit mal wieder viel zu enge Schuhe angezogen! „Ich weiß eine Abkürzung", sagte Papa. „Wenn wir dort links den Felsen hochklettern, sind wir bald da", und schon fasste er Mama - die seinem Orientierungssinn aus leidvoller Erfahrung nicht recht traute - bei der Hand und zog sie gnadenlos über Geröll und Steine den Berg hinauf. Was blieb uns anderen übrig, als ihnen nachzuklettern! Mir machte das ja nicht viel aus. Ich war noch leichtfüßig und flink wie eine junge Bergziege. Anna dagegen hatte so ihre Probleme – sie hatte schließlich ein paar Pfund mehr auf den Rippen, dabei fand sie sich selber unheimlich schlank. Das ich nicht lache! Warum ist sie dann plötzlich wie ein alter Kartoffelsack den halben Berg heruntergerollt? Mensch, hatte die einen Dussel, dass son klitzekleiner Strauch ihren Sturz dabei abgebremst hat! So ist ihr zum Glück nichts weiter passiert, nur ihr neues Kleid, das war hin, das hatte hinten einen langen Riss, den musste Mama mit Sicherheitsnadeln zusammen stecken, sonst hätte sie ganz schön dumm ausgesehen.

Endlich hatten wir, reichlich zerzaust und verschwitzt, mit trockener Kehle und knurrendem Magen den Hügel erreicht. Doch auch hier war das Café dicht besetzt. Seine Gäste breiteten sich

70

über die ganze Terrasse aus. Auf viel zu kleinen Tischen standen vor ihnen Gläser mit roten, grünen, braunen Flüssigkeiten oder Tassen mit köstlich duftendem Kaffee, dazu Teller mit Kuchen, Torten, feinem Gebäck. Die Mehrzahl der Gäste legte keinen Wert darauf, der alten Tradition folgend ihren Kaffee hier selbst zu kochen – sie ließen sich lieber von den nimmer müden Kellnerinnen bedienen. Auch wir sehnten uns nach solchem Komfort und hielten sehnsüchtig Ausschau nach einem frei werdenden Tisch. Da, eine größere Gästegruppe machte gerade *die Fliege* und überließ uns zwei zusammengestellte Tische mit einer ausreichenden Anzahl von Stühlen. Endlich konnten wir Kinder uns eine Limo bestellen, während Papa und Mama auf frischen Kaffee warteten. Georg packte als erster seine Stullen aus – er war ja immer so gierig. Schließlich langten alle ordentlich zu – die Kletterei hatte uns hungrig gemacht. Nun hätte man ja meinen können, das Kaffeestündchen in luftiger Höhe würde unsere Lebensgeister wieder stärken, aber nein, es machte uns schlapp und träge, und so waren wir froh, dass es wieder nach Hause ging.

Als am überfüllten Bahnhof in Stadtwald endlich der Zug für die Rückfahrt anrollte, trollten wir uns auf unsere Plätze und dösten beim Rattern der Räder müde vor uns hin. Auf dem Weg von der heimischen Station zur Ziethenstraße stolperte ich schlaftrunken über meine eigenen Beine. Papa hatte bald ein Einsehen mit mir und trug mich Huckepack bis zur Haustür. Auch die Geschwister waren sichtlich ermattet. Nur Emil - unser Reisegefährte - war so überdreht, dass er ständig auf uns einredete, obwohl niemand mehr hinhörte. Als er dann vor unserem Haus auf seinen großen Bruder traf, hatte er in ihm ein williges Opfer gefunden, und da sprudelte es nur so aus ihm heraus:

„Denk ma, Jupp, auf eima stehn wer da in sonner Siedlung, da is uns aba nix mehr eingefalln! Da hasse gedacht, da kommt jedn Moment son reicher Knilck umme Ecke. Da jagte eine Villa die andere, da quoll der Zaster nur so aussm Schornstein raus. Ja und dann hamer auch Georgs heimliche Liebe besucht. Aba wer dat is, dat erzähl ich dir nich. Über sowat Delikatet muss man schweigen können. Dat kannze ja wohl verstehn oder nich? Na sieste!"

Und Pfarrer Plümpe wundert sich

Schon seit Wochen fieberte ich dem Tag meiner Erst-Kommunion entgegen.

„Hella", fragte ich, „willst du mein Engelchen sein?"

„Weiß nicht", zögerte Hella, „was hab ich denn als Engelken zu tun?"

„Eigentlich nichts! Du musst nur während der Feier ständig an meiner Seite sein."

„Ach wenn's weiter nichts ist, na gut, dann bin ich einverstanden!"

Prima! Damit war die Sache geklärt. Was war sonst noch vorzubereiten? Eine Wunschliste aufstellen? Ach was, das würde nichts bringen! Mama hatte bereits gestöhnt, dass so eine Kommunion 'ne ganze Menge Geld kostet, da dürfte nicht viel übrig bleiben für großartige Geschenke. Vielleicht sollte ich lieber darüber nachdenken, welche Sünden ich zu beichten habe. Ohne Sündenbekenntnis darf man ja nicht zur Kommunion. Aber was hatte ich schon zu beichten? Dass ich hin und wieder gelogen habe? Dafür würden mir wohl drei „Vaterunser" aufgebrummt. Was noch? Dass ich neulich 'ne Stinkbombe in Kapallas Laden geworfen habe? Quatsch! Dafür habe ich ja schon 'ne Ohrfeige gekriegt! Andererseits hat der Pastek gesagt, man müsse auch *die* Sünden bekennen, für die man bereits eine Strafe erhalten hat, sonst könne man dafür doch noch im Fegefeuer landen. Auweia! Ganz schön blöd, die Sache mit dem Beichten! Hella jedenfalls war mir bei diesen Überlegungen keine Hilfe. "Ich bin froh, dass ich damit noch ein Jahr Zeit habe", meinte sie nur.

Am Weißen Sonntag wachte ich in aller Herrgottsfrühe auf - irgendwie verstimmt. Ich dachte nach, erinnerte mich und ... verwünschte diese leidige Kommunion, den Pastor, die Geschwister, einfach alle, die an diesem Tag was von mir wollten. Viel lieber würde ich mir an diesem Tag die Vorstellung der Schlangentänzerin auf der Gertrudiskirmes ansehen, für die mir am Vortag das Geld gefehlt hatte. Meine Gefühle schwankten hin und her wie der Himmel, der in einer Prozession über dem Allerheiligsten getragen wird. Doch zum Grübeln blieb nicht viel Zeit. Es galt, Papa auf Trapp zu bringen, der noch gedankenverloren über den Hof zur Werkstatt spazierte. „Vati", rief ich durchs Fenster, „wir müssen gleich los. Hast du das vergessen?" Papa warf einen Blick auf seine Taschenuhr. „Herrgott noch mal! Du hast Recht, jetzt wird's Zeit." Inzwischen waren auch die ersten Gäste erschienen und schlossen sich unserem Zug an: Onkel Bernhard, der ohne seine Frau wie ein verstörter Pudel wirkte; Tante Hetty, meine Patin, sehr blass und ein wenig geziert; Onkel Jochen in seiner gewohnt spöttischen Art; Hella, mein engelsgleicher Schatten, in einer Tour kichernd.

Vor der Kirche herrschte feierliche Aufgeregtheit wie beim Einzug der Gladiatoren in die Kampfarena. Helles Tageslicht drang durch das offene Portal in das Gotteshaus. Der Weihrauchkessel qualmte, die Orgel dröhnte, der Kirchenchor sang hoch und schrill das *Halleluja,* und der Pastor zelebrierte mit feierlichem Ernst die Messe. Das Licht der brennenden Kerzen umgab ihn mit himmlischem Leuchten. Er trug ein seidenglänzendes, mit Goldfäden besticktes Messgewand. Es hatte sicher ein Gewicht wie ein nasser Wintermantel; das war wohl gerade das Wertvolle an diesem ornamentreichen Umhang. Dann endlich war es soweit - wir Kommunionkinder waren am Zuge. Gesenkten Hauptes schritten wir auf den Altar zu. Demütig knieten wir nieder, öffneten zaghaft den zitternden Mund, streckten verlegen die Zunge raus und empfingen wie im Trance die geweihte Oblate. Mütter und Tanten seufzten vor Rührung, schreiende Babys übertönten den Chor, und Pfarrer Plümpe gab sich alle Mühe, wie Don Camillo auszuschauen. Doch um ein Haar hätte ich die ergreifende Szene verpatzt. Vor Aufregung hatte ich mich nämlich an der Hostie verschluckt und konnte nur mit Mühe einen Hustenanfall unterdrücken.

Kaum aber war die Messe beendet, verwandelte sich die Schar frommer Backfische in einen gackernden Hühnerhaufen, der samt Anhang übermütig den heimischen Gefilden zustrebte. Zuhause angekommen, hatte Papa es eilig, das Ereignis dieses Tages für die Nachwelt festzuhalten. Diesmal wollte er selber die Fotos schießen - aber nur von mir und meinem Engelchen; der Rest der Familie hatte schon allzu oft als Hintergrund für Kommunionbilder herhalten müssen. Früher, ja, da wurde bei jeder Einsegnung die ganze Familie auf eine schillernde Metallplatte gebannt, die uns Kinder vor Staunen stumm machte. Dafür wurde eigens ein professioneller Fotograf engagiert. Der hatte umständlich im Hof sein Stativ aufgepflanzt, den hölzernen Fotokasten draufgesetzt, die Sippschaft um das Kommunionkind gruppiert und mit einem „Achtung, jetzt nicht bewegen" alle zu Statuen erstarren lassen. Da waren sie nun verewigt auf einem vergilbten Stück Papier, zu einem Stillleben gefroren, den Blick in weite Ferne gerückt, für immer unerreichbar und auf ewig jung. Aus dieser Zeit stammt auch das Foto von Georgs Kommunion, auf dem mein Brüderlein fein herausgeputzt im Mittelpunkt des Geschehens steht. Toni - nur ein Jahr jünger - wirkt neben ihm wie ein mickriger Gartenzwerg. Hanna dagegen - ihrer Würde als Georgs Engelchen voll bewusst - grinst keck in die Kamera. Nur Hansl sieht aus, als könne er kein Wässerchen trüben. Ich aber reite wieder einmal - aus welchen Gründen auch immer - meinen *Hittebock*, was dem Papa ein verschmitztes Lächeln entlockt, während Mama einen Ausdruck von verdutzter Feierlichkeit zeigt. Dann ist da noch Miriam - die große Schwester - die ihre etwas üppig geratene Backfischfigur in ein auffallend buntes Modellkleid gepresst hat und damit beinahe den Rahmen des Bildes sprengt - eine blonde Locke verdeckt fast vollständig ihr rechtes Auge, das sollte ihr wohl einen mondänen Ausdruck verleihen; sie wusste sich damals schon in Szene zu setzen. Mein Kommunionbild dagegen wirkt weniger eindrucksvoll: Da stehe ich – ein rührend braves Mädchen - mit niedergeschlagenen Augen vor einem Vorhang, während mein *Engelchen* neben mir so verschreckt die Augen aufreißt, als wäre der Teufel persönlich der Kamera entsprungen.

Nach der unter allgemeiner Anteilnahme durchgeführten Fotoaktion entstand eine Flaute im Festgetümmel. Ein Teil der Gäste saß bereits erwartungsvoll am Esstisch, andere standen in Grüppchen herum und unterhielten sich krampfhaft über das Wetter und andere Nichtigkeiten. Vom Wohnraum ging ein erregtes Summen aus wie von einem riesigen Hummelschwarm. Mir kam es vor, als triebe ich in einen dichten Nebel hinein. In meinem Kopf ging es zu wie in einem Geisterhaus. Heiliger Bimbam! Was hatte ich hier verloren? Ich wollte raus, einfach raus, nur weg von hier. „Na so was! Nicht zu halten, das Kind, hat einfach kein Sitzfleisch", echoten die Tanten. Mürrisch setzte ich mich an den Tisch und vertiefte mich in die Betrachtung der ach so langweiligen Gesellschaft. „Komm, lass uns verschwinden", flüsterte ich meinem Engelken zu, „bevor wir hier ersticken."

Wie zwei Verschwörer huschten wir davon. Wohin? Zur Gertrudiskirmes natürlich, auf den Wildenbruchplatz, wo sich an jenem Tag zum letzten Mal die bunten Karussells drehten, wo wir Versäumtes nachholen wollten, wo die Schlangentänzerin auf uns wartete. Und wie eh' und je schlug uns die Welt des Jahrmarktes mit ihren schrillen Tönen in ihren Bann. Wir waren berauscht, geblendet von all den zwinkernden Lämpchen und von der Musik, die aus vielen Boxen herüberwehte. Da schimmerten und irrlichterten, ratterten und rasten die Karussells. Die ganze Kirmes - eine einzige Orgie aus Licht und Farbe, Duft und Geklingel! Wer erinnert sich nicht gern an die holzgedrechselten Pferdchen, die sich immerzu im Kreise drehen, an die Geisterbahn, in der man das Fürchten lernt, an das Riesenrad, aus dessen Höhe einem der Kirmesplatz in der Vogelperspektive zu Füßen liegt?

Die Achterbahn aber, deren Höhen und Tiefen wir sonst mit besonderer Vorliebe erkundeten, würdigten wir diesmal keines Blickes. Uns zog es zu der Schlangentänzerin, die am Vortage ihre Schau persönlich angekündigt hatte. Sie hatte es uns angetan, hatte uns verzaubert. Sie war ja so schön! Ich schwöre es, sie war wirklich schön mit ihrem opalisierenden Kleid aus durchsichtigem Chiffon, das sich eng um ihren Körper legte und bei jeder Bewegung ein buntes Feuerwerk versprühte. Um ihren Hals hatte sich lässig eine Riesenschlange gewunden, deren starrer Blick eine fast hypnotische Wirkung auf mich ausübte.

Beinahe hätten wir den Schaustellerwagen mit den fast unleserlich gewordenen Schriftzügen übersehen; die kreischende Stimme des Budenbesitzers aber - eines dickleibigen Kerls - war nicht zu überhören: „Nur hereinspaziert, Ihr Leute, immer hereinspaziert", lockte er. „Hier sehen Sie Tanja, die Schlangentänzerin mit ihrem Schmusetier, einer gefährlichen Kobra. Sie werden eine Show erleben, die Ihnen das Blut in den Adern gefrieren lässt. Doch keine Angst! Wenn Tanja tanzt, wird die Kobra zu

Wachs in ihren Händen. Lassen Sie sich dieses Schauspiel nicht entgehen!" Und als er uns mit offenem Mund vor sich stehen sah, zog er mit einer Miene großartiger Unterwürfigkeit seinen Hut. „Eine Loge, meine Damen? Für euch kostet der Eintritt heute nur fünfzig Pfennig."

Was, fünfzig Pfennige nur? Na ja, gestern hätten wir uns auch das nicht leisten können, heute aber war mein Täschchen mit echten Talern bestückt, die mir die Verwandtschaft so reichlich zur Kommunion gespendet hatte. Also nichts wie rein in die verlockende Vorstellung! Was sollte daran verwerflich sein, wenn wir am Weißen Sonntag eine Reptilien-Schau besuchten? Kam nicht auch in der Geschichte von Adam und Eva eine Schlange vor? Da kann auch Pastor Plümpe nichts gegen haben. Und so drängelten wir uns durch die Menge zum Kassenhäuschen, verlangten „zweimal Eintritt bitte", und betraten eilig das Zelt, zumal inzwischen ein leichter Regen eingesetzt hatte.

Da saßen wir nun auf unbequemen Holzbänken im Halbdunkel des Zeltes und warteten fiebernden Herzens auf den Beginn der Vorstellung. Es dauerte eine Ewigkeit, bis sich endlich der verschlissene Vorhang öffnete und die angebetete Künstlerin auf der Bühne erschien. Da stand sie nun - umgeben von flirrendem Licht - in ihrem durchschimmernden Gewand wie in Bronze gegossen für die Ewigkeit, beide Arme in die Luft gereckt, weit entrückt der Realität. Diese Aura, diese Schwingungen, die sie umgaben! Um ihren Hals rekelte sich wieder die bizarr gemusterte Riesenschlange, die mich mit kalten Augen anstarrte. O nein, dachte ich, o nein, eine Würgeschlange um den Hals! Was wird nun passieren? Meine Erwartung wuchs.

Da, leise Flötentöne erklangen! Mit langsamen Bewegungen, die sich allmählich zu immer größerem Tempo steigerten, drehte sich Tanja im Rhythmus der Musik, während das Reptil sich geschmeidig um ihren Körper schlängelte. Es war dieselbe Szene, die wir bereits am Vortag bei der Ankündigung der Schau *vor* dem Zelt erlebt hatten. Nun fieberten wir dem weiteren Verlauf der Aufführung entgegen. Unsere hochgespannte Erwartung jedoch wurde bitter enttäuscht, denn bereits wenige Minuten später brach die Musik ab. Die Tänzerin verbeugte sich leicht, und schon verschwand sie hinter der Bühne. Langsam senkte sich der Vorhang. Die Vorstellung war beendet!

Was, das soll alles gewesen sein? Wir fühlten uns bitter betrogen. Dafür hatten wir Zeit und Geld verschwendet, daran unsere Phantasie entzündet? Der Ausrufer hatte doch viel mehr versprochen! *Wir* hatten uns von der Darbietung viel mehr versprochen! Wie betäubt strebten wir dem Ausgang zu. Kaum aber hatten wir das Zelt verlassen, begann es wieder zu regnen. Natürlich, es schüttete, und wie! Der Regen fiel in Strömen aus einem trostlosen Himmel, durchnässte unsere weißen Kleider, verwandelte sie in nasse Lappen, die schlotternd um unsere fröstelnden Körper klatschten. Zu allem Elend plagte uns inzwischen auch das Gewissen. Müssen wir nun im Fegefeuer schmoren, weil wir die Würde des heiligen Tages durch einen Kirmesbesuch entweiht haben? Doch der Himmel hatte Erbarmen und löschte das schwelende Feuer, indem er uns eimerweise mit Wasser überflutete.

„Los, lass uns laufen, damit wir nachhause kommen. Meine Mutter wird sich sicher schon Sorgen um uns machen", spornte ich Hella an. „Ach wären wir doch bloß zuhause geblieben", dieser Stoßseufzer kam offensichtlich zu spät. Natürlich hatte man uns inzwischen vermisst, wenn auch nicht sofort, sondern erst, als Pfarrer Plümpe kam, um das Kommunionkind zu segnen. Mama hatte bereits mit seinem Besuch gerechnet, denn Pfarrer Plümpe war dafür bekannt, dass er sich gern selbst zum Festmahl einlud. Festlich aber sah er dabei nicht gerade aus. Sein feierliches Messgewand hatte er ausgetauscht gegen einen zerknitterten Anzug von klerikalem Schwarz mit geistlichem Kragen, seine Füße steckten in riesigen schwarzen Schuhen, und sein zerknittertes Pferdegesicht wirkte schlecht rasiert, die schwarzen Stoppeln warfen dunkle Schatten auf seine Wangen.

„Ich weiß, ich gehöre nicht gerade zu den Menschen, denen man unerwartet nachts in einer dunklen Ecke begegnen möchte", erklärte er selbstzufrieden. „Darf ich trotzdem hereinkommen?"

„Aber selbstverständlich, Hochwürden", beeilte sich Mama, zu versichern. „Wir freuen uns über Ihren Besuch. Sie werden mir doch die Ehre geben, mit uns zu essen, nicht wahr?"

Keine Frage, er gab Mama die Ehre. Doch Pfarrer Plümpe wunderte sich: „Wo ist denn Eva, das Kommunionkind?"

„Ach", verriet Toni genüsslich, „die ist mit ihrem Engelken zur Kirmes gegangen."

Mein Gott, war der Mama das peinlich! Hochwürden aber fand die Angelegenheit offensichtlich nicht so schrecklich, dass sie ihm den Appetit verdorben hätte. Im Gegenteil, er langte kräftig zu. „Auch Essen ist eine sakrale Handlung", dozierte er, „handelt es sich doch bei allen Speisen um Gaben Gottes." Na, möglicherweise sah Pfarrer Plümpe das alles ein wenig zu überirdisch, schließlich hatte Mama für das Festmahl viel Geld ausgegeben und eine Menge Arbeit investiert. Trotzdem, Mama freute sich, dass es ihrem hohen Gast so gut schmeckte. Das milderte ein wenig die Schande über ihre Jüngste, die sich ausgerechnet an ihrem Ehrentag auf dem Rummelplatz herumtrieb.

Als Pastor Plümpe gerade dabei war, unser gastliches Haus wieder zu verlassen, trudelte ich mit meinem Engelken ein. Wie aber sahen wir aus? Unsere weißen Blütenkränzchen hingen schlapp und welk in unserem Haar, und unsere ehemals gestärkten Festkleider schlotterten wie Wischlappen um unsere Körper. Ich selbst fühlte mich wie ein nasser Lappen, der darauf wartete, durch den Wringer gedreht zu werden, während Hella blass war wie eine alte Zeitung und durchgefroren wie ein Frosch im Eismeer. Die Mama wusste nicht, ob sie bei unserem Anblick lachen oder weinen sollte. „Menschenskinder, was hat man denn mit euch gemacht", stammelte sie, holte tief Luft und verdrehte die Augen. Und Hochwürden? Er lachte nur amüsiert. „Wie ich sehe, hat das Kommunionkind seinen Segen bereits von höherer Stelle erhalten. Darum brauche ich mich wohl nicht mehr bemühen."

Mit großartiger Geste nahm er den Schirm entgegen, den Mama ihm fürsorglich reichte und zog fröhlich pfeifend hinaus in den Regen.

Das Ende der Beschaulichkeit

Der Sommer war anders als jeder andere, auf den ich mich besinnen konnte. Ich spürte, dass eine Veränderung vor sich ging. Ich kam aus der Aufregung nicht heraus. Doch was hinter dieser Aufregung stand, konnte ich zunächst nicht ergründen. Es war ein heißer Sommer, dieser Sommer 1939, und es herrschte eine trügerische Idylle – die Ruhe vor dem Sturm. Papa hatte einen größeren Auftrag erwischt, der endlich mehr Geld in unsere letztlich doch recht magere Kasse brachte. In diesem Jahr, meinte der Papa, können wir es uns leisten, dass mal die ganze Familie Ferien macht. Die Mama hätte ein wenig Erholung nötig, und ihn selbst plagte mehr denn je seine alte Krankheit. Was lag da näher, als die Kinder während der Schulferien in Urlaub zu schicken, damit Mama und Papa sich mal drei Wochen lang in Ruhe zu Hause erholen konnten, denn den Betrieb schließen und einen gemeinsamen Familienurlaub zu machen, das lag nun doch nicht drin.

Um Miriam brauchten die Eltern sich keine Gedanken machen – sie durchlief gerade ein hauswirtschaftliches Jahr in einem Kinderkrankenhaus in Bielefeld. Und Hansel war seit einiger Zeit in der Internatsschule des Klosters Marienthal in Assmannshausen untergebracht. Der Leiter der Volksschule hatte Hans in eine Sonderschule einweisen wollen, weil er durch seine Eskapaden häufig den Unterricht störte. Mama und Papa aber wollten das auf jeden Fall verhindern, denn als Sonderschüler wäre er bösen Hänseleien ausgesetzt. Außerdem war er ja nicht dumm, nur manchmal ein wenig unkonzentriert. So hatten die Eltern für ihn ein Internat gesucht, das mit seinen Eigenarten zurecht kam und ihr häusliches Budget nicht allzu sehr strapazierte. Die Klosterschule in Assmannshausen erwies sich dafür in jeder Hinsicht als ausgezeichnet, und Hansel war gern dort. So brauchte Mama sich um ihn keine Sorgen zu machen.

Auch um Georg und Toni nicht, denn die hatten sich bereits zu einem Schul-Zeltlager angemeldet. Wohin aber konnten Anna und ich reisen? Papa studierte eifrig die Zeitschrift *Wald und Feld*, in der zur Sommerzeit häufig Ferienplätze angeboten wurden. Und er wurde fündig. Da bot ein Förster bei Berleburg im

Sauerland einen Platz an für ein größeres Ferienkind. Das wäre das richtige für Anna, fand Papa. So weit, so gut! Doch was war mit mir? „Die Eva", meinte Mama, „hat ein wenig Landluft besonders nötig. Sie ist in letzter Zeit noch blasser als sonst."

„Schau her", sagte Papa, „hier ist eine viel versprechende Anzeige für sie: *Bauernhof im schönen Bergischen Land, wo Kinder gern gesehen sind, bietet preisgünstigen Ferienplatz.*"

Das hörte sich gut an. Endlich sollte auch ich raus aus der Stadt und hinein ins frische Landleben.

Es war ein schöner Sommer, dieser Sommer 1939, und als Anfang August die Schulferien in Westfalen begannen, schien die Welt noch in Ordnung zu sein. Mama hatte für Anna und mich je ein Köfferchen gepackt, und gemeinsam fuhren wir mit dem Zug zunächst ins Sauerland. Unser erstes Ziel war das Forsthaus bei Berleburg. Das Tal - in dem die Försterei lag - war eingebettet zwischen Hügeln und Bergen. Die Wälder rundum waren dunkel und dicht. Hier konnte Rotkäppchen dem bösen Wolf begegnet sein. Unvermittelt tauchte das kleine Forsthaus vor uns auf. Man sah es kaum vor lauter Blüten. Über dem Eingang hing majestätisch ein riesiges Hirschgeweih. Während wir noch durch den Vorgarten stapften, öffnete Oberförster Gutbereit bereits die Tür, um uns zu begrüßen. Mit seiner grünen Joppe, dem großen Schnauzbart, den buschigen Haaren sah er genau so aus, wie ich mir einen Förster vorgestellt hatte. Freundlich bat er uns ins Haus. Das Stübchen in weißen Mullgardinen heimelte mich an mit seiner niedrigen Holzdecke und den schlichten, aber guten Möbeln. Wir saßen auf dem Sofa und tranken Tee. „In stillen Nächten, wenn der Mond scheint", erzählte der Förster, „kommt das Wild schon mal bis auf die Wiese vors Haus. Es gibt bei uns sogar ein zahmes Reh, das Gretchen. Es hatte seine Mutter verloren. Da haben wir es mit der Flasche aufgezogen."

Plötzlich knackte im Winkel ein Schemel, darunter hervor kroch ein großes Tier, reckte und streckte sich wie eben ausgeschlafen. „Das ist *Wolle*, auch ein Findling, den wir selbst großgezogen haben, erklärte der Förster." *Wolle* war offensichtlich ein Hund. Er war schmal und hoch und wellig und silbergrau und hier und da ein wenig rostbraun hinein getupft. Er kam näher, berührte mit seiner Nase meine Hand und schaute mich mit blanken

Augen an. „Eigentlich können wir noch einen Streifzug durch den Wald machen", sagte der Förster, als hätte er meine Gedanken erraten.

Es war kühl im Wald. Die Sonne stand schräg am Himmel und ließ die Wipfel der Bäume im hellroten Schein erglühen. Die Vögel schwiegen, nur der Specht hatte begonnen, seinen Baum zu behämmern. Ein Paar Schritte weiter oberhalb der Brücke, die über ein Flüsschen führte, spektakelten einige Krähen, andere kamen eilig dazu geflogen. Wolle - der Hund - trottete brav neben uns her. Auf einer Waldlichtung begann der Förster, wie ein Zeisig zu pfeifen, ringsum antworteten zwitschernd die anderen Vögel. Ich hätte auch gern gelernt, mich mit den Vögeln zu verständigen und beneidete Anna darum, dass sie ihre Ferien in diesem Paradies verbringen durfte. Würde mein Domizil ebenso schön sein? Anna jedenfalls hatte Glück! Zu gerne wäre auch ich dort geblieben, doch davon wollte Mama nichts wissen.

„Das geht nicht", sagte sie, „schließlich haben wir der Familie im Westerwald zugesagt, dass du die Ferien bei ihnen verbringst." Die Frau des Försters bot Mama an, noch bis zum nächsten Tag mit mir im Forsthaus zu bleiben. Für Anna und mich wurde ein Lager im Heu zubereiten. Himmlisch, eine Nacht zusammen mit meiner Schwester im Heu! Natürlich kamen wir kaum zum Schlafen, zuviel hatten wir zu lauschen, zu erzählen, herumzualbern. Beim Abschied am nächsten Morgen tröstete mich der Gedanke, dass ich auf einem Bauernhof erwartet wurde, auf dem es freundliche Bauersleute und Pferde und Kühe und Schweine und Ziegen und Katzen geben sollte. „Na schön, Mama, lass uns fahren."

Und so fuhren wir los. Der Zug ratterte gleichförmig dahin, während draußen die Landschaft sich zusehends veränderte. Hatte mich zuvor im Sauerland der Wechsel von Bergen und Tälern, Wäldern und Feldern entzückt, so sorgte jetzt eine trostlose Eintönigkeit für eine gedrückte Stimmung. Das Land wurde flacher, die einzelnen Gehöfte lagen weit auseinander, Felder reihten sich an Felder. Es fehlten die grünen Wälder, die bunten Hecken, die malerischen Hügel. Ich entdeckte kaum etwas, was mein enttäuschtes Gemüt streichelte. Endlos raste die Ebene an uns vorbei, ratterte der Zug weiter. Wann waren wir am Ziel; wo

war die Endstation? Wie hieß nur die Stadt, in deren Nähe mein Dorf lag? Immer wieder hielt der Zug an irgendwelchen kleinen Bahnstationen mit unbekannten Namen, unbedeutenden Orten. Irgendwann sagte Mama: „Wir sind da – wir müssen aussteigen."
 Wir waren die einzigen Passagiere, die den Zug verließen. Rund um den Bahnhof breitete sich Ödnis aus. Von der viel besungenen Schönheit des Westerwaldes entdeckte ich keine Spur. Neben dem ungesicherten Bahngleis stand regungslos eine knochige Frau mit einem seltsam abgehärmten Gesicht, schwarzen, stechenden Augen und spärlichem, grauen Haar. Sie trug – trotz der Hitze des Tages - ein graues Baumwollkleid, wollene Strümpfe, derbe Schnürschuhe und ein dunkel geblümtes Kopftuch um das harte Gesicht. Als wir uns suchend umschauten, kam sie langsam auf uns zu. Ihr Mund war so schmal, dass man ihn kaum als Mund bezeichnen konnte. Ihre falschen Zähne klapperten aufeinander, wenn sie sprach. Mir stockte vor Kälte beinahe der Atem.
 „Ist das Eva, unser Ferienkind?", brummelte sie mit rauer Stimme. „Na, dann kommen Se man", forderte sie uns auf und führte uns zu einem Leiterwagen. „Klettern Se man darauf." Mühsam krabbelten Mama und ich mit unserem Gepäck auf den grob zusammen geschusterten Karren, die Frau knallte mit der Peitsche, das Pferd wieherte und der Wagen holperte beschwerlich den ungepflasterten Feldweg entlang. Wir hielten vor einem wenig einladenden alten Backsteinbau. Hier also sollte ich die nächsten drei Wochen verbringen?
 Der Rasen vor dem Haus war ungepflegt und von der Sonne verbrannt. Zu beiden Seiten der Steinstufen, die zur Eingangstür hinaufführten, standen zwei jämmerliche Rosensträucher. Frau Wunderlich – unsere Gastgeberin - öffnete die Tür und führte uns zu einem altmodischen Sofa, auf dessen Armlehnen zwei ehemals weiße Spitzendeckchen prangten. Das schmale Wohnzimmer lag im Halbdunkel, trotzdem war es noch hell genug, um die unglaubliche Ansammlung von Kitsch und Scheußlichkeiten sehen zu können. Die Hausfrau setzte sich uns gegenüber auf einen der harten Holzstühle und starrte uns herausfordernd an. In allen vier Ecken des Raumes standen einfache Tischchen, jedes vollgepfropft mit Nippesfiguren. Nicht ein Fenster war auf. „Von

wegen der Fliegen", sagte die Frau. Was sollte das heißen: von wegen der Fliegen? Es wimmelte in diesem Raum ja nur von Fliegen. Sollten die etwa nicht raus? Ein fetter Kater kam durch die Tür geschlichen, beäugte uns und ging miauend wieder hinaus. Ob er draußen Mäuse fängt? dachte ich. Besser wäre es wohl, er würde hier einige Fliegen fangen. „Wollen Se sich mal mit Eva draußen umsehen?" fragte die Frau. Mama und ich folgten nur allzu gern dieser Aufforderung, schon um der trostlosen Stimmung des Hauses zu entgehen. Die Mittagshitze schien jeden Laut zu unterdrücken; es herrschte eine fliegensurrende Stille. Die Hähne schwiegen. Die Schweine dösten. Die Pferde standen mit gesengtem Kopf im spärlichen Schatten. Alles war leise, nicht einmal die Hühner gackerten. Über den Hof huschte eine Maus, ohne dass die Katze sich regte. Nur in den Ästen der Weide gurrten einige Wildtauben. Aus der offen stehenden Küchentür kroch muffige Wärme. Auf dem Herd klapperte der Kochtopfdeckel über brodelnden Blasen.

„Das Essen ist fertig", rief die Frau, und gehorsam betraten wir wieder die Stube. Ein großer Schatten schlich mit ins Haus. Es war der Hofhund. Sein Äußeres war ruppig, sein Fell schütter und zerfetzt. Sein linkes Ohr war sozusagen futsch. Wohin? Das weiß ich nicht, auch nicht, wo ihm sein rechtes Auge abhanden gekommen ist. Den Namen aber, den hatte er weg – „Einaug" hieß er und das zu Recht.

In was für ein Horrorhaus war ich nur geraten? Wie sollte ich es hier drei Wochen aushalten? Ich war drauf und dran, Mama zu bitten, mich gleich wieder mit nach Hause zu nehmen. Da tauchte unvermittelt ein junges Paar auf – er, der Sohn der Bäuerin, ein mittelgroßer Mann mit freundlichem Gesicht, sie, seine junge Frau mit lachenden Augen und lustigen Grübchen in den Wangen. „Hallo!", riefen sie fröhlich, „Endlich kommt frisches Leben hier ins Haus. Du bist doch sicher Eva, nicht wahr? Also, dann herzlich willkommen." Bei dieser freundlichen Begrüßung wurde mir richtig warm ums Herz. Und als Mama sich wenig später von mir verabschiedete, da glaubte ich, dank des jungen Paares doch noch schöne Ferien auf diesem Hof erleben zu können.

Ich hatte mich geirrt. Sohn und Schwiegertochter waren nur für einige Stunden zu Besuch gekommen und fuhren gegen Abend wieder fort. Von da an war ich fast ständig allein mit der stets mürrisch dreinblickenden Bäuerin. Den Bauern - einen alten, schweigsamen Mann - bekam ich kaum zu Gesicht. Nur hin und wieder tauchte die Schwester der Bäuerin auf - auch sie eine verhärmte, wortkarge Frau. Nachbarkinder ließen sich auf dem Hof nicht blicken, das nächste Gehöft lag allzu weit entfernt. Ich langweilte mich schrecklich. Damit ich nicht auf dumme Gedanken kam, wurde ich von der Bäuerin verdonnert, bei anhaltender Sonnenglut Tag für Tag Bohnen zu pflücken, Bohnen, nichts als Bohnen! Sie waren wohl das einzige essbare Grünzeug, das der verwilderte Garten hergab. Nach dem Pflücken dann musste ich die Bohnen schnibbeln - Bohnen, nichts als Bohnen! Bohnen fürs Mittagessen, Bohnen zum Einkochen, Bohnen für den Schweinetopf.

Wären wenigstens Tiere da gewesen, mit denen ich mich hätte anfreunden können. Doch der Kater war ein Einzelgänger, die Katze ließ sich nicht streicheln, das Pferd musste ständig den Pflug ziehen, und die Kühe blieben Tag und Nacht weit draußen auf ihrer Weide. Statt der erhofften Kuscheltiere fanden sich nur lästige Fliegen ein. Zu jeder Mahlzeit kam eine Unzahl dieser fliegenden Ungeheuer und speiste uneingeladen mit. Und eine nicht weg zuscheuchende Heerschar dieser surrenden Biester war offensichtlich darauf aus, mich bei lebendigem Leibe zu verzehren. Sie begnügten sich nicht damit, über die Tischkrümel herzufallen, nein, sie setzten sich auch überall auf meine Haut. Es war, als hätten sie mir den Krieg erklärt. Ich schien ihr bevorzugtes Opfer zu sein. Je mehr ich um mich schlug, desto hartnäckiger wurde ihr Angriff.

„Verdammt und zugenäht! Kannst du nicht mal beim Essen stillsitzen?" schnauzte die Bäuerin. Wie denn? Die verhassten Fliegen ließen mir ja keine Ruhe. Selbst im Schlaf verfolgten sie mich, mindestens eine von ihnen wählte immer das kleine Stückchen Haut, das von mir unter der Bettdecke hervorschaute. Ich wurde immer unruhiger, immer zappeliger. Ich hatte keine Spielkameraden, mit denen ich hätte spielen können, keine Tiere, mit denen ich hätte schmusen können. Es gab nur Fliegen, nichts als Fliegen. Der Brotkorb wurde schwarz von ihnen, die Lampen verklebt von ihrem Dreck. Sie paarten sich überall mit sirrendem

Geräusch, setzten sich auf meine Hände, meinen Mund, meine Nase; und zu allem Überfluss hinterließen sie auf meinem weißen Leinenhütchen - das seit meiner Ankunft einsam an der Garderobe hing - ihre unzählbaren schwarzen Punkte als sichtbare Zeichen: *„Seht her, wir waren hier, wir sind die wahren Herrscher dieses Hauses!"* Selbst das Bildnis der Madonna hatten sie nicht verschont. „Macht nix, dat is doch nur Fliegenschitt", grummelte die Bäuerin.

Ich wollte weg von dort, nur weg! Drei Wochen, Herrgottnochmal, drei Wochen waren einfach zuviel, um diesen Horror zu ertragen. Als Mama dann unerwartet bereits gegen Ende der zweiten Woche auftauchte, um mich abzuholen, war ich fast närrisch vor Freude. Hatte sie geahnt, wie unglücklich ich dort war, wie sehr ich mich nach Hause sehnte? Nein, hatte sie nicht. Erst jetzt nahm Mama entsetzt wahr, wie trostlos der Aufenthalt auf diesem Hof für mich gewesen sein muss. Mein ehemals weißes, jetzt schwarz gesprenkeltes Leinenhütchen ließ sie angeekelt an der Garderobe hängen. Doch warum sie mit mir vorzeitig nach Hause fuhr, das hat sie erst auf der Heimreise erzählt.

„Weißt du", berichtete sie, und die Worte sprudelten nur so aus ihr heraus, „der Abt des Franziskaner-Klosters in Assmannshausen hat angerufen und gesagt, ich müsse den Hansi sofort abholen, weil die Klosterschule geschlossen wird. Und als ich gefragt habe, um Himmelswillen, warum denn? da hat er gesagt, weil das Kloster in ein Lazarett umgewandelt wird. Ja, und da wusste ich, dass ein Krieg unmittelbar bevorsteht. Und da wollte ich, dass die Familie zusammen ist, wenn der Krieg ausbricht."

„Mama?" fragte ich da angstvoll, „Mama, was ist Krieg?"

„Ja, was ist Krieg?" sagte Mama leise. Sie hatte bereits den ersten Weltkrieg erlebt und ahnte wohl, dass der nächste Krieg noch furchtbarer werden könnte. Doch statt einer Antwort nahm sie mich schweigend in ihre Arme. Mich durchlief ein unerklärlicher Schauder! Im Nachhinein kam mir die entsetzliche Fliegeninvasion in meinem Ferienquartier vor wie die Ankündigung der Schrecken des kommenden Krieges.

Ich sah – ich sprach – ich hörte
und wusste doch von nichts
Zu gut waren die Lügen verpackt
und die Wahrheit eingesackt

2. In Zeiten des Krieges

Mutter, was ist Krieg?

Den Sommer 1939 vergesse ich nie! Die drohende Kriegsgefahr wurde immer greifbarer. Darum hatte Mama ja auch Anna und mich vorzeitig aus unseren Urlaubsdomizilen abgeholt. „Mama", fragte ich, „was ist Krieg?" Darauf hat die Mama zunächst nicht geantwortet – allzu schrecklich waren wohl die Erinnerungen an den ersten Weltkrieg, die ihr in diesem Moment im Kopf herum wirbelten. Erst später, als der Krieg tatsächlich begonnen hatte, brach es aus ihr heraus: „Der Mensch, der soll gut sein, tolerant, hilfsbereit. Der Krieg aber ist ein Verbrechen gegen die Menschlichkeit. Er weckt das Böse in den Menschen! Er bringt Tod und Verderben. Er zerstört alles, was gut und was schön ist - unsere Träume, unsere Hoffnungen, ja, zum Teil auch unsere Persönlichkeiten. Der Krieg - er ist eine Schlange, die uns mit unseren eigenen Zähnen beißt."

„Mama", warf ich ein, „es heißt doch, der Krieg werde nicht lange dauern."

„Ach Gott", sagte die Mama, „ich fürchte, auch diesmal wieder wird die Dummheit über die Vernunft siegen. Genauso wie damals - 1914! Da hieß es ebenso, der Krieg würde nur wenige Wochen dauern. Und dann dauerte er vier lange schreckliche Jahre. Nein, ich glaube nicht, dass es diesmal ein Blitzkrieg sein wird. Werden nicht vielmehr die Menschen wieder den Kopf so lange in den Sand stecken, bis es irgendwann ein fürchterliches Erwachen gibt?"

Wer konnte diese Frage schon beantworten? Vielleicht hätte Papa einiges dazu sagen können. Er hatte den ersten Weltkrieg als Sanitätsgefreiter miterlebt. Es gibt einige Fotos aus dieser Zeit, die er als Feldpostkarten an seine Familie geschickt hat. Darauf steht er vor irgendwelchen Zelten in Serbien oder Kroatien oder sonst wo auf dem Balkan, umringt von einigen halb genesenen Lazarettinsassen und blickt zuversichtlich in die Kamera. Von den Leiden der Verwundeten und den von Granaten zerfetzten Leichen, die das Schlachtfeld säumten, davon aber hat Papa nie gesprochen, und dazu sagen auch die Fotos nichts. Er selbst hat durch einen Granatsplitter eine Narbe davon getragen, eine Narbe an der rechten Wange, ein glatter, sauberer

Schnitt. „Sie waren wohl in einer schlagenden Verbindung?" wurde er manchmal von Akademikern gefragt. Darauf gab Papa keine Antwort, er setzte nur ein geheimnisvolles Lächeln auf und behielt die Wahrheit über diesen angeblichen Schmiss ebenso für sich, wie sein Wissen um das Grauen des Krieges.

Die Mama aber quälten Visionen von Not und Elend im Lande, von Tod und Verderben an der Front. Was sie jedoch *nicht* voraussah, das waren die Bombennächte, die brennenden Städte - einen Krieg, der sich nicht nur auf dem Schlachtfeld austoben, sondern ebenso die Zivilbevölkerung in der Heimat treffen würde. Nein, soweit gingen ihre Visionen nicht. Dieses Ausmaß des Krieges sollte sich erst allmählich entfalten, sollte sich immer weiter ausdehnen und wie eine Apokalypse nicht nur unser Land, sondern den ganzen Kontinent überfallen.

Wer aber wollte schon im Voraus die schreckliche Wahrheit wissen? Wir arrangierten uns einfach mit den Situationen, so wie sie kamen. Wir spielten unseren Part, spielten mit und wurden unschuldig schuldig. Zwar spürte jeder bewusst oder unbewusst, dass etwas Grauenvolles auf uns zukam, aber wir nahmen es zunächst einmal hin. *Es ist eben so! Wir haben Krieg, wir können nichts daran ändern! Wichtig ist vor allem, dass wir jetzt zusammenhalten. Wer weiß, wie sich die Dinge noch entwickeln!* Auch ich machte mir nicht allzu viele Gedanken über den Krieg, fragte nicht mehr nach dem *Wie* und dem *Warum*. Solange man jung ist, denkt man weder an die Vergangenheit, noch an die Zukunft, man lebt nur der Stunde.

Im Anfang trottete die Zeit des Krieges noch in sanfter Trägheit dahin. Die Propagandawelle aber lief auf Hochtouren. Das Feindbild wurde immer hasserfüllter. Meist hörten wir nicht hin, doch das schleichende Gift drang unbewusst in unsere Hirne. Nur wenige waren dagegen gefeit. In der Heimat lichteten sich allmählich die Reihen unter den Freunden meiner Brüder - diesen jungen Burschen, die gerade erst die Schule beendet hatten und nun ihr Abitur dafür einsetzen mussten, um zu wissen, wie man ein Gewehr zusammensetzt, eine Kanone in Stellung bringt. Viele packte kriegerischer Überschwang, viele meldeten sich freiwillig zur Wehrmacht.

Auch mein Bruder Toni konnte es kaum erwarten, Soldat zu werden. Noch war er zu jung, noch wurde er nicht genommen. So tobte er sich weiter beim Jungvolk aus und sog dort begeistert die pseudo-romantische Burschenherrlichkeit ein mit Lagerfeuern und Kräftemessen und dem Schmettern zackiger Lieder. Zunächst schien alles noch Spiel zu sein, und das Abenteuer stand im Vordergrund. Die Hitlerjugend fühlte sich als Hoffnungsträger für eine neue Zukunft. Individualität galt nichts, stattdessen waren Ehre, Treue, Kameradschaft gefragt. Und die Fahne, ja, die flatterte ihnen stets voran, denn: *„die Fahne ist mehr als der Tod!"*. Für viele war die HJ eine Art Ersatz-Wehrmacht, bis man sie wirklich als Soldat an die Front schickte und aus dem Spiel bitterer Ernst wurde.

Georg aber - nur ein Jahr älter als Toni - war gegen solche Verführungen immun. So, wie er sich schon dem Jungvolk verweigert hatte, dachte er nicht daran, freiwillig zum Barras zu gehen. „Warum soll ich meine Knochen für etwas hinhalten, hinter dem ich nicht stehe? Wenn sie mich haben wollen, müssen sie mich schon holen."

Nach dem *Blitzkrieg* in Polen befand sich das ganze Land im Siegesrausch. Viele Deutsche fühlten sich als Herrenmenschen. Wie sollten wir unbedarften Zivilisten den schrecklichen Hintergrund des Überfalls auf andere Länder denn durchschauen, wenn selbst erfahrene Generäle machtbesessen mitspielten? Wir hingen vor den Radiogeräten und berauschten uns an den Siegesmeldungen. Die Helden und ihre Geschichten waren die Würze der Kriegspropaganda. Ihr Glanz ließ etwaige Zweifel am Sinn des Krieges verblassen. Und wenn es Menschen gab, die das bittere Ende des Weges ahnten, auf den der *Führer* uns führte, so wagten sie nicht, sich anderen mitzuteilen. *Vorsicht, Feind hört mit* warnten riesige Plakate. Doch der allgegenwärtige Feind, dass waren weniger die Spione, sondern eher die Denunzianten im eigenen Volk, die bereit waren, diejenigen anzuzeigen, die eine andere, eine kritischere Meinung vertraten, als die der offiziellen nationalsozialistischen Parteiführung.

Ich aber war wie viele andere damals noch weit davon entfernt, dies zu durchschauen. Fast sorglos lebte ich weiter in den Tag hinein. Für mich war der Krieg bisher kaum spürbar geworden. Zwar gab es schon Lebensmittelmarken, doch noch musste niemand wirklich hungern. Zwar kannte ich einige Männer, die bereits eingezogen waren, doch meine Brüder waren bisher nicht darunter. Zwar gab es bereits schwere Kämpfe an vielen Fronten, doch noch hallte der Kanonendonner nicht bis in unsere Stadt, in unser Land. Das Jahr – es hatte 365 Tage – und noch haben wir nicht jeden Tag gelitten.

Ich will auch zur KLV

Was, Sie wissen nicht, was KLV ist? Also, das bedeutet „Kinderlandverschickung!" Und diese Kinderlandverschickung organisierten die Nazis zunächst für die Kinder von Arbeiterfamilien, um die Bevölkerung trotz Krieg bei guter Laune zu halten. Die KLV-Lager der ersten Jahre galten als reine Erholungslager, und der Aufenthalt dort betrug im Regelfall vier Wochen. Noch ging es nicht darum, Kinder aus Großstädten vor zunehmenden Luftangriffen durch Evakuierung in weniger gefährdete Gebiete zu schützen, wie es in den letzten Kriegsjahren praktiziert wurde. Da in unserer Nachbarschaft viele Bergarbeiter wohnten, hatte man deren Kinder bevorzugt in die KLV-Lager geschickt. Sie kamen begeistert zurück und erzählten mir die phantastischsten Geschichten darüber. „Mama", bettelte ich, „ich will auch zur KLV. Fast alle Mädchen aus meiner Klasse waren schon da. Warum darf ich nicht hin?"

„Was willst du denn in so einem Lager? Du bist doch erst neun Jahre alt", meinte Mama. „Und überhaupt, ich glaube kaum, dass man dich dort hinlässt, schließlich gehört dein Papa als selbstständiger Handwerker nicht zur bevorzugten Arbeiterklasse." Ich aber gab nicht eher Ruhe, bis Mama zum nächsten Parteibüro ging und eine Zusage für meine Teilnahme an der nächsten Landverschickung erhielt. Na also, dachte ich glücklich und bekam gleich heftiges Reisefieber. Endlich war es so weit. Mama brachte mich zum Bahnhof, wo bereits jede Menge aufgeregter Mädchen von wichtig daher schreitender BDM-Führerinnen in Empfang genommen wurden. Trotz großer Betriebsamkeit fühlte ich mich während der Fahrt jedoch recht einsam, denn ich kannte keines der mitfahrenden Kinder. Auch die Betreuerinnen waren mir fremd. So war mir die Vorfreude auf die Freizeit bereits abhanden gekommen, als wir nach langer Fahrt unser Ziel in Oberbayern erreicht hatten.

An den Namen des Ortes, in dem das KLV-Lager lag, kann ich mich nicht erinnern. Eigentlich war es ein recht hübsches Dörfchen, trotzdem habe ich mich dort nicht wohl gefühlt. Mir kam es vor, als sähen die Einheimischen in uns nicht mehr als einen Haufen eingelagerter Kartoffeln. Und der Tagesablauf? Ach der,

der bestand vor allem aus Appellen! Schon in aller Herrgottsfrühe hieß es: „Raus aus dem Haus; antreten, marsch, marsch ... abzählen, eins, zwei, drei ...!" Dann kamen das Fahnenhissen und all dieser Firlefanz, und abends wurden mit gleichem Brimborium die Fahnen wieder eingeholt.

Du lieber Himmel, dachte ich, wo bist du bloß hingeraten! Nein, das Lagerleben gefiel mir ganz und gar nicht. Ich hasste es, in Gruppen durchs Dorf zu marschieren und dabei lauthals zu singen. O Gott, ich hasste es, ewig an Sportwettkämpfen teilzunehmen, bei denen die Starken sich auf Kosten der Schwachen profilierten. Ich hasste es, jeden Nachmittag zum Läuseappell anzutreten, bei denen wir uns gegenseitig mit Läusezinken die Krabbeltiere aus den Haaren kämmten und mit gruseliger Wonne Siegesmeldungen kreischten: *zehn, siebzehn und boh! gar siebzig Abschüsse.*

Diese Läusepest war wirklich das Abscheulichste, was ich dort erlebt habe. Dabei hatte ich Läuse vorher nicht einmal gekannt. Aber es gab noch andere missliche Dinge - die unbequemen Betten, das eintönige Essen, das ewige Fluchen der BDM-Führerinnen, der Mangel an Personen, die mir vertraut waren. In diesem zusammen gewürfelten Haufen fühlte ich mich schrecklich verloren und unfähig, mit meinem Heimweh fertig zu werden. Ich schob die Schuld für alles, was hier so albtraumhaft auf mich einwirkte, auf Mama, die mich hatte reisen lassen, und vergaß dabei, wie sehr ich selbst um diese Fahrt gebettelt hatte.

Lag es daran, dass ich plötzlich an einer Kopfgrippe erkrankte? Man verlegte mich auf die Krankenstation. Hier aber - zwischen all den Leidenden - fand ich meine Lebensgeister wieder. Sobald es mir ein wenig besser ging, kümmerte ich mich um meine Leidensgenossinnen, legte Verbände an, half ihnen beim Waschen und verabreichte ihnen die Medizin. Meine Hauptaufgabe als selbsternannte Samariterin bestand jedoch darin, den zahlreichen von Krätze gepeinigten Wesen die juckende Haut mit Tinktur einzupinseln - mit durchschlagendem Erfolg, denn durch den allzu engen Kontakte holte auch ich mir die Krätze und durfte nun meine bewährte Behandlung an mir selber ausprobieren. Nachdem ich endlich die Krankenstation verlassen durfte, war die Zeit des KLV-Aufenthaltes beinahe um. Als krönender Abschluss stand nur noch eine Bergwanderung an, und die versöhnte mich wieder mit den weniger schönen Seiten des Lagerlebens.

An jenem Tag, als wir in aller Herrgottsfrühe zu der geplanten Bergwanderung aufbrachen, lag ein Gefühl der Erregung in der Luft. Nur ein kleiner Farbstreifen am Horizont ließ ahnen, dass die Morgendämmerung unmittelbar bevorstand. Unser Ziel war eine Aue in den Bergen, in Sichtweite des Großglockners. Mit der Eisenbahn erreichten wir den Ausgangspunkt unserer Wanderung - ein Städtchen, dessen Name mir entfallen ist. Ohne Aufenthalt marschierten wir los. Allmählich durchbrach die Sonne den Morgendunst und verzauberte das Land. Die Felder wurden grüner, die Wälder lichter, am Wegrand leuchteten die Silberdisteln, aus der Tiefe erklang das Lied unsichtbarer Vögel, und vor uns erhoben sich in Wasserfarben gemalte Berge mit Kappen aus Schnee. Wir staunten über die Größe der Welt. Diese Weite schüchterte uns ein. Die Luft war so klar, dass das Atmen wehtat. In Serpentinen wand sich unser Weg durch lichte Kiefernwälder auf knapp tausend Meter Höhe. Hier erreichten wir einen See, der wie ein zwischen den Bergen gefangenes Meer wirkte. Bäume tauchten ihre Wurzeln ins klare Wasser. Es war vollkommen still. Kein Vogel war mehr zu hören. Auch wir wagten nicht, die Stille zu durchbrechen. Grün, blau und purpurn leuchtete die Welt um uns herum. Wie oft habe ich später davon geträumt, noch einmal auf diesem staubigen Weg zu wandern, am Ufer dieses kleinen Bergsees zu rasten, meine Füße in seinem kristallklaren Wasser zu kühlen.

Wir zogen weiter über einen Fußweg den Berg hinauf, der wie ein Phantom aus der Ebene ragte -- ein lang gestreckter Gebirgszug, nebelhaft schimmernd im frühen Sonnenlicht. Weiße Wolken umhüllten den schneebedeckten Gipfel, gaben plötzlich die höchste Spitze frei, ließen sie aufleuchten in fast dreitausend Meter Höhe. Der Nebel schmiegte sich weich an unsere Gesichter. Unter unseren Füßen rollten kleine Steine herab, die wir losgetreten hatten. Wir waren schon ein ganzes Stück hochgestiegen, da entdeckten wir unter uns das Tal, halb verdeckt von Wolken. An den Hängen Felder - gelb aufleuchtend im Schein der Morgensonne, das Geschlängel eines Baches, an ihm entlang das Dorf, im Mittelpunkt die Kirchturmspitze und wie hingewürfelt um sie herum die Häuser. In der Ferne bekamen die Berge allmählich Konturen - Zickzacklinien am Horizont. Von der Höhe aus glich die Landschaft einem Gemälde von Lovis Corinth. Zu einer kurzen Rast ließen wir uns auf warmen, sonnenglatten Felsbrocken mit ihren moosbewachsenen Flanken nieder oder lagerten in blau schimmerndem Gras neben einem halb ausgetrockneten Bach, dessen Geröll eine Schramme in den Hügelhang gezeichnet hatte. Ein kleiner Wind umspielte uns und wehte ein paar rote Blätter raschelnd vor unsere Füße. Zweimal durchwateten wir einen reißenden Bach, das eisige Wasser bis zu den Knien, so dass wir uns auf den von Strudeln umspülten Steinen kaum auf den Beinen halten konnten. Gegen Mittag erreichten wir verschwitzt die Berghütte, wo wir Getränke bekamen und unsere mitgebrachten Stullen essen konnten.

Weiter führte unser Weg, schlängelte sich durch ein idyllisches Alpental mit seinen Bauernhäusern und Heustadeln bis hinauf in jene Zone, wo ein Meer von Alpenrosen die Waldgrenze markierte. Von hier oben bot sich uns eine einmalige Panoramasicht auf eine Alpenlandschaft, so ursprünglich, wie sie schon vor Hunderten von Jahren gewesen sein muss. Zwischen zwei Bergen öffnete sich der Blick hinab auf grüne, sanft gewellte Almböden. Hier oben gab es kaum noch eine Vegetation, nur da und dort ein paar Büschel, die zwischen den Steinen hervorsprossen oder Moose, die aus den Felsen wie aus dem Nichts zu wachsen schienen, dazwischen Talwannen, von Gletschern aufgeschürft, darüber glitzernder Schnee. Wir sahen die schroffen Eisklippen vor uns, auf denen die blauen Schatten des Lichts spielten, sahen die gefährlichen Spalten, sahen, wie aus dem Eis plötzlich ein Stück kahler, nackter Felsen ragte. Kein Baum wuchs dort mehr, alles war wüst und öde – eine gewaltige Landschaft, in der nur Wind und Wolken, nur die Elemente herrschten.

Als wir am späten Abend das Lager wieder erreichten, waren wir zum Umfallen müde, trotzdem konnten wir nicht einschlafen, zu berauscht waren wir von dem, was wir erlebt hatten. Seit diesem Tag ist mir, als hätte ich auf jener Wanderung den Himmel entdeckt, ihn berührt mit meinen Händen, meinen Blicken, meinem Herzen, und ich sehne mich danach, den Weg noch einmal zu gehen, dem Himmel noch einmal so nahe zu sein. Doch ich fürchte, ich werde den Weg nicht wieder finden, nicht wieder dort ankommen, wo ich damals war.

Lern, Kleines, lern

Bevor ich – auf eigenes Drängen hin - zur Kinderlandverschickung fuhr, hatte Mama mich zur Mittelschule angemeldet. Viel
lieber wäre ich aufs Gymnasium gegangen, doch dazu fehlte den
Eltern nach den schlechten Erfahrungen mit meinen älteren Geschwistern das Zutrauen. Weder Miriam, noch Georg, noch Toni
hatten sich auf der Penne mit Ruhm bekleckert. Alle drei haben
die Schule auf eigene Faust vorzeitig abgebrochen. Dabei hat es
ihnen nicht an Intelligenz gefehlt; sie hatten während ihrer Zeit
dort nur zuviele Streiche im Kopf. Nach diesen Erfahrungen fanden Mama und Papa es angebracht, meine Schullaufbahn eine
Stufe tiefer anzusetzen. Dabei kam es ihnen durchaus entgegen,
dass die Kosten für die Mittelschule wesentlich niedriger lagen
als für einen Gymnasiumsbesuch.

Eigentlich hatte ich mich auf den Schulwechsel gefreut, denn
ich war es leid, ständig für dumm verkauft zu werden von denen,
die glaubten, bereits mehr zu wissen als ich. Doch die Freude
wurde schnell gedämpft durch den öden Schulweg, der sich so
früh am Morgen - noch ehe ich richtig wach war - unendlich hin-
zuziehen schien - von der Ziethenstraße durch die Dessauerstraße, dann die Ringstraße entlang, vorbei am Bahnübergang mit
seinen laut tönenden Signalen, über den Wildenbruchplatz, der
ohne seine Gertrudiskirmes so entsetzlich trostlos wirkte, am
Hauptbahnhof entlang bis zum Machensplatz, wo die Mädchen-
Mittelschule – dieses klotzige Ungeheuer - eine ebenso unerschütterliche wie beruhigende Standfestigkeit demonstrierte.

Wenn man so abgehetzt in die Schule hineinmarschiert – in
der die übrigen Absolventinnen meist größer und älter sind –
braucht man schon eine Menge Selbstvertrauen, um sich nicht
ganz klein zu fühlen. Von meiner alten Klasse war kein einziges
Mädchen zur Mittelschule übergewechselt. Kein Wunder, dass
ich mich zunächst in der neuen Klasse recht einsam fühlte. Ich
vermisste meine alten Schulfreundinnen und flennte mich innerlich durch die erste Zeit. Miriam aber stärkte mir den Rücken:
„Lern, Kleines, lern! Egal, wie du dich in der Schule fühlst, halte
durch, mach es nicht wie ich! Weiß Gott, was würde ich dafür

geben, wenn ich noch einmal auf die Penne gehen und mein Abi nachholen könnte!"

„Keine Bange, ich werde nicht aufgeben, du wirst sehen, ich werde mich durchbeißen."

Die meisten Unterrichtsstunden empfand ich durchaus als Kinderspiel – bis auf Englisch. Wie hätte ich denn beim Englischunterricht plötzlich auf unregelmäßige Verben umschalten können, wenn in der Deutschstunde zuvor von Poesie die Rede war und meine Phantasie mit mir durchging! Das konnte ich beim besten Willen nicht, wenn mich auch die verehrte Frau Biermeyer mit ihren blassen Augen - die aussahen wie Pissflecken im Schnee - noch so streng ansah! Englische Vokabeln flogen mir einfach nicht zu, die musste man pauken, und dazu fehlte mir die Zeit, immer gab es Wichtigeres zu tun.

So ist das erste Halbjahr verdammt schnell vergangen. Nun warteten alle aufgeregt auf das erste Zwischenzeugnis. Wie würden meine Noten ausfallen? Im Englischen sicher nicht berauschend; zu wenig hatte ich getan, um das täglich anfallende Pensum an Verben zu lernen. Nun bekam ich die Quittung: *Englisch Vier-Minus*. Da hatte ich ja noch Glück gehabt - jedenfalls keine *Fünf*. Doch was war das? In Deutsch *Mangelhaft*? Das konnte doch nicht wahr sein! Unmöglich! Hatte ich nicht immer gute Noten für meine Aufsätze bekommen? Hatte ich mich nicht immer rege am Deutschunterricht beteiligt? War ich vielleicht zu kritisch gewesen, hatte ich zuviel hinterfragt? Vielleicht hat mich die Lehrerin ja mit meiner Banknachbarin verwechselt, der ich ständig vorsagen musste, weil sie sonst im Deutschunterricht jämmerlich versagte? Das Schlimmste aber war der Hinweis unter dem Zeugnis, dass meine Versetzung zum Ende des Schuljahres wegen der *Fünf* in Deutsch gefährdet sei. Ich konnte es nicht fassen! Alle meine Träume hatten sich in dieser Minute in Nichts aufgelöst. Irgendwann das Abi machen? Später mal studieren? Wie denn? Die Eltern werden mich sicher gleich von der Schule nehmen, wenn ich bereits im ersten Jahr auf der Mittelschule sitzen bleibe.

Ich war verzweifelt, heulte, heulte Rotz und Wasser. Dabei hatte ich nicht einmal ein Taschentuch bei mir. Und niemand war da, der mich tröstete, niemand der sagte, das kann doch nicht stimmen, eine *Fünf* in Deutsch, die hast du nicht verdient, das muss ein Irrtum sein! Ja, es musste ein Irrtum sein! Wer aber sollte das klären, wer der Deutschlehrerin sagen: Sie haben da einen großen Fehler gemacht, Fräulein Laubenpieper, die Eva, die hat gewiss keine *Fünf* in Deutsch verdient. Wer, der Papa? Ach, dem ging es in letzter Zeit gar nicht gut; sein böser Husten, der machte ihm immer mehr zu schaffen. Und die Mama? Die hatte weiß Gott genug mit dem Geschäftsbetrieb zu tun, vor allem, wo Papa doch jetzt so schlecht auf den Beinen war. Und überhaupt, wer wagte schon, einer Lehrerin zu sagen, sie hätte einen Fehler gemacht, dazu noch einer von einer Höheren Lehranstalt?

Nun reiß dich aber mal zusammen, Eva! Was nützt das Heulen, dachte ich irgendwann und reckte trotzig mein Kinn in die Höhe. Nein, ich werde mich nicht unterkriegen lassen! Ich nicht! So schnell gebe ich nicht auf! Und dieser komischen Laubenpieperin, der werde ich's schon zeigen. Jawoll, das werde ich! Gleich nach den Ferien werde ich sie zur Rede stellen. Einer muss ja mal richtig Deutsch mit ihr reden. Doch als die Ferien vorüber waren, da hatte sich die Dame sang- und klanglos in Luft aufgelöst, und niemand schien sie zu vermissen, diese glotzäugige Walküre, die sich mit ihrer seltsam knarrenden Stimme heranpirschte, um uns verächtlich ihre Fragen um die Ohren zu hauen.

An ihre Stelle trat Fräulein Müller, eine junge Frau, die wir alle sehr mochten. Unter ihrem sanften Wesen blühten wir förmlich auf. Wie liebevoll sie versuchte, für uns eine literarische Brücke zu schlagen zwischen Gegenwart und Vergangenheit. Besonders nahe gebracht hat sie uns das Epos *Dreizehnlinden*. Wir ließen uns mitreißen von dem rhythmischen Fluss der Wörter, den Kaskaden der Wiederholungen, dem Klang der Laute dieser lyrischen Erzählung:

Hier ein Kreuz? Von wem errichtet?
Frage die im Schlaf gestörten Waldeswipfel,
die es sahen, frag die Sträucher, die es hörten.

Deutsch wurde von nun an mein Lieblingsfach, und als die Versetzung zur nächsten Klasse anstand, da prangte auf meinem Zeugnis in Deutsch eine satte *Zwei*. In Englisch aber schrammte ich weiterhin noch manches Mal knapp an einem *Mangelhaft* vorbei. Unsere *Miss* brachte es einfach nicht fertig, den Lehrstoff so spannend zu machen, dass ich mich für die englische Sprache hätte erwärmen können. In ihrem verdorrten Innenleben war kein Platz für eine erfrischende Prise echt englischen Humors. Zwar versuchte sie krampfhaft, uns gutes Oxford-Englisch beizubringen, doch die Wut über ihre eigene Unfähigkeit war so groß, dass sie aus purer Rache am Ende jedes Schuljahres vielen eine schlechte Note gab.

Was mich jedoch betraf, gebe ich zu, dass *ich* die miese Zensur in Englisch wegen meiner Faulheit durchaus verdient hatte. Was Wunder, dass ich vor mancher Englischstunde gar den Himmel angefleht habe, er möge doch die Sirenen heulen lassen, damit die verdammte Englischarbeit ausfiele. Doch nie hat der Himmel meine makabere Bitte erhört. Nicht ein einziges Mal gab es während der Englischstunden Fliegeralarm. Noch kamen ja die feindlichen Fluggeschwader vorwiegend nachts, und noch hatten sie unsere Stadt dabei weitgehend verschont, sodass meine Furcht vor den Luftangriffen geringer war als die vor den Englisch-Tests. Miriam war's, die mich wieder mit schwesterlicher Fürsorge ins Gebet nahm: „Lern, Kleines, lern! Wer weiß, wozu du Englisch einmal nötig hast."

In kindlichem Hochmut aber dachte ich, wozu soll ich Englisch lernen? Sollen doch die Engländer Deutsch lernen, wenn sie was von mir wollen. Konnte ich ahnen, dass ich nur wenige Jahre später als *Gastarbeiterin* in einem englischen Krankenhaus arbeiten würde?

Die Welt der Bücher

Meine ersten Bücher schenkte mir Tante Hetty. Sie wohnte in Kettwig, irgendwo oben auf der Höhe, in einem hübschen Häuschen mit einem hübschen Gärtchen drumherum. Als ihr Patenkind genoss ich das Privileg, einen Teil meiner Schulferien bei ihr verbringen zu dürfen, jedenfalls bevor Winfried – ihr lang ersehnter Kronprinz - zur Welt kam. Danach fehlte in ihrem Haus wohl der Platz für einen Feriengast. Doch ich bin dankbar für die Tage, die ich früher bei ihr verbringen durfte. Sie war es vor allem, die mir die Welt der Bücher nahe brachte. Mein Lieblingsplatz in Tante Hettys Haus war die blank gescheuerte Treppe aus hellem Holz, die im sanften Bogen vom Erdgeschoss zu den Schlafräumen im Obergeschoss führte. Wie oft hatte ich dort gesessen und nicht nur die Streiche von *Max und Moritz* in mich aufgesogen, sondern auch andere Böse-Buben-Geschichten. Vielleicht imponierten mir diese Gestalten gerade deshalb, weil ich selbst so entsetzlich brav war. Das schreckliche Ende von Max und Moritz, die *fein geschrotet und in Stücken* von Meister Müllers Federvieh verzehrt wurden, konnte mich dabei nicht abschrecken. Auch die Strafen, die andere wilde Gestalten ereilten, beeindruckten mich nicht sonderlich. Und so probte ich irgendwann in dem schönen Kettwiger Heim selbst einmal den Aufstand. Mein Onkel lieferte mir den Anlass dazu. Normalerweise kümmerte sich Onkel Albert - der aus unerfindlichen Gründen seit einiger Zeit mit Tante Hetty verheiratet war – kaum um mich. Als jedoch neben seinem Grundstück ein neues Haus gebaut wurde, da verbot er mir, die frisch ausgehobene Baugrube als Spielplatz zu benutzen. „Wenn du mit Lehm an den Schuhen ins Haus kommst, dann wirst du mich kennen lernen!"

Typisch Onkel Albert! Dieser Mensch hatte schon durch seine Körperfülle ein Gewicht, das kaum auszuhalten war. Meistens sagte er gar nichts, doch wenn, dann sehr pointiert mit messerscharfer Ironie. Zugegeben, manchmal konnte er durchaus nett sein, meist aber war er pedantisch und humorlos, und das war schlimm. Für Kinder hatte er offensichtlich kein Verständnis, und das war noch schlimmer. Was war schon dabei, wenn ich in der Baugrube spielte? Alle Nachbarskinder vergnügten sich dort im

Schlamm, nur ich sollte nicht mitmischen dürfen! Ach Quark, der blöde Onkel Albert, der konnte mich mal! Also schlich ich heimlich hinaus und warf mich voll Elan in die dort wogende Schlammschlacht. Doch als ich versuchte, ebenso heimlich ins Haus zurück zu schleichen, da verrieten unübersehbare Lehmspuren auf dem frisch gewienerten Flur meinen Frevel. Na, das konnte heiter werden! Und wirklich, bevor ich auch nur eine Chance hatte, die schmutzigen Schandflecke zu verwischen, erschien der Onkel wie ein Racheengel auf der Bildfläche. „Hatte ich dir nicht verboten, in die Baugrube zu klettern? Ab in den Keller mit dir!" zischte er, jagte mich die Treppe hinunter, schloss die Tür hinter mir zu und stampfte von dannen.

Das darf doch nicht wahr sein, dachte ich. Der hat mich tatsächlich im Keller eingesperrt! Dieser Mann ist ja ein Ungeheuer, ein Mensch ohne Gefühl, ohne Humor! Da saß ich nun - ein Häufchen Elend - zusammengekauert in einem dunklen Winkel des Kellers. Diese Ungerechtigkeit, mich hier einzusperren! Bitterkeit stieg in mir hoch. Gedanken an Rache erfüllten mich. Nie werde ich ihm das verzeihen, niemals! Eine ganze Weile gab ich mich dem Hass, dem Selbstmitleid hin - dann erwachte mein Selbsterhaltungstrieb. Ich erkundete die Umgebung, entdeckte Regale mit eingemachten Sauerkirschen, Gläsern mit Quittengelee und Flaschen mit frisch gepresstem Apfelsaft. Also, verhungern brauchte ich hier nicht. Ein morscher Stuhl mit abgebrochener Lehne wartete gähnend auf das Hinterteil eines müden Gespensts, und neben einem Haufen alter Zeitungen entdeckte ich einige halb vermoderte Jugendbücher. Welch ein Schatz in dieser trübsinnigen Finsternis! Haben sie früher etwa dem Onkel gehört? Kaum vorstellbar, dass auch er einmal jung gewesen sein soll. Neugierig kramte ich in dem Bücherstapel. Neben alten Karl-May-Bänden fiel mir besonders ein Buch mit fremdartigen Landschaftsbildern auf: *Robinson Crusoe!* Ich rückte den altersschwachen Stuhl nahe ans Kellerfenster, setzte mich darauf und blätterte zunächst zerstreut in dieser Fibel. Doch bald schon nahmen mich die Abenteuer des schiffbrüchigen Robinsons so gefangen, dass ich darüber den vermaledeiten Onkel vergaß. Da saß ich nun im düsteren Keller und wandelte doch über eine ferne Insel. Mein Geist vermischte sich mit dem der fremden Personen, sodass ich meinte, es sei mein eigenes Herz, das unter deren Gewändern klopfte.

Als Tante Hetty zwei Stunden später vom Einkaufen zurückkehrte, da hatte ich es gar nicht mehr so eilig, das unfreiwillige Kellerasyl zu verlassen. Inzwischen hatte ich ja erfahren, dass Bücher einen Menschen aus dem tiefsten Loch herausholen und in eine andere Welt entführen können.

Meine Leidenschaft für Wörter hatte ich bereits früh entdeckt. Schon bevor ich lesen lernte, hat mich der Rhythmus der Kinderreime - nach denen wir auf den Straßen Ringelreihen spielten - berauscht. Sie waren wie Zauberformeln, die Dinge und Figuren lebendig werden lassen. Wie habe ich als Kind die Welt bestaunt, wie habe ich mich in Tagträumen verloren! Alles war noch neu, hatte eine Bedeutung. Und wenn Miriam mir Geschichten vorlas, saugte ich das Geschehen wie einen Schwamm in mich auf.

Später habe ich mich schamlos bei ihren Büchern bedient, die sie in einer großen Seemannskiste aufbewahrte. Miriam – die davon träumte, Schauspielerin zu werden - hatte sich ein riesiges Repertoire an klassischen und modernen Dramen zugelegt. Nie war ich so begierig, die Welt zu verstehen, wie als Kind. Mit elf, zwölf Jahren - in einem Alter, in dem andere Mädchen sich eher für *Heidi-Bücher* interessierten, las ich alle Klassiker, die mir aus Miriams Schatzkiste in die Hände fielen von Schiller über Goethe, von Lessing über Kleist, von Büchner über Shakespeare. Shakespeare? Ach, die Dramen von Shakespeare, die habe ich nicht sonderlich geliebt. In ihnen war mir zuviel Grausamkeit, zuviel Ränke – eine Spirale tödlicher Gewalt bis hin zur maßlosen Selbstzerstörung. Intrigen - diese feigen Angriffe aus dem Hinterhalt – sie waren mir von jeher verhasst. Wie beglückend dagegen, wenn ich unter lauter prosaischen Stücken ein Gedicht entdeckte, das süß und verführerisch klang.

Ja, Bücher sind für mich immer lebendige Dinge gewesen. Sie umschlossen die Fragen und Antworten, nach denen ich Ausschau hielt. Nicht, dass ich immer alles verstanden hätte, was ich gelesen habe, aber spannend war es allemal, viel spannender jedenfalls als das, was mir selbst passierte. Ein Buch in die Hand nehmen, die erste Seite aufschlagen, anfangen zu lesen und nicht mehr aufhören zu lesen, bis alles vor den Augen verschwimmt, bis alles andere ausgeschaltet ist, bis nur noch die Buchstaben, die Wörter, die Seiten zählen! Die Arbeit, die kann liegen bleiben! Die Freunde können warten! Lesen! Lesen! Lesen! Lesen ist bis heute meine große Leidenschaft geblieben. Ich bin süchtig nach Büchern, nach einer Welt, die ein anderer erdacht, aufgeschrieben, offen gelegt hat, um andere einzuladen, mit hineinzutauchen in seine Gedanken, seine Fantasien, seine Erfahrungen.

Wie sehr habe ich meinen Bruder Toni bewundert, der in jungen Jahren selbst Geschichten geschrieben hat. Einmal hat er sich an einem Schreibwettbewerb beteiligt mit einer wirklich rührenden Geschichte über einen Jungen, der beinahe in einem Fluss ertrunken wäre, im letzten Augenblick aber von seinem Hund gerettet wurde. Toni hat damit den ersten Preis gewonnen. Zehn Reichsmark hat er dafür bekommen! Und was hat er sich dafür gekauft? Eine riesengroße Taschenlampe mit drei Batterien! Nun konnte er abends - nachdem Papa das Licht im Kinderzimmer gelöscht hat – im Schein der Leuchte unter der Bettdecke seine Geschichten weiterlesen, bis ihm die Augen zufielen.

„Leihst du mir mal deine Taschenlampe?" hab ich ihn mal gefragt.

„Ne", hat er gemeint, „kauf dir doch selber eine!"

„Ja, wovon denn – ohne Geld?"

„Du kannst ja selbst was schreiben. Vielleicht bekommst du dann auch ein Honorar dafür."

Also setzte ich mich hin und schrieb einige Kinderreime, die ich in ein Heft eintrug.

„Für 'ne kleine Göre wie dich sind die Texte durchaus passabel", meinte Toni gönnerhaft.

Doch ich traute mich nicht, sie an eine Zeitschrift zu schicken – zu sehr fürchtete ich, ausgelacht zu werden. Als mir aber kürzlich die alte Kladde wieder in die Hände fiel, da dachte ich, ein oder zwei der Reime hätten durchaus den Preis einer Taschenlampe verdient.

103

Die braune Saat

Es kam das Jahr 1941. Das Klima in Deutschland veränderte sich, auch wenn es mir zunächst kaum bewusst wurde. Die Nazi-Propaganda erfasste allmählich jeden Winkel des Landes, jeden Bereich des Lebens. Presse, Rundfunk, Film und Werbung waren gleichgeschaltet und verkündeten direkt oder unterschwellig die nationalsozialistische Ideologie. In allen Straßen hingen großflächige Plakate, die uns ihre Parolen entgegenschmetterten. Einhämmernde Wiederholungen, inhaltliche Vereinfachungen und gezieltes Ansprechen der Gefühle sorgten dafür, dass sich nur wenige Menschen deren Wirkung entziehen konnten. So schlich sich das Gift dieser Einflüsterungen fast unbemerkt in die Köpfe der Menschen ein. Besonders intensiv wurde mit Bildern lachender Kinder für die Jugendorganisationen der Nazis geworben. Und viele, viele folgten diesem Ruf, wurden erwartungsfrohe Pimpfe, gutgläubige Jungmädel. Den verführerischen Ritualen, Liedern, Fahnen war nur schwer zu widerstehen; Lagerfeuerromantik und abendlich Fackelnumzüge wirkten oftmals überwältigend auf empfängliche Gemüter.

Auch Toni - mein so romantisch angehauchter Bruder - ging diesen Rattenfängern ins Netz. Wäre er früher zur Welt gekommen - so um die Jahrhundertwende - hätte er sich sicher den „Wandervögeln" angeschlossen und wäre mit Mandoline und Gitarre, Zeltplane und Rucksack durch die Lande gezogen, um sich den frischen Wind um die Ohren wehen zu lassen und den Mief einer verkrusteten Gesellschaft abzuschütteln. Nun aber zog er mit seinem Fähnlein durch die Straßen und sang mit ihnen voll einfältiger Gläubigkeit:

„Wir werden weiter marschieren, wenn alles in Scherben fällt,
denn heute gehört uns Deutschland und morgen die ganze
Welt."

Georg aber, mein älterer Bruder, war immun gegen die Verführungskünste der Nazis. Er ist nie der Hitlerjugend beigetreten. Trotzdem wurde er erstaunlicherweise keinerlei Repressalien ausgesetzt. Vielleicht lag es daran, dass viele Arbeiter unseres Stadtteils früher Kommunisten oder Sozis waren und sich noch zu Beginn der Dreißiger Jahre mit den faschistischen Schwarzhemden so manche Straßenschlacht geliefert hatten. Möglich, dass deshalb die Nazis hier weniger rigoros auftraten. Oder ist es mir als Kind nur so vorgekommen? War ich wie so viele Menschen auf einem Auge blind? Sicher, unüberhörbar und allgegenwärtig war inzwischen die Hetze gegen die Juden. Da aber in unserer Gegend kaum Juden wohnten, bekamen wir von Ausschreitungen gegen diese Bevölkerungsgruppe nur wenig mit. Daher nahmen wir die Hetztiraden auch nicht so ernst. Wir Kinder erfassten eh nicht, was es für die Juden bedeutete, beschimpft und gedemütigt zu werden. Aber auch die Erwachsenen machten sich darüber kaum Gedanken, jedenfalls haben sie mit uns nie darüber gesprochen. Wäre sonst die Sache mit Herrn Stern passiert, die mir noch heute die Schamröte ins Gesicht treibt?

Dieser Herr Stern war der Vertreter einer bekannten Bürstenfabrik. Er war ein Mann mit einem leicht melancholischen Blick. Wenn aber ein Lächeln über sein Gesicht huschte, hatte er eine liebenswerte Ausstrahlung. Etwa alle zwei Monate besuchte er uns - ein Mensch, der irgendwie zu unserem Leben gehörte. Er verkaufte Pinsel und Bürsten – große, kleine, dicke, dünne - alle von guter Qualität. Er war jedoch nicht nur ein Vertreter seiner Firma, sondern auch ein Vermittler von freundschaftlichen Gefühlen, eine Brücke zwischen Geschäftsleben und Privatleben. In unserer Beziehung zu ihm ließ sich das eine vom andern nicht trennen. Wenn Herr Stern kam, wurde bei uns der Kaffeetisch besonders sorgfältig gedeckt, waren die Gespräche zwischen den Männern besonders lebhaft. Man merkte – Papa, der Malermeister und Herr Stern, der Bürstenvertreter – mochten sich.

Daran änderte sich auch nichts, als Papa nach seiner Rückkehr aus der Schweiz im Sommer 1938 plötzlich das Parteiabzeichen der NSDAP am Jackenaufschlag trug. In Davos, wo Papa wegen seiner angegriffenen Lunge zu einer längeren Kur weilte, hatte er sich von einer Schweizer Studentengruppe zum Nationalsozialismus überreden lassen. Seitdem gab es bei uns die Nationalzeitung.

Als Herr Stern auf seiner Geschäftsreise mal wieder an unsere Tür klopfte, war ich allein in der Wohnung. Papa war auf irgendeiner Arbeitsstelle und Mama unterwegs zum Einkaufen. „Kommen Sie herein", bat ich Herrn Stern und führte ihn ins

Wohnzimmer. „Meine Mutter wird bald zurück sein." Einen Moment lang schien Herr Stern zu erstarren, denn auf dem Wohnzimmertisch lag der *Völkische Beobachter*, dessen Titelblatt in riesigen Lettern die Leser aufforderte: *„Deutsche, kauft nicht bei Juden".* Nach einigem Zögern aber setzte Herr Stern sich an den Tisch, um geduldig auf Mamas Rückkehr zu warten. Doch bevor sie eintraf, stürmte Toni herein. Als er Herrn Stern erkannte, zog er mich ins angrenzende Kinderzimmer und zischelte mir zu: „Weißt du nicht, dass dieser Mensch ein Jude ist? Na, dem werden wir mal kräftig einheizen!" Und schon fing er an, lauthals durch die halboffene Tür zu krähen: *„Töff, töff, töff, es kam ein Jud gefahren..."* Ja, bis zum bösen Ende schmetterte er das Pamphlet: *„Schmeißt sie raus, die ganze Judenbande, schmeißt sie raus aus userm Vaterlande..."*

Und ich? Ich stand klein und geduckt neben meinem Bruder und habe mich weiß Gott nicht wohl gefühlt dabei. Und trotzdem habe ich mitgesungen! Und erst, als ich durch den Türspalt beobachtete, wie Herr Stern immer blasser wurde, wie er nach Luft rang und dann eilig den Raum verließ, als ob er ersticken würde, wurde mir bewusst, was wir diesem Menschen mit unserem kindisch-bösem Hassgesang angetan haben. Und doch hab ich nicht versucht, ihn zurückzuhalten, hab nicht daran gedacht, mich für unser Gegröle zu entschuldigen.

Als Herr Stern einige Wochen später noch einmal zu uns kam, wirkte er seltsam fremd und gedrückt, und meine Eltern konnte einfach nicht verstehen, warum der nette Herr Stern sich so schweigsam gab. Weder Toni noch ich hatten ja den Mut aufgebracht, ihnen zu beichten, mit welch rüden Methoden wir ihn bei seinem letzten Besuch vergrault hatten. Als Herr Stern danach nicht mehr bei uns auftauchte, fühlte ich mich fast erleichtert, denn nun - dachte ich - könnte ich den beschämenden Vorfall einfach vergessen. Eigentlich hätte ja mein schlechtes Gewissen mich zum Nachdenken darüber bringen müssen, warum um Gotteswillen man die Juden in unserem Land dermaßen beschimpfte. Doch im kindlichen Alter nahm ich die Dinge einfach so wie sie waren, wie sie mir begegneten, ohne sie allzu gründlich zu hinterfragen. Ich dachte weder an die Vergangenheit, noch an die Zukunft, lebte nur der Stunde. Mit Hitlers Tiraden über das Weltjudentum konnte ich einfach nichts anfangen. Ich habe auch nie verstehen können, warum gerade Christen die Juden jahrhundertelang geschmäht haben. War Jesus denn nicht auch Jude? Aber nachgefragt habe ich nicht. Wahrscheinlich hätte es mir eh niemand erklären können oder wollen. Und die Kirche selbst schwieg zu dieser Frage.

Abgesehen von unserem beschämenden Ausbruch beim Besuch des Herrn Stern, habe ich in unserem Umfeld von judenfeindlichen Einstellungen nicht viel bemerkt. Lag es daran, dass wir nur wenige Juden persönlich kannten? Rührte daher unsere Gleichgültigkeit gegenüber der öffentlichen Judenhetze? Erst später erinnerte ich mich daran, was ich bereits am 9. November 1938 in Essen erlebt hatte. Dieses Ereignis! Ich hatte es zunächst ganz verdrängt. Tante Hetty war an jenem Tag mit mir von Kettwig aus nach Essen gefahren. Als wir uns dem Stadtzentrum näherten, war ich merkwürdig erregt und umklammerte fest die Hand der Tante. Eintauchen in die glitzernde Welt der Geschäfte, herumschlendern, gucken, staunen, das Großstadtleben auf mich einwirken lassen, die Synagoge wiedersehen, diesen markanten Blickpunkt der Stadt mit seinen mächtigen Mauern und der imposanten Kuppel, die einen geheimnisvollen Reiz auf mich ausübte. Hatte Tante Hetty nicht versprochen, dass wir dieses jüdische Gotteshaus einmal besuchen würden? Vielleicht heute? Ja, warum nicht?

Als wir jedoch in die *Kettwiger* Straße einbogen, schraken wir entsetzt zurück. Überall lagen Berge von Glasscherben, dazwischen zertrümmerte Ladeneinrichtungen, aus den Verankerungen gerissene Türen und im Hintergrund eine Unheil verkündend Rauchwolke.

„Was ist hier los?" fragte ich bestürzt.

„Man hat wohl in der vergangenen Nacht die Schaufenster der jüdischen Geschäfte eingeschlagen, die Läden geplündert und scheinbar auch die Synagoge in Brand gesteckt."

Ganz nüchtern hatte Tante Hetty das vorgebracht, ihre Stimme jedenfalls klang völlig emotionslos. Sie - die sonst so empfindsam war - gab keine weiteren Erklärungen ab, ließ mich einfach mit dem Aufruhr meiner Gefühle allein. In mir hatte sich alles zusammen gekrampft. Die leeren Höhlen der geplünderten Geschäfte starrten mich furchterregend an. Dieses Ungeheuerliche – ich konnte es nicht begreifen. Tausend Fragen stürmten auf mich ein, doch ich habe nicht gewagt, sie zu stellen.

„Was haben die Juden uns eigentlich getan?" fragte Papa, als ich ihm nach meiner Rückkehr aufgewühlt davon erzählte. „Womit haben sie das verdient? Nein, sie können nicht schuldig sein. Ich kenne doch den Herrn Stern. Er ist Jude, na und? Er ist doch ein anständiger Mensch! Also was da geschehen ist, das kann nicht gut sein!" Spontan nahm er sein Parteiabzeichen vom Revers seines Jacketts und steckte es nie wieder an. War Papa nun ein Held? Ein Antiheld? Oder war er - wie so viele andere - einfach ein Mitläufer? Ich weiß es nicht. Ich weiß nur, dass Hitlers Bild - ein geschöntes Portrait in einem dezent vergoldeten Rahmen – auch weiterhin über dem Lesesessel in unserem Wohnzimmer hing. Und oftmals, wenn ich alleine in der Wohnung war, stand ich andächtigen Blickes davor und legte dem Führer all meinen jugendlichen Idealismus zu Füßen.

Lavinia – das Zigeunermädchen

Es war ein sonniger Herbsttag. Anna und ich spielten Ball. Anna liebte das Ballspielen. Sie liebte auch ihren Ball. Es war ein großer, bunter Ball, der nicht zu hart und nicht zu weich war. Er hatte eine Mark und fünfzig gekostet. Anna war eine gute Ballspielerin. Keiner warf den Ball so hoch wie sie. War es da ein Wunder, dass der Ball plötzlich über die Mauer flog, die unseren Hof vom dahinter liegenden Grundstück trennte? „Auweia" schrie Anna, „der Ball ist weg! Was machen wir nun?"

„Na was schon? Wir müssen ihn wieder finden." Und schon rannten wir los, bis wir den Platz erreicht hatten, der mit seiner Rückseite an unsere Mauer grenzte. Auf diesem Platz aber – bisher ein verwildertes Niemandsland - hatte über Nacht fahrendes Volk sein Lager aufgeschlagen. Einen Moment lang sahen wir unschlüssig von rechts nach links, bevor wir uns zögernd dem Zigeunerlager näherten. Die vormals öde Fläche hatte sich in einen Flickenteppich aus Wagen und hastig aufgestellten Zelten verwandelt; der Klang einer Geige schlug uns entgegen, Lachen, Rufen, Worte in fremdländischen Zungen, die wir nicht verstanden, das schrille Wiehern eines Pferdes, das beschlagen wurde. Plötzlich fühlten wir uns hier geborgen und ließen den Lärm und das bunte Treiben auf uns einwirken.

Ein Mann kam auf uns zu – eine kleine bewegliche Figur mit einem fürchterlichen, schwarzen Schnurrbart, unter dem sich seine Lippen trotzig hervor bäumten, während seine feurigen Augen wachsam hin und her schossen. Ja, wie der Teufel sah er aus.

„Was wollt ihr hier?" fragte er barsch, „was habt ihr hier verloren?"

„Un...unsern Ball!" stotterten wir eingeschüchtert, „wir suchen unseren Ball. Der ist nämlich hier über die Mauer geflogen, und den suchen wir."

„Einen Ball? Ich habe keinen gesehen", antwortete der Mann. Seine Stimme klang nun schon freundlicher. „Na, vielleicht kann meine Tochter euch helfen, ihn zu finden; die hat Augen wie ein Luchs." Und schon schmetterte seine Stimme über den Platz:

„Lavinia! Lavinia, komm her, hier sind Zwei, die brauchen deine Hilfe, die suchen ihren Ball!"

Noch während das Echo seiner Stimme von der Mauer zurück hallte, trat aus einem der Wagen ein schwarzäugiges Mädchen heraus. Seine glänzenden schwarzen Haare waren zu dicken Zöpfen geflochten, die mit roten Schleifen zusammen gehalten wurden. Das muss Lavinia sein, dachte ich. Lavinia! Was für ein seltsamer Name, genauso seltsam wie die bunt zusammen gewürfelte Kleidung, die sie trägt! Das unbekannte Mädchen musste etwa in Annas Alter sein, obwohl sie wesentlich zierlicher war als meine eher kräftig gebaute Schwester. Zögernd kam sie auf uns zu. Verunsichert sah ich ihr entgegen. Was sollte ich von so einem Mädchen halten? Einer Zigeunerin! Mir fielen all die bösen Geschichten ein, die man sich über das fahrende Volk erzählte. Doch Anna schien Vertrauen zu ihr zu fassen. Sie lächelte die Fremde aufmunternd an und fasste spontan nach ihrer Hand. Dann - in einem plötzlichen Impuls - rannten beide quer über den Platz und verschwanden hinter dem Gebüsch, das am Rande der Mauer wuchs.

Meine Anwesenheit schienen sie ganz vergessen zu haben. Och, dachte ich, lass sie den blöden Ball doch alleine suchen, sollen sie ihn doch ohne mich finden. Und wirklich dauerte es nicht lange, da kamen Anna und Lavinia wieder hinter dem Busch hervor. Lavinia hielt triumphierend den Ball in ihren braunen Händen und warf ihn mir auffordernd zu. Anna holte aus ihrer Tasche ein schon arg ramponiertes Sahnebonbon und hielt es Lavinia entgegen. „Schön, dass du uns geholfen hast, "sagte sie dabei. „Na, vielleicht sehen wir uns ja mal wieder."

„Schon möglich", antwortete das Mädchen.

Bevor wir den Platz verließen, drehte ich mich noch einmal um. Da stand Lavinia am Eingang ihres Wohnwagens und hielt eine Flöte in der Hand, der sie seltsame Töne entlockte. Sie spielte eine Melodie, die keine war, eine Tonfolge ohne Gesetz, die vielleicht deshalb so anrührend wirkte. Vor allem Anna schien ganz verzaubert zu sein von der Begegnung mit dem fremden Mädchen und ihrer seltsamen Musik.

Einige Tage später erzählte Anna aufgeregt: „Du, ich hab Lavinia wieder gesehen. Du weißt doch, das Zigeunermädchen. Sie besucht jetzt dieselbe Klasse wie ich. Und denk dir, sie sitzt sogar neben mir in derselben Bank. Du weißt ja, wir haben fast denselben Schulweg. Ich bin auch schon zwei, drei mal nach der Schule mit zu ihr nach Hause gegangen, also zu ihrem Lager. Lavinia hat gesagt, ich dürfe sie besuchen, so oft ich will, ihre Eltern hätten nichts dagegen."

Ich merkte Anna an, wie sehr sie darauf brannte, mit diesem Mädchen, das so anders war als sie selbst, zusammen zu sein. „Aber die Mama" fragte ich, „was sagt die dazu?"

„Na ja, die sieht es nicht so gern, wenn ich in das Zigeunerlager gehe. Sie meint, ich solle bloß aufpassen, dass ich da keine Läuse aufschnappe. Und vor den Männern dort solle ich mich in Acht nehmen, die hätten ganz schnell ein Messer zur Hand. Aber verboten, ne, verboten hat sie mir den Besuch bei ihr nicht. Und ich, ich hab auch keine Angst vor den Zigeunern. Da ist übrigens noch Lavinias Opa, der passt bestimmt auf mich auf. Na ja, eigentlich ist der ein furchtbar alter, zerlumpter Zigeuner mit einem richtig faltigem Gesicht. Aber ich glaube, der mag mich gut leiden. Jedenfalls strahlt er immer, wenn er mich sieht. Neulich hat er gesagt, ich könnte genauso gut eine von ihnen sein, ich hätte ja auch so dunkle Augen und so schwarze Haare wie sie."

„Komisch", meinte Anna später, „jedes Mal wenn ich zum Lager komme, sitzt der Opa vor seinem Wohnwagen und badet seine Füße in einer Schüssel mit warmen Wasser. Kaum aber hat er Lavinia erblickt, streckt er ihr grinsend seine Füße entgegen, und sie rennt gleich los und holt ein Handtuch von der Leine und trocknet ihm ganz behutsam die Füße ab. Und hinterher dann, also dann erzählt der Opa richtig spannende Geschichten, so 'ne Art Märchen eben. Und der Wohnwagen von Lavinias Familie, der ist richtig gemütlich, wie eine Puppenstube eben. Und mit der Lavinia, da kann man einfach toll rumalbern und lachen. Ja und dann kann sie auch noch gut Ball spielen, fast so gut wie ich."

Wen wunderte es da, dass Anna sich bei den Zigeunern bald wie zu Hause fühlte? Mama und Papa, die anfangs diesen Umgang nicht so gerne sahen, ließen sich bald davon überzeugen, dass ihrer Tochter dort keine Gefahr drohte. Natürlich gab es auch Leute, die anders über die Fremden dachten: „Es wird höchste Zeit, dass dieses Pack endlich verschwindet. Sollen sie sich doch zum Teufel scheren oder Gottweißwohin", schimpften einige Burschen hinter Lavinia her. Anna tat das weh.

Als der Roman-Clan am Ende der Wintersaison zum großen Aufbruch rüstete, fiel Anna der Abschied schwer. „Nicht traurig sein", tröstete Lavinia sie, „im nächsten Herbst kommen wir ja wieder hierher zurück." So vergingen drei Jahre, in denen die Freundinnen den Winter gemeinsam verbrachten und nur im Sommer voneinander getrennt waren. Dann kam der Herbst 1942! Diesmal wartete Anna vergebens auf die Rückkehr ihrer vertrauten Spielgefährtin. Der Herbst ging über in den Winter - in den Schaufenstern der Geschäfte machte sich bereits die Weihnachtsdekoration breit - von Lavinia und ihrer Familie aber fehlte jede Spur. „Wo sie nur bleiben?" fragte Anna mit wachsender Unruhe, „ihnen wird doch nichts zugestoßen sein?"

„Mach dir keine Sorgen", versuchte Mama sie zu beruhigen, „vielleicht haben sie diesmal ihr Winterquartier einfach in einer anderen Stadt aufgeschlagen."

„Nein, das glaube ich nicht. Lavinia hat mir doch versprochen, dass sie auch dieses Jahr hierher zurückkehren würden. Warum aber meldet sie sich nicht? Warum schreibt sie nicht? Warum erhalte ich kein Zeichen von ihr?"

„Warte nur ab", meinte Mama, „im nächsten Herbst ist sie bestimmt wieder hier."

Doch auch im kommenden Jahr tauchten Lavinia und ihre Sippe nicht mehr auf, ebenso wenig wie in den darauf folgenden Jahren. Anna sollte ihre Freundin nie mehr wieder sehen!

Meine Geige und ich

Meine Freundin Ingrid - die alle Welt *Hoy-Hoy* nannte - war nur vier Tage älter als ich, überragte mich aber um eine ganze Kopflänge. Sie war dunkelhaarig, dunkeläugig, groß und stark - ein echter Brunhilde-Typ mit überschäumendem Temperament und großer Abenteuerlust, und ständig versuchte sie, mich in ihre Aktivitäten hineinzuziehen. Meistens trafen wir uns in der Ziethenstraße, wo wir die wildesten Spiele spielen konnten.

Manchmal nahm Hoy-Hoy mich auch mit zu sich nach Hause. Gern freilich ging ich nicht dorthin. Ihre Mutter - eine eher strenge Frau - strahlte wenig Wärme aus. Sie war eine enthusiastische Wagnerianerin, und sicher hätte sie von ihrer Statur her auch eine glänzende Walküre auf der Bühne abgegeben. Doch für eine eigene Karriere als Sängerin hatte es nie gereicht, und so legte sie ihren ganzen Ehrgeiz in die musikalische Ausbildung ihrer Tochter. Sie achtete darauf, dass Ingrid regelmäßig Gesangsunterricht nahm und täglich wenigstens eine Stunde am Klavier übte. Inzwischen spielte Hoy-Hoy die Kleine Nachtmusik von Mozart zwar nicht hervorragend, aber auch nicht gerade grottenschlecht. Und ihre Stimme hatte dank des intensiven Trainings durch ihre ständigen Anfeuerungsrufe und nicht zuletzt durch die professionelle Schulung ihrer geduldigen Gesanglehrerin ein beachtliches Volumen erreicht, was nicht nur die Stärke, sondern auch die Tonlage betraf. Sie kam erstaunlich hoch und reichte, wenn es sein musste, bis in den tiefsten Keller. Nach Meinung ihrer Mutter brauchte sie zur weiteren Unterstützung nun noch eine musikalische Begleitung.

„Wie wär's", fragte Hoy-Hoy's Mutter mich eines Tages, „wenn du Geigespielen lerntest?"

„Was, ich, ausgerechnet ich, wo ich doch so unmusikalisch bin? Und überhaupt, wo soll ich eine Geige hernehmen?"

„Kein Problem", meinte Ingrids Mutter, "die kann ich dir leihen." Sie hatte nämlich auf dem Dachboden eine alte Geige entdeckt. Ich glaube, es war eine Hinterlassenschaft ihres verstorbenen Mannes. Oder war sie keine Witwe, sondern geschieden? Ich weiß es nicht genau, denn darüber sprach man nicht. Egal! Jedenfalls war diese hehre Musikliebhaberin nicht nur bereit, mir die

Geige zur Verfügung zu stellen, sondern mir auch den Unterricht dafür zu bezahlen. Ich hoffte inständig, dass ich mich ihren Erwartungen würdig erweisen würde.

Mir aber blühte eine grausige Erfahrung: Von der Straße aus dem Sonnenschein kommend, musste ich viele Stufen hinauf steigen zu einem dunklen Dachkämmerchen, wo der Unterricht stattfinden sollte. Und dort ließ sich die Sache unheimlich an. Die Geige war ein so sonderbares, zerbrechliches Gebilde, nicht viel solider als eine Zigarrenkiste. Man musste behutsam mit ihr umgehen, damit sie nicht schon entzwei ging, wenn man sie nur aus dem Kasten nahm. Auch mein Lehrer war sonderbar, er roch so komisch nach sauren Gurken, und er war anders als die Leute, mit denen ich sonst zu tun hatte. Er trug einen schwarzen Anzug und hatte eine Nickelbrille auf der Nase. Seine Geige war aus schönem, dunkel poliertem Holz. Sie gehorchte ihm bedingungslos. Meine geliehene Geige dagegen war plump und ungeschickt und knatschig gelb – eine gemeine Farbe! Eigentlich ist eine Geige ja erschaffen für leidenschaftliche Musiker, doch zu diesen Leuten gehörte ich nicht. Ich konnte nicht einmal beim Singen den richtigen Ton halten. Das aber wusste mein Lehrer nicht. Er begrüßte mich wie ein mögliches Genie. Er zeigte mir, wie ich das Instrument mit dem Kinn halten sollte. Ich lernte, meine Finger am Hals hin und her zu bewegen, lernte weiter, wie ich den Bogen über die Saiten führen und so Töne hervorbringen sollte. Doch der erste Schrei meiner Geige fuhr mir durch alle Glieder.

Der Meister sah plötzlich aus, als habe er ein Glas Essig getrunken. Er hörte auf zu atmen, seine Zähne zogen sich von den Lippen zurück, seine Augen schlossen sich. Er riss mir die Geige aus der Hand, prüfte sie, brachte sie wieder in Ordnung und tröstete sie sanft, indem er mit seinem eigenen Bogen leicht darüber hinfuhr. Sie war keine sonderlich gute Geige; unter seinen Fingern gab sie trotzdem ganz erträgliche Töne von sich. Mit neuen Anweisungen gab er mir die Geige zurück. Ich steckte sie wieder unter das Kinn, umklammerte ihren Hals mit festem Griff, sah zu ihm auf und wartete. „Jetzt", sagte er nervös. Langsam hob ich den Bogen und zog ihn über die Saiten. Diesmal ertönten zwei schreckliche Schreie – einer kam von meiner Geige, der andere aus dem Mund meines Lehrers. Doch er erholte sich wieder, lächelte tapfer, nahm all seinen Mut zusammen und ließ mich den nächsten Versuch wagen. „Leise, Kindchen, leise", bat er demütig und drehte sein Gesicht zur Wand.

Irgendwie ging der Nachmittag zu Ende, aber ein grässliches Erlebnis blieb er. Ich weiß nicht, wer mehr Quietschtöne von sich gegeben hat – meine Geige oder mein Musiklehrer? Als mir auch in der zweiten Unterrichtsstunde nur schief gespielte Töne gelangen, gab ich zur Freude des Lehrmeisters entnervt auf. So musste Hoy-Hoy bei ihren Gesangsübungen weiterhin auf eine Geigenuntermalung verzichten. Trotzdem, oder vielleicht gerade deshalb, hat sie es Jahre später geschafft, mit ihrer prächtigen Altstimme beim Theaterchor in Münster eine feste Anstellung zu bekommen. Ich aber kann bis heute beim Singen keinen Ton halten. Und Geige spielen? Ach, reden wir nicht mehr davon.

Und dann stürmen wir die Isenburg

Wir würden es nie schaffen! Ich wusste, wir würden es nie schaffen! Und warum nicht? Gott, wie soll ich das erklären? Aber gut, ich will's versuchen: Wir hatten einfach keinen vernünftigen Anführer, der uns gesagt hätte, wo's lang geht, niemanden, der uns rausgerissen hätte aus unseren vagen Träumereien, der dafür gesorgt hätte, dass wir endlich zur Tat schritten. Ich wusste gleich, wenn meine Brüder mitmachen, dann wird es nie gelingen! Dabei haben wir so viele Pläne geschmiedet, haben Wappen entworfen, Wimpel bemalt, haben angefangen, Schilder zu basteln, Speere zu schnitzen, Rüstungen zu formen, und wochenlang haben wir darüber gestritten, wer beim Sturm auf die Isenburg welche Rolle übernehmen soll. Doch je näher die Durchsetzung rückte, desto mehr zogen sich die Brüder zurück. Anna und ich haben schließlich ernsthaft darüber diskutiert, ob Jungen *überhaupt* an dem Feldzug teilnehmen sollten. Die werden doch immer gleich so kriegerisch! Ohne die Jungen aber blieben nur Anna und ich übrig und vielleicht noch Nachbars Franz, den man nicht unbedingt zu den wilden Mannskerlen rechnen konnte. Na dann waren wir eben nur ein kleiner Weiberhaufen! Das konnte unseren Eifer doch nicht schmälern. Jetzt erst recht! dachten wir. War die Isenburg erstmal gestürmt, dann würde niemand mehr in uns nur die kleinen Mädchen sehen, die vor den Erwachsenen artig ihren Knicks machten.

Wann unsere Leidenschaft für die Ruine der Isenburg angefangen hat? Ich glaube, vom ersten Moment an, als wir sie bei einer Wanderung durch den Essener Stadtwald entdeckten. Gesucht hatten wir sie nicht. Dass wir trotzdem auf sie gestoßen sind, verdanken wir Papas großem Talent zur Orientierungslosigkeit. Er wollte mal wieder die Führung übernehmen, neue Wege mit uns gehen, das Ausflugslokal - *die Schwarze Lene* - fest vor Augen. Mochte Mama ruhig warnen, „so kommen wir nie hin", der Papa traute wider besseren Wissens seinem nicht vorhandenen Richtungssinn und führte uns über Berg und Tal, durch Brombeergestrüpp und feuchten Morast. „Nur noch diesen kleinen Hügel hinauf", feuerte Papa uns an. Der kleine Hügel aber hatte es in sich. Doch das tat unserer Unternehmungslust keinen Abbruch. Etwas Geheimnisvolles schien auf der Spitze des Berges zu sein, das uns anlockte. Endlich hatten wir es geschafft. Vor uns – hoch über dem Ruhrtal – lag die *Schwarze Lene*. Im Halbkreis vor dem Restaurant breitete sich auf einer Felsplattform die Cafe-Terrasse aus. Von hier aus hatte man einen berauschenden Blick über den Baldeneyer See und das glitzernde Band der Ruhr. Während Mama und Papa sich bei Kaffee und Kuchen von den Strapazen des Aufstiegs erholen wollten, interessierten wir Gören uns mehr für die seltsamen Steinmauern, die wir auf unserem Zickzack-Weg zu diesem Plateau hoch oben auf dem Hügel entdeckt hatten.

„Was ist das für ein Bau, der dort durch die Buchenzweige schimmert?" fragten wir Papa.

„Das ist die Ruine der Isenburg. Die stammt noch aus der Raubritterzeit."

„Was, 'ne echte Ritterburg? Also, die müssen wir uns unbedingt ansehen."

„Aber Kinder", stöhnte Mama, „der Weg ist viel zu steil. Wenn ihr da runterfallt?"

Für uns aber gab's kein Halten mehr. Wir mussten dort hinauf, jedoch nicht wie ein Haufen Weicheier den Wanderweg entlang, der sich in sanft ansteigenden Kurven um den Felsen schlängelte, nein, zünftig wollten wir da raufklettern, an den steilen Felswänden hoch, wie es sich für echte Abenteurer gehört. Der Aufstieg war mühsam. Wir stolperten, rutschten, kletterten, zogen uns an Baumwurzeln hoch. Wir rissen uns die Hände blutig, schürften uns die Knie auf und schauten mitleidig hinunter auf die winzigen Gestalten, die tief unter unseren Füßen ihre Runden über geebnete Straßen zogen. Oben angekommen, fühlten wir uns dem Alltag entrückt, ins Wunderland der Ritter und Burgjungfern versetzt. Bizarre Lichtreflexe fielen durch die Blätter der Bäume auf die alte Ruine. Meterdicke Mauerreste, schmal aufragende Fensteröffnungen und große Torbögen ließen erahnen, welch ein gewaltiges Bollwerk früher diese Höhe gekrönt hat. Geißblatt über moosbedeckten Quadern, Farnkraut, das aus Ritzen hervorquoll, Baumwurzeln, die sich wie Urwald-Schlangen um Gestein und Felsvorsprünge wanden, bewacht von riesigen

Bäumen, die den Himmel herausforderten. Diese Bäume - uralt, ungebändigt - schienen ein geheimnisvolles Eigenleben zu führen. Die einen krümmten sich uns entgegen wie riesige Dragoner, die anderen rollten sich zusammen wie schlafende Boas, wieder andere umarmten einander wie ringende Kämpfer, und hier und da entdeckten wir einen einsamen Hünen - nackt, verdreht, bucklig. Zwischen den Resten der Ruine wehte uns ein kalter Wind entgegen.

Endlich hatten wir den Felsengipfel erklommen, den der Wind mit gefesselten Flügeln umtoste. Dieser Sturm von Luft und Wasser, dieses Wirrsal übereinander getürmter Wolken brachte mein Inneres in Aufruhr. Ich glaubte, die Geister der Raubritter in den Ruinen heulen zu hören. Ich blickte auf die Felssteine, die früher die Burg trugen, suchte auf ihren Gefilden die Fußspuren der Eroberer. Ich rückte näher an Anneken heran. Sie strahlte wie immer ihre unerschütterliche Vollblutwärme aus. „Dieses halbrunde Gemäuer da vorne", sagte sie, „könnte das nicht ein Überrest vom alten Turm der Isenburg sein?" Ja, an Hand dieser Bruchstücke konnte ich mir lebhaft vorstellen, wie er früher ausgesehen haben mag: gewaltig, grau, rundbäuchig und abends bei fahlem Mondlicht umflattert von riesigen Eulen, die ihr schauriges *Hu-hu* erschallen ließen. Neben dem Halbrund aus dicken Felssteinen wölbten sich eine Reihe düsterer Bögen; Fledermausdreck in den Nischen, Sonnenlicht, das durch die Fensterhöhlen fiel. All das weckte meine Neugier. Wie reizvoll es doch war, einen Blick zu werfen durch den noch erhaltenen Torbogen auf die Bäume, zwischen deren ausgebreiteten Zweigen sich das schimmernde Band der Ruhr in der Tiefe des Tales erahnen ließ.

„Wo mag nur das Plumpsklo gewesen sein?", überlegte Georg trocken. „Wahrscheinlich auf dem Vorsprung hier, meinste nich auch? Da hätte das Burggesindel jedenfalls 'ne gute Gelegenheit gehabt, bei 'ner Belagerung ihren Schiet über die anstürmenden Feinde zu gießen, um sie schon durch den Gestank in die Flucht zu treiben." Mir waren diese Gedanken zu prosaisch, ich mochte mir das Leben auf der Burg nicht so... so ordinär vorstellen. Ob die Kämpfe nicht doch heldenhafter vor sich gegangen sind? Als ich ins Sonnenlicht blinzelte, glaubte ich, in der Tiefe Reiter zu sehen, die im vollen Galopp zum Angriff stürmten. Plötzlich waren blitzende Schwerter und Säbel zu erkennen, Staub wirbelte auf, Pferde wieherten in Todesangst, das Schreien der Verwundeten drang bis hier hinauf. Wollte ich eigentlich Zeuge eines solchen Schlachtgetümmels sein? Nein! Diese Kriegsspiele, die waren nicht nach meinem Geschmack. Mich interessierte mehr, wie die ollen Recken in Friedenszeiten gelebt haben. Was wusste ich schon von ihnen? Dunkel ahnte ich –lange vor meiner Zeit haben Menschen in diesen Mauern gehaust. War's im Zehnten Jahrhundert oder erst im Zwölften? Was weiß ich! Doch dass sie gelebt haben – geboren, gelitten, gestorben - dafür gab es Beweise, Unzählige! Ich sah sie vorüberziehen, zwei, drei Sekunden lang. In Scharen zogen sie vorbei: Ritter, Bauern, Knechte, auch Edelfräulein und Mägde. Ich wollte ihnen zurufen: *Hallo, hier bin ich, sieht mich denn keiner?* Ich hörte ein Raunen. Doch es waren nicht ihre Stimmen – was ich hörte, war nur das Rauschen der Blätter in den Bäumen, das Säuseln des Windes zwischen den Mauern. Die schemenhaften Wesen, sie drängelten vorbei, verwischten ihre Spuren, verschwanden im Dämmern des Waldes, bis nichts mehr von ihnen zu sehen war.

Toni riss mich aus meinen Träumereien: „Guck mal da runter in die Schlucht, boh, da denkste, boh, is dat tief da unten!" Wir saßen auf dem Sims des großen Fenstersturzes und ließen die Beine hinaus baumeln. Unter uns breitete sich das Land aus bis hin zum Baldeneyer See. „In so einer Burg wird es sicher noch vergrabene Schätze geben. Vielleicht sollten wir mal danach suchen", schlug Toni vor.

Der Schall unserer Stimmen hatte die Liebesspiele eines Zaunkönigs mit seiner Zaunkönigin gestört. Verschreckt flogen sie laut flatternd davon. Anna wurde es plötzlich mulmig zu Mute. „Wir sollten lieber runter gehen. Es wird schon dämmerig. Die Mama wird bereits sterben vor Angst, weil wir noch nicht zurück sind." Zum Glück entdeckten wir einen Trampelpfad, der uns durch Schlingpflanzen, Brennnesseln und Unkraut hindurch auf dem kürzesten Weg zur *Schwarzen Lene* zurückführte. Hundemüde, aber glücklich kehrten wir wieder ein in die warme Hülle besorgter Liebe.

Seit jenem Ausflug ließ uns die Isenburg nicht mehr los. Wer hat sie gebaut? Wer hat dort gelebt? Wer hat sie zerstört? Was wir erfuhren, reizte unsere Neugier noch mehr. Da ging es um Aufbau und Krieg, Liebe, Zerstörung, und Hass, ja, sogar um einen handfesten Mord. Ich will mal versuchen, diese herrlich altväterliche Krimi-Geschichte, über die die Sage ihren mystischen Schein ausgegossen hat, ein wenig aufzuhellen:

Also, da lebte um Zwölfhundert-Soundsoviel hoch oben in seiner wehrhaften Burg über der Ruhr der Graf Friedrich von Isenburg. Er lebte dort nicht schlecht, denn zum einen erhob er Zölle von allen Reisenden, die sein Gebiet durchquerten oder mit Schiffen unterhalb der Festung die Ruhr entlang segelten, zum andern trieb er einen schwunghaften Handel mit Tuchen, die er aus England und Flandern bezog. Das einzige, was ihm fehlte, war eine ebenbürtige Gefährtin, die ihm einen Erben bescheren würde. So bat er seinen Vetter Engelbert, für ihn um die schöne Sophie von Limburg zu werben. Doch die liebliche Maid verliebte sich in den Brautwerber, und so passierte, was nicht hätte passieren dürfen: die schöne Sophie war bald guter Hoffnung - sie erwartete ein Kind von dem heimlichen Geliebten. Engelbert aber, dieser Schuft, entzog sich ihrem Wunsch, sie zu ehelichen, indem er sich eilig zum Erzbischof von Köln ernennen ließ. Was blieb der armen Frau da anderes übrig, als nun doch Friedrich von Isenburg zu heiraten. Oben auf der Burg aber schwor sie finstere Rache an dem Verräter, der sie mit ihrer gekränkten Liebe sitzen gelassen hatte.

Im Jahr 1225 war es, da musste der treulose Erzbischof von Köln das Gebiet des Isenburgers durchqueren. Friedrich aber, der ihn begleiten sollte, ließ ihn aus Rache für den an seiner Sophie begangenen Frevel in einem Hohlweg von bezahlten Mördern erschlagen. Doch konnte eine solch heimtückische Tat ihrerseits ungerächt bleiben? Es kam, wie es kommen musste! Friedrich wurde gefangen genommen und in Köln hingerichtet, seine Burg zerstört. Wie es der armen Sophie danach erging, davon haben wir nichts erfahren. „Vielleicht ist sie in ein Kloster gegangen", mutmaßte Anna. „Vielleicht spukt sie noch heute mit den Geistern ihres treulosen Geliebten und ihres geköpften Gemahls in den alten Ruinen herum. Sollten wir nicht mal versuchen, sie aus ihrem Versteck hervorzulocken?"

Das, fanden wir, war eine gute Idee! Also mussten wir noch einmal hinauf, den Fels erklimmen und die Burg erstürmen, möglichst in einer klaren Vollmondnacht, wenn der Mond die Isenburg in einem geheimnisvollen Licht erscheinen ließ und der Anblick nachtschwarzer Schatten um die Ruine uns einen herrlichen Schauer über den Rücken jagen würde.

„Ja, glaubt ihr denn wirklich", dämpfte Georg unseren Enthusiasmus, „wir könnten einfach so die Isenburg besetzen? Wenn schon, dann müssen wir richtig darum kämpfen."

„Was, kämpfen sollen wir? Aber wie denn?"

„Na, wie schon? Wie die Ritter natürlich, mit Schwert und Speer und Axt und Morgenstern", meinte Georg und reckte unternehmungslustig den Arm, als schwänge er bereits eine tödliche Lanze.

„Und wo, bitte schön, sollen wir die Waffen hernehmen?"

„Ach, ihr mit euren ewigen Bedenken! Selber bauen müssen wir die und einen Schlachtplan entwerfen. Und Fahnen brauchen wir auch. Wie soll man sonst Freund von Feind unterscheiden können?"

Toni war Feuer und Flamme! Er riss uns alle mit. So ein Spiel war ganz nach seinem wilden Herzen. Ständig haben wir seitdem zusammen gehockt – stundenlang, tagelang, wochenlang. Wir haben Wimpel gefertigt und Lanzen gespitzt. Wir haben Schlachtpläne aufgestellt und wieder verworfen. Doch während Anna und ich weiterhin voll Eifer die Vorbereitungen zur Erstürmung der Isenburg trafen, ging meinen Brüdern bereits die Puste aus.

Typisch Jungen! Kein Durchhaltevermögen! Schließlich hatten sie die Lust an den Eroberungsplänen ganz verloren, und wir Mädchen waren auf uns allein gestellt. Wir aber haben durchgehalten, bis jeder Wimpel, jede Rüstung, jedes Schwert fertig war. Und dennoch haben wir die Schlacht nicht geschlagen, die Isenburg nicht gestürmt! Hatte ich nicht gleich gewusst, dass wir es nicht schaffen würden?

Braunchen – das Hühnchen

Nun währte der Krieg schon das dritte Jahr. Lebensmittel gab es nur auf Marken. Die Väter waren an der Front, Mütter bekamen das Mütterkreuz, Frauen wurden eingesetzt als Luftschutz-Warte, Mädchen strickten Strümpfe für die Frontsoldaten, und die Jungen sangen voller Hingabe: ‚Ja, die Fahne ist mehr als der Tod.'

Täglich gab es Sondermeldungen von der siegreichen Front, aber Sonderrationen zum Essen gab es nicht. Um den mageren Speiseplan aufzubessern, hatte Papa sich vom Bauern Becks aus Leithe als Gegenleistung für geleistete Anstreicherarbeiten vier ausgewachsene Hühner erbeten. Doch wohin mit den gackernden Viechern? Nur nicht gleich in die Pfanne; dazu waren sie als Eierlieferanten zu wertvoll. Also musste ein Stall her. „Wie wär's mit dem Lacklager im vorderen Bereich der Werkstatt? Der ist doch vom übrigen Arbeitsbereich gut getrennt", überlegte Papa „Die Lackdosen können wir woanders unterbringen. In der Mitte schaffen wir Platz für die Nester, darüber werden zwei Sitzstangen anbracht und in die Mauer ein Loch durchgebrochen, damit die Tiere ihren Auslauf haben."

„Was? Ein Auslauf zum Hof? Da lachen ja die Hühner", warf Mama ein.

„Warum nicht, scharren können sie doch in der Hofeinfahrt, da ist guter Sandboden."

So wurde alles geregelt, und schon bald spazierten die Tiere gackernd zwischen spielenden Kindern auf dem Hof herum. Natürlich mussten wir seitdem darauf achten, dass das Hoftor immer geschlossen blieb, damit die Viecher nicht auf die Straße rannten. Die Gefahr, von einem Auto überfahren zu werden, war für sie zwar gering, denn wer außer Papa besaß in unserer Straße schon ein Automobil? Doch die Möglichkeit, dass sie in fremden Suppentöpfen landen könnten, war relativ groß. Und damit die Hühner des Nachts nicht auf dumme Gedanken kamen, wurde jeden Abend die Klappe vor ihrem Auslauf heruntergelassen. Bei so viel Fürsorge starteten unsere Hoffnungsträger unverzüglich mit einer großzügigen Eierproduktion. Besonders Braunchen – der Star unter den Gefiederten - wurde zum Hauptlieferanten für

Papas Frühstücksei. Leider aber war Braunchen kein langes Hühnerleben beschieden. Eines Abends hatte es sich - bevor der Auslauf geschlossen wurde - in der offen stehenden Waschküche versteckt. Vielleicht war es schon länger scharf darauf, in diesem kühlen Raum zu übernachten. Jedenfalls machte es sich auf dem Rand der Waschmaschine bequem, schloss befriedigt die Augen und schlief den Schlaf der Gerechten.

Ahnte es nicht die Gefahr, in der es schwebte? Aus Luftschutzgründen nämlich war die Waschmaschine ebenso wie die daneben stehende Badewanne mit Wasser gefüllt, damit bei einem Brandbombenanschlag Löschwasser zur Verfügung stand. Und so geschah, was geschehen musste: Während Braunchen ahnungslos von stolzen Hähnen träumte, verlor es das Gleichgewicht und fiel ins eiskalte Nass. Das arme Tier! Am nächsten Morgen trieb sein aufgedunsener Körper an der Oberfläche des Löschwassers. Die Flügel leicht gespreizt, den Kopf zur Seite gelegt, sah es uns vorwurfsvoll mit seinen toten Augen an, als wollte es sagen: „Ihr seid Schuld daran, dass ich diesen Tod gestorben bin."

Seine sterbliche Hülle hat Mama der Nachbarin überlassen. Wir hätten es doch nicht fertig gebracht, auch nur ein Stück des zarten Fleisches von Braunchen – dem ersten Opfer, dass wir in diesem Krieg zu beklagen hatten - zu essen. Künftig gab's eben weniger Eier, denn die übrigen Hühner erwiesen sich nun als ausgesprochen legefaul. Wir konnten froh sein, wenn wir wenigstens jeden zweiten Tag ein Ei in einem der Nester fanden.

Von großen und von kleinen Tieren

Wie so viele Leute in diesen Kriegstagen wurden wir also nie richtig satt. Wie entzückt war Mama daher, als sich ein gewichtiger Butterfabrikant aus Hamburg zu einem Besuch anmeldete. Mama hoffte, er würde nicht mit leeren Händen kommen. Und wirklich, er brachte zwei Kilo Butter mit! Zwei Kilo! Verständlich, dass Mama von dem Mann sehr angetan war. Der Strauß gelber Rosen aber – den er ihr überreichte - brachte sie eher in Verlegenheit. Sollte das eine Bestechung sein? Nein, versicherte der Herr Fabrikant, dem man seine neunundvierzig Jahre kaum ansah, wenn man von seinem etwas vorstehenden Bauch absah. Nein, er bat nur die „liebe gnädige Frau" innig, bei ihrer Tochter Miriam ein gutes Wort für ihn einzulegen, damit sie ihm doch endlich das ersehnte ‚Ja-Wort' geben würde.

Aha, der werte Herr wandelte auf Freiersfüßen! Na schön, Mama wollte sehen, was sie bei ihrer Ältesten - die ja stets ihren eigenen Kopf hatte - erreichen würde. Und dankbar küsste der Eigner riesiger Butter-Kühlhäuser meiner Mama die Hand. Miriam aber ließ sich nicht dazu überreden, einen so *alten Knacker* zu ehelichen. Sie rechnete sich bessere Chancen aus. Schließlich hatte sie von ihrer flotten Freundin Alice gelernt, wie man erfolgreich auf *Großwildjagd* geht: „Wenn du im Zug Erster Klasse sitzt, brauchst du nur eine Zeitung auf dem Kopf zu halten, und schon wirst du von deinem Zugnachbarn angesprochen." Solche Tricks aber hatte Miriam eigentlich nicht nötig. Mit ihrem gewandten Auftreten entsprach sie ganz dem Bild einer Großen Dame.

So war es nicht verwunderlich, dass sie ständig von irgendwelchen Verehrern umschwirrt wurde. Vorsichtshalber verschwieg sie ihnen jedoch ihre Herkunft aus der schäbigen kleinen Ziethenstraße und ließ sich von den Herren Kavalieren lieber in die Yorkstraße begleiten. Dort verschwand sie dann in einem der Vorgärten, die die Villen der Schönen und Reichen umgaben. „Mehr Schein als Sein" war ihre Devise. So hatte sie sich in den Kopf gesetzt, Schauspielerin zu werden und sich an der berühmten Schauspielschule in Danzig angemeldet. Und die Schule schien wirklich auf sie gewartet zu haben. Nach der Vorstellungsprobe wurde sie nicht nur angenommen, nein, sie durfte auch gleich die erste Klasse überspringen. Offensichtlich versprach sie, mindestens eine zweite Paula Wessely zu werden. Doch trotz dieser Voraussetzungen konnte Miriam nicht lange von künftigem Ruhm träumen, denn kaum hatte die Ausbildung begonnen, erhielt sie eine Kriegsdienstverpflichtung zur Reichsbahn, die sie tief ins Innere Russlands nach Kiew beorderte. Ob sie dort auch ernsthaft gearbeitet hat oder sich nur damit beschäftigte, den Männern den Kopf zu verdrehen? Jedenfalls erreichte uns eines Tages aus Russland ein Brief, der uns kaum überraschte: „Meine Lieben", schrieb Miriam, „ich habe mich mit einem Rittmeister verlobt, der hier zum Generalstab gehört."

Da hatte sich Miriam ja wirklich ein hohes Tier geangelt - einen waschechten *Freiherrn von und zum ...* Also, seinen Namen will ich nicht nennen, er tut nichts zur Sache. Georg jedenfalls machte gleich seine Scherze: „Herr von...von Knesebeck, Sie haben Ihr...Ihr Monokel in die Sch...Scheiße fallen lassen." Und tatsächlich, der Mann auf dem beigelegten Foto trug standesbewusst ein echtes Monokel. Richtig schneidig wirkte er in seiner Rittmeisteruniform mit dem vielen Lametta und dem Schleppsäbel an der Seite! Das Monokel jedoch verlieh seinem Gesicht einen etwas weltfernen Ausdruck. Was sollten wir dazu sagen? Miriam sollte bald selbst herausfinden, dass dieser Mann nicht der richtige Partner für sie war. An das Monokel, da hätte sie sich mit der Zeit noch gewöhnen können. Spätestens aber nach dem ersten Anstandsbesuch bei seiner Mutter in Berlin hatte sie die Nase voll von dieser Familie, die noch den Staub der alten K. und K. Monarchie in ihrem halb verfallenen Palast ebenso wie in ihren Köpfen trug. Miriam kündigte die hochherrschaftlichen Fesseln auf und weinte dem Mann, der aus der Kälte kam, keine Träne nach.

Während Miriam noch in höheren Regionen schwebte, hatte Anna die Volksschule beendet und durfte nun wählen, ob sie lieber in der Stadt oder auf dem Lande ihr Pflichtjahr ableisten wollte. Anna hat sich fürs Land entschieden und landete auf einem Bauernhof im Sauerland. Ich glaube, damit hatte sie die richtige Wahl getroffen. Ihre Briefe klangen jedenfalls recht euphorisch. Einmal legte sie ein Foto bei. Darauf reitet sie auf einer Kuh, die dasselbe gutmütige Gesicht hatte wie der Bauer, der freundlich lächelnd nebenher stakste. Später folgte ein Schnappschuss, auf dem Anna erhobenen Hauptes hoch zu Ross sitzt. Man merkte ihr förmlich an, wie wohl sie sich auf dem Bauernhof fühlte. Nur eines, erzählte Anna später, habe ihr dort nicht gefallen - die vielen Mäuse und die wahnsinnig verfressene Katze in dem Haus. Alles habe die Katze angeknabbert – die Wurst im Küchenschrank und selbst das Brot auf dem Tisch - nur Mäusefangen wollte sie nicht. Stattdessen habe sie Tag für Tag hinter den Herd geschissen, und Anna durfte jeden Morgen ihre stinkende Hinterlassenschaft wegputzen. Nachts aber trampelten die Mäuse ungestört über den Dachboden und ließen meine arme Schwester nicht zur Ruhe kommen. Anna war empört. Wozu war die Katze da, wenn nicht zum Mäusefangen! Irgendwann schnappte sie sich das faule Vieh und sperrte es auf dem Dachboden ein, ohne daran zu denken, dass daneben die Vorratskammer lag. Als sie später den Dachboden wieder aufsuchte, überraschte sie die Katze dabei, wie sie vereint mit einem Dutzend Mäusen genüsslich an einer Speckseite knabberte. Bei Annas Auftauchen stieben die Mäuse nach allen Seiten weg. Die Katze aber blieb ungerührt neben ihrer Beute sitzen und glotzte Anna dösig an. Seitdem mag Anna keine Katzen mehr.

Fast zeitgleich mit Anna hielt sich auch Toni auf einem Bauernhof auf. Vielmehr war es wohl ein ausgewachsener Gutshof, auf dem er als Landwirtschafts-Eleve arbeitete. Dieser Hof gehörte dem werten Herrn Doktor Robert Ley. Der war ein ganz hohes Tier bei den Nazis, seines Zeichens Gauleiter und Vorsitzender der Deutschen Arbeiterfront, außerdem ein bekannter Säufer und berüchtigter Weiberheld. Wie Toni auf den ‚Musterhof' dieses Oberbonzen kam? Nun, die Familie Weber, mit deren Sohn Papa befreundet war, ließ dafür ihre Beziehungen spielen – ihr Obstgut lag nur zehn Kilometer vom Ley-Hof entfernt. Als Anna dort einmal ihre Ferien verbrachte, tauchte eines Tages dort dieser merkwürdigen Doktor Ley auf. Zweispännig kam er mit seiner Kutsche vorgefahren in Begleitung seiner jungen Frau und seiner noch jüngeren Geliebten, die beide gleichzeitig von ihm schwanger waren.

Was die beiden Frauen wohl an diesem Mann gefunden haben, grübelte Anna. Klein, fett, dazu noch monströs aufgeplustert durch seine Phantasieuniform, wirkte er eher wie eine Karikatur, denn wie der Traumheld schöner Frauen. Zudem soll er schrecklich cholerisch gewesen sein! Davon konnte auch Toni während seines Aufenthalts auf dem Ley-Hof ein Lied singen: „Dieser aufgeblasene Kerl! Schreit ständig rum, stottert erbärmlich, säuft wie ein Pferdekutscher und bringt alles auf dem Hof durcheinander. Das Widerlichste an ihm aber ist, dass er vor den Augen seiner Leute die eigene Frau verprügelt! Wie kann solch ein Mann nur solch einen hohen Posten bei der Regierung bekleiden?"

Nur gut, dass dieser ungehobelte Kerl sich nur selten auf dem Gutshof aufhielt. Die meiste Zeit des Jahres verbrachte er ja in Berlin. Wenn Ley nicht da war, schien meinem Bruder das Leben auf dem Lande erträglicher, vor allem, wenn er an sein Ziel dachte. Toni hatte nämlich einen Traum, er träumte von Afrika! Er glaubte fest daran, dass die Deutschen irgendwann ihre ehemaligen Kolonien zurückerobern würden. Zu dieser Zeit verliefen ja die Kämpfe des Afrika-Korps unter Generalfeldmarschall Rommel ausgesprochen siegreich. Wenn der Krieg erst mal vorbei war, dann wollte Toni sich dort niederlassen. Er hatte dabei das alte Deutsch-Südwest-Afrika vor Augen, dieses gelobte Land, das bereits hundert Jahre zuvor schon deutsche Farmer angelockt hat - Gras soweit das Auge reicht, dahinter Steppe, aus der im fernen Dunst braune Bergketten aufragen. Auf den ersten Blick eine spröde Schönheit, aber wenn die gewaltigen Regengüsse kommen, ein grünes Paradies mit unendlichen Weiden, die Nahrung bieten für riesige Rinderherden.

„Du wirst sehen, Schwesterherz, eines Tages werde ich in Afrika leben und selbst ein Teil dieses Landes werden", versuchte Toni mich zu überzeugen. Er sehnte sich so sehr nach dieser Sonne über Afrika, diesem Mond über seinen Steppen, nach seinen geheimnisvollen großen und auch kleinen Tieren. Diese Sehnsucht nach Afrika hat Toni auch auf mich übertragen, und sie hat sich bei mir bis heute gehalten, denn sie wurde nie gestillt.

Abschied von Papa

Papa ging es nicht gut. Er, der immer so stark war, hatte keine Kraft mehr. Wann hatte es das je gegeben, dass Papa im Bett blieb, sich nicht um die geschäftlichen Aufträge kümmerte? Mama machte sich große Sorgen, ließ den Hausarzt kommen. Der schüttelte bedenklich den Kopf. „Das beste wäre", riet der Mediziner, „Sie bringen Ihren Mann in die Klinik nach Giessen, wo er vor Jahren schon mal behandelt worden ist. Ich fürchte, ich kann nichts mehr für ihn tun."

Wie lange sollte Papa dort bleiben? Niemand konnte es sagen. Wir waren alle sehr bedrückt. Stand es wirklich so schlecht um ihn? Natürlich hatten wir immer gewusst, dass Papa krank ist. Seit dem Autounfall vor sechzehn Jahren - als durch die unbeleuchtete Bahnschranke in der Dessauerstraße nicht nur sein Auto zertrümmert, sondern auch seine Lunge nachhaltig angekratzt wurde – hat Papa der Krankheit getrotzt. Nun aber ließen seine Kräfte nach. Er setzte seine letzte Hoffnung auf die Spezial-Klinik in Giessen.

„Nicht traurig sein", munterte Papa uns auf, „ich werde bald zurückkommen."

Ich nahm mir vor, sehr erwachsen zu sein. Wurde ich nicht in wenigen Wochen schon Zwölf? Ich liebte Papa so sehr, hätte alles für ihn getan. In diesem Alter sah ich das Leben ganz und gar durch seine Augen. Ich wollte sein wie er – so stark, so fröhlich, so optimistisch. Für ihn war jeder Mensch interessant, jeder Vogelruf freute ihn, jede Blume am Wegesrand erschien ihm wie ein kostbares Geschenk. Und wie glücklich war er, wenn er seine Freude mit anderen teilen konnte. Als wir Abschied nahmen, konnte ich doch nicht verhindern, dass meine Augen feucht wurden. „Sieh da, sieh da", sagte Papa und lächelte mit den vielen Fältchen um seine Augen. Er nahm meine Hand in seine fieberheißen Hände und flüsterte mir ins Ohr: „Kleines Pipimädchen, versprichst du mir, auf Mama aufzupassen, solange ich nicht da bin?" Der zärtliche Ton seiner Stimme, der längst vergessene Kosename meiner frühen Kindheit ließen meine Liebe zu ihm ins Riesige wachsen. Ich nickte heftig, brachte aber keinen Ton heraus, nur meine Augen sagten ihm *Adieu*.

Zwei Wochen war Papa schon fort, als der Briefträger eine Karte von ihm brachte. „Noch ist es kalt hier und ungemütlich", schrieb Papa, „doch wenn es Frühling wird, komme ich bestimmt wieder auf die Beine." Die Schrift war zittrig, man konnte sie kaum entziffern. Mama wurde unruhig. „Ich glaube, euer Vater braucht mich jetzt. Morgen früh werde ich nach Giessen fahren." So einfach aber war das nicht mit dem Reisen in jenen Zeiten. Zwar verließ der Zug pünktlich den Hauptbahnhof Gelsenkirchen, danach jedoch dauerte es noch drei Tage, bis Mama in Giessen ankam. Wiederholt hatte es Fliegeralarm gegeben, musste der Zug stehen bleiben oder umrangiert werden. Wenn Mama sich aus dem Abteilfenster lehnte, konnte sie brennende Städte und rauchende Bahnhöfe sehen. Sobald der Alarm vorüber war, fuhr der Zug Kilometer weit zurück und versuchte, auf anderen Gleisen wieder den Anschluss an die alte Strecke zu finden. Als Mama endlich die Klinik erreichte, war es zu spät. Papa war in der Nacht zuvor - während Mama im Bombenhagel auf die Weiterfahrt des Zuges wartete - friedlich eingeschlafen.

Es war ein Tag vor Mamas Geburtstag, als uns die erste Ahnung einer bevorstehenden Änderung erreichte. Seit Stunden schon war kalter Nieselregen gefallen. In düsterer Stimmung drückten wir Geschwister uns in der Wohnung herum. Als das Telefon klingelte, war es Miriam, die den Hörer abnahm, zögernd, als hätte sie Angst vor dem, was sie erfahren würde. „Papa ist tot", flüsterte Miriam kaum hörbar, nachdem sie das Telefon behutsam auf die Gabel zurückgelegt hatte. „Er ist in der vergangenen Nacht gestorben."

Wir sahen uns an, sagten kein Wort. O verdammt, dachte ich. Verdammt, verdammt! Warum musste Papa sterben? Warum? Ich wollte allein sein, zog mich zurück ins Kinderzimmer, lehnte wie versteinert meinen Kopf gegen die Wand, spürte die Kälte der Ziegel an meiner Stirn. Die Gedanken schwirrten wie aufgescheuchte Vögel in meinem Kopf herum. Erst als ich die Hände an mein Gesicht hob, fühlte ich, dass meine Wangen nass waren, spürte ich, dass ich weinte. Dass Papa nie wieder mit mir lachen würde - diesen Gedanken konnte ich kaum ertragen. Da stirbt jemand, den man liebt. Wie geht man damit um? Wie soll man sich damit auseinandersetzen? Kann man den Tod einfach verdrängen? O verdammt, irgendwie muss ich es akzeptieren, sonst gerate ich noch außer mir! „Leben heißt leiden", hat mal jemand gesagt, „Wer war das? Egal! Ich leide, also lebe ich, oder nicht? Ich weiß, es klingt vielleicht zu gelassen, wenn ich das jetzt so schreibe, doch ich war nicht wirklich gelassen. Ich war stinkwütend! Und beleidigt! Und traurig!

Komisch, eine Weile danach glaubte ich, dass mich nichts mehr ärgern würde. Ich dachte, der Alltagskram berühre mich nicht mehr, ich würde über den Dingen schweben nach dieser schlimmen Erfahrung. Aber es dauerte nicht lange und ich regte mich wieder auf. Über die gleichen blöden Dinge wie vorher.

Papas Beisetzung wurde immer wieder hinausgeschoben. Wir bekamen keine Erlaubnis, den Leichnam überführen zu lassen. Während des Krieges war in den ohnehin überfüllten Zügen kein Platz für Leichen. ,Räder müssen rollen für den Sieg' hieß es. So blieb für Papa nur die Feuerbestattung. Doch bis die Urne endlich nach Gelsenkirchen gelangte, waren sechs Wochen vergangen. Normalerweise schon sind Beerdigungen alles andere als erfreulich, doch an diesem kalten Apriltag mit stürmischen Windböen und selten aufklarendem Himmel fühlten wir uns seltsam starr.

Wie jämmerlich karg die graue Urne aussah, die der Leichenträger mit ausgestreckten, weiß behandschuhten Händen vor dem Trauerzug her trug! Blass und fröstelnd standen wir in unserer Trauerkleidung zwischen den aufgeworfenen Erdschollen. Der Pfarrer schnäuzte sich, rückte seine Brille zurecht und begann eilig, die Liturgie herunterzuleiern. Er hätte ebenso gut die Adressen aus einem Telefonbuch ablesen können. Vielleicht hatte er Angst, sich zu erkälten und wollte deshalb seinen Auftritt schnell zu Ende bringen.

Ich fühlte mich eingezwängt in den festen Ritus, nach dem die Lebenden die Toten begraben. Ich fühlte mich wie auf einer Bühne, wo viele Augen mich beobachteten, in der jede Minute zur Ewigkeit wurde. Eine große Leere überkam mich, eine unglaubliche Leere! Ich nahm kaum wahr, wie die Trauergäste fröstelnd ihre Hände in die Manteltaschen steckten und unruhig zu hüsteln begannen. Ich hatte keine Tränen mehr. Als die Urne in die Gruft gesenkt wurde, da war mir, als würde nicht die Asche meines Vaters, sondern nur ein leerer, nutzloser Behälter der Erde übergeben.

Tante Luise und das Meer

Immer, wenn ich von Urlaub träume, sehe ich ein bestimmtes Haus vor mir. Es ist ein kleines Haus mit vier weißen Wänden, einem Strohdach darauf und einem Gärtchen drum herum. Es scheint in der Einsamkeit zu schwimmen wie eine Arche Noah. Woher kenne ich dieses Haus? Wo steht es? Ach, nun weiß ich wieder, wo ich diesem Haus schon mal begegnet bin - auf der Insel Rügen war es, am Rand des Fischerdorfs Baabe. Dort habe ich mit Tante Luise meine ersten Ferien an der See verlebt – damals, 1942, in dem Jahr, als ihr Sohn Anno plötzlich gestorben ist, kurz nachdem er zur Musterung vorgeladen war. Als die ersten Schulferien nach seinem Tod näher rückten, war Tante Luise der Gedanke unerträglich, diesmal alleine verreisen zu müssen. Da kam ihr der Gedanke, ihre jüngste Nichte mitzunehmen. So kam es, dass ich dort wohnen durfte, in diesem einsamen Fischerhäuschen mit seinen vier weißen Wänden, seinem Strohdach darauf und seinem kleinen Gärtchen drumherum. Tante Luise war vorausgefahren, denn im Rheinland hatten die Schulferien diesmal eine Woche früher begonnen als bei uns in Westfalen, und Tante Luise wollte ihre unterrichtsfreie Zeit voll nutzen. So blieb mir nur die Möglichkeit, allein hinter ihr herzureisen. „Kein Problem", meinte Mama, „das wirst du schon schaffen, schließlich bist du bereits zwölf Jahren alt und ein vernünftiges Mädchen." Was ließ sich dagegen einwenden? Kurz entschlossen setzte Mama mich in einen D-Zug, der bis Berlin durchfuhr. „Am Bahnhof Zoo in Berlin musst du umsteigen nach Rügen. Aber keine Bange, mit dem Roten Kreuz habe ich vereinbart, dass sie dich dort in Empfang nehmen und in den richtigen Zug setzen. Du musst nur die grüne Erkennungskarte um den Hals hängen. In Bergen auf Rügen wird Tante Luise dich dann abholen."

Es war noch dämmerig, als Mama mich zum Bahnhof brachte. Wir durchquerten die Sperre und erreichten Gleis eins, wo der Zug bereits eingetroffen war. „Achtung, Achtung!" dröhnte es aus dem Lautsprecher, „Zum Schnellzug nach Berlin bitte einsteigen und die Türen schließen." Kaum hatte ich im Abteil Platz genommen, setzte sich die Lok in Bewegung. Abschiedsschmerz und

Reisefieber lagen in der Luft. Der Zug schien eine besondere Aura auszustrahlen. In vielen Windungen fuhr er durch das Ruhrgebiet, durchquerte die sanfte Landschaft des Münsterlandes, zog vorbei an den Hügeln des Wiehengebirges, um dann Kurs zu nehmen auf die Reichshauptstadt. Manche Fahrgäste starrten emotionslos aus dem Fenster; an ihnen schien die Welt draußen unbemerkt vorbeizurauschen. Ich aber hielt gespannt Ausschau nach meinem Zielbahnhof. Ich durfte ja nicht verpassen, rechtzeitig umzusteigen! Da, Berlin-Bahnhof Zoo! Die große Halle war aufgebläht vom Dröhnen, Fauchen und Kreischen der ankommenden und abfahrenden Züge und von dem tausendfältigen Lärm des Tagesbetriebes. Lautsprecher spieen Worte aus, Elektrokarren surrten, Gepäckträger schrieen herum, und das bullernde Stoßen von Waggons, die aneinander gekoppelt wurden, war erschreckend. Etwas verloren stand ich auf dem Bahnsteig. Meine Augen blickten suchend umher. Von Mitarbeitern des Roten Kreuzes keine Spur! Was nützte mir da die Umhängekarte, auf der mein Name und mein Anschlusszug standen? Ich musste selbst sehen, wie ich weiter kam. Am Ende des Bahnsteigs entdeckte ich einen Bahnbeamten. Meinen Koffer in der einen, die Fahrkarte in der anderen Hand, ging ich tapfer auf ihn zu.

„Von welchem Bahnsteig fährt der nächste Zug nach Rügen ab?"

„Nach Rügen? Von Bahnsteig 11. Aber da hast du noch eine Stunde Zeit."

Also gut, eine Stunde! Aber was fängt man mit einer Stunde an? Kann man sich da ein Stück von Berlin aneignen? Dieses Berlin! Ein überwältigender Eindruck, das muss man schon sagen. Zu viel Gewimmel, zu viele Leute! In dichten Scharen zogen sie von Geschäft zu Geschäft. Ihre Stimmen schwirrten hoch über dem Straßenlärm. Über den Kuhdamm flutete die anonyme Masse der Bewohner von Berlin. Und dabei - zu viele Reiche, zu viele Arme, zuviel Glanz und zuviel Elend! Dieses Berlin! Es war mir zu verwirrend! Und natürlich war die Zeit viel zu kurz, um diese Stadt wirklich kennen zu lernen. Sicher, hier am Bahnhof Zoo – im Herzen der Großstadt - mündeten viele Adern ein. Doch der Strom des Lebens blieb dort nicht stehen. Man konnte ihn nicht festhalten. Er floss in alle Richtungen fort. Ich hastete zurück zum

Bahnhof, bevor mich das Labyrinth der Straßen verschlingen konnte.

So ein Bahnhof hat immer etwas Geheimnisvolles. Dieses Kommen und Gehen von Menschen, dieses Ankommen und Abfahren! Ich stieß die Entgegenkommenden zur Seite, hastete atemlos zum Bahnsteig 11, wo der Zug nach Rügen gerade einlief. Ich musste warten, bis die Passagiere ausgestiegen waren. Dann drängten die nächsten hinein - lachend, schimpfend, ungeduldig. Die Züge schienen die Menschen zu fressen, wieder auszuspucken und fortzufahren, um anderen Zügen Platz zu machen. Der Reihe nach wurden die Waggontüren zugeschlagen. Ich hatte mir ein halbleeres Abteil ausgesucht und beugte mich tief aus dem Fenster. Die Lokomotive pfiff, und langsam begannen die Räder, sich in Bewegung zu setzen. Hände wurden auseinander gerissen, Taschentücher schwirrten in der Luft, und schon fuhr der Zug los - schneller, immer schneller.

Alleen aus Linden führten durch das Land, wie mit dem Lineal gezogen. In der Ferne aber kamen die Bäume ins Torkeln. Da waren Kopfweiden, die eigensinnig ins Schiefe wuchsen, mal nach außen, mal nach innen. Wie besoffen wirkten sie und brachten mich zum Lachen. Nun brauste der Zug der See entgegen, den Küstensaum hinauf Richtung Osten, hinein in die Abendröte. Die sinkende Sonne lackierte die Erde: Lodengrün die Wälder, Backsteinrot die Dörfer, Zuckerweiß die lang gestreckten Sandstrände. Dann begannen die Boddengewässer. Wild und frivol verschlangen sich hier Wasser und Land – eine einsame Symbiose von Fest und Fließend. Erschöpft lehnte ich mich in meinem Sitz zurück und döste vor mich hin. Als der Zug plötzlich anhielt, stellte ich aufgescheucht fest, dass ich bereits in Bergen war, meiner Endstation auf Rügen. Hier sollte meine Tante mich erwarten. Viele Menschen sah ich auf dem Bahnsteig herumwuseln, doch von Tante Luises keine Spur. Was nun?

„Wie komme ich nach Baabe?" fragte ich einen mürrischen Schaffner. „Also, da nimmste den nächsten Zug nach Sellin, von da fährste dann mit der Kleinbahn nach Baabe. Alles klar?" Na klar! Es wäre doch gelacht, wenn ich nicht weiterhin allein zurecht käme. Irgendwann wird Tante Luise schon auftauchen. Und richtig! Als ich in Sellin den Zug verließ, stolperte sie mir mit wehenden Locken und flatterndem Seidenschal entgegen.

„Da bist du ja endlich! Tut mir Leid, dass ich dich in Bergen nicht abholen konnte. Ich kriegte einfach keine Verbindung um diese Zeit. Aber nun bist du ja hier. Komm, wir müssen uns beeilen, damit wir den Rasenden Roland noch erwischen Also avanti."

Den was? Den *Rasenden Roland*? Neugierig blickte ich in die Richtung, aus der diese seltsame Bahn kommen sollte. Da donnerte sie auch schon heran, rollte auf riesigen Rädern über die schmalen Gleise und heulte wild auf, bevor sie mit einem Ruck vor uns stehen blieb. Es dauerte nicht lange, und die Bimmelbahn hatte ihre Gäste verschluckt. Zahnräder kreischten, verborgene Ventile stießen Dampfwolken gegen den Himmel, und schnaubend setzte sich das schwarze Ungetüm in Gang. Als der Heizer neue Kohle in das Schürloch warf, spuckte der Schornstein rußige Rauchschwaden aus, die den Zug in graue Dunkelheit einhüllten. Die Passagiere störte es nicht, sie drängten sich an die Fenster, um die im Schneckentempo vorbeiziehende Landschaft zu bewundern. Da ging es entlang an Feldern mit leuchtenden Mohnblumen und vorbei an einzelnen Krüppelkiefern, die vom steten Wind landeinwärts gebogen waren. Bald rumpelte der Zug die Küste entlang. Weite Strände unter steilen Hängen, Angler mit karierten Hemden in schäumender Gischt, daneben einsame Spaziergänger. Nur wenige Fischer steuerten die kleinen Häfen an. Blau lackierte Boote lagen da in Reih und Glied, Reusen lagen zum Trocken aus. Am Horizont hatte sich ein Stück grün schimmernden Himmels geöffnet, und vor diesem zarten Hintergrund hob sich ein Leuchtturm ab. Die ersten Strandhäuser eines Fischerdorfes kamen in Sicht: Baabe! Wir waren am Ziel. Kaum hatten wir den Zug verlassen, trieb der Zugführer mit schrillem Pfeifton die Lok zur Weiterfahrt an. Das alte Gefährt schnaufte und entschwand unseren Blicken. Noch ratterte der Zug in der Ferne, doch deutlich leiser werdend. Dann ergoss sich unerschütterliche Stille hin bis zum Horizont.

„Du wirst müde sein, Eva. Am besten gehen wir gleich zu unserer Fischerkate. Da kannst du dich endlich ausruhen von deiner langen Fahrt", schlug Tante Luise vor.

„O nein", rief ich, „zuerst möchte ich zum Strand, endlich das Meer sehen."

So zogen wir weiter, dem Wind entgegen. Es war noch fast hell; wir gingen der Abendsonne entgegen. Allmählich wurde der hochstämmige Kiefernwald niedriger. Er flachte gegen die See ab wie ein schräges Dach. Plötzlich hörten die Kiefern auf. Mühsam stiegen wir den Dünensand bergan. Endlich stand ich oben auf dem Rücken der Düne und sah die ganze Weite des Meeres vor mir. Mein Herz pochte aufgeregt. Hier stand ich nun - ich, das kleine Mädchen aus dem Kohlenpott - und sah diese Größe, diese Weite, und mich überkam ein Ahnen von... ja, von Unendlichkeit, von Unvergänglichkeit, das ich nicht in Worte fassen konnte. Das Meer und ich, ich und das Meer! Es war, als hätte ein geheimes Band uns miteinander verbunden. Sonst existierte nichts und niemand mehr! In einem Rausch, der mich bis in die letzten Fasern meines Körpers erfasste, rollte ich die Düne hinab und kam erst wieder im flachen Gewässer des Ufers auf die Beine. Barfuss lief ich weiter durch den Sand, die Schuhe um den Hals gehängt. Der Wind, diese unsichtbare Kraft, zog heulend über den Strand, wirbelte den feinen Sand hoch und ließ ihn unbemerkt in mein Haar fallen. Plötzlich wechselte der Wind, kam von hinten, umschloss meine nackten Beine, trieb mich vorwärts, so dass ich schneller und schneller wurde und das Gefühl verlor für Zeit und Raum, bis der Wind sich allmählich beruhigte und nur noch wie ein zarter Hauch meine Haut streichelte.

Ich war dem Meer verfallen. Mir gehörte es, mir ganz allein! Hingerissen lauschte ich seinem Rauschen, verfolgte fasziniert das Wechselspiel von Sonne und Wind, Ruhe und Sturm. Gegen die verwirrenden Spiele der Natur verblasste sogar Tante Luises Temperament. Doch unbewusst spürte ich, dass sie die geheime Kraft war, die die Insel beherrschte. Wenn sie entspannt in ihrem Strandkorb lag, konnte ich unbesorgt am Strand herumtollen, mich jauchzend den Wellen des Meeres entgegen werfen oder träumend in den Dünen liegen – ihre Habichtsaugen hielten fürsorglich das Geschehen unter Kontrolle. Wenn sie eine Ähre am Feldrand untersuchte oder mich auf ein Reh am Waldrand aufmerksam machte, dann eröffnete sie mir eine Welt, in der Realität und Märchen miteinander verschmolzen. Auch die Gestirne am

Abendhimmel schienen, wenn ich sie mit Tante Luises Augen sah, auf geheimnisvolle Weise mit der See verbunden zu sein – der Mond, der das Meer in gleichmäßigem Rhythmus anhob und senkte, die Sternbilder, die den Seeleuten seit Jahrtausenden als Wegweiser über die Weiten der Ozeane dienten, das Funkeln der Gestirne, das sich in Tausend und Abertausend Tropfen salzigem Meerwassers spiegelte.

Die erste Nacht auf der Insel – dieser weit gespannte Sternenhimmel, die Lichter der Leuchttürme, die aufblitzten und wieder erloschen, dazu diese himmlische Ruhe, nur durchtränkt vom Rauschen des Meeres. Dann der Augenblick, an dem sich die Nacht davonschlich und der Tag begann. Der leichte Morgenwind erhob sich leise unter den grauen Schleiern, die Land und Meer bedeckten. Er raschelte zärtlich in den Birken-Blättern und spielte mit den flammenden Rosen am Wegrand. Er schmiegte sich in den Hafen und schlich um die Schiffe, die noch in Nebel gehüllt in der bleiernen See ruhten. Weiter östlich erweiterte sich ein heller Streifen am Himmel. Nun waren die Schiffe deutlicher zu sehen, wie Bleistiftzeichnungen auf der grauen Seide des Wassers. Am Horizont stieg ein rasch sich vergrößernder rostiger Fleck auf – die Sonne. Eben noch war alles grau und still wie die Nacht, nun wurde es hell, und in den Dünen lärmten unablässig die Vögel, und das Licht malte bronzefarbene Streifen auf das Wasser und gab den Schiffen ihre Farbe zurück.

Barfuss wanderte ich am Strand entlang und bewunderte die Abdrücke meiner Füße im Sand. Ich beobachtete, wie die Wellen kamen und gingen und wie der Schaum der Wellen meine Spuren auslöschte. Ich sammelte Strandgut – es übte auf mich einen großen Reiz aus, und wenn es nur ein paar angeschwemmte, vom Salzwasser blank polierte Holzstücke waren. Oder ich sammelte Muscheln von strahlendem Weiß über zartestes Rosa bis zu warmen Brauntönen; Muscheln, die mit glänzendem Perlmutt ausgelegt waren, in denen sich das Sonnenlicht in sanften Regenbogenfarben widerspiegelte. Eines Tages fand ich ein besonders seltsam geformtes Exemplar. Ein Muschelhorn, dachte ich, ein sagenumwobenes Muschelhorn! „Nein, ein Muschelhorn ist das nicht", klärte Tante Luise mich auf, „aber eine besondere

Muschel ist es schon. Sie fängt nämlich das Rauschen des Meeres ein. Halte sie mal an dein Ohr. Hörst du das Rauschen?" Ich hörte es. Ich kann es noch heute hören, wenn ich die Muschel an mein Ohr halte.

Die erste Woche war schnell vergangen, eine Bootsfahrt aber hatten wir noch nicht unternommen. „Wann werden wir denn endlich aufs Meer rausfahren? Unser Hauswirt hat doch versprochen, dass er uns mal zum Fischfang mitnimmt", quengelte ich. „Na, schön", versprach Tante Luise, „ich werde noch heute den guten Mann danach fragen." Tatsächlich sollte es gleich am nächsten Morgen losgehen. Zu unserem Bootsführer hatten wir großes Vertrauen. Mit seinen hellgrünen Augen und dem braungebrannten Gesicht wirkte er wie ein unternehmungslustiger Junge. Wenn er sprach, ruderte er mit den Armen oder reckte sie in den Himmel, der ihm nie weit und hoch genug war. Wir saßen dicht gedrängt in seinem Fischerboot, das ständig hin und her kippelte, vor allem, wenn der Wind so kräftig gegen die Masten blies. Ein bisschen bange war ich dann schon. Der unentschiedene Wind aber legte sich bald. Auch die Angst legte sich. Es war alles nur noch ein wenig ungewohnt. Vor uns tauchten die Kreidefelsen auf, deren Steilküste senkrecht zur See hin abfällt. Eilig zogen einige Wolken vorüber. Ihre Formen wechselten von Drachengestalten zu Segelbooten, die am Horizont dahin jagten. Im Vergleich zu den Vortagen war alles etwas intensiver geworden - das Rollen der Wogen, die Bewegung des Himmels, der Schrei der Seemöwen, die Einsamkeit. Ich träumte in den hellen Himmel, er war so hell, dass blitzende Funken vor meinen Augen tanzten. Eine runde Wolke kam gerade recht, um die Glut der geblendeten Augen zu mildern. Da saß ich nun in dem alten Kahn, ließ die Beine über Bord baumeln und beobachtete, wie Gischt aufspritzte, Schaumberge sich auftürmten und wieder zusammen sackten. Und die See erzählte mir raunend ihre uralten und immer neuen Geschichten.
Dicht an der Küste entlang schaukelte der Kutter. In einer flirrenden Wärmewelle tanzten Mücken und Libellen über dem Wasser. Möwen kreischten mit kraftvollen Misstönen, tauchten einen flüchtigen Augenblick ins Wasser und stürzten sich son-

nentrunken himmelan. Zwischen dichten Baumreihen lugten Strohdächer hervor, aus wogenden Getreidefeldern ragten Kirchturmspitzen heraus. Windröschen und Anemonen säumten die Pfade zu den Küstenorten. Und es roch nach Hafen, nach Fisch, nach Abfall, nach dem Salz des Meeres, nach Fenchel und Basilikum. Als wir wieder in Baabe anlegten, hatte sich der Wind gelegt Die Mole war alt und abgenutzt, die Bretter so rau wie ein verschorftes Gesicht. Unser Kapitän brachte seinen zappelnden Heringsfang an Land, wo er an Ort und Stelle verkauft wurde. Am Strand waren die Fischer wie immer mit ihren Booten beschäftigt. Sie pinselten an ihren Kähnen herum oder bauten mit Freunden ein neues Boot. Sie erzählten sich dabei Geschichten, die allemal um die See kreisten. Konnten sie sich vorstellen, woanders zu leben als an der See? Petrus bewahre! Ein Ort, von dem aus man nicht ins Meer spucken kann, das muss ja die reinste Hölle sein!

Wir hielten uns nicht lange im Hafen auf. Wir waren hungrig und kehrten - wie jeden Mittag – im Hotel ‚Seestern' ein. Der ‚Seestern' – davon konnte ich mich bei meiner letzten Reise nach Rügen überzeugen – steht noch immer an der Spitze von Baabe, mit Blick auf die See. Nur ist er inzwischen modernisiert und mit leuchtend gelber Farbe aufgepeppt worden. Auch unsere kleine Fischerkate hat den Krieg und vierzig Jahre Sozialismus überstanden. Es scheint allerdings das einzige Haus zu sein, das seine alte Patina bewahren durfte, wird inzwischen jedoch eingekreist von neuen Ferienhäusern, die seit der Wende den Strom seehungriger Westler aufzufangen versuchen. Aber auch damals schon - in jenem Sommer 1942 - war das Fischerdorf Baabe gut besucht, und die meisten Feriengäste gingen wie wir zum Mittagessen in den ‚Seestern'. Tante Luise hatte durch ein fürstliches Trinkgeld dafür gesorgt, dass für uns stets ein Fensterplatz mit Seeblick reserviert war, und dass sich jeweils auf unseren Tellern ein riesiges Stück Aal ringelte – dunkelhäutig und triefend vor Fett. Vielleicht habe ich mich ja damals an Aal überfressen, vielleicht liegt es auch an der „Blechtrommel", in dem Günther Grass das gegenseitige Sich-Verschlingen der Viecher allzu plastisch beschrieben hat - dass mir inzwischen der Appetit auf Aal vergangen ist. In jenem Urlaub aber – davon war Tante

Luise überzeugt – wären wir ohne Aal glatt verhungert, denn die übrigen Gerichte, die es nur gegen Lebensmittelmarken gab, reichten nicht aus, um einen heranwachsenden Teenager und eine spindeldürre Lehrerin satt zu bekommen.

Am Abend inszenierten Sonne, Wolken und Meer eine Farbensymphonie, wie sie selbst auf dieser Insel nicht alltäglich ist. Der Sonnenuntergang war so traumhaft schön, das Meer so gewaltig und der Sand so weich und zärtlich, als wollten sie sich tief in mein Gedächtnis einbrennen. Bald - dachte ich - werden die Ferien hinter mir liegen. Statt Aal und Seezunge gibt's dann wieder Bratkartoffeln und Panhas. Hin und wieder wird noch weißer Sand aus meinen Schuhen rieseln – gekörnte Sonnenerinnerungen. Und über allem wird Tante Luises Geist schweben - ihre witternde Hakennase, ihr wachsames Auge, ihr weites Herz.

Der den gelben Stern trug

Arme Mama! Sie war erst sechsundvierzig Jahre alt, und ihr Haar war bereits schneeweiß. Doch ihre Lebenskraft schien ungebrochen. Es blieb ihr auch keine Zeit zum Jammern, keine Zeit zum Durchatmen. Seit Papas Tod musste Mama den Handwerksbetrieb alleine weiterführen, ohne seinen fachmännischen Rat, ohne seine tatkräftige Hilfe. Den Betrieb aufgeben? Das konnte sie nicht. Wovon hätte Mama denn sich und ihre sechs Kinder ernähren sollen? Wovon die Kosten für Haus und Wohnung bestreiten? Also machte sie tapfer weiter. Nur gut, dass sie schon Erfahrungen gesammelt hatte mit Rechnungen erstellen und all dem geschäftlichen Kram. Früher schon - nach Papas schwerem Autounfall - hatte sie notgedrungen den Einsatz der Gesellen regeln, die Arbeiten überwachen, die Löhne auszahlen müssen. Dass sie – obwohl hoch schwanger – dabei selbst auf Leitern kletterte, um Arbeitsflächen auszumessen, hat ihr bei Mitarbeitern und Kundschaft große Anerkennung gebracht. Auch in den nachfolgenden Jahren hatte sie Papa bei seinen geschäftlichen Angelegenheiten unterstützt und kannte daher die Firmeninhaber und Architekten, mit denen Papa gearbeitet hatte. So konnte sie weiter alte Kontakte nutzen, um neue Aufträge einzuholen. Schwieriger dagegen erwies sich in diesen Kriegszeiten das Beschaffen von Farben, Lacken und Tapeten. Das Schwierigste aber war, für die anstehenden Arbeiten genügend Leute zu bekommen. Kaum nämlich waren neue Gesellen eingestellt, bekamen sie ihren Gestellungsbefehl. Von der alten Stammbelegschaft blieb bald nur noch der Altgeselle Alfred Wallner übrig - ein oller Knötterkopp, jedoch zuverlässig und der Mama treu ergeben. Dann war da noch mein Bruder Georg. Der aber war noch kein voll ausgebildeter Geselle. Und was nützte es da schon, dass Georg bereits mit siebzehn Jahren per Sondergenehmigung seinen Führerschein machen durfte? Auf seine Fahrkünste allein konnte Mama das Geschäft nicht aufbauen. Um wirklich mobil zu sein, musste sie schon selbst die Fahrprüfung ablegen. Schließlich war *sie* es, die neue Aufträge einholen, Materialien transportieren, den Einsatz der Gesellen organisieren musste. Manchmal gab es auch Großaufträge wie die Renovierung ausgedehnter

Industrieanlagen, für die zeitweise bis zu zehn Leute benötigt wurden. So kutschierte Mama ständig per Auto quer durch die Gegend und wurde dabei zu einer stadtbekannten Erscheinung, denn eine weißhaarige Frau am Steuer war zu jener Zeit noch ein seltener Anblick.

Respekt erheischte Mama auch, wenn sie bei ihren Behördengängen um Zuteilung neuer Mitarbeiter bat. Dies war besonders dringlich, als sie den Auftrag erhielt, den Gasometer der Scholven-AG in Tarnfarben zu übermalen, um feindliche Flieger irrezuleiten. Wenn ich daran nur denke! Dieser dickbäuchige Gasbehälter, der hoch in den Himmel aufragte! Da sollten unsere Leute auf den Gerüsten in riesigen Höhen mit Farbe und Pinsel hantieren! Wer konnte das nur machen? Etwa der olle Wallner mit seinen beinahe sechzig Jahren? Oder Georg - mein noch recht unerfahrener Bruder, der zudem nicht schwindelfrei war? Vielleicht die vor kurzem erst eingestellten Leute, von denen der eine ein Hinkebein hatte, der andere einen leichten Dachschaden und der dritte wegen seiner epileptischen Anfälle nicht kriegstauglich war? Mama brauchte wenigstens einen Vorarbeiter, der diese Aufgabe packen konnte. Folglich ist sie zur Parteizentrale marschiert und forderte dort mit Nachdruck entsprechende personelle Verstärkung an. „Kommense man morgen früh wieder, jute Frau, ich werd sehen, was ich für Sie tun kann", versprach der oberste der Parteibonzen. Und siehe da, am nächsten Tag konnte sie die entsprechende Verstärkung gleich mitnehmen.

„Also, das ist Jakob, unser neuer Vormann", stellte Mama ihren jungen Begleiter vor, der ein wenig schüchtern hinter ihr die Wohnung betrat. ‚Mensch', dachte ich, ‚sieht der gut aus!' Er war blond, sehr blond, seine Augen waren blau, tief blau, und er war groß, auffallend groß. Nur ein wenig unsicher sah er aus, wie er da so stand und krampfhaft seine Aktentasche gegen die Brust drückte. „Nehmen Sie ruhig Platz, Jakob, und trinken Sie eine Tasse Kaffee mit uns", forderte Mama ihn auf. Doch Jakob zögerte. Mama aber lächelte ihm aufmunternd zu. Da rückte er umständlich einen Stuhl zurecht und lehnte - bevor er sich darauf niederließ - seine Aktentasche gegen die Stuhllehne. Da erst entdeckte ich ihn - den großen *Gelben Stern*, der in hämischen

Buchstaben das Wort *Jude* trug und unübersehbar auf der linken Seite seiner Jacke prangte.

‚Ach Gott, dieser Jakob, er ist Jude, und offensichtlich schämt er sich dessen. Hätte er sonst versucht, den Stern hinter seiner Tasche zu verbergen?' dachte ich und grinste ein wenig spöttisch darüber. Was wusste ich junges Ding schon davon, was es bedeutete, in diesen Zeiten als Jude gekennzeichnet zu sein? Was wusste ich überhaupt über Juden? Es war wenig genug: Sie beschneiden sich! Sie dürfen nur koscher essen! Sie verschwinden manchmal plötzlich und man sieht sie nicht wieder! Erst später habe ich mir Gedanken darüber gemacht, erst später ist mir klar geworden, welchem Martyrium sie ausgesetzt waren, erst später habe ich durch das Tagebuch der Anne Frank erfahren, was Juden nach 1940 in Deutschland machen mussten oder nicht mehr machen durften: Sie mussten ihre Fahrräder abgeben! Sie durften nicht mehr mit der Elektrischen fahren. Sie durften nur in jüdischen Geschäften einkaufen! Sie durften nach acht Uhr Abends nicht mehr auf den Straßen sein! Juden durften nicht ins Theater gehen oder ins Kino! Sie durften nicht mehr schwimmen oder Tennisspielen, sie durften überhaupt keinen Sport mehr betreiben! Juden durften keine Christen besuchen, und jüdische Kinder nur noch jüdische Schulen aufsuchen! Die Bestimmungen häuften sich, der Druck auf ihr Leben wurde immer größer. Doch von all dem wussten wir damals so gut wie nichts, nur eben, dass Juden neuerdings den *Gelben Stern* tragen mussten. Und Jakob war der Erste, der uns Auge in Auge gegenüber stand und auf dessen Brust unübersehbar dieser gelbe Juden-Stern prangte.

„Erzählen Sie ein wenig von sich", forderte Mama ihn auf. Und Jakob erzählte. Er erzählte, dass sein Vater ein kleines Zigarettengeschäft betreibe und seine Mutter ihm beim Verkaufen helfe. Er erzählte, dass er bis 1940 das Gymnasium besucht hat, dann aber die Schule abbrechen musste, er erzählte, dass seine Brüder eine Goldschmiedelehre gemacht, anschließend jedoch keine Anstellung gefunden haben, und er versicherte, dass er froh sei, in unserem Malerbetrieb arbeiten zu dürfen. Auch Mama war es zufrieden, denn Jakob erwies sich für die Firma sich als echter Glücksfall. Er war fleißig, zuverlässig, geschickt und mutig, und - egal wie hoch das Gerüst am Gasometer auch wuchs - stets war

Jakob der erste, der ohne Furcht hinaufkletterte, um ihn Meter für Meter mit seinen Tarnanstrich in ein fast unsichtbares Industrieobjekt zu verwandeln.

Bald kam der Tag, an dem die Arbeit an dem Gasbehälter fast vollendet war und Jakob ein letztes Mal Material dafür holen wollte. Da plötzlich tauchten diese Männer bei uns auf - diese Männer in den braunen Uniformen der SA. Ich fühlte gleich, dass mit ihnen etwas Bedrohliches auf uns zukam. Oder kam es nur auf Jakob zu? Ich schließe meine Augen, versuche mich zu besinnen. Allmählich taucht sein Bild wieder vor mir auf. Wie war das noch? Ach ja, Jakob hatte gerade die Werkstatt verlassen, da stand er nun, stand da, regungslos. In diesem Augenblick hatte er nicht das Gesicht eines Jungen, nicht das Gesicht eines Mannes – es schien ein zeitloses Gesicht zu sein, nicht alt, nicht jung. Irgendwie hundertjährig! So konnten Sterne aussehen oder Bäume oder Tiere. Ich wusste nicht, was in ihm vorging, wusste nicht, wie er wirklich war – aber er war anders, unausdenkbar anders als wir alle. Mehr sagt die Erinnerung nicht. Vielleicht ist dies zum Teil auch schon aus späteren Erinnerungen, aus späteren Gedanken geschöpft.

Die SA-Männer sprachen nicht viel, sie nahmen Jakob einfach mit. Dabei hatte er sich relativ sicher gefühlt dank seiner blauen Augen, seiner blonden Haare, seiner geraden Nase. Er hatte gehofft zu überleben dank seiner deutschen Bildung, seiner europäischen Zivilisation. Und nun wurde er weggeführt wie ein Schwerverbrecher, und wir, wir konnten nur hilflos zusehen. Doch die Mama, die wollte sich nicht damit abfinden - sie rannte von Amt zu Amt, von Pontius zu Pilatus. „Er ist unser bester Mann, wir können ihn nicht entbehren", klagte sie beim obersten Bonzen der örtlichen Parteizentrale. „Warum lassen Sie den Mann nicht frei?"

„Dat geht nich", erwiderte dieser, „dat isn Führerbefehl: Alle Juden müssen zwangsweise an wichtige Arbeiten rangeführt werden."

„Ja, aber warum kann er dann nicht bei uns arbeiten? Sie haben doch selbst gesagt, dass unsere Arbeiten kriegswichtig sind."

„Nu regen se sich man nich uff, jute Frau", meinte der oberste der Bonzen, „wo ihr Jakob hinkommt, dat is ne Stadt für sich, un da isser mit lauter Juden zusammen, un die haben ihre eigenen Häuser un ihre eigenen Läden un ihre eigenen Schulen un ihre eigenen Handwerksbetriebe, un da könnense machen, wat se wollen. Also da fühlt er sich bestimmt wohler als bei Ihnen, dat können Se man jlauben, jute Frau."

Und wirklich, die Mama hat ihm geglaubt! Wir alle haben diese Geschichte geglaubt! Mein Gott, wir haben sie tatsächlich geglaubt, so naiv wie wir waren! Selbst später, als Miriam erzählte, dass der Sohn der Familie Springer aus dem Schuhgeschäft an unsrer Straßenecke von den Nonnen im Marienhospital als Patient versteckt würde, weil er Halbjude sei, da haben wir nur gedacht: ‚Guck an, der will auch kein Jude sein, der versteckt sich lieber hinter den weiten Röcken der frommen Schwestern.' Auch als wir später beobachteten, wie SA-Leute unseren alten jüdischen Hausarzt zwangen, auf den Knien rutschend die Straße zu schrubben, dachten wir bloß: ‚Der arme Mann', und vergaßen die Angelegenheit wieder. Uns ist einfach nicht bewusst geworden, wie diese Menschen sich fühlen mussten mit dem Stern auf der Brust, der ständigen Angst vor der Zukunft. Warum nur haben so viele weggesehen - teilnahmslos, gedankenlos, abgestumpft? Und warum wir? Ja, auch wir! Hätten wir anders gehandelt, wenn wir gewusst hätten, was wirklich mit den Juden passierte?

Um voraus zu greifen: Später, als der Krieg zu Ende war und wir die furchtbare Wahrheit über die Judenvernichtung erfahren hatten, tauchte der Sohn des Herrn Springer aus den versteckten Winkeln des Krankenhauses wieder auf und führte mehr recht als schlecht das Schuhgeschäft seines inzwischen verstorbenen Vaters weiter. Von unserem alten Hausarzt und seiner Familie aber verlor sich jede Spur. Allein, was war aus Jakob geworden - unserem unglücklichen Mitarbeiter in unseliger Zeit?

Etwa sechs Monate nach dem Ende des Krieges war es, da hielt vor unserem Haus eine schwere Sportmaschine, auf dem ein groß gewachsener junger blonder Mann in der Uniform eines amerikanischen Militärpolizisten saß. Ein MP-Mann bei uns? Was wollte er hier? Einen meiner Brüder holen? Doch dieser Fremde hatte nichts dergleichen vor. Er lächelte uns freundlich an, und an diesem etwas schüchternen Lächeln erkannten wir ihn - es war Jakob!

„Hallo", sagte er zu Mama, „ich wollte Ihnen Guten Tag sagen und sehen, wie Sie den Krieg überstanden haben." Und er erzählte uns, wie er damals - im Herbst 1942 - zusammen mit seinen Eltern und seinen Brüdern ins Warschauer Getto gesperrt und später ins Konzentrationslager nach Dachau überführt wurde. „Alle meine Familienangehörigen sind dort umgekommen. Nur ich habe überlebt und wurde gegen Ende des Krieges von den Amis befreit. Seitdem", fuhr er fort, „arbeite ich als Dolmetscher für die Alliierten und hoffe, eines Tages ins gelobte Land nach Amerika auswandern zu können. Vorher aber möchte ich Ihnen noch dafür danken, dass Sie sich seinerzeit so engagiert für mich eingesetzt haben." Mit diesen Worten ließ er uns - die wir so wenig für ihn hatten tun können – beschämt zurück.

Bomben, Zweifel und Parolen

Mit Dreizehn war ich noch immer so ein mageres, bleichsüchtiges Ding. Doch ich war zäh, ließ mich nicht unterkriegen. Immer öfter mussten wir hungern, immer öfter wurden wir angehalten, für das Winterhilfswerk zu sammeln. Einmal im Monat gab es einen Eintopf-Sonntag. Was dadurch im Haushalt gespart wurde, sollte als Spende an kinderreiche Familien weitergegeben werden. Ob das Geld je dort angekommen ist? Wer gehörte denn zu den kinderreichen Familien, wenn nicht wir? Wir aber haben nie etwas von dem Geldsegen abbekommen. Vielleicht waren ja Familien, deren Väter in den Gruben arbeiteten oder an der Front kämpften, wirklich hilfsbedürftiger. Wir hofften jedenfalls, dass wenigstens sie die Unterstützung bekamen, die sie brauchten. Doch wir glaubten nicht mehr so recht an das soziale Gewissen der herrschenden Klasse. Wir glaubten auch nicht mehr so recht an die Notwendigkeit des Krieges, die man uns immer einreden wollte. Doch wir hätten das niemals laut gesagt. Dann hätten wir ja als Vaterlandsverräter gegolten, und darauf stand Zuchthaus oder gar die Todesstrafe. Also versuchten wir, unsere Zweifel zu unterdrücken und weiterhin trotz der Rückschläge an allen Fronten an den Sieg zu glauben. Und unbeirrt wie bisher sang die Jungend: ,*Wir werden weiter marschieren, wenn alles in Scherben fällt, denn heute gehört uns Deutschland und morgen die ganze Welt.*'

Allmählich aber überdeckte ein anderer Sound alle Durchhalteparolen: das Dröhnen der feindlichen Flugzeuge, das Rattern der Flakgeschütze, das Krachen der Bomben, das Prasseln der Flammen in den brennenden Häusern. Immer häufiger gab es Fliegeralarm, schreckte uns das Sirenengeheul aus dem Schlaf. Da zählte der Mut nicht mehr viel, da verlor so mancher den Glauben an die deutsche Überlegenheit, da verkrochen sich die Menschen in die Keller und Bunker. Nur notdürftig bekleidet, die nötigsten Dinge in eine Tasche gesteckt, suchten auch wir den Luftschutzkeller im Haus auf:

Kalt ist es da unten und ziemlich duster. Die nackte Birne unter der Decke erhellt kaum die Mitte des Raumes, lässt die Konturen der Menschen verschwimmen, lässt lange Schatten entstehen, die sich wie grotesk tanzende Geister auf den Wänden niederschlagen. Da kauern wir zusammengedrängt auf den unbequemen Holzbänken und lauschen auf die Geräusche, die von außen durch die dicken Wände dringen. Fallen irgendwo Bomben? Sind die Einschläge schon ganz in der Nähe? Gott, verschone uns! Hier unten lernt mancher wieder beten! Tante Martha aber hat ein so unerschütterliches Gottvertrauen, dass sie gar nicht erst in den Keller geht. „Mir passiert nichts, dafür wird die heilige Jungfrau schon sorgen!" Hat sie ihr nicht gestern noch eine Kerze geweiht? Vielleicht hält die Mutter Gottes ja wirklich ihre schützende Hand über sie. Unser Haus jedenfalls steht noch. Plötzlich aber beginnt das elektrische Licht zu flackern, erlischt schließlich ganz. Nun hocken wir bei Kerzenlicht auf engem Raum zusammen und flüstern verängstigt mit den Nachbarn, die sich eben vom brennenden Nebenhaus durch einen Notgang zu uns durchgeschlagen haben. Einige flüchten sich in Galgenhumor und versuchen, ihre Angst einfach wegzulachen. Auffallend aber ist, dass gerade Frontsoldaten auf Heimaturlaub - trotz ihrer Tapferkeits-Medaillen - einen Heidenschiss zeigen. „An der Front", sagen sie, „da können wir reagieren, da können wir kämpfen! Klar, wir können auch dabei sterben! Aber hier im Keller, da können wir nur hilflos abwarten, was mit uns passiert, ob das Haus abbrennt oder ob es über uns zusammenfällt."

Mit jedem Bombenangriff wurde die Stimmung in der Bevölkerung zwiespältiger, unruhiger, gereizter. Wer glaubte noch an einen Sieg? Doch weiterhin wagten nur wenige, dies laut zu äußern. Nur Tante Luise sprach davon, dass der Krieg ein Unrecht sei, dass wir ihn verlieren würden. Woher sie das wusste? Nun, uns gegenüber hat sie einmal zugegeben, dass sie den Feindsender hörte. Du liebe Zeit! Sie hörte den Feindsender! Wenn das die Parteibonzen erführen! Uns lief ein Schauer über den Rücken. Nein, wir hätten das nicht gewagt. Heimlich aber bewunderten wir Tante Luise, dass sie den Mut dazu aufbrachte. Überhaupt war sie eine der wenigen, die sich selbst in diesen braunen Zeiten unangepasst gab. Auch Klara Keul – eine Freundin von Mama – hat durchaus so manches gewusst von den Grau-

samkeiten der Naziherrschaft. In ihrem Hutsalon in der Gelsenkirchener Altstadt haben früher einige Juden verkehrt, die ihr vieles von ihren Nöten anvertraut haben. Aber sie schwieg darüber,
um niemanden zu gefährden. Später erst hat sie uns auch von
dem Pastor einer Wattenscheider Kirchengemeinde erzählt, einem unbeugsamen Prediger vor dem Herrn, der aussah wie ein
unschuldig gefalteter Engel und das schlichte, wilde Herz eines
Mannes hatte, das von ungebrochener Kampfeslust glühte. Immer zornentbrannt gegen die Nazis, rief er den Himmel an, er
möge Feuer und Schwefel auf sie herabregnen lassen und malte
mit der Plastik eines Michelangelos den Teufel an die Wand. Seine Stimme klang wie eine rostige Säge, aber was er sagte, war
geschliffen wie schneidender Stahl. Er scheute sich nicht, offen
gegen die Geheimpolizisten zu wettern, die sich auffällig-
unauffällig in seine Messe schlichen: „Sie dahinten, jawohl, die
Herren in den schwarzen Ledermänteln, meine ich! Verschwinden Sie aus meiner Kirche! Sie haben hier unter gläubigen Christen nichts zu suchen!" Er zeigte auch keine Furcht, als man ihn
abholte und ins Gefängnis steckte. Zwar ließ man ihn bald wieder
laufen, doch später sperrte man ihn ein zweites Mal und dann ein
drittes Mal ein. Danach klang seine Stimme als ‚Rufer in der Wüste' wohl leiser, aber erloschen ist sie nicht. Hätte es nur mehr
solcher Stimmen gegeben!

Eine Schule zieht nach Bayern

Der Krieg war Alltag geworden. Brot und Milch und Fleisch wurden immer stärker rationiert. Wir lernten, mit unseren knappen Lebensmittelzuteilungen mehr schlecht als recht zu leben. Auch an der Front wurde es immer schlimmer. Fremde Namen tauchten in den Meldungen auf – Namen von Städten, die gefallen und zu Staub geworden sind.

Dieser Krieg! Mit seinen gellenden Sondermeldungen! Mit den unter blauem Himmel gestaffelten deutschen Flugzeugen, die ihre Kondensstreifen wie Banner hinter sich herzogen, wenn sie das Land der Feinde anflogen. Ach dieser Krieg! Diese todbringende Falle! Nun wurden auch die Städte in der Heimat nicht mehr verschont. Nun waren es die Flieger der Alliierten, die ihre Bombenlast über unseren Städten abwarfen und ganze Regionen in Schutt und Asche legten. Nachts lagen die Straßen völlig im Dunkeln. Doch man konnte nicht schlafen, wartete nur auf das Heulen der Sirenen. Und wenn sie ihren schauerlichen Ton erschallen ließen, horchte man auf das Dröhnen der Flugzeugmotoren. Waren nur kleinere Verbände im Anflug, suchten die Menschen Schutz im Keller ihres Hauses. Klang das Dröhnen bedrohlicher, flüchteten sie in die kalten Bunker. Dieser verfluchte Krieg! Wieder eine Bombennacht! Nach einer entsetzlichen Stunde des Bangens gaben endlich die Sirenen mit lang gezogenen Tönen Entwarnung. Da krochen sie alle aus ihren lächerlichen Luftschutzkellern, suchten angstvoll nach Angehörigen, Freunden, Verwandten. „Bitte, lieber Gott, lass ihnen nichts passiert sein!" Die Stadt brannte noch. Übernächtigt stand die Feuerwehr vor züngelnden Fassaden. Möbel lehnten nass und schief im Rinnstein, Fensterrahmen hingen halb aus ihren Höhlen, Gehsteige waren übersät mit Scherben. Hier ging's nicht mehr weiter: Trümmer, Qualm, Einsturzgefahr. Aus!

Inzwischen wurde die Lage in der Stadt immer gefährlicher. Das Ruhrgebiet mit seinen Zechen und Fabriken war zu einem bevorzugten Angriffsziel der Gegner geworden. „Die Jugend muss raus aus diesen gefährdeten Städten! Schickt Mütter mit Kleinkindern aufs Land nach Böhmen oder Mähren! Schickt Schulen in weniger gefährdete Gebiete! Warum nicht nach Bayern? In diese idyllische Gebirgswelt verirren sich nur selten feindliche Flieger." Eines Tages war es dann so weit: „Macht euch reisefertig", hieß es unvermittelt, „eure Schule wird verlegt! Es geht ab nach Oberbayern." Wir, die Betroffenen, wurden nicht gefragt, also fragten auch wir nicht. Anordnungen wurden eben befolgt. Und so begann in vielen Familien das große Kofferpacken. Irgendwie freuten wir uns sogar auf die Evakuierung. „Ab aufs Land? Da simmer dabei! Echtet Lagerleben? Mensch, wie romantisch! Nen richtigen Tapetenwechsel, boh! mal wat Neuet erleben, warum nich? Un Bayern soll ja auch viel wat Schnuckligeret sein als unsern ollen Kohlenpott!"

Der Abschied von der Heimat fiel sonderbar leicht. Ich schämte mich eigentlich, dass ich nicht wehmütiger war. Mama weinte; ich konnte es nicht. Also keine Tränen beim Abschied, sondern ein fröhliches Winken. *„Wir sind jung, die Welt ist offen, oh du schöne weite Welt".* Wer ahnte denn schon, dass die Trennung von der Heimat, der Familie, den Freunden zwei lange Jahre dauern würde? Die merkwürdige Leere und Vereinsamung, auch in der Gruppe, wir sollten sie später erst kennen lernen.

Von meinem Abteil aus warf ich einen letzten Blick auf das markante Gebäude der Gelsenkirchener Post, das gleich neben dem Bahnhof lag, und während unser Zug zunächst gemächlich, dann immer rascher dahinrollte, kam mir alles ganz unwirklich vor. Eben noch war ich zu Hause bei Mama und den Geschwistern, und nun saß ich hier im Sonderzug, der meine Schulkameradinnen und mich nach Bayern verfrachten sollte. Die aufkommende Beklommenheit aber wich schnell einer erwartungsvollen Neugierde. Ich sah die Bäume vorbeirauschen, sah die lachenden Gesichter meiner Mitreisenden und war plötzlich so ausgelassen wie noch nie. ‚Ich reise', reise in die Welt.' In diesem Gefühl des Wirklich-Unwirklichem fühlte ich mich seltsam glücklich. *„Muss i denn, muss i denn zum Städele hinaus"* klang es lautstark aus dem Nebenabteil, und unternehmungslustig sangen wir dagegen an: *„Wildgänse rauschen durch die Nacht".* Das Rattern des Zuges gab dazu den Takt.

Ohne Halt fuhren wir durch die wechselnden Landschaften. Das Ruhrgebiet hatten wir längst hinter uns gelassen. Eine Zeitlang begleitete uns der Rhein und schon kreuzten wir das

Schwabenland: Singend fuhren wir in den Stuttgarter Bahnhof ein. „Wieso hält der Zug hier so lange? Wird die Lok ausgewechselt? Ist die Strecke blockiert?" Neugierig blickten wir durch die Abteilfenster. War das ein geschäftiges Treiben auf dem Bahnsteig! Rot-Kreuz-Helferinnen liefen von Abteil zu Abteil und reichten Becher mit Limonade herauf; Bahnbeamte schritten gewichtig am Zug entlang, ihre rote Kelle fest in Händen haltend; Reisende standen neben ihrem Gepäck und warteten auf den Gegenzug. Junge Burschen in HJ-Uniformen demonstrierten, dass auch sie sich für die Verschickung der Schulklassen aus dem gefährdeten Ruhrgebiet mitverantwortlich fühlten.

Wie reife Trauben hingen wir an den Fenstern, lachten, winkten, riefen. Waren wir nicht der Mittelpunkt der Welt? Wir waren voller Übermut und voller Begierde, das neue Leben aufzusaugen. Vor unserem Abteilfenster erschien einer der Jungvolkführer. Er hatte ein eigenwilliges Gesicht und wirkte dabei doch so lieb und knuffig, als wäre er einem Hundekörbchen entsprungen. Aus den Augenwinkeln beobachtete ich, wie dieser Gruppenleiter der Pimpfe - oder was immer er sein mochte - unbekümmert scherzte und lachte. Da, hatte auch er mich nun bemerkt? Wie elektrisiert strich ich mir durch die Haare, lehnte mich aus dem Abteilfenster, strahlte ihn an. Und siehe da - er strahlte zurück. Nachdem wir eine Zeitlang herumgeflachst hatten, marschierte mein Gegenüber kurz entschlossen in unser Abteil. „Also ich bin der Rainer", stellte er sich vor, setzte sich neben mich auf die Bank und plauderte munter drauf los. Er besaß den Tonfall der Sprache, die den meisten Worten die eigentliche Bedeutung nimmt und ihnen unerwartet Charme verleiht. Ich fühlte mich zu ihm hingezogen, umso mehr, als er mir gegenüber eine Offenheit zeigte, die mir wohl tat. Kein Wunder, dass einige der älteren Mitschülerinnen bereits hämischen Bemerkungen machten: „Warum muss ein Junge wie der ausgerechnet mit so 'ner Dreizehnjährigen flirten?" stichelten sie. „Kümmere dich nicht darum", meinte Rainer, „aus denen spricht nur der Neid der Besitzlosen." Ja, dachte ich, lass sie nur! Die Gefühle unserer federleichten, flüchtigen Begegnung können sie mir nicht nehmen - ich werde sie wie kostbare Rosenblätter in meiner Erinnerung aufbewahren. Hatte ich geahnt, dass dies für lange Zeit die letzte Gelegenheit war, mit einem Jungen zu sprechen? Nein, noch ahnte niemand von uns, dass wir im fernen Schul-Lager wie unter einer Käseglocke leben würden - ohne Kontakt zu irgendwelchen Fremden, ohne Kontakt zum anderen Geschlecht.

Ein durchdringender Pfiff unterbrach abrupt unser zartes Geplänkel. Kaum hatte Rainer überstürzt das Abteil verlassen, setzte sich der Zug auch schon in Bewegung. Noch ein kurzes Winken, und der Bahnsteig mit seinen Menschen wurde kleiner und kleiner, bis er in der Ferne verschwand. Was von nun an um mich herum geschah, berührte mich nicht mehr. Nur schemenhaft nahm ich wahr, wie der Zug an reifenden Getreidefeldern vorbeirollte, an Weiden mit muhenden Kühen, an bisher unberührten Talmulden, in denen nun eine Reihe von Hochspannungsmasten empor sprossen. Gletscherschnee lag auf den Höhen, doch grün und lieblich blieb das Land. Die Blumen waren leuchtender, die Wiesen saftiger. Die Menschen auch glücklicher? So glücklich wie die Kühe auf den Weiden mit ihren großen Glocken?

Mit einem plötzlichen Ruck hielt der Zug, und ich erwachte aus meinen Träumen. Wir waren in Bad Tölz angekommen, der Endstation unseres Sonderzuges! Doch dieses Tölz war zunächst nichts anderes als ein Blick vom Bahnhof auf die gegenüber liegenden Cafes mit allem, was dazu gehörte – blau-weiß gestreiften Markisen, Tischen auf den Bürgersteigen und Blumenkästen rundherum wie auf dem Werbeplakat eines Reisebüros, ansonsten nur Reihen von Reisebussen, die darauf warteten, die ankommende Kinderschar nach Heilbrunn - unserem Endziel –zu bringen.

Von der sich endlos dahin ziehenden Landstraße her näherten wir uns einer dunklen Baumgruppe. Kaum hatten wir diese passiert, verkündete stolz ein Schild: „Bad Heilbrunn". Ich sehe es noch vor mir - dieses angepeilte Nest von einem Dorf - ganz klein inmitten der umgebenden Berghänge, die im samtigen Faltenwurf moosgrüner Hügel auslaufen, vom Adergeflecht tiefer Talsenken durchzogen. Nun kamen auch Reihen weiß gekalkter Häuser in Sicht mit ihren traditionellen holzgeschnitzten Balkonen an der Vorderfront. Um das Dorf herum erstreckten sich sorgsam gepflegte Felder. Welch eine Fülle von Grün - Gelbgrün, Rotgrün, Blaugrün – dazwischen der zart-violette Schimmer knospender

Buchen. In der Ferne ragte ein hohes Gipfelpaar auf in Jadegrün, und am Horizont zeichneten sich die violetten Schattenrisse weiterer Berge ab. Das also war Bad Heilbrunn - von nun an Heimatersatz.

Dieses Lagerleben

Wie kann ich die Dinge auf den Punkt bringen? Da waren wir nun – zwanzig pubertierende Mädchen, die gerade erst anfingen, ihr eigenes Geschlecht zu entdecken. Wir glichen Hühnern, die eingeschlossen sind in einem Hühnerhof, den sie für die ganze Welt halten. Haus Waldesrast – ein ehemaliges Cafe' und Gasthaus, das am Ende des Dorfes weitab von den Unterkünften der übrigen Schulklassen lag - wurde für uns zur Heimstatt im wahrsten Sinne des Wortes. Es gab kein Entrinnen, kein Versteck, in das wir uns zurückziehen konnten. Unsere Schlafräume, die wir jeweils zu Viert teilten, suchten wir nur zum Schlafen auf, denn außer den Betten, den Kleiderschränken und einem Waschbecken gab es dort nichts, was einen Aufenthalt lohnte - keinen Tisch, keinen Stuhl, keine Ablage.

Der ehemalige Gastraum im Erdgeschoss des Hauses war unser ständiger Lebensraum. Hier wurden gemeinsam die Mahlzeiten eingenommen, hier wurde am Vormittag der Unterricht abgehalten, hier machten wir am Nachmittag die Schulaufgaben, und hier fanden unsere Freizeitaktivitäten statt: lesen, quatschen, Unsinn verzapfen oder - unter dem Kommando von ständig wechselnden BDM-Führerinnen - singen, basteln, Spiele machen. Nur bei schönem Wetter verließen wir das Haus, um auf der Terrasse die Fliegen zu zählen und dem Sirren der Mücken zu lauschen. Wir hatten praktisch keine Außenkontakte, auch nicht zu den Mitschülerinnen der übrigen Jahrgangsklassen, die in anderen Teilen des Dorfes untergebracht waren. Ich kann nicht einmal sagen, ob wir überhaupt je ins Dorf gekommen sind, ob es im Dorf auch Geschäfte gab oder ob das Dorf eine eigene Schule hatte. Nur einmal, da haben wir einen Ausflug unternommen zum Kochelsee, der – malerisch umringt von Bergen – gar nicht weit von Heilbrunn entfernt liegt. Aber dieser Ausflug hat in meinem Gedächtnis kaum Spuren hinterlassen. Er ging wohl unter im Einheitsbrei unserer Tage. So hockten wir halt den lieben langen Tag im Haus Waldesrast wie Hühner auf der Stange. Doch obwohl wir so hautnah zusammenlebten, zog sich jede innerlich in ihr Schneckenhaus zurück. Ich fühlte mich in diesem Haufen oft so einsam, dass die Tapete an der Wand eine Gänsehaut kriegte. Keine Mama, die mich in den Arm nahm. Keine Geschwister, die an mir herumzerrten. Kein Hinterhof, auf dem ich mich mit Freunden austauschen konnte. Nur das unaufhörliche Geplapper der Mitschülerinnen, dem ich nicht zu entrinnen vermochte!

Und unsere Lehrerinnen? Die lebten auf einem anderen Stern. Ja, wenn die Gelegenheit günstig war und sie gute Laune hatten, dann konnte man mit ihnen schon mal reden. Im allgemeinen aber waren sie weit von uns entfernt, thronten unerreichbar in ihrer Ecke am Ende des Tagesraumes, abgehoben von uns schon dadurch, dass ihnen ihre Mahlzeiten auf kostbarem Porzellan am weiß gedeckten Tisch serviert wurden, während wir uns an der Essensausgabe anstellen mussten, um unsere knapp bemessenen Portionen auf billigem Einheitsgeschirr in Empfang zu nehmen. Selbst während der Hausaufgabenstunden gingen die Lehrkräfte auf Distanz. Die neueste Tageszeitung war für sie ein ausgezeichnetes Instrument, um sich dahinter zu verschanzen. Wir Schülerinnen aber bekamen weder Zeitungen noch Illustrierte in die Hand, und von den Radiosendungen durften wir nur Sondermeldungen und Hitlers Reden hören. Auch dadurch wurde die Kluft vergrößert zwischen uns - den Unwissenden - und denen, die vorgaben, alle Weisheit der Welt gefressen zu haben. So blieben sie für uns ferne Respektpersonen, mit deren Autorität wir bisweilen einige Mitschülerinnen zu schocken versuchten. Eine Begebenheit, in der ich unrühmlicher Weise ebenfalls mitgespielt habe, ist mir noch in Erinnerung: Wir brüteten gerade hingebungsvoll über unseren Hausaufgaben, da entfuhr einer - na ja, auch sonst etwas ungeschickten Mitschülerin - ein harmloser, doch unüberhörbarer Furz.

„Du musst dich bei Fräulein Naberschulte entschuldigen", bearbeiteten wir das arme Ding. „Sie hat bestimmt mitbekommen, dass du es warst, die so geknallt hat. Was soll sie nun von dir denken?"

Sie ging tatsächlich zur Lehrerin und machte mit hochrotem Kopf ihren Kniefall, während wir uns an ihrer Scham weideten. Da hatten wir einen kleinen Furz hoch geputscht zu einem großen Malheur, ein bisschen heiße Luft aufgeblasen zu einem Sturm der Entrüstung! Es passierte ja sonst nichts in unserem Haufen. Selbst die Abende waren sterbenslangweilig. Um neun

Uhr mussten wir in den Betten liegen und das Licht in den Zimmern löschen, sodass wir uns nicht einmal hinter Büchern vergraben konnten. Selbst das Sprechen war dann verboten. Fräulein Naberschulte gab sich unerbittlich. Wie ein böser Geist schlich sie abends durch die Flure. Und wehe, sie hörte nur ein leichtes Husten, schon steckte sie ihren Raubvogelkopf durch die Tür und drohte uns schreckliche Strafen an.

Dieses Kontrolliertwerden war natürlich auch in anderer Hinsicht ein Problem, denn wie sollten wir am nächsten Morgen im Schulunterricht den erforderlichen Stoff vom Vortage wiederholen können, wenn es keine Möglichkeit gab, sich auszutauschen? Wir hatten ja - außer für Englisch - keine Schulbücher, in denen wir das nachlesen konnten, was die Lehrerinnen in den Unterrichtsstunden vorgetragen hatten. Das galt besonders für Geschichte, dessen Lektionen die allzu strenge Miss Naberschulte uns neben Englisch auch noch beizubringen versuchte. Die meisten Mädel meiner Klasse fanden einfach keinen Draht zu diesem Fach. Infolgedessen blieb in ihrem Kopf kaum etwas davon hängen. Hier sollte ich also den rettenden Engel spielen: Nach dem Zapfenstreich huschten dann einige Gestalten in weißen Nachtgewändern in mein Zimmer - immer auf der Hut vor dem lauernden Hausdrachen.

„Erzähl mal, Eva, was die Naberschulte gestern über Karl den Großen und Pippin den Kurzen gesagt hat." Und ich erzählte ihnen, was ich behalten hatte, und das war einiges – Geschichte fand ich irgendwie spannend. Sie beflügelte mich, regte meine Phantasie an. Ich schmückte sie aus, füllte sie auf mit früher Gehörtem, früher Gelesenen. Jedoch hatte ich keinerlei Gedächtnis für Namen und Daten. Die hatten dagegen die Kolleginnen im Unterricht häufig mitgeschrieben. So konnten wir unsere Leistungen gegenseitig ausgleichen. Nur mussten wir höllisch aufpassen, uns bei den geheimen Treffen nicht erwischen zu lassen.

Leider gab es für mich keine Gelegenheit, meine Englisch-Defizite auf ähnliche Weise aufzumöbeln. Hier half einfach nur Lernen, Lernen und nochmals Lernen, dazu aber fehlte mir irgendwie immer die Zeit. Und so hatte ich es bald mit Miss Naberschulte gründlich verdorben. Das legte sich erst, als die olle Naberschulte die Verantwortung als Klassenlehrerin - die ihr offensichtlich über den Kopf gewachsen war - auf Fräulein Klee übertrug. Seitdem gab sie sich – plötzlich frei von jedem Druck – beinahe menschlich, und alle atmeten auf, zumal sich Fräulein Klee viel umgänglicher zeigte. Trotzdem, an manchen Tagen hingen mir die Lehrerinnen ebenso wie die Mitschülerinnen einfach zum Halse heraus.

Die Stille des Waldes

Undurchdringlich wirkt das Dach des Waldes. Flirrend tasten sich die Strahlen der Morgensonne durch das Geäst, werfen bizarre Muster auf knorrige Stämme und malen die langen Schatten der Bäume auf den sandigen Waldweg, der mich zu meiner geheimen Lichtung führt, zu meinem Refugium, der Bühne für meine Phantasien und Träume. Da liegt sie vor mir, vom Sonnenlicht durchflutet, eingerahmt von den weißen Stämmen der Birken, deren junges Grün im Morgenwind leise erschauert. Weiches Moos und zarte Gräser laden zum Ausruhen ein. Kann ich mir einen besseren Platz wünschen zum Nachdenken, zum Abschalten, zum Abstand gewinnen? Ja, ich will Abstand gewinnen, Abstand von dem ständigen Geplapper der Mitschülerinnen, ihren neugierigen Augen, ihrer aufdringlichen Nähe, ihren kleinen Bosheiten, mit denen sie unsichere Kandidatinnen quälen, um sich selbst wichtig zu machen. Aber auch, wenn sich diese zickigen Biester in harmlose Backfische verwandeln, bin ich froh, ihnen mal entrinnen zu können. Niemand hat mich bemerkt, niemand ist mir begegnet auf meinem Weg zu meinem Versteck, das ganz in der Nähe des Hauses Waldesrast liegt, jedoch von dort nicht einsehbar ist. Hier bin ich mit mir allein, bin ganz versunken in diese Stille, die mich umgibt.

Ach, diese Stille! Wie ich sie liebe! Sie macht mein Inneres groß und weit, so weit, dass ich darin alles aufnehmen kann, was sonst kaum Beachtung in mir findet. Ganz entspannt liege ich im Gras, lasse mich von der Sonne bescheinen und spüre, wie die Sommersprossen meine Nase kitzeln. Um mich herum das Wimmeln und Flirren der kleinen Welt zwischen den Halmen – Käfer, Mücken, Spinnen, Hummeln. Wie ein Dschungel kommt mir das Reich der Krabbeltiere vor: Da kämpfen Ameisen und Marienkäfer um Blattläuse, Schnecken umarmen einander liebevoll und Spinnen wickeln Fliegen ein. Darüber summen die Bienen, flattern die Schmetterlinge, schwirren die goldäugigen Eintagsfliegen von Blüte zu Blüte. Und dann die Vögel, die über mich hinweg fliegen; Wolken aus Federn, die von den Bergen kommen, kleine Vögel, große Vögel, nachtblaue Vögel, Vögel zart wie Libellen, mächtig wie Adler. Zwei, drei, fünf, nein, ein ganzer Schwarm scheint sich über meinem Kopf zu versammeln. Da, einer löst sich aus dem Pulk, kommt ganz nah an mich heran. Wird er sich neben mir niederlassen? Oder gar auf meiner Hand? Auf meinem Kopf? Vielleicht, wenn ich still liegen bleibe! Der heilige Thomas, der konnte mit den Tieren sprechen. Ja, warum soll das nicht möglich sein? Warum sollen die Tiere uns nicht verstehen? Also spreche auch ich mit dem Vogel:

„He, großer Vogel", sag ich, „komm, setz dich zu mir. Sag doch mal was."

Natürlich sagt er nichts, aber er kommt näher und setzt sich auf die höchste Spitze einer Birke am Rande der Lichtung. Ist es ein Sperber? Ein Bussard? Stahlblau glänzt sein Gefieder in der Sonne. Regungslos blickt er starr geradeaus. Hat er irgendwo in der Ferne ein Opfer erspäht, oder ruht er sich einfach aus? Vielleicht träumt er auch nur, so wie ich es hier tue. Träumt er von fernen Ländern, über die er in ruhigem Flug dahin gleitet? Da, er breitet seine Schwingen aus!

„Halt, großer Vogel, flieg doch nicht einfach davon, lass mich nicht wieder allein!"

Schon hat er den Wipfel des Baumes verlassen – doch sieh nur, er dreht eine Runde über meiner Lichtung, so als wolle er mich auffordern, mitzukommen. Meine Augen folgen ihm, meine Gedanken begeben sich mit ihm auf die Reise. Ich verlasse den abgrundtiefen Rand der Erde und schwinge mich federleicht auf in die klare Tiefe des Blaus. Ein Vogel bin ich geworden, ein Vogel! Oder täusche ich mich? Bin ich nur der Schatten einer Wolke, der flüchtig über die Lichtung zieht? Bin ich ein Salamander, der lautlos durch das Gras huscht? Oder bin ich der Geist der Elfenkönigin, die einst ihr Königreich auf dieser Wiese hatte?

Wie sehr genieße ich diese Minuten, die ich allein auf meiner Lichtung liege, alles Schwere, alles Bedrückende vergesse und mich ganz meinen Träumen hingebe! Ich spinne mich ein in eine Welt, die, solange ich daran weiterspinne, so real wird, so wirklich. Ich erfinde immer neue Figuren, die sich schon bald verselbstständigen, spiele mit ihnen Theater, schlüpfe in unterschiedliche Rollen, entwickle das Fragment zu einem Märchen, einem Roman, einer Tragödie, lache mit meinen selbst erschaffenen Helden oder weine mit ihnen echte Tränen wie aus eisblauen Perlen. Ich träume von magischen Kräften, die sich plötzlich in mir entfalten: Ich werde etwas Großes vollbringen - sagen wir mal, ich werde eine berühmte Schauspielerin, und die Menschen werden mich bewundern. Oder ich werde Wissenschaftlerin und eine epochale Erfindung machen. Ich könnte auch versuchen, als Malerin berühmt zu werden, und die Leute würden sagen: Sieh da, die kleine Eva! Wer hätte das gedacht!

Ach, es ist herrlich, so zu träumen! Es ist, als würde man in die Luft gehoben, weit über sich selbst hinaus. Man kommt sich vor wie eine Prinzessin im Märchen, unscheinbar gekleidet und von niemanden erkannt, und doch weiß man, man ist mehr als all die Leute um einen herum, man müsste sich nur offenbaren, dann würden sie Augen machen. Vielleicht würden sie alle zu Boden fallen und einem den Rocksaum küssen, in jedem Fall aber stünde man da mit einem Glorienschein. Das wär' doch 'ne feine Sache, oder nicht?

Oder will ich einfach nur ein guter Mensch sein? Junge Mädchen sind nun mal romantisch! Manchmal träume ich davon, einen abgeschossenen feindlichen Flieger zu retten, der sich mit seinem Fallschirm am Rande meiner Lichtung in den Bäumen verheddert hat. (Dabei verirrt sich kaum jemals ein feindliches Flugzeug über diesem bayrischen Landstrich). Mit einem Messer durchschneide ich dann die Seile, die ihn im Gestrüpp gefesselt halten. Seine ängstlichen Augen rühren mich.

„Ich tu dir nichts", flüstere ich ihm zu. „I only will help you! Das darf nur niemand erfahren, denn einen Feind, den muss man melden, und dann wird der eingesperrt. Aber das will ich nicht. Nein, ich will dir nur helfen - I only will help you!"

Und ich helfe ihm, aus seinem Fallschirm ein Zelt zu errichten und es mit Tannenzweigen abzudecken, und ich spare mir das Essen vom Munde ab und bringe es zu seinem Versteck, und allmählich fasst er Vertrauen zu mir und erzählt mir von seiner englischen Heimat und seiner Familie, und ich erzähle ihm von meinem Zuhause und meiner Sehnsucht, dahin heimzukehren. Und allmählich entwickelt sich zwischen meinem Schützling und mir eine verbotene, aber umso süßere Zärtlichkeit, die uns umhüllt wie eine wärmende Decke. Und manchmal trägt uns diese

Decke gemeinsam in die Lüfte, und wir folgen dem großen Vogel in die Tiefe des unendlichen Blaus. Und wenn ich nach diesem Ausflug ins All meinen Traumgefährten verlasse, fühle ich mich wieder gestärkt für den Alltag des Lagerlebens mit seinen kleinen und großen Wirrnissen, seinen leidlichen Späßen und seinen unvermeidbaren Streitereien.

Ach, ich liebte diesen Wald, dessen Bäume mir ihre Geschichten zuraunten, ich liebte den Himmel über der Lichtung, wenn seine Sonne mich liebkoste. Ich liebte dieses Stück Land, das mich anfüllte mit Träumen von Kopf bis Fuß. Ich fühlte mich wie ein staunendes Kind, dass man ins Wunderland versetzt hat. Diese unendlichen Möglichkeiten, die sich meiner Phantasie boten - nie wieder habe ich sie so ausleben können. Die Emotionen, die Erregungen, der Geruch der Waldlichtung sind mir noch heute gegenwärtig. Frühling und Herbst kamen hier mit einem grandiosen farbenprächtigen Auftritt, die Sommer waren heißer, glühender, die Winter kälter, weißer, die Stille stiller, der Schnee glitzernder, die Gewitter heftiger und die Sterne leuchtender als daheim in der Stadt.

Ja, auch die Nächte boten mir verschwiegene Schlupfwinkel. Wenn ich abends nicht einschlafen konnte und mich langsam von einem Menschen in eine gut geölte Sprungfeder zu verwandeln schien, tapste ich heimlich über den Flur zum Klo, das am Ende des dunklen Ganges lag. Ich öffnete das Fenster, um zu schauen, was es zu schauen gab. Und wenn der Himmel so ganz wolkenlos über dem Wäldchen hinter dem Hause hing, dann konnte es sein, dass ich Stunden am Klofenster verbrachte – Sterne gucken: den großen Wagen bewundern, die Venus suchen und auf Sternschnuppen warten. Ich beobachtete, wie die Nacht über den Tannenwipfeln heraufzog, spürte, wie sie sich groß und schweigend über alles ausbreitete und alle Unruhe in meiner Brust zum Schweigen brachte. Ich roch das trockene Holz, den kühlen Duft des Waldes, ließ mich ganz davon durchdringen. Kerzengerade wie eine ägyptische Gottheit saß ich auf dem Klositz und sah schweigend zu, wie sich die Sterne allmählich in den Bäumen des Waldes verfingen, und wie der weiße Mond über den Himmel rollte, und ich erahnte etwas von der unendlichen Weite, die unsere kleine Welt umgibt. Gleichzeitig aber fühlte ich mich vom kalten Licht des Mondes durchschaut – eine Mondanbeterin, die dem Zauber dieses Himmelskörpers verfallen war. In seinem Licht zerflossen meine Illusionen wie weiße Wellenköpfe, von denen auch nichts weiter übrig bleibt als ein bisschen Schaum. Und ich lauschte in die Dunkelheit, die langsam - wie ein ausgehungertes Tier- aus dem schweigenden Wald zu mir herüber kroch.

Wer bin ich?

Fragt sich nicht jeder von Zeit zu Zeit, wer er ist? Mich jedenfalls beschäftigte mit dreizehn, vierzehn Jahren diese Frage im zunehmenden Maße. Ich wollte mein Ich kennenlernen, das Ich, dass ich bin, das mich von allen anderen unterscheidet! Nichts in der Welt hat mich so beschäftigt wie dieses Rätsel.

Ich war ein unscheinbares Ding, nicht Fisch und nicht Fleisch, kein Kind mehr, aber auch noch nicht erwachsen, ein Backfisch halt, wie man das damals nannte. Eine idiotische Zeit ist das, meinten die Erwachsenen, da muss man einfach durch. Als ob solche Sprüche mir etwas genutzt hätten! Ich konnte mich nicht einmal reiben an meinen Freunden zu Haus. Hier im Lager war ich nur umgeben von gleichaltrigen, gleich chaotischen Geschlechtsgenossinnen. Nein, einfach war diese Zeit nicht für mich. Ich hatte Gefühle, aber niemanden, mit dem ich sie teilen konnte. Ich hatte Probleme, doch fehlten verständige Partner, mit denen ich darüber hätte reden können. Ich hatte Fragen, aber niemanden, der darauf Antwort geben konnte. An wen hätte ich mich denn wenden sollen? An die BDM-Führerinnen? Die hatten eh' nur ihre ideologischen Phrasen im Kopf. An die Lehrerinnen? Um Gotteswillen, nein! Wie hätte ich von denen Verständnis erwarten können? Sind die denn jemals dreizehn Jahre alt gewesen? Und die Klassenkameradinnen? Ach die, die hatten doch ihre eigenen Probleme.

Einmal aber, da beschäftigte uns alle die gleiche Frage: Da wollte man uns im Biologieunterricht tatsächlich weismachen, dass der Mensch vom Affen abstamme. Wie bitte, unsere Vorfahren sollen Affen gewesen sein? Kann man das wirklich glauben? Unsere Stammesmutter eine Affendame? Was war dann mit Eva, dieser paradiesischen Schönheit und ihrem Apfel der Verführung? Und was mit Adam, der uns so unschuldig von der Decke der Sixtinischen Kapelle entgegen leuchtet? Also, wer hatte nun recht, die ehrwürdige Bibel oder diese forschen Forscher, die so hemmungslos versuchten, unsere alten Weltbilder auf den Kopf zu stellen? Wir versuchten, unsere Verunsicherung hinter Albernheiten zu verstecken, robbten wie Affen durch das Klassenzimmer und stießen dabei urkomische Laute aus: *„Uaa-Uaa".*

Doch in stillen Stunden grübelte ich weiterhin über diese denkwürdige These nach. Dabei fiel mir dann meine Tante Klara ein, die als Oberstudienrätin an einem Gymnasium in Paderborn Biologie unterrichtete. Sie war doch *die* Fachfrau, die Genaueres darüber wissen musste. Also schrieb ich der lieben Tante einen lieben Brief und bat sie um ihre Expertenmeinung, ob denn nun wirklich der Mensch vom Affen abstamme. Lange wartete ich auf eine Antwort. Ich wartete vergebens. Warum bloß antwortete Tante Klara nicht? Hatte ich mit meiner Frage bei ihr einen wunden Punkt berührt? Mochte sie sich - als ernsthafte Wissenschaftlerin einerseits und strenggläubige Katholikin andererseits – mit einer so ketzerischen Frage gar nicht erst auseinandersetzen? Brachte sie das vielleicht in Gewissenskonflikte? Meine Gläubigkeit hatte bereits manche Lücke bekommen, meine Zweifel wuchsen. Wie vielen anderen war mir in dieser Zeit der „liebe Gott" abhanden gekommen, ohne genau erklären zu können, warum. Wie aber sollte ich meinen spirituellen Weg finden und gleichzeitig meine naturwissenschaftliche Neugier befriedigen, wenn selbst die studierte Verwandtschaft sich vor unbequemen Antworten drückte? So lebte ich weiter in der Ungewissheit, ob ich nun mehr Mensch oder noch weitgehend Affe bin. Heute stelle ich mir diese Frage schon aus Bequemlichkeit nicht mehr. Ich überlasse es anderen, dies zu beurteilen.

Tscha, ich wusste nichts – nichts wusste ich. Was wusste ich denn schon? *Ich bin!* Das war alles, zumindest fast alles, was ich wusste. Doch *wer* bin ich? *Was* bin ich? Diese Fragen ließen mich auch weiterhin nicht los. Ach ja, manchmal ist das Ich ein undankbares Luder. Und meist läuft es mit Scheuklappen vor der Seele rum. Mein Ego war so verdammt selbstquälerisch. Warum konnte ich - die ich für die Macken anderer Zeitgenossen stets Verständnis aufbrachte – nicht auch die eigenen Schwächen akzeptieren? Ich hatte immer davon geträumt, eine große Heldin zu werden. Na ja, so genau weiß ich das nicht mehr, aber unbewusst bestimmt. Klar, jedes Mädchen will so sein wie die tollen Schauspielerinnen, die sie aus den Kinos kennen - so schön, so perfekt, so stark, so rein. Doch ich hatte nichts von der Frische der jungen Mädchen, wie sie uns in Filmen vorgeführt wurden.

Schon allein, wenn ich an die Pusteln auf meiner Haut dachte. Wissen diese Filmleute eigentlich, wie man sich fühlt, wenn man in den Spiegel schaut, und tausend Pickel starren zurück, die selbst mit ätzender Seifenlauge nicht wegzubringen sind?

Plötzlich fing ich an, gegen mich selber zu rebellieren, irgendwelche Sachen an mir nicht zu mögen. Ich nahm Dinge wichtig, die gar nicht wichtig waren. Früher war es mir scheißegal, was die Leute von mir hielten. Auf einmal aber kam so eine Phase, da war es mir total wichtig, was andere von mir dachten. Ich habe mich völlig gegen mich selbst gestellt, bin zickig geworden, konnte nicht mehr lachen. Früher hatte ich gemacht, worauf ich Lust hatte - kindlich naiv wahrscheinlich. Das war nun vorbei.

Dann aber kam eine Zeit, da war ich es einfach leid, mich unsicher, hilflos, ängstlich zu fühlen und mich ständig selbst in Frage zu stellen. Ich war es leid, immer die Dumme, die Nachgiebige, die Gebende zu sein. Ich wollte auch mal die Fordernde, die Kompromisslose, die Starke sein. Doch wie sollte ich das anstellen? „Mach endlich Schluss damit, dich selbst zu zerfleischen! Nimm dich nicht so wichtig!" meinte Rosalinde, eine der Zwillingsschwestern aus unserer Klasse, die sich nie einsam fühlte, nie unsicher war, denn sie hatte ja immer ihr doppeltes Ich um sich, mit dem sie sich auseinandersetzen konnte. „Sei doch einfach so, wie du bist." „Na toll! Ich weiß aber nicht, wie ich bin. Was meinst du, wie sollte ich denn sein?" „Wie wärst du denn gerne?" fragte Rosalinde zurück. Ja wenn ich das nur wüsste! Dabei war ich im Prinzip gar nicht schwierig, nur manchmal ein wenig widerborstig. Hin und wieder aber ergriff mich zu meinem Kummer eine unverkennbare Schüchternheit. Ich wusste dann nicht, wohin mit meinen Händen, wurde rot, begann zu Stottern. Andererseits aber konnte ich durchaus rebellisch sein und - wenn es um Gerechtigkeit ging – zur richtigen Kämpfernatur werden. Ich habe mich immer auf die Seite der Schwachen gestellt, die von anderen benachteiligt, gehänselt oder gar gequält wurden. „Du leidest an einem Helfersyndrom", meinte Annerose – Rosalindes Zwillingsschwester - und es klang so, als hielte sie das für eine psychische Krankheit. Ach, dieses Helfen wollen! Vielleicht ist es eine Besessenheit, was weiß ich! Oder will ich nur helfen, um mich wichtig zu machen? Um zu zeigen, was für ein guter

Mensch ich bin? Hat mich vielleicht das Märchen von *Frau Holle* allzu sehr geprägt? Jedenfalls würde ich ebenso wie die Goldmarie das Brot aus dem Ofen ziehen, bevor es verbrennt und die Äpfel vom Baum schütteln, ehe sie verfaulen.

Doch zugegeben, damals - in meinen halb-kindlichen Zeiten – habe ich schon sehr nach Anerkennung gehungert. Und wenn ich die nicht fand? Dann konnte ich mich immerhin noch in die Welt der Illusionen flüchten, vorwiegend in die Welt der Filme, die ich gesehen hatte, bevor wir nach Bayern evakuiert worden sind. Lichtspiele haben mich von jeher fasziniert, obwohl sie manchmal recht seltsam sind. Sie erzählen Geschichten, die eigentlich gar nicht stimmen können, und dann sehen wir sie im Kino und glauben sie. Sie zeigen oft schöne, reiche Menschen, die irgendwann hässlich und arm werden. Oder umgekehrt. Viele sind ständig auf der Suche nach der Wahrheit hinter den Dingen. Manche kapseln sich dabei ab und werden verrückt. Solche Filmgeschichten hinterlassen meist einen nachhaltigen Eindruck. Für Menschen wie mich - aufgewachsen in einem Arbeiterviertel - gab es viel Platz für Träume, aber wenig Luft für Illusionen. Diese Lücken konnten Filme in hervorragender Weise füllen, zumal wir mit diesen Medien noch nicht überfüttert waren.

Ich hatte das Glück, dass Anna - die schon recht erwachsen aussah – es so manches Mal schaffte, auch mich in Vorstellungen reinzuschmuggeln, die nur für ältere Jahrgänge frei gegeben waren. Da sah ich sie dann, diese wunderschönen Heldinnen – die unvergleichliche Hilde Krahl, die schwermütige Heidemarie Hatheyer, die stimmgewaltige Zarah Leander, die patente Paula Wessely, die temperamentvolle Marika Röck. In Bayern aber sind wir kein einziges Mal ins Kino gekommen. So mussten die Erinnerungen an alte Filme herhalten, und ich war das Medium, dass den Gefährtinnen die Filmgeschichten nahe brachte. Abends - nachdem unsere unerbittliche Wächterin ihren Patrouillengang durch die Flure beendet hatte - tauchten sie heimlich in meinem Zimmer auf. „Ach, Eva", bettelten sie dann, „erzähl mal einen Film." Und bereitwillig fing ich an, erzählte, was ich im Gedächtnis hatte, ließ weg, fügte hinzu, erfand neue Szenen, verwandelte Trauerspiele in Lustspiele, Klamotten in Dramen. Ich steigerte mich in Rührung, Wut, Erregung und riss meine Zuhörerinnen mit. Am Ende hatten wir tief schürfende Gedanken, grübelten über Gott und die Welt nach, legten unsere Stirn in Falten und glaubten, erfahren zu sein. Hatten wir nicht schon Einblick in so manche Geschichte bekommen? Doch je mehr wir darüber erfuhren, desto unerfahrener waren wir. Diese Erfahrung haben wir immerhin gemacht.

Klar, dass die Beschäftigung mit Filmen uns reizte, auch mal selbst in andere Rollen zu schlüpfen. Wenn man jung ist, glaubt man, über einen Zauber zu verfügen, um an der Welt drehen zu können. Vielleicht könnten auch wir uns in etwas anderes verwandeln. Vielleicht aber gibt es uns gar nicht. Vielleicht ist nur das Leben in unseren Träumen die echte Wirklichkeit. „Wisst ihr was", sagten wir eines Tages, „wir sollten wirklich mal in eine andere Haut schlüpfen und einen Umzug durchs Dorf machen." Die Gruppenleiterin war einverstanden. Unser Fest wurde kein ausgelassenes Karnevalsfest - es ging mehr auf Zehenspitzen, kam ohne Tschinderassa einher: Harlekin und Narr, Prinzessin und Edelmann, Hexe und Elfenkönigin, meist einzeln, selten in Gruppen. Wir lachten nicht, wir lächelten nur fein und fühlten uns eins mit den Figuren, in deren Äußeres wir geschlüpft waren. Und das alles – in welcher Pracht! Phantasie in Flitter, Seiden, Lumpen! Und wie wir einher schritten, wie wir uns badeten in der Bewunderung der zufälligen Zaungäste.

„Schaut da! Die Nacht! Sieht sie nicht echt gut aus?" Dieser Ausruf galt mir! Man hatte mich also erkannt als *Herrin der Nacht* - eingehüllt in einen schwarzen Umhang, die blonden Haare gebändigt durch ein schwarzes Samtband, auf dem goldene Sterne prangten. Plötzlich fühlte ich mich schön, wirklich schön. Ich schien innerlich zu glühen, und die Sterne in meinem Haar schienen Feuer zu sprühen. In diesem Moment wusste ich:

Ich *bin* die Nacht, die Nacht mit ihren geheimnisvollen Schleiern, ihrer dunklen Anmut, ihren bizarren Träumen - ja, ich *bin* die Nacht!

Besuch der großen Schwester

Miriam - meine große Schwester! Unser Zuhause in der Ziethenstraße genügte ihr nicht, es passte nicht zu dem, was in ihr war. Ein ständiges Ziehen war es wohl, dass an ihr zerrte - vielleicht konnte man es Sehnsucht nennen, etwas, das Fliegen wollte, weg aus dieser engen Gasse, ins Licht, in die weite Welt. Der Wunsch, größer zu sein, als sie war, zu dem Kreis der Auserwählten zu zählen, den Schönen, den Reichen, den Bewunderten. Sie wollte brennen, egal wodurch, nahm heimlich Schauspielunterricht, ertrotzte sich die schönsten Kleider, spülte ihr Haar mit Kamillentee, benutzte einen Lippenstift (dabei die Parole missachtend, dass eine deutsche Frau sich nicht schminkt), gab sich damenhaft und zog überall die Blicke auf sich. Alles war ihr Bühne, so auch das KLV-Lager im bayrischen Bad Heilbrunn, in dem ich mit meinen Klassenkameradinnen die beunruhigende Zeit der Pubertät verbrachte, verbringen musste.

Der Besuch meiner großen Schwester in dieser blau-weiß karierten Welt wurde zum großen Auftritt, der nicht nur meine Gefährtinnen, sondern auch die Lehrkräfte beeindruckte. Unser neuer Erdkunde-Lehrer, der ehrenwerte Herrn Bein - ein schon leicht verknöcherter älterer Herr – ließ sich bei Miriams Begrüßung gar zu einem Handkuss hinreißen, und das sonst so gestrenge Fräulein Naberschulte war drauf und dran, einen Hofknicks vor ihr zu machen. Tatsächlich, ihr Auftritt ähnelte dem einer großen Diva. Sie schien direkt der Leinwand entsprungen und erinnerte mich an eine denkwürdige Filmszene mit Hilde Krahl (oder war's Paula Wessely?). Diese suchte darin mit ihrer heranwachsenden Tochter einen Arzt auf, den sie mit einer Lässigkeit sondergleichen bat: „Schaun's, Herr Doktor, mei kleines Hascherl hat da so a Leberfleckerl auf der Wange. Bittschön, entfernen's ihn doch." (Auch ich habe einen Leberfleck auf meiner linken Wange, doch Mama wäre nie auf den Gedanken gekommen, ihn von einem Arzt entfernen zu lassen, und so trage ich ihn noch heute.)

Nach dem Besuch meiner Schwester stieg ich im Ansehen von Fräulein Naberschulte so sehr, dass sie meine nächste Englischarbeit mit einer „Vier" statt mit einer „Fünf" benotete. Im Gegensatz zu mir hat Miriam während ihrer Schulzeit in Fremdsprachen geradezu geglänzt, dafür aber in Mathematik - meinem Spezialfach - hoffnungslos versagt und wohl auch deshalb vor dem Abi die Schule geschmissen. Doch das sah man ihrem großen Auftritt nicht an, genau so wenig, wie man voraussah, dass Miriam später nicht auf einer Bühne, sondern in einem kanadischen Maklerimperium Karriere machen würde und dort auch ohne große Rechenkünste großartig verdienen sollte. Dabei hätte Miriam wirklich das Zeug gehabt, eine begnadete Schauspielerin zu werden. Nie zuvor hat man in Bad Heilbrunn jemanden so wunderschön sprechen hören. Sie reihte die Worte nicht einfach aneinander, wie wir das von der Straße her gewöhnt waren; nein, bei ihr war jedes einzelne Wort rund und betont wie ein Tropfen klaren Regenwassers. Und ihre Stimme, ach ihre Stimme! (Leider ist es eine der Unterlassungssünden des lieben Gottes, mir keine so schöne Stimme gegeben zu haben.)

Ja, meine große Schwester! War es nicht wunderbar, dass sie gekommen ist? Ich war völlig aufgedreht. Gleichzeitig fühlte ich mich ihr gegenüber seltsam unsicher, und weil ich mich unsicher fühlte, machte ich mich kleiner, als ich war, sprach betont nachlässig, sprach bewusst Ruhrpott-Slang. Miriam zeigte sich entsetzt. „Wie sprichst du eigentlich? Wie ein lausiger Bergmann." Was sollte ich dazu sagen? Es stimmte ja, wir hatten uns im Lager heftig in das Ruhrpott-Deutsch hineingesteigert, warfen außerhalb der Schulstunden genüsslich mit *wat* und *dat* herum, verhunzten die Vokale, verschluckten die Endungen. Für uns war der *Gelsenkirchener Dialekt* keine schlampige Sprache, sondern eine, in der wir uns Zuhause fühlten – so schnoddrig, so kuschelig-warm, so bildhaft-plastisch, so anschaulich-drastisch. In fast exzessiver Manier bedienten wir uns dieser Ausdrucksweise, um gerade hier im fernen Bayern unsere Zugehörigkeit zum Revier zu demonstrieren. Miriam dagegen fand das *unmöglich*! Der Kumpel-Anton-Jargon war damals eben noch nicht Kult. „Wenn du weiterhin so sprichst", meinte sie, „wird nie eine Dame aus dir."

Au wei, das saß! Dieser Anpfiff genügte, um mich auf die Größe eines Gartenzwerges schrumpfen zu lassen. Der Kontrast zwischen ihr und mir hätte nicht größer sein können. Und prompt folgte die nächste Zurechtweisung. „Wie gehst du? Krumm und schief wie ein verkrüppelter Baum. Und dann deine Nägel – Schmutzränder und abgebrochene Ecken! Kaust du etwa an deinen Fingernägeln herum?" Verdammt noch mal! Sollte ich mich in meinen Schmollwinkel zurückziehen, sollte ich wegen ihrer Vorhaltungen beleidigt sein? Ach nein, vielleicht hätte ich schon früher ihre Kritik, ihr Vorbild gebraucht. Miriam jedenfalls tat anschließend alles, um unser weiteres Zusammensein so harmonisch wie möglich zu gestalten. Sie versprach sogar, am nächsten Tag mit mir rodeln zu gehen; und gleich erinnerte ich mich daran, welchen Spaß wir hatten, wenn wir früher zusammen auf dem Simonsberg – der höchsten Erhebung von Gelsenkirchen – gemeinsam Schlitten gefahren sind.

In der Nacht vor unserer geplanten Schlittenfahrt war Neuschnee gefallen. Er bedeckte bis weit hinunter die Abhänge des Gebirges und die dahinter liegenden Bergspitzen. Gleich nach dem Mittagessen hatten wir aufbrechen wollen zum Zwiesel, wo es – wie man uns sagte - die schönsten Abfahrtswege gäbe. Doch es wurde früher Nachmittag, bevor der Wirt der kleinen Pension, in der Miriam wohnte, einen Schlitten für uns aufgetrieben hatte. Draußen war es inzwischen eisig kalt und neblig geworden. Die Leute auf der Straße gingen auf und nieder, schlugen die Hände aneinander und stampften mit den Füßen. Es hatte eben erst drei Uhr geschlagen, und doch war es schon stockfinster. Den ganzen Tag über war es nicht hell geworden, und das Licht aus den Fenstern wirkte wie rötliche Flecken in der nebligen Luft. Immer kälter wurde es, immer schneidender pfiff der Wind. Ich presste meine Hände tiefer in die Manteltaschen, während Miriam den großen Schlitten hinter sich herzog. Wir waren noch nicht weit gekommen, als plötzlich Schneetreiben einsetzte. Schneeflocken - scharf wie Hagelkörner - fuhren durch die Luft und setzten sich in den Wimpern fest. Doch unbeirrt stapften wir weiter, den wirbelnden Schneekristallen entgegen, schoben uns Schritt für Schritt aufwärts, bis unsere Füße knöcheltief im Neuschnee versanken und das Weiterkommen immer mühsamer wurde.

„Nur noch wenige Meter", feuerte meine Schwester mich an, „hinter der großen Kurve dort muss die richtige Abfahrt liegen. Da können wir dann endlich mit dem Schlitten den Berg hinuntersausen." Wir erreichten die Kurve und die nächste Kurve und eine weitere Kurve, wir zogen im Zickzack ein Stück den Hang hinauf, eine Mulde hinunter, einen weiteren Hang hinauf. Einen Weg aber, der für die Abfahrt mit dem Schlitten geeignet war, fanden wir nicht. Zunehmende Dunkelheit verwischte schemenhaft die Konturen, und wir verloren allmählich die Orientierung.

„Ich fürchte, diese viel gepriesene Rodelpiste werden wir wohl nie finden", meinte Miriam. „Besser, wir kehren um, bevor es ganz dunkel wird!" Vorgeneigt, als gingen wir noch aufwärts, stapften wir nun hinab, schoben uns Schritt für Schritt zurück. Über uns schlugen die Elemente zusammen. Wir wussten kaum mehr, wo oben und wo unten war. Wir taumelten durch das Schneetreiben ohne Richtung dahin, schlotternd vor Kälte. Langsam packte uns die Angst. Doch tapfer versuchte Miriam, mich aufzumuntern: „Nur noch eine Biegung und dann noch eine, dann haben wir es geschafft." Aber erst nach einem halben Dutzend weiterer Biegungen und unübersichtlicher Kurven erreichten wir - den leeren Schlitten mühsam hinter uns herziehend - endlich das rettende Tal. Unsere Erleichterung hielt sich in Grenzen, zu erschöpft, zu starr vor Kälte waren wir. Schweigend bahnten wir uns den Weg durchs Dorf zu Miriams Pension. Schweigend betraten wir ihr Zimmer. Unsere Schuhe und Strümpfe, Hosen und Jacken waren durchnässt, Nasenspitze und Zehen blau gefroren. Wir zogen uns vollständig aus und rubbelten uns gegenseitig mit einem groben Handtuch trocken. Allmählich kehrte die Wärme in unsere Körper zurück, die Erstarrung löste sich.

„Hier, zieh das an", sagte Miriam und reichte mir ein paar Kleidungsstücke, die viel zu groß waren und nur so an mir herum schlabberten. „Na, toll siehst du damit aus, wie eine Vogelscheuche", lachte Miriam. Nachdem auch sie sich in trockene Sachen geworfen hatte, brachte sie mich ins Lager zurück. Jetzt war sie nicht mehr die Große Dame, jetzt war sie der Kumpel, der zusammen mit mir – statt einer lustigen Schlittenfahrt – eine gefährliche Schneewanderung gemeistert hatte. Als sie mich vor Haus Waldesrast noch einmal in die Arme nahm, war sie mir so nah wie nie zuvor, und der Gedanke, dass sie am nächsten Morgen Bayern wieder verlassen würde, versetzte mir einen Stich.

Später – in meinem Bett – fühlte ich mich schrecklich einsam. Ich war der einzige Mensch auf der Welt, der nicht schlafen konnte. Während ich da lag und in die Finsternis blickte, schien irgendetwas heranzuschweben, das sich leise bewegte und verwandelte. Miriam war es! Miriam, meine große Schwester! Sie setzte sich auf mein Bett und erzählte mir wie in Kindertagen eine wunderschöne Geschichte. Und die Nacht hörte auf, mich zu ängstigen, und der Schlaf schlich sich leise heran, als ich nicht mehr auf ihn wartete.

Tadle nie die Briefe der Soldaten

Hatten wir Heimweh? Müßig, darüber zu spekulieren – wir hatten keine Alternative. Unsere Schule war nun mal nach Bayern verlegt worden. Doch wie sehr fieberten wir täglich der Postverteilung entgegen, denn jede Zeile von zu Haus war wie ein golddurchwirkter Faden, der uns mit unseren Lieben verband. Kaum war das Mittagessen beendet, machte sich Unruhe breit. Erwartungsvoll blickten wir nach vorn, wo die BDM-Führerin wie ein aufgeblasener Postillon vor einem unscheinbaren Karton thronte. Mit aufreizend langsamen Bewegungen griff sie hinein, zog den ersten Umschlag heraus und hielt ihn so dicht vor ihre Nase, als wäre sie halbblind. Es schien Ewigkeiten zu dauern, bis sie den Namen entziffert hatte, der mit blasser Tinte darauf verzeichnet war. „Katharina" murmelte sie daraufhin mit teilnahmsloser Stimme. Schon stürzte Katharina nach vorn und nahm freudig erregt den Brief in Empfang. Neugierig blickten ihr die Freundinnen über die Schulter. Wie üblich wollten auch sie Anteil nehmen an den Zeilen, die der anderer erhielt. Man kommentierte das Geschriebene und tauschte Fotos aus, die das Berichtete eindrucksvoll veranschaulichten. Erst die Summe aller Nachrichten vermittelte ja ein nahezu vollständiges Bild von der Heimat, der wir so weit entrückt waren.

Weitere Namen wurden aufgerufen. Würde auch ich heute Post bekommen? Ich wartete sehnsüchtig auf einen Brief von Mama. Ich brauchte ihren Zuspruch, ihr Verständnis, ihre Wärme, um die Seile zu lockern, die mich einengten. ,Mama', flüsterte ich leise, ,weißt du, wie sehr ich dich vermisse? Glaub mir, Mama, wenn du hier wärst, hier bei mir, es wäre alles viel schöner.' Vor einer Woche, da war von Mama ein Brief gekommen, der mich auf seltsame Weise enttäuscht hatte. Die Mama liebt mich nicht mehr, dachte ich da. Ich weiß es ganz genau! Sie liebt mich nicht mehr! Ihr Brief ist so unpersönlich, so, als wäre er gar nicht für mich bestimmt. Mit der Schreibmaschine geschrieben. Wahrscheinlich, nachdem sie ihre Rechnungen getippt hat. Wahrscheinlich, als sie schon keine Lust mehr hatte zu schreiben. Dann hätte sie es bleiben lassen sollen. Was soll ich mit einem solchen Brief anfangen? Nein, dachte ich, die Mama liebt mich nicht mehr, ich weiß es ganz genau. Und ich hatte das Gefühl, in ein tiefes Loch zu fallen. Dann aber dachte ich, nein, lass dich nicht fallen, denk daran, wie einsam die Mama sich fühlen muss, so allein zu Haus - ohne Papa, ohne uns Kinder. Und ich sah Mama vor mir, wie sie müde und abgespannt an der Schreibmaschine saß, die fälligen Rechnungen tippte und dann trotz ihrer Müdigkeit noch mehrere Briefe schrieb - an die Geschwister, die sich in diesen Kriegswirren alle gottweißwo aufhielten, nur nicht zu Hause, und an mich, die ich im fernen Bayern saß. Wie hatte ich nur annehmen können, dass Mama mich nicht mehr liebte? Nun saß ich also hier und wartete auf Zeilen von ihr, die die Schatten der letzten Enttäuschung vertreiben würden.

Als endlich mein Name aufgerufen wurde, durfte ich gleich zwei Umschläge in Empfang nehmen. Der erste enthielt den ersehnten Brief von Mama. „Mein Goldfasan", schrieb sie, du fehlst mir sehr. Das Haus ist so schrecklich still und leer, vor allem ohne dich, mein Kleines." Da hatte ich Mühe, die Tränen zurückzuhalten.

Nun hielt ich den zweiten Brief in der Hand, den ich an diesem Tag erhalten habe. Während ich noch zögerte, ihn aufzumachen, trompetete Katharina bereits lüstern: „Habt ihr gesehen? Eva hat wieder einen Feldpostbrief gekriegt!" Ich war die einzige aus meiner Klasse, die Post von einem unbekannten Soldaten bekam. Das regte natürlich ihre Wissbegierde an, und sie wollten alles darüber wissen. Hatte ich etwas dabei zu verbergen? Sicher nicht. Doch was war aus der Brieffreundschaft mit dem jungen Matrosen geworden, dem ich anfangs so begeistert geschrieben habe? Als Mamas Freundin – die Frau Bienroth - mich vor der Abreise nach Bayern bat, hin und wieder ihrem Neffen Daniel zu schreiben, da dachte ich, ja, warum nicht, warum soll ich nicht einem Jungen schreiben, der als Matrose fürs Vaterland kämpft? Ich schrieb ihm einen langen Brief, erzählte ihm, dass ich dreizehn Jahre alt sei, mittelgroß und schrecklich mager. „Meine Augen", schrieb ich, „sind blau. Und meine Haarfarbe? Also, ich weiß nicht recht, wahrscheinlich mittelblond mit ein paar hellen Strähnen darin, wenn die Sonne drauf scheint." Ich sprach davon, dass ich in letzter Zeit über alles Mögliche nachdenke, zum Beispiel, warum wir auf der Welt sind. „Ich bin nicht sehr religiös", schrieb ich, „finde aber, dass alles wohl einen bestimmten Sinn hat und das Leben nicht zwecklos ist. Wenn man stirbt, dann passiert doch was mit der Seele. Schreib mir mal, wie du darüber denkst."

Und Daniel schrieb zurück. Er schrieb, dass er schon immer Seemann werden wollte, statt wie sein Vater in der tiefen Erde nach Kohle zu graben. Und nun sei er bei der Marine gelandet, aber nicht auf einem romantischen Segelboot, sondern auf einem Zerstörer. „Als Hauptbootsmann bin ich vor allem für die Maschinen verantwortlich, und trotz des Lärms hier auf dem Schiff kann ich schon am Klang hören, wenn etwas mit ihnen nicht in Ordnung ist. Doch kaputte Teile auswechseln? Wie denn? Wo Ersatzteile hernehmen? Wo lagern? Da heißt es, improvisieren. Das macht mir Spaß. Nur, Kanonen bedienen, um andere Schiffe zu versenken, dazu fühle ich mich eigentlich zu jung. Wer aber fragt im Krieg schon danach?"

Aus seinen Zeilen spürte ich einen Hauch von Wehmut über den Ozean zu mir herüber wehen, und ich hatte Mitleid mit diesem Matrosen. Also schrieb ich ihm aufmunternde Briefe. Seine Antworten ließen nie lange auf sich warten; sie wurden immer sehnsüchtiger, zärtlicher. „Wenn ich nachts in meiner Koje liege", vertraute er mir bereits in seinem dritten Brief an, „dann träume ich von dir." Und bald darauf gestand er mir, dass er mich liebe, ja wirklich, er sprach von Liebe! Und alle lasen es mit! Ich war verwirrt. Gleichzeitig war ich gefangen in einer Gruppe von Mädchen, die in einer Mischung aus Eifersucht und Spott diesen Briefwechsel kommentierten. „Was denkt der Bursche sich eigentlich? Faselt von Liebe. Er kennt dich doch kaum. Dem solltest du mal ordentlich den Marsch blasen!"

So angestachelt, habe ich mich hingesetzt und zu Papier gebracht, was man mir ins Ohr setzte: „Wofür hältst du mich eigentlich?" schrieb ich ihm. „Für eine dumme Liebelei bin ich nicht zu haben und wohl noch viel zu jung. Deshalb möchte ich, dass du mir nicht mehr schreibst." Als mein Brief im Postkasten lag, da fühlten wir uns alle - meine Freundinnen und ich - richtig stark, hatten wir's doch einem dieser armseligen Männern gegeben, die unschuldige Mädchen verführen wollen. Nun hielt ich die Antwort darauf in Händen. Was mochte darin stehen? Mit einiger Beklemmung öffnete ich den Umschlag. Die Worte, mit zittrigen Buchstaben auf grauem Feldpostpapier geschrieben, trafen mich wie ein Keulenschlag: „*Tadle nie die Briefe der Soldaten. Lass sie herzen, lass sie küssen. Wer weiß, wann sie sterben müssen.*"

Drei Wochen später erhielt ich einen Brief von Frau Bienroth. Sie teilte mir mit, dass Daniels Schiff irgendwo auf den Weltmeeren in ein Seegefecht geraten sei, und er dabei mit brennendem Öl übergossen wurde. „Mein armer Neffe", schrieb sie, „er war so tapfer. Er brannte wie eine Fackel, und wie eine Fackel hat er sich brennend ins Meer gestürzt."

Was macht ein Seeteufel in Bayern?

Endlich geschafft! Die letzten Kohlen sind im Keller verstaut. Das war keine Kleinigkeit. Den ganzen Vormittag über hatten meine Mitschülerinnen mit allen verfügbaren Eimern den frisch angelieferten Koks quer über den Hof zum Wohnhaus geschleppt und durch die geöffnete Luke in die Tiefe des Kohlenkellers geschüttet. Doch irgendwann staute sich die schwarze Fracht unter der Luke und irgendwer wurde gebraucht, der sie innerhalb des Kellerraumes derart verteilte, dass auch das letzte Kohlenstäubchen darin noch seinen Platz fand. Ich hatte mich freiwillig für diese Aufgabe gemeldet und versuchte verbissen, mit Hilfe eines Rechens Ordnung in das Chaos zu bringen. Als der Berg bereits so angewachsen war, dass ich mich nur noch wie eine Kellerassel dicht unter der Decke bewegen konnte, kam endlich der erlösende Ruf: „Das war der Rest, Eva. Nun kannst du aus deinem Loch wieder herauskommen. Und denk dran, gleich gibt's Mittagessen."

Mit schmerzenden Gliedern robbte ich rückwärts dem Ausgang entgegen und verließ erleichtert das dunkle Verlies. Jetzt erst mal die dreckigen Klamotten ausziehen und mich von den Zeichen meiner unterirdischen Wühlarbeit befreien! Herrgott! Wie sah ich aus! Jede Pore schien Kohlenstaub aufgesaugt zu haben. Leider gab's im Haus kein Badezimmer, nicht mal eine Dusche, so musste ich mich mit dem kleinen Waschbecken im Schlafraum begnügen. Ich hielt meinen Kopf unter den Wasserhahn und ließ das eiskalte Wasser übers Haar laufen. Es tropfte auf meine Schultern, rann den Rücken herunter und sammelte sich in einer kleinen Pfütze auf dem Boden. Doch selbst nach gründlicher Reinigung mit viel Seifenschaum blieb ein Rest des Kohlenstaubs an meinen Lidern haften und ließ das Weiß meiner Augen strahlender leuchten als sonst. Nun siehst du wahrhaftig aus wie ein echter Kumpel, der eben von der Maloche kommt, dachte ich, und fühlte mich auch ebenso hungrig wie ein Kumpel nach seiner Schicht. Als Lohn für das Kohleneinscheppen sollte es an diesem Tag Kaiserschmarren geben. Darauf freute ich mich schon. Hoffentlich hatten mir die anderen noch etwas übrig gelassen! Ganz sicher konnte ich da nicht sein, die Bande war ja immer so verfressen! Deshalb machte ich mich schnellstens auf den Weg zum Speiseraum.

„Doa bischt du ja endlich", rief mir in diesem Moment Frau Specker zu. „Woat amal, Madl, isch hab dir an Scharrn warm ghalten. Wirscht hungrig worden sein bei de viele Plackerei, gelle?" Damit zog mich unsere Hausmutter - die so rund war wie ein bayrisches Bierfass - in ihre geheiligte Küche und servierte mir eine riesige Portion des allerfeinsten Kaiserschmarrens mit viel Äpfeln, Rosinen und Zimt darauf. Ich hätte ja ahnen müssen, dass die gute Frau mich nicht leer ausgehen lassen würde, denn aus einem unerfindlichen Grund hatte sie einen Narren an mir gefressen. Doch nicht genug damit, dass sie mir nun das Essen höchstpersönlich servierte! Nein, sie lud mich auch noch zum Kaffeetrinken in ihre Privatgemächer ein. Donnerwetter, wie kam ich denn zu dieser Ehre?

„Jo weisch, Madl", erklärte Frau Specker, „mir habe da a Gascht zu Besuch, der die näschte Zeit bei uns bleibe wird. Dem habe isch von dir erzählt, also, dasch du immer so helfe tuscht. Nu möscht er disch gern kennelerne. Wos ischt, Madl, hascht Lust zu komme?"

Jo mei, hatte ich recht gehört oder träumte ich? Die gute Stube der Familie Specker war doch immer tabu für uns *Lagerkinder*. Nun sollte ich gar ihrem Gast beim Kaffeeklatsch Gesellschaft leisten. Hatte ich das meinem Kohleneinsatz zu verdanken oder mehr der Laune des geheimnisvollen Besuchers? Wer mochte der Unbekannte sein?

Als ich klopfenden Herzens die Tür zum Allerheiligsten öffnete, fiel mein Blick auf einen Mann, der den ganzen Raum einzunehmen schien. Groß war er, gewaltig groß und kräftig, und obwohl ich ihn noch nie vorher gesehen hatte, kam er mir irgendwie vertraut vor. War es seine stattliche Gestalt, die mich an Papa erinnerte? Die Kantigkeit seiner Züge? Waren es die riesigen Hände, die so aussahen, als könnten sie kräftig zupacken? Die Ruhe, die Gelassenheit, die von ihm ausging? Sollte ich gerade hier in unserem bayrischen Schullager - in das sich nur selten ein männliches Wesen verirrte - einer solchen Vaterfigur begegnen, die mich gleich in ihren Bann zog? Wie anrührend war sein Lächeln -

dieses eigentümliche Lächeln, das langsam in den Mundwinkeln entstand und sich wie ein wanderndes Licht über das ganze Gesicht verbreitete. Ich geriet ganz schön ins Träumen. Wohl eine typische Klein-Mädchen-Schwärmerei, dachte ich. Aber, verdammt noch mal, der Kerl imponiert mir einfach. Wie er da steht, mit der brennenden Pfeife im Mund. Die Stimme der Wirtin holte mich in die Gegenwart zurück: „Dös, lieber Graf Luckner, ischt unser Evche."

Ach, ein Graf? Also, gräflich sah er eigentlich nicht aus. Ich hätte eher auf einen Seemann getippt, der sich den Wind um die Nase wehen lässt.

„Unser Evche", erläuterte die Speckerin, ist das Madl, auf das mer immer zähle könne, wenn mer Hilfe brauche. Heut hats wieder beim Kohlescheppe de Löweanteil geleischtet."

Das unerwartete Lob – zu Ehren des hohen Gastes von der Heimleiterin in gequältem Halbhochdeutsch gesprochen - machte mich verlegen. Als würde ein Bunsenbrenner unter mein Herz gehalten, schoss mir alles Blut in den Kopf. Der Graf aber lächelte mich so aufmunternd an, dass ich meine Scheu verlor. Und als er mir die Hand entgegenstreckte, da fühlte ich mich in seiner Gegenwart richtig geborgen. Was machte es schon, dass meine Fingernägel vom Kohlenstaub noch Trauerränder trugen. Stundenlang hätte ich meine Hand in der Pranke dieses Mannes verstecken mögen. Sein Händedruck war für mich wie ein Ritterschlag, weil er von einem Menschen kam, der mich ernst nahm - mich, ein kleines Mädchen, das sich in dieser Welt noch verloren vorkam, seinen Platz in dieser Gesellschaft noch nicht gefunden hatte. Plötzlich fühlte ich mich so klein und so erwachsen zugleich.

Ich wusste nur wenig über Graf Luckner, ahnte nichts von dem Ruhm, den er sich im ersten Weltkrieg als verwegener *Seeteufel* und ritterlicher Gegner bei Freund und Feind erworben hatte. Dabei war Haus Waldesrast voll von Erinnerungsstücken an diesen Seehelden. Im Speisesaal - der gleichzeitig unser Aufenthaltsraum und Klassenzimmer war - hingen überall Aufnahmen seines stolzen Segelschiffes, jeweils versehen mit einer persönlichen Widmung für die *liebe Familie Specker*. Wir Mädchen aber hatten diese Fotos kaum zur Kenntnis genommen. Vielleicht hätten sich Jungen eher dafür interessiert, doch wer war für uns schon der *Seeteufel Graf Luckner*, wer? Nun aber hing ich an seinen Lippen, sog jedes seiner Worte auf wie verdurstende Erde, auf die ein lang ersehnter Regen fällt. So menschlich, so natürlich wirkte dieser Mann! Selbst beim Reden hielt er seine geliebte *Piep* im Mund, deren Tabakwolken einen betörenden Duft nach Männlichkeit verströmten und mich wie in einen geheimnisvollen Kokon einhüllten. Und wie konnte ich mich dem intensiven Blick seiner hellblauen Seemannsaugen entziehen, die alles zu erahnen schienen, was ich hätte sagen wollen. Und dann dieses dunkle Lachen, ja, vor allem dieses Lachen! Immer wieder hätte ich dieses dröhnende Lachen hören mögen. Und dann diese Stimme – mal rau wie ein Sturm über der See - mal weich wie ein zarter Windhauch über südlichem Meer! Bis ans Ende meiner Tage hätte ich ihm lauschen mögen.

„Wie gefällt es Dir in der Schule?" wollte Luckner von mir wissen. „Ach, Englisch magst du nicht, weil man dafür pauken muss? Da hast du Recht! Eine Fremdsprache lernt am besten, wenn man sich mitten hinein begibt in das entsprechende Land, dann erübrigt sich das Pauken." Als hätte Luckner vorausgesehen, dass ausgerechnet ich mit meinem miserablen Schulenglisch nur wenige Jahre später in einem englischen Krankenhaus arbeiten würde.

„Ja, weißt du, Eva´", schmunzelte der Graf, „ich hab's in meiner Schulzeit auch nicht gerade zum Klassenprimus gebracht. Auf der Penne bin ich dreimal hintereinander sitzengeblieben. Das hatte ich vor allem Buffalo Bill zu verdanken. Der zog damals gerade durch die Welt und begeisterte alle Jungen mit seiner sagenhaften Wild-West-Schau. Seine Geschichten verdrehten uns den Kopf wie weiland der Rattenfänger von Hameln den Kindern mit seinem Flötenspiel. Sag selber, wie hätte ich denn lernen sollen, wenn ich während des Unterrichts ständig von ihm träumte und nachmittags keine Zeit für Schulaufgaben hatte, weil wir ja Indianer spielen mussten?" In Erinnerung an diese Zeit lachte Luckner sein dröhnendes Lachen. „Ich war ein langer Kerl mit Bärenkräften", fuhr er fort. „Wenn das so weiter gegangen wäre, hätte man mich von der Schulbank gleich zum Militär einziehen können. Als ich Dreizehn war und meine Versetzung wieder einmal gefährdet schien, habe ich heimlich Schule und Elternhaus verlassen, um in der weiten Welt nach Buffalo Bill zu suchen. Und ich hatte mir geschworen, nicht eher heimzukehren, bis ich aus eigener Kraft was erreicht hätte."

Nun, Felix Luckner hat Wort gehalten! Er kehrte erst wieder nach Hause zurück, als er es zu einem eigenen Schiff gebracht hatte. Bevor es aber soweit war, musste er sich - den Spuren seines Idols folgend - als Handlanger auf einem alten *Seelenverkäufer* bis nach Amerika durchschlagen. Doch wohin Luckner auch kam, Buffalo Bill war schon wieder fort. Also zog auch er weiter durch das Land der unbegrenzten Möglichkeiten, das ihm tatsächlich so manche Chance bot. Er ging bei einem Fakir in die Lehre, arbeitete in einem Zirkus, erregte Aufsehen durch seine Fähigkeit, dicke Telefonbücher mit den Händen zu zerreißen, schlug sich als Boxer durch, heuerte schließlich bei der christlichen Seefahrt an und kletterte dort die Karriereleiter hinauf, bis er Kommandant eines Segelschiffes wurde.

In Luckners Geschichten hätte ich versinken mögen, süchtig werden können nach diesem in heiteren Wortkaskaden abgespulten Konzentrat eines langen Lebens. Nur beiläufig erwähnte er, dass er bei seinen Reisen nicht nur Englisch, sondern noch viele andere Sprachen gelernt habe. Doch von seinen Heldentaten, die er während des ersten Weltkrieges als *Freibeuter der Meere* vollbracht hatte, davon erzählte der berühmte *Seeteufel* nichts. Nichts davon, dass er während des ersten Weltkrieges im Geheimauftrag der kaiserlichen Marine nur mit einer alten Segelyacht – *dem Seeteufel* – feindliche Frachtschiffe aufgebracht hat, ohne je einen Schuss abzugeben. Davon habe ich erst Jahre später erfahren, als er - wie bereits nach dem ersten großen Krieg - auch nach dem zweiten Weltkrieg zu einer *Goodwill-Tour* um die halbe Welt aufbrach, um – so seine eigenen Worte - „*ehemalige Feinde zu versöhnen und eine Brücke zu bauen zwischen den Menschen aller Völker.*"

An jenem Nachmittag in Haus Waldesrast rückte stattdessen die Gegenwart in den Mittelpunkt der Gespräche. Luckner sprach offen davon, dass er hier bei seinen Freunden auf Tauchstation gehen wolle, bis der unselige Krieg vorbei sei und der *gottverdammte Braune Spuk* ein Ende hätte. Es war nicht zu überhören, dass dieser Weltbürger – als den er sich verstand - die Nazis aus tiefster Seele verachtete.

„Ach", warf Frau Specker da ein, „unser Evche ischt a große Idealischtin. Die glaubscht noch immer an den *Führer* und sein *Tausendjähriges Reisch*". Ich war verunsichert, hin und her gerissen! Musste ich meinen *Glauben* verteidigen? Ihn revidieren? Hatte ich bisher in meinen Anschauungen falsch gelegen? Wie wird Luckner darüber denken? Wird er entsetzt sein oder gar fürchten, ich könnte ihn an die Nazis verraten? Aber nein! „Früher", sagte er zu mir, „da war auch ich ein leichtgläubiger Idealist. Habe ich in jungen Jahren nicht auch kritiklos für die Helden des Wilden Westens geschwärmt? Wer weiß, wenn es damals schon einen *Führer* gegeben hätte, vielleicht wäre ich ebenso darauf reingefallen. Doch als Hitler kam, hatte ich bereits so viel von der Welt gesehen und in so vielen Ländern Freundschaften geschlossen, dass ich immun war gegen die Menschen verachtende Ideologie der Nazis und deren Propaganda - dieser widerlichen Form der Lüge. Ich bin sicher, Eva, du wirst bald selbst dahinter kommen, wie sehr man deine jugendliche Begeisterungsfähigkeit missbraucht hat."

Dieser Mann, das spürte ich, hatte etwas zu sagen! Seine Worte waren hart, reflektierten den Alltag in Nazideutschland mit offenen Augen und wachem Verstand. Als ich später am Abend in meinem Bett lag, ging mir alles wieder und wieder durch den Kopf - der Tag, der hinter mir lag, der Tag, der vor mir lag, die nächsten Tage, die kommen würden. Und mein Glaube an den Führer geriet immer mehr ins Wanken. Zu nachhaltig hatte der *Seeteufel* mein bisheriges Weltbild auf den Kopf gestellt.

Morsen für Deutschland

Nun hat Toni es also wahr gemacht - er hat sich freiwillig zur Waffen-SS gemeldet. Dabei war er gerade erst siebzehn Jahre alt geworden. Dieser Hitzkopf – er hat wohl geglaubt, ohne ihn wäre das Vaterland verloren. Und natürlich musste es die Waffen-SS sein, diese vermeintliche Elite-Truppe, die nach Aussage der HJ mehr als jede andere Einheit *für Ruhm und Ehre* steht. „Ich hoffe", hatte ihm ein Freund anvertraut, der bereits bei der SS diente, „dass ich falle, denn dann werde ich für alle ein Held sein." Diese halben Kinder! Sie waren Opfer und Täter zugleich - unfähig, die verlogenen Parolen vom *ehrenvollen Heldentod* zu durchschauen. Dabei war die Zeit der groß angekündigten Siege längst vorbei – an allen Fronten war die deutsche Armee auf dem Rückzug. Der Krieg taumelte seinem Ende entgegen. Er war kein mitreißendes Feuerwerk mehr wie am Anfang – von Fackelzügen entfacht und von brausender Musik genährt – er war nur noch ein trübes Schwelen, ein schwindsüchtiges und zugleich tückisches Dahinsterben. Um die Bevölkerung nochmals zu mobilisieren, griff Goebbels zu einem letzten, radikalen Mittel. *„Wollt ihr den totalen Krieg?"* rief der Propagandaminister einer wie entfesselt wirkenden Menge zu. *„Jaaa!"* schrie die Menge zurück. Sie bekam ihn!

Dieser Goebbels! Diese kleine, schmale Gestalt! Irgendetwas wirkte merkwürdig gefährlich, luziferisch an ihm. Später - nach dem Krieg – habe ich einen Mann getroffen, der ähnlich aussah, auch diese Gesichtshaut - ganz hell, ganz dünn, ganz porös, scheinbar ohne Blut; und dann diese Augen – tief in den Höhlen, mit demselben fanatischem Blick. Mich überlief eine Gänsehaut bei der Erinnerung daran, welche Macht ein Mann mit dieser dämonischen Ausstrahlung über eine ganze Generation ausüben konnte. Damals aber waren weder Toni, noch ich, noch Tausende anderer Deutsche in der Lage, sie zu durchschauen oder sich ihr gar zu widersetzen. Da wurden kurz vor Kriegsende fünfzehn-, sechzehnjährige Hitlerjungen ohne jede Ausbildung, mit hungrigen Mägen, in viel zu langen Mänteln und überlangen Beutegewehren in den Tod geschickt.

Toni aber hatte Glück, auch wenn er es erst im Nachhinein zu würdigen wusste. Er musste nicht an die Front, musste nicht kämpfen, musste nicht auf fremde Menschen schießen. Er wurde als Funker ausgebildet und mit seiner Nachrichtenabteilung nach Bad Tölz verlegt, ganz in meine Nähe. Ich feierte gerade meinen fünfzehnten Geburtstag, als sein Brief mit dieser Mitteilung in Heilbrunn eintraf. „Vielleicht kannst du mich am nächsten Wochenende hier besuchen", schlug Toni vor.

Da stand ich also am folgenden Sonntag vor dem Spiegel und betrachtete mich kritisch. ‚Na ja, schlank bin ich schon', dachte ich, ‚aber vielleicht etwas zu schlank. Oben herum zeigt sich bisher nur ein kleiner Knospenansatz, der nicht ausreichte, um das üppig zugeschnittene Busenteil von Annas abgelegtem Kleid auszufüllen. Mein Gott, es wird langsam Zeit, dass ich... Sollte ich vielleicht...? Nein, lieber nicht. Wenn ich mir da oben Socken rein stecke, und die rutschen plötzlich runter, dann wirkt das doch sehr peinlich. Schließlich werde ich in Tölz nicht nur Toni, sondern gleich einer ganzen Kompanie Soldaten gegenüberstehen. Die würden doch brüllen vor Lachen.'

Als ich Fräulein Naberschulte um Erlaubnis bat, meinen Bruder besuchen zu dürfen, hat sie sich zunächst geziert, es dann aber großzügigerweise erlaubt. Bevor ich loszog, musterte sie mich kritisch. Mir wurde bewusst, wie unvorteilhaft ich in meinem zu groß geratenem Kleid wirkte, das zudem zu bunt war für mein ernstes Kinder-Gesicht. Auch hatte ich noch nicht gelernt, mit meinen langen Gliedern gewandt umzugehen. Beim Laufen schlurfte ich immer herum wie ein Kind und hatte ständig Staub auf den Schuhen. Unter Miss Naberschultes kritischem Blick kam ich mir richtig hässlich vor. Doch sollte ich mir von ihr die Freude auf das Wiedersehen mit meinem Bruder verderben lassen? Ach Quatsch, dachte ich, die alte Hexe, die kann mich mal!

Ich rannte los, um den nächsten Bus zu erreichen. In Bad Tölz angekommen, hatte ich noch einen langen Fußmarsch vor mir. Die Nachrichten-Kompanie befand sich nämlich außerhalb des Ortes. Ihr Lager war über ein riesiges Areal verteilt. Ein junger Soldat führte mich anzüglich grinsend zu dem Zelt, in dem Toni als Funker seinen Dienst verrichtete. Er hatte mir wohl nicht geglaubt, dass der Gesuchte *mein Bruder* sei. Als ich durch die

Zeltöffnung eintrat, schlug Toni gerade auf sein Morsegerät ein - mal kurz, mal lang - mal lang, mal kurz: *di-dit-di-dit di-da-di-dit*. Ich schaute fasziniert zu, bis er seine Nachrichtenübermittlung beendet hatte. Da endlich lächelte er mir verhalten zu. Im Beisein seiner Kameraden wagte er nicht, mich in den Arm zunehmen. Doch bald verloren wir unsere Verlegenheit. Seine Kumpane gaben sich kumpelhaft und nahmen mir das Gefühl, auf einem Präsentierteller zu stehen. Sechs Mann gehörten zu Tonis Trupp. Während einer Sendepause gingen alle vors Zelt und gruppierten sich zum Kartoffelschälen auf wackligen Holzstühlen um einen riesigen Berg mit Kartoffeln. „Darf ich helfen?" fragte ich zaghaft. „Na klar", antworteten sie, rückten einen Stuhl zurecht, reichten mir ein Piddermesser, und schon durfte ich mit ihnen um die Wette schälen. Dabei geriet ich jedoch hoffnungslos ins Hintertreffen. Hatte ich eine Kartoffel geschält, so hatten sie in derselben Zeit bereits zwei in den bereitstehenden Eimer befördert. Was sollten diese jungen Rekruten von meinen hausfraulichen Fähigkeiten halten? Doch mich tröstete der Gedanke, dass sie zwar im Kartoffelschälen gewitzter waren als ich, meine Schalen dafür aber um vieles dünner waren als ihre.

Beim Hantieren mit den Messern redeten wir von alltäglichen Dingen und alberten herum. Später hatten Toni und ich auch Gelegenheit, miteinander allein zu sein. Dabei fanden wir zu der Vertrautheit unserer Kindertage zurück. Über das bereits vorhersehbare nahende Ende des Krieges und die Ungewissheit danach aber sprachen wir nicht. Ich registrierte nur flüchtig, dass die Soldaten außerhalb des Lagers nicht mehr mit einem zackigen *„Heil-Hitler"* grüßten, sondern mit einem freundlichen *„Grüß Gott"*. Doch ich verbot mir, intensiver darüber nachzudenken, verbot mir, nachzufragen, wie diese jungen Menschen, die nur das Kriegshandwerk oder - wie hier - das Morsen gelernt hatten, sich ihre Zukunft vorstellten. Als ich mich von Toni verabschiedete, war mir traurig zumute. Ich fühlte - das Wichtigste zwischen uns war ungesagt geblieben, würde wohl für immer ungesagt bleiben.

Die Amis kommen

Die Tage wurden immer länger, schon fingen die Vögel an zu zwitschern, die Starre der Bäume löste sich, die Stämme schimmerten in farbiger Lebendigkeit - braun, lila, grün. Alle Zweige schienen sich dem gläsernen Blau des Himmels entgegenzurecken. Die Erde duftete frühlingshaft feucht. Noch waren die Bäume unbelaubt, so konnte man die Stämme wie Säulen aufragen sehen. Die Sonne durchleuchtete den angrenzenden Wald wie einen Festsaal. Erste Veilchen hoben ihre Köpfe der Sonne entgegen. Auch die Menschen blühten auf. Fast konnte man den Krieg vergessen. Der Tag aber, an dem die Amis in unsere bayrische Idylle einrückten, der Tag wird mir unvergesslich bleiben.

Kein Kanonendonner, keine Gewehrsalven hatten sie angekündigt. Sie rollten einfach mit ihren Panzern und ihren Jeeps die Hauptstraße entlang. Das Geräusch der dröhnenden Fahrzeuge erregte in uns leises Bangen, aber auch leises Hoffen. Wir warteten ab, was geschehen würde. Doch nichts geschah. Kein deutscher Widerstand regte sich. Die Menschen waren kriegsmüde, erschöpft. Zögernd traten wir auf die Straße. Da rollten sie an uns vorbei, die Amis – Weiße, auch Schwarze - vor denen man uns immer wie vor Menschenfressern gewarnt hatte. Sie lachten breit. Wir lächelten scheu zurück. Einige Kinder gingen den Panzern mit weißen Fahnenfetzen entgegen, die sie an abgebrochene Zweige geknotet hatten, und die amerikanischen Soldaten warfen ihnen Kaugummis zu. „How do you do?" riefen wir ihnen stolz in unserem jämmerlichen Schul-Englisch zu, und sie antworteten mit einem freundlichen „Hello! - How are you?"

Wenige Tage später – am 8. Mai 1945 – verkündeten die Rundfunksender, dass Deutschland kapituliert habe. Nirgendwo im Lande gab's einen kollektiven Jubelrausch. Und doch war ein großes Aufatmen spürbar. Der Kampf war zu Ende. Von jetzt an konnte es nur noch aufwärts gehen. Die Zeit schien uns plötzlich ein unerschöpflicher Schatz zu sein. Zunächst aber waren wir zum Nichtstun verdammt. Der Schulunterricht war eingestellt worden, die BDM-Führerinnen – bisher für unsere Freizeitgestaltung zuständig – hatten sich ohne Abschied in alle Himmelsrichtungen verstreut. Wir warteten ab mit eingeschläfertem

Bewusstsein wie ein Patient, der nach zu langer Operation erwacht. Was uns einte, war eine Art Misstrauen gegenüber unseren Lehrpersonen, die noch immer die Verantwortung für uns trugen, sie aber nicht ausübten, sondern sich ebenfalls in den Wartestand begeben hatten; gleichgültig darauf wartend, dass andere ihnen neue Ordern gaben, die Initiative ergriffen.

Einmal - ein einziges Mal – mischte sich die amerikanische Besatzung in den Dämmerschlaf ein, in den unser Lager verfallen schien und riss uns erbarmungslos aus unserer Lethargie. Auf ihre Anordnung hin wurden alle Klassen unserer Schule im Saal einer Dorfkneipe zusammengetrommelt. Jemand hielt eine kurze Rede, von der ich kein Wort verstand. Dann führte man uns einen Film vor - einen Film über die Befreiung eines Konzentrationslagers. Wir sahen Bilder aus dem Vernichtungslager Birkenau - sahen Stacheldraht, Baracken, Latrinen, Gaskammern, Schornsteine; Räume voller Haare, grau, stumpf, verfilzt; Räume voller Schuhe, Kämme, Prothesen, Brillen. Jedes Paar Schuhe ein Mensch, jede Brille ein Gesicht. Wir sahen Bilder von Häftlingen, ausgemergelte, nackte Gestalten, die den Befreiern entgegen taumelten, Männer, Frauen, selbst Kinder darunter - Kinder in unserem Alter - mit riesigen Augen in eingefallenen Gesichtern. Wir sahen Berge von Leichen in Gräben einfach übereinander geschichtet, Leichen, die man noch nicht verbrannt hatte. Ein Arm, der herausragte. Eine Hand, die zum Himmel zeigte.

Dieses Grauen! Unfassbar! Ich konnte nicht mehr hinschauen. Tränen liefen mir übers Gesicht. Meine Seele schrie, schrie wie die Münder der Opfer, die am Gas erstickt waren, schrie vor Entsetzen, vor Scham, vor Mitgefühl. Was hatte man diesen Menschen angetan? Warum? Warum bloß? Nur weil sie Juden waren? Da hatte man uns – die sogenannten arischen Kinder - zum Schutz vor Bombenangriffen in ein bayrisches Schullager evakuiert, während zur gleichen Zeit jüdische Kinder mit ihren Familien in Viehwaggons nach Birkenau transportiert wurden. Nach Theresienstadt! Nach Belsen! Nach Buchenwald! In den Tod! Ins Verderben!

Als der Film zu Ende war, stolperte ich die Treppe hinunter und stürzte schweißgebadet aus dem Haus. Draußen blieb ich eine Weile stehen, eingelullt von der Wärme, die mich plötzlich umgab. Ich wusste nicht, wie viel Zeit vergangen war, ich stand da, ohne zu wissen, warum. Dann erwachte ich wieder, erlebte den Alptraum neu. Wie sollte ich jemals damit fertig werden? Wie sollten *wir* damit fertig werden? Mit diesem Wahn? Alles, woran wir geglaubt hatten, glauben sollten, glauben wollten, war über Nacht zusammengebrochen, stellte sich als diabolisches Lügengespinst heraus. Wir hatten nur die gute Seite der Bilder gesehen, die man uns vorgehalten hatte, nicht das Böse, dass sich dahinter verbarg - den Hass, die Gewalt, die Barbarei. Mussten erst die Amis kommen, um uns die Augen zu öffnen?

Das weiche Polster unserer Leichtgläubigkeit, es war zerplatzt wie eine Seifenblase.

Zurück ins Revier

Nach der Filmvorführung über die KZ-Befreiung bekamen wir von den *Besatzern* nicht mehr viel mit. Wir waren frei und doch nicht frei, denn wir erhielten keine Genehmigung, in unsere Heimat zurückzukehren. Ohne einen Passierschein durfte man den Ort nicht verlassen. Erst recht nicht durfte man von der amerikanischen in die englische Besatzungszone – in der Gelsenkirchen lag – überwechseln. So lebten wir einfach in den Tag hinein. Der Mai 1945 war besonders warm. Wir verbrachten die meiste Zeit in der Frühlingssonne vor dem Haus. Meine Gefährtinnen entdeckten ihre Leidenschaft fürs Stricken. Sie ribbelten alte Wollsachen auf, strickten daraus neue Pullis und wetteiferten dabei um die schönsten Strickmuster. Ich konnte dem Stricken nichts abgewinnen, raffte mich nur dazu auf, für andere die Wolle aufzuwickeln. Die meiste Zeit aber saß ich müßig herum, eine leichte Beute sinnloser Grübeleien: Nach Hause gehen? Wieso? Bin ich nicht jetzt hier zu Hause? Nein, nein! Das ist ja der Grund allen Elends. Ich will heim zu Mama, in die Ziethenstraße, in das vertraute Haus Nummer 31. Es steht ja noch, Gott sei Dank. Warum dürfen wir nicht zurück? Der Krieg ist doch vorbei. Was sollen wir noch hier? Ich bin so unruhig, weiß nicht, was zu Hause los ist. Es kommt ja seit Wochen keine Post mehr durch. Ist Mama noch gesund? Kann sie den Malerbetrieb weiter führen? Und wie geht es meinen Brüdern? Haben sie den Krieg überlebt? Sind sie in Gefangenschaft geraten? So viele Fragen, auf die ich keine Antwort bekomme.

Trotzdem aber ging es uns eigentlich noch recht gut. Wir bekamen täglich unsere Mahlzeiten vorgesetzt, wenn auch nicht mehr so üppig wie früher. Manchmal gab's nur Brennessel-Spinat oder Salat aus Löwenzahnblättern, die wir vorher auf den Wiesen gesammelt hatten. Die Lebensmittelgeschäfte waren ja gegen Ende des Krieges fast alle geplündert worden, so dass es kaum was zu kaufen gab. Unseren Lehrerinnen aber wurde weiterhin ihr Frühstück mit Bohnenkaffee, Brötchen, Butter und Marmelade auf einem silbernen Tablett serviert, während wir Schülerinnen uns mit zwei Scheiben trockenem Brot zu grauem Kaffeeprütt begnügen durften. Doch wirklich hungern, nein, hungern mussten wir nicht. Im Westen dagegen – hörten wir gerüchteweise - sei Hungertyphus ausgebrochen. Das beunruhigte uns wahnsinnig. Von da an opferten wir täglich eine Scheibe unseres Frühstücksbrotes, die wir - in kleine Würfel geschnitten - auf der Balkonbrüstung des Hauses von der Sonne trocknen ließen, um sie als eiserne Ration für unsere Lieben daheim zu sammeln.

Einmal kam ein Brief durch. Ein Onkel teilte mit, dass die Arbeit im Revier wieder weiter ginge. Aber es herrsche völliges Chaos - keine Waggons, keine Lokführer, keine Bergleute, um die kostbare Kohle aus der Erde zu holen. Wie soll das nur weitergehen? klagte er. Und irgendwann hat es tatsächlich ein Vater irgendwie geschafft, sich bis zu uns durchzuschlagen. „Ja", sagte er, bevor er sich mit seiner Tochter auf den Heimweg machte, „im Revier ist viel zerstört, muss vieles wieder aufgebaut werden, doch eine Hungersnot, nein, die gibt es dort nicht. Glaubt mir, die Leute im Revier haben mehr zu essen als ihr." Da fielen wir noch am gleichen Tag über unsere Brotbeutel her und aßen ihren Inhalt bis zum letzten Krümel auf. Kein Wunder, dass wir von dem harten Zeug dicke Blasen unterm Gaumen bekamen. Der Wunsch aber, nach Hause zu kommen, wurde von nun an immer größer. Der Schulrektor jedoch vertröstete uns von Woche zu Woche. Er berief sich darauf, dass die amerikanische Kommandantur für unsere Rückkehr noch kein grünes Licht geben würde. Erst müsse sich die Lage in Deutschland stabilisieren. Er würde jedoch am Ball bleiben.

Ich war todunglücklich, wühlte mich hinein in meinen Jammer wie in ein warmes, dunkles Loch, schmiedete Pläne, verwarf sie sogleich. Nichts! Keine Lösung in Sicht! Nachts wälzte ich mich schlaflos in meinem Bett herum. Die Lehrer, dachte ich, die wollen einfach nicht, dass wir nach Hause kommen! Denen geht's doch gut hier. Sie brauchen keinen Unterricht mehr geben, werden von vorne bis hinten bedient und bekommen weiterhin dafür ihr Geld. Ich schwöre ihnen, die werden noch vor die Hunde gehen! Wir aber sollten rechtzeitig fliehen, am besten gleich morgen, möglichst noch vor Sonnenaufgang! Aufgeregt weckte ich meine Zimmernachbarinnen und unterbreitete ihnen meinen Plan. Bald gesellten sich die übrigen Gefährtinnen zu uns – ganz leise, damit Fräulein Klee, die ihr Zimmer über uns hatte, nichts merkte. Alle brannten gleichermaßen darauf, möglichst bald nach Hause zu kommen. So beschlossen wir, uns - in Vierergruppen aufgeteilt – bereits am nächsten Morgen in aller Frühe zu Fuß Richtung Westen aufzumachen. Irgendwie würden wir schon durchkommen. Nur Frau Specker weihten wir in unseren Fluchtplan ein. Sie war als Hauswirtin geradezu froh darüber, dass wir uns absetzen wollten, denn so könnte endlich die seit langem geplante Hochzeitsfeier ihrer Schwester mit einem bekannten Fabrikanten in ihrem Haus durchgeführt werden. Graf Luckner, der zurzeit schon als Gast bei ihnen weilte, sollte als Trauzeuge fungieren. Also sagte uns die Speckerin ihre Hilfe zu. Großmütig plünderte sie ihre Vorratskammer, versorgte uns mit dicken Stullenpaketen und versprach, uns gegen Morgen rechtzeitig zu wecken, damit wir noch vor Eintreffen unserer Lehrerinnen davonschleichen könnten. Beruhigt legten wir uns zum Schlafen nieder. Doch kaum hatte ich meine Augen zugemacht, da erschien Frau Specker noch einmal an meinem Bett.

„Eva", flüsterte sie mir zu, „also mei Mann, der hat grad heut ghört, dasch die Amis in Pensberg, etwa zwanzisch Kilometer von hier entfernt, a Lager aufgebaut habn für die deutsche Kriegsgefangene, die dort uff ihre Entlaschung warte und die se dann mit LKW's nach Hause transchportiern tun. Die würde auch Zivilischte mitnehme. Also, mei Mann, der tät euch Morge in alle Herrgottsfrüh mit sein Traktor zu die Lager fahrn, dann braucht ihr nich de ganze Wech zu Fuß bis nach Haus laufe. Ihr müscht da nur ein Stück durschn Wald hinters Dorf gehe, allweil mei Mann ja nich gsehn werde darf, wie er euch mit seine Traktor zur Flucht verhelfe tut."

Na, wenn das keine gute Nachricht war! Alle waren erleichtert über diese glückliche Fügung. Und pünktlich morgens um Sechs schlichen wir leise wie eine Räuberbande durch den Wald zum Ende des Dorfes, wo Herr Specker mit seinem Trecker auf uns wartete. Nach gut einer Stunde hatten wir unser Ziel erreicht. Der Traktor hielt außerhalb der Sichtweite des Gefangenenlagers. Herr Specker hatte es eilig, zurückzufahren, um keinen Verdacht durch längere Abwesenheit zu erregen. Noch ahnte er nicht, dass ihm die örtliche Militärverwaltung – alarmiert durch unseren Rektor, dem plötzlich ein Teil seiner Schäfchen abhanden gekommen war – für seine Fluchthilfe zehn Tage Hausarrest aufbrummen würde. Wir aber gingen tapfer auf das Lager zu, das sich mit seinen feldgrauen Zelten auf einer großen Wiese ausgebreitet hatte. Kein Stacheldraht – nirgendwo! Alles war offen. Hier fragte niemand nach einem Passierschein. Deutsche Landser liefen frei herum in ihren Uniformen, nur ohne Rangabzeichen. Vereinzelt dazwischen - mit einem Gewehr über der Schulter - amerikanische Soldaten, die so gar nicht kriegerisch aussahen. Einige steckten uns Schokolade zu, die wir gleich gierig in den Mund stopften. Suchend blickte ich mich um. Ein Zelt erregte meine Aufmerksamkeit. Über dem Eingang prangte ein Schild. *Lagerkommandant Oberst von Schwertfeger* stand darauf. „Los", sagte ich zu den Kameradinnen, „lasst uns da rein gehen."

Das Zelt war sehr groß, fast leer, bis auf den Schreibtisch, den Oberst dahinter und einem kleinen Stuhl davor. Der Oberst trug noch all seine Rangabzeichen. Ich ging auf ihn zu. Meine Kameradinnen blieben am Zelteingang zurück. Der Oberst schaute mich ernst an. Ich atmete tief ein, hob die Hände, ließ sie wieder sinken.

„Was wollt ihr", fragte der Oberst.

„Wir, hm, wir wollen nach Gelsenkirchen", begann ich stotternd.

„Ausgerechnet Gelsenkirchen?"

„Hauptsache Richtung Westen", erwiderte ich rasch.

„Wie viele seid ihr?"

„Neunzehn", antwortete ich.

„Ihr habt Glück! Heute Mittag fährt eine Kolonne los. Da wird auch ein Wagen für euch dabei sein. Lasst euch vorher was zu essen geben", sagte der Oberst und zeigte ein schiefes Lächeln.

Das Kantinenzelt war schnell gefunden. Wir brauchten nur dem verlockenden Geruch nachzugehen. Dort reihten wir uns in eine Schlange von Zivilisten und Exsoldaten ein und bekamen einen Teller voll Erbsensuppe aus der Gulaschkanone, dazu als Wegzehrung je ein halbes Brot und eine Dose Schweineschmalz. Wir kamen uns vor wie im Schlaraffenland. Pünktlich um ein Uhr stand die Wagenkolonne zur Abfahrt bereit. Wie versprochen war auch ein Laster für uns dabei. Zwei deutsche Kriegsgefangene waren als Fahrer abkommandiert. Ein schwarzer Ami - sein Gewehr lässig über die Schulter gehängt – fuhr als Wachposten mit. Wir wurden auf die Ladefläche des Wagens dirigiert und versuchten, es uns neben unseren Reisebündeln auf dem Boden bequem zu machen. Doch, Herr im Himmel, war diese Fahrt eine Qual! Wir wurden tüchtig durchgeschüttelt und saßen so eng aneinander gedrängt, dass wir uns kaum rühren konnten. Dazu erstickten wir fast am Gestank des Erbrochenen, denn nicht jeder konnte rechtzeitig den Kopf über Bord halten, um die fingerdick mit Schmalz beschmierten Brote, die unsere Mägen nicht mehr vertrugen, auszuspucken.

Stunde um Stunde rollten wir so im eintönigen Rhythmus dahin. Die Planen des Lasters versperrten uns zu beiden Seiten den Blick auf die Dörfer und Städte, die wir durchfuhren, verhinderten jede Orientierung. Die Sonne ging unter. Die Dunkelheit schlich bis in den letzten Winkel des Wagens. Fast teilnahmslos dösten wir vor uns hin. Plötzlich hielt der Laster mit quietschenden Bremsen. Der Fahrer erschien und ließ die Ladeklappe herunter. „Wir sind jetzt in Gelsenkirchen, direkt vor dem Bahnhof", sagte er. Seiner Stimme hörte man die Müdigkeit an. „Es ist jedoch 12 Uhr Mitternacht. Wegen der Sperrstunde dürfen wir nicht weiterfahren und uns vor sechs Uhr auch nicht draußen aufhalten."

Du liebe Zeit, was sollten wir bis dahin machen? Noch weitere Stunden im Auto herum hocken? Christel Meinker – das Mädchen mit der schönen Sopranstimme – meinte, wir könnten zu ihr nachhause kommen. Sie wohne gleich neben dem Bahnhof. Ihre Mutter hätte sicher nichts dagegen, wenn wir bis zum Ende der Sperrstunde dort blieben. Also verließen wir den Laster und gingen das kurze Stück zum Haus der Familie Meinker. Trümmerberge säumten die Straße. Der Wind spielte mit Blättern, die keiner mehr wegfegte, wirbelte sie eine Treppe empor, die allmählich von Unkraut überwuchert wurde. Eine alte Laterne streute ihr blasses Licht auf ein Steingebilde, das einst ein Geschäftshaus war. Das Haus der Familie Meinker aber war unversehrt geblieben.

Wir klingelten Christels Mutter aus dem Schlaf und erschreckten sie mit unserem unerwarteten Erscheinen. Doch war es selbstverständlich für sie, unserer Gruppe bis zum Ende der Sperrstunde in ihrer Wohnung Aufenthalt zu gewähren. Bereitwillig kramte sie einige Decken zusammen. Müde, wie wir waren, rollten wir uns darauf auf dem Fußboden zusammen und schliefen gleich ein. Als wir wieder erwachten, schwirrten zarte Lichtwellen durch den Raum. Die horizontalen Linien der Fensterläden bildeten einen schönen Kontrast zu den Längsfalten des leicht wehenden Vorhangs, und das Zusammenspiel von Licht und Wind, von Drinnen und Draußen, berührten mich sehr.

Wie schön, dachte ich, ist doch das Leben. Wie schön, endlich wieder zu Hause zu sein!

Das Heute
ist nur eine Zwischenstation
zwischen Gestern und Morgen

3. Und das Leben geht weiter

Krempeln wir die Ärmel hoch

Der Krieg war nun Vergangenheit. Wir lebten noch! Es war das Jahr 1945! Was für ein Jahr! Was für eine Zeit! Was für eine? Eine zum Anfassen, zum Ärmel hochkrempeln, zum Bilanz ziehen. Eine zum Träumen von Frieden, von einer besseren Zukunft. Es hätte auch eine Zeit sein können zum Aufarbeiten der Nazi-Vergangenheit. Davon aber wollten die Menschen in den Jahren des Wiederaufbaus nichts wissen. „Geh mich doch weg mit die Politik, davon hab' ich die Schnauze voll." Ja, wir waren gebrannte Kinder - missbraucht, betrogen, unsinnig verheizt. Wem sollten wir noch glauben? Wem konnten wir noch trauen? Der Krieg war verloren, die Unschuld verraten, die Liebe ohne Hoffnung. Wirklich ohne Hoffnung? Konnten wir überhaupt begreifen, was geschehen war? Konnten wir das alles zu Ende denken? Was konnten, was mussten wir jetzt tun? Was? Die Städte trugen noch die Narben des Krieges, die Trümmer waren noch nicht weggeräumt. „Lasst uns einfach in die Hände spucken, bis wir wieder Boden unter den Füßen haben", hieß die Parole.

Auch ich hatte das Gefühl, dass ich wieder neu anfangen konnte. Ich war neugierig, wollte alles kennen lernen, alles nachholen, was ich in den Jahren der Isolation versäumt hatte. Plötzlich tönte aus den Rundfunkgeräten Musik, die wir nie zuvor gehört hatten - die wir nie zuvor hören durften, weil es *Negermusik* war. Dieser Jazz – so unbändig und mitreißend - er ging mir ins Blut, er steckt mir noch heute in den Knochen. Die Trompetensoli des unnachahmlichen Louis Armstrong! Die Stimmakrobatik der unvergessenen Ella Fitzgerald! Sicher, zunächst war diese Musik gewöhnungsbedürftig, doch mit der Zeit machte sie süchtig nach mehr. Und dann die Entdeckung der modernen Kunst, die man uns während der Nazizeit vorenthalten hatte. Die erste Berührung mit Werken von Picasso, Van Gogh, Gauguin, Degas! Sie waren für mich eine Offenbarung, eröffneten mir eine neue Welt, nahmen mich gefangen. Diese Farben, diese Formen, diese Loslösung von Formen! Ich sammelte alle Kunstdrucke, die ich in Zeitschriften entdeckte, klebte sie auf ein Stück Pappe und befestigte sie an den Wänden meines Zimmers. So hatte ich bald eine kleine Galerie moderner Kunst zusammen, an der ich mich nun tag-täglich satt sehen konnte.

„Boh, wie bei Künstlers sieht's bei dir aus", fanden meine Besucher. Ich tauchte ein in eine neue, nie zuvor gekannte Welt, versuchte eins zu werden mit ihren vielfältigen Möglichkeiten. Auch das Theater gehörte für mich bald zum Größten, was es auf der Welt gab. Ich erinnere mich noch lebhaft an meine erste Theatervorstellung nach dem Krieg. Es war irgendwo in einem alten Wirtshaus-Saal, in dem die Wände Risse aufwiesen und die Türen nicht richtig schlossen. Nackte Birnen baumelten von der Decke, hüllten die provisorische Bühne in ein diffuses Licht. Eine Wandertheatergruppe - wie sie damals vielfach aus dem brodelnden Boden der Nachkriegswirren wuchsen - spielte *„Die Möwe"* von Tschechow. Und wie sie spielte:

„Kalt ist es, schrecklich kalt. Leer ist es, leer, so leer.
Schrecklich ist es, schrecklich, schrecklich!"

Oder war es nicht Tschechow? Jedenfalls wirken diese Worte bis heute in mir nach, wie auch Brecht Spuren in mir hinterlassen hat. Mehr vielleicht als jeder andere Dichter. Viele seiner Texte schwirren mir noch durch den Kopf als Boten einer alten und neuen Hoffnung:

„Die alte Zeit ist herum und es ist eine neue Zeit.
Die alten Lehren, die tausend Jahre geglaubt wurden, sind ganz baufällig.
Wo der Glaube tausend Jahre gesessen hat, ebenda sitzt jetzt der Zweifel."

Unvergessen auch Hemingway, dessen Werke ich im neuen *Amerika-Haus* in Essen entdeckte und dessen Stimme mich faszinierte durch ihren unverwechselbaren Klang. Ich war jung und hungrig und verschlang mit besonderer Begeisterung die Neue Amerikanische Literatur. Später sollten mich Böll und Grass - um nur einige zu nennen - auch mit der Neuen Deutschen Literatur infizieren.

Ich hungerte aber nicht nur nach kulturellen Dingen, ich hungerte ebenso nach einem Leben in normalen Bahnen. In meiner Familie waren alle noch einmal davon gekommen. Wir hatten Glück gehabt - wir mussten nicht flüchten, waren nicht ausgebombt, hatten keine Angehörigen im Krieg verloren. Und doch war auch für uns das Leben in der Nachkriegszeit nicht einfach. Die Ernährungslage war katastrophal, Lebensmittel streng rationiert. Was es auf *Marken* gab, reichte nicht aus, den Hunger zu stillen. Viele haben geschoben, betrogen und organisiert, was das Zeug hielt. Wir aber waren nicht dreist genug für Schwarzmarktgeschäfte, Kohlenklau und sonstige krumme Dinge - jedenfalls nicht im größeren Stil. Trotzdem lamentierten wir nicht, sondern packten an - jeder so gut er konnte. Vieles lief zwar noch durcheinander in jener Nachkriegszeit. Man musste improvisieren, sich orientieren, neue Ziele setzen, um zu überleben. Das *Tausendjährige Reich* hatte ja *nur* zwölf Jahre gewährt. Die meisten machten weiter, als hätte es sie nie gegeben. Hitlers „*Mein Kampf"* – in vielen Bücherschränken zur Schau gestellt - wanderte ohne Bedauern ins Feuer. Alle waren plötzlich Demokraten. Wer war schon Nazi? Die hat es *nie* gegeben!

Wie viele Taschen braucht das Land?

Das erste Nachkriegsjahr! Die Verwaltung des Landes unterstand den Besatzungsmächten. Vieles wurde von ihnen reglementiert, angeordnet, verboten. Sie misstrauten den alten Strukturen. Sie änderten nicht nur anrüchige Straßennamen (da wurde selbst unsere kleine harmlose *Ziethen*straße in *Herner Straße* umbenannt), auch die Bevölkerung wurde einer groß angelegten Entnazifizierungskampagne unterzogen. So durfte - wer keinen *Persilschein* vorzuweisen hatte - nicht mehr im öffentlichen Dienst beschäftigt werden. Dennoch konnte so manche Nazi-Größe auch in der neuen Bundesrepublik Karriere machen. Dagegen entgingen Pädagogen nur selten den Säuberungen. Selbst Fräulein Klee - die uns im bayrischen Schul-Exil deutsche Grammatik beigebracht hatte, ohne dabei mit Nazi-Parolen um sich zu werfen – wurde aus dem Schuldienst entlassen, vielleicht, weil man ihrem Bruder als Luftwaffenhauptmann ein Ritterkreuz umgehängt hatte. Kein Wunder, dass Lehrer Mangelware wurden. Es gab schließlich kaum Pädagogen, die nicht über eine mehr oder weniger ausgeprägte NS-Vergangenheit verfügten oder sich noch in Kriegsgefangenschaft befanden. Kurzerhand wurden landesweit die Schulen für ein Jahr geschlossen. Sowieso lag noch so manches Schulgebäude in Trümmern oder wurde anderweitig genutzt, wie unsere alte Mittelschule am Machensplatz, in der sich die britische Besatzungsbehörde breitgemacht hatte. Klar, dass auch die alten Schulbücher erst von Naziparolen befreit werden mussten, bevor sie wieder in Schülerhände gelangen durften.

Nun hatte ich also ein Jahr lang Zeit, mich – meinen bescheidenen Fähigkeiten entsprechend - am Überlebenskampf der Familie zu beteiligen. Dabei kam mir zu Hilfe, dass ich eines Tages im Knappschaftskrankenhaus, wo ich mir meinen angeschnitten Daumen verbinden ließ, einen Riesenberg von Röntgenaufnahmen entdeckte, auf deren Folien durchlöcherte Schädeldecken, zersplitterte Rippenbögen und verrutschte Schienbeine vor sich hingammelten. Sie schienen nur darauf zu warteten, dass etwas Neues aus ihnen entstände. Doch was? Na, Taschen natürlich -

Aktentaschen, Umhängetaschen, Einkaufstaschen, Brieftaschen! Irgendwelche Taschen braucht schließlich jeder, denn jeder hat mal was zu tragen, und sei's nur sein bisschen Geld. In den Geschäften aber waren Taschen kaum zu haben.

„Könnte ich wohl ein paar von den Dingern haben?" fragte ich den Hausmeister, der mir gerade über den Weg lief. „Was willst du denn mit den schaurigen Knochenbildern? Etwa dein Zimmer tapezieren?" „Ne", meinte ich, „auf ein Gruselkabinett leg' ich keinen Wert. Aber brauchen kann ich sie schon. Also, wie ist es, krieg' ich sie nun oder nicht?" „Na, meinetwegen", brummelte er.

Beglückt zog ich mit meinem unerwarteten Schatz ab. Nun stand mir genügend Material für die geplante Taschenproduktion zur Verfügung. Doch zunächst mussten die Vorlagen unter heißem Wasser abgeschrubbt werden, denn wer wollte schon Taschen mit halben Skeletten drauf spazieren führen.

Erstaunlich, wie klar die Folien wurden, wenn sie nach gründlicher Reinigung von ihren krankhaften Befunden befreit waren! Jetzt brauchte ich nur noch Musterblätter aus unseren antiken Tapetenbüchern zwischen zwei Röntgenblätter legen, das Ganze in Form schneiden, zurechtbiegen und zusammennähen. Nein, nein, nicht mit Mamas alter Nähmaschine, sondern ganz profan mit der Hand! Ein Glück, dass mir ein Straßenbahnschaffner seinen ausgedienten Fahrkarten-Knipser überließ. Damit knipste ich rund um das Taschenmaterial kleine Löcher und umstach sie mit grau-blauem Isolierband, das noch ohne Bezugscheine zu haben war. Natürlich hatte ich den Ehrgeiz, ständig neue Modelle zu entwerfen, sie durch Tapeteneinlagen in lichtblau oder smaragdgrün, in gestreift oder geblümt aufzupeppen und mit Locher und Band abstrakte Muster in den Taschenumschlag zu sticken. So wurde jedes Stück ein unverwechselbares Unikat.

Die gute Klara Keul - bei der Mama in der guten, alten Zeit ihre extravaganten Hüte hatte machen lassen - erklärte sich bereit, meine gesamte Kollektion in ihrem Hutgeschäft in der Gelsenkirchener Altstadt auszustellen. Und siehe da, man riss sie ihr geradezu aus den Händen. Eigentlich war das kein Wunder, denn meine Modelle waren nicht nur hübsch und tragbar, sondern auch erstaunlich haltbar. Selbst Jahre nach der Währungsreform traf ich noch etliche Evastöchter, die meine unverwüstlichen Taschen – natürlich ohne die ehemals auf den Folien abgebildeten Skelette - spazieren führten.

Die Rückkehr der Brüder

Ja, das Leben ging weiter. Doch in vielen Familien fehlten die Väter, die Söhne, die Brüder. Die Ungewissheit lähmte. Hoffnung und Zweifel, Trauer und Resignation wechselten einander ab. Auch in unserer kleinen Straße spielten sich manche Dramen ab, kam es zu rührenden Szenen über ein unverhofftes Wiedersehen:

In der Wohnung über uns, da saß die alte Frau Müller allein in der Küche und weinte um ihren Sohn - von dem sie nicht wusste, ob er noch lebte. Plötzlich schreckte sie auf. Es hatte geklingelt. Als sie die Tür öffnete, stand dort - völlig abgemagert - ein Soldat. Sie konnte zunächst nicht sprechen, nichts begreifen. Dann endlich ein erlöstes „mein Junge, mein Junge!" und mit Tränen in den Augen schloss sie ihn in ihre Arme.

Und dann Monika - die junge Kriegerwitwe von gegenüber. Sie hatte sich bereits damit abgefunden, nun allein ihre drei kleinen Kinder großzuziehen zu müssen. Ich könnte doch - überlegte sie - die Nachbarin, Frau Kaminski, zu mir nehmen, die sich so einsam fühlt, seit ihr Mann an der Steinstaublunge gestorben ist. So zog Frau Kaminski zu ihr und wurde für Monikas Töchter die geliebte Oma, die sie sich immer gewünscht hatten.

Und was war mit Mamas Freundin Ella? Eines Tages stürzte sie wie von Furien gehetzt in unsere Wohnung, blieb dann aber am Türpfosten stehen, die eine Hand auf der Klinke, die andere am Aufschlag ihres Mantels. Sie sah blass aus, ihre aschblonden Haare hingen kläglich herab. „Was hast du denn?" fragte Mama. "Komm doch herein!" Da ließ Ella die Türklinke los und trat langsam näher. Ihre Lippen bebten. „Erich", schluchzte sie, „der Erich ist gefallen!" Dann stieß sie einen lang gedehnten Schmerzenslaut aus, einen Laut, wie Mama ihn noch nie gehört hatte. Und es gab nichts, was Ellas Schmerz hätte besänftigen können.

Auch am Ende unserer Straße – gleich neben der Kohlenhandlung – spielte sich ein Drama ab. Dort wohnte Berta, eine junge Frau, deren Mann bereits seit Beginn des Russland-Feldzuges vermisst wurde. Nach langer Zeit des vergeblichen Hoffens hatte sie endlich wieder Lebensmut gefasst, hatte einen neuen Partner gefunden, der ihr beistand, der sie liebte, von dem sie nun ein Kind erwartete, ihr erstes Kind. Sie war glücklich, und sie wünschte sich, dass es für immer so bleiben würde. Doch drei Monate nach Kriegende - an einem sonnig heiteren Tag - geriet die neue Sicherheit ins Wanken. Vor ihrer Tür stand ein Mann - zerlumpt und ausgehungert, sein Gesicht von unmenschlichen Strapazen gezeichnet. Er starrte sie wortlos an, starrte ihr ins Gesicht, starrte ungläubig auf ihren gewölbten Leib. Wer war dieser Fremde? Ein Geist? Ja, ein lebendig gewordener Geist aus der Vergangenheit - ihr Mann! Wie hatte er es nur geschafft, aus einem sibirischen Lager zu entfliehen und sich bis zu seiner Heimat durchzuschlagen? Ich glaube, nur der Gedanke an seine Frau hat ihn die unmenschlichen Strapazen seiner gefahrvollen Odyssee ertragen lassen. Und nun? Die Verstrickung, in der die junge Frau sich befand, berührte mich sehr. Für wen würde sie sich entscheiden, für den heimgekehrten Ehemann oder für den Vater ihres Kindes? Wie dieses Drama - das in meinen Augen Züge einer griechischen Tragödie hatte - letztendlich ausgegangen ist? Ich habe es nicht erfahren.

Auch meine Familie war während dieser Zeit tief verunsichert. Seit dem Zusammenbruch des Reiches hatten wir nichts mehr von meinen Bruder Georg gehört. Sollte er etwa noch gegen Ende Krieges einen sinnlosen Heldentod gestorben sein? „Wenn du ein Hufeisen findest", hatte der Altgeselle Wallner zu Anna gesagt, „dann musst du dreimal darauf spucken! Das bringt Glück." Am Tag darauf fand Anna vor unserem Haus wirklich ein Hufeisen. Obwohl, ein richtiges Hufeisen war es eigentlich nicht, nur ein halbrund gebogenes Stück Blech, das man unter die Absätze der Schuhe nagelte, damit sie länger hielten. Doch ein Hufeisen ist ein Hufeisen, dachte Anna, dieser Fund kann nur Gutes bedeuten. Und tatsächlich, drei Tage später trat es ein - das Wunder, dass sie erhofft hatte: Als sie morgens aus dem Küchenfenster sah, entdeckte sie im Hof einen ziemlich abgerissen aussehenden Soldaten. „Hallo", rief er und winkte ihr zu. Anna glaubte ihren Augen nicht zu trauen, doch wahrhaftig, es war Georg! Er hatte Glück gehabt. Das Lazarett, in das er kurz vor Kriegsende eingeliefert worden war, hat alle halbwegs gehfähigen Verwundeten vorzeitig entlassen. Den Granatsplitter aus seinem Knie hatte man wohl entfernt, doch die Wunde war noch nicht verheilt. Er humpelte arg und brauchte beim Laufen eine Krücke. Trotzdem machte er sich daheim gleich nützlich, stellte sich Tag für Tag an den Herd und brutzelte, dass die Nachbarn voller Neid ihre Nasen in unsere Kochtöpfe bohrten.

„Wieso riecht es so unverschämt bei euch nach Schweinebraten? Hat Anna etwa ein Krösken mit dem Metzger?" Nein, das nicht! Sie hat nur etwas riskiert. Als sie nämlich hörte, dass die Lagerhallen am Kanal - die bereits unter Artillerie-Beschuss lagen - auf Deubel-komm-raus geplündert wurden, lieh sie sich von unserem Kartoffelhändler den Lieferwagen aus und ist auch dorthin gefahren. Wegen der gefährlichen Knallerei aber traute sich Anna dann doch nicht nah genug heran. Während sie sich also respektvoll abseits hielt, entdeckte sie einen riesigen Kerl, der Haken schlagend quer übers Feld davon rannte und dabei einen großen Karton fallen ließ. Geistesgegenwärtig schnappte sich Anna diese Beute, warf sie auf den Lieferwagen und brauste so schnell sie konnte damit nach Hause. Ein Blick in den Kasten offenbarte dann, dass sie zwölf Dosen Schweineschmalz ergattert hatte! Seitdem gab es bei uns Schweinefett satt, und Georg konnte nun nach Herzenslust Kartoffeln braten oder Pfannkuchen aus Roggenschrot backen. Als jedoch die Militärbehörde alle ehemaligen Wehrmachtsangehörigen aufforderte, sich registrieren zu lassen, sollte es für Georg mit der Ruhe am Herd vorbei sein. „Freiwillig gehe ich da nicht hin", befand Georg. „Wer weiß, was die mit uns vorhaben! Erst mal sehen, ob diejenigen, die sich melden, wieder zurückkommen." Sie kamen nicht zurück, und Georg hielt sich fortan in einem Hinterzimmer unseres Hauses versteckt. Irgendwann aber kreuzten amerikanische Militärpolizisten mit vorgehaltener Maschinenpistole bei uns auf und nahmen ihn mit.

Georg wurde in das berüchtigte Lager nach Rheinberg gebracht, wo die Gefangenen zu Hunderttausenden auf einer riesigen, mit Stacheldraht eingezäunten Wiese kampieren mussten, die mit Wachtürmen gesichert waren. Praktisch über Nacht hatten die Amis das Lager für die zurückflutenden deutschen Soldaten errichtet ohne besondere Vorsorge, ohne Zelte, ohne Decken für die riesige Anzahl zusammengepferchter Menschen. Die Essensrationen waren minimal: ein paar Kekse, zwei Löffel Büch-seninhalt, hin und wieder getrocknete Bohnen, ungekochte Kartoffeln. Nur ein kleiner Bach, der sich durch das Lager schlängelte, versorgte die Männer mit Wasser, das sie zum Kochen ihrer spärlichen Lebensmittelrationen in verbeulten Konservendosen nutzen konnten. Die letzten Äste eines alten Baumes mussten ebenso als Brennholz herhalten, wie Georgs Krückstock. Wie viele der Gefangenen in dieser Hölle an Unterernährung, an Ruhr, an Lungenentzündung gestorben sind? Niemand hat sie gezählt. Es waren Hunderte oder gar Tausende. Sie fielen einfach um - wie die Fliegen. Männer in grauen Arbeitsanzügen sammelten sie auf und schafften sie ohne Aufheben aus dem Lager heraus – irgendwohin. „Hätte ich nicht zuvor durch die glücklich ergatterten Schmalzportionen einige Fettreserven angesetzt", meinte Georg später, „wäre vielleicht auch ich auf dieser Unglückswiese zurückgeblieben." Wegen der noch nicht ausgeheilten Knieverletzung wurde Georg nach einigen Tagen in eine Krankenbaracke verlegt. Damit stiegen zunächst seine Chancen, bald entlassen zu werden. Doch als die Tommys das Lager von den Amerikanern übernahmen, verfügten sie als erstes einen Entlassungsstopp auf unbestimmte Zeit. Im Verwaltungsbüro des Lagers aber saß der berühmte Schalker Fußballer Ernst Kuzorra, und der sorgte als waschechter Gelsenkirchener dafür, dass mit dem letzten Transport noch alle Kameraden aus seiner Heimatstadt nach Hause fahren konnten, und Georg gehörte dazu. Wir waren überglücklich. Vor allem Mama atmete erleichtert auf, weil nun wieder ein Mann im Haus war, der sie bei ihren Aufgaben um den Malerbetrieb unterstützen konnte.

Und Toni, was war mit ihm? Körperlich hatte er den Krieg unbeschadet überstanden. Als ihm aber bewusst wurde, wie sehr man seinen Idealismus missbraucht hatte, verlor er fast den Boden unter den Füßen. Dazu kam die Angst, man würde ihn einsperren – hatte er sich doch im jugendlichen Überschwang an die Waffen-SS verkauft. Das verräterische Zeichen - die tätowierte Blutgruppe unterm Arm - versuchte er stümperhaft mit einer Zigarre auszubrennen. Die Narbe, die diese Prozedur hinterließ,

206

erschien wie ein Sinnbild der Narben, die seine junge Seele abbekommen hatte.

Von den Gräueltaten, die - wie er erst jetzt erfuhr – vor allem durch SS-Einheiten verübt worden sind, hatte er bei seinem Nachrichten-Bataillon in Bad Tölz nichts mitbekommen. Nicht ein einziges Mal musste er dort ein Gewehr in die Hand nehmen. So sehr er sich zu Beginn des Krieges gewünscht hatte, *für Führer, Volk und Vaterland* zu kämpfen, so dankbar war er nun, dass er nie auf einen Menschen hatte schießen müssen. Als er später Fotos von ermordeten KZ-Häftlingen sah, schämte er sich zum ersten Mal, ein Deutscher zu sein. Wie hatte er sich nur so blenden lassen können? Hätte er die Wahrheit nicht erkennen müssen? Damals - als er im Übungslager Werl gedrillt wurde - hat einer aus seiner Mannschaft, der vorher Wachmann in einem Konzentrationslager war, erzählt, dass die Häftlinge dort sadistisch gequält und sogar vergast wurden. Doch die Kameraden hielten das für böswillige Verleumdung, warfen dem Mann Kriegszersetzung vor und verprügelten ihn so, dass er fortan den Mund hielt. Man wollte nichts hören, nichts sehen, nichts wissen, den Glauben an den *Führer* nicht verlieren.

Nie wieder, schwor Toni sich nun, nie wieder werde ich mich von irgendwelchen Rattenfänger missbrauchen lassen! Wie aber konnte er sich in dieser Situation neu orientieren? Wie seine Zukunft planen? Er hatte nicht den Mut, sich den Behörden zu stellen. Dabei bestand für ihn kaum Gefahr, festgenommen zu werden, denn diesen Kinder-Soldaten, die im letzten Kriegsjahr - freiwillig oder gezwungenermaßen – bei der *SS* gelandet waren, gewährte man durchaus Amnestie. Davon aber ahnte Toni nichts. Doch unterkriegen lassen wollte er sich auch nicht. Es genügt nicht, auf die Vergangenheit zu spucken, sagte er sich, man muss auch handeln, muss sehen, dass man irgendwie durchkommt. Und er würde es schaffen! Ja, er würde es schaffen! Und er schaffte es!

Auf Pferdefuhrwerken versteckt, schlug er sich von Bayern aus nach Westfalen durch. Natürlich nicht in seiner alten SS-Uniform, sondern in Zivilkleidung, die er irgendwie organisiert hatte. Nun also war auch Toni daheim. Doch er musste sich versteckt halten, durfte das Haus nicht verlassen. Es war nicht einfach für Mama, zusätzliche Lebensmittel für den ewig Hungrigen auf dem Schwarzmarkt aufzutreiben. Als Untergetauchter bekam er ja keine Lebensmittelmarken. Auch an eine Arbeit für ihn war nicht zu denken. So zur Untätigkeit verdammt ließ Toni sich von einem Freund überreden, bei einer krummen Sache mitzumachen. In seiner Naivität erschien ihm der Plan, den sein Kumpel ausgeheckt hatte, ungefährlich.

„Hör mal", hatte der feine Freund gesagt, „im Keller einer leeren Schule lagern über hundert Bälle. Die hat wohl irgend so ein Nazischwein gehortet, um sie irgendwann für gutes Geld zu verkaufen. Wenn wir einige davon holen, könnten wir sie auf dem Schwarzen Markt verscherbeln. Dann hätten wir endlich Bares in der Hand. Was ist, machst du mit?"

Toni bat sich eine kurze Bedenkzeit aus, dann stimmte er zu. Als es dunkel geworden war, zogen die beiden wie professionelle Diebe auf Raubzug. Doch es kam, wie es kommen musste! Während Toni sich bereits mit einem Sack voller Bälle auf dem Rückzug befand, wurde sein Kumpel auf frischer Tat ertappt. In seiner Angst hatte er nichts Eiligeres zu tun, als seinen Kumpel zu verraten. Toni, der noch in der Nacht aus Angst seine Beute in einen Bombentrichter geworfen hatte, wurde am nächsten Morgen von der Polizei abgeholt und in Untersuchungshaft gesteckt. Mama war entsetzt. „Der arme Junge! Sie werden ihn doch wohl nicht lange festhalten? Er hat ja nur ein paar dumme Bälle mitgehen lassen."

Eine Woche später entdeckte ich meinen Bruder auf der Bochumer Straße inmitten eines Trupps von Gefangenen, die alle in blauen Drillichanzügen steckten. Ein Wärter - das Gewehr lässig über die Schulter gehängt - eskortierte die Kolonne, die gerade von einem Arbeitseinsatz zurückkam. Ungeachtet der Leute, die dem armseligen Zug neugierig nachstarrten, rannte ich über die Straße, hakte mich bei Toni ein und lief ein Stück weit neben ihm her. Der Aufseher ließ mich gewähren, und Toni nutzte Gelegenheit, mir zuzuflüstern: „Morgen, Schwesterlein, werde ich hier die Fliege machen."

Tatsächlich gelang es ihm am nächsten Tag, sich beim Außeneinsatz von der Gruppe zu entfernen, ohne dass sein Ausbruch gleich bemerkt wurde. Er schlug sich nach

Norddeutschland durch und landete schließlich auf einem Bauernhof in der Nähe von Bremen, bei dem er sich als Erntehelfer durchschlug. Später schaffte er es sogar, an der Landwirtschaftlichen Hochschule in Bremen zu studieren. Was aber konnte er mit seinem glänzend bestandenen Examen schon anfangen? Wo sollte er als diplomierter Landwirt Arbeit finden? Die großen Güter lagen überwiegend in der *russischen Zone*, waren für ihn unerreichbar, und deutsche Kolonien in Übersee gab es schon lange nicht mehr. Irgendwann kehrte er ins Ruhrgebiet zurück, doch auch hier interessierte sich niemand für sein Landwirtschafts-Diplom. So blieb ihm nur, sich mit Gelegenheitsjobs durchzuschlagen. „Irgendwann werde ich nach Süd-Amerika auswandern und dort eine Farm aufbauen", sagte er, „ und dann, wer weiß…"

Toni aber sollte es schwer fallen, seine Träume zu verwirklichen. Vielleicht hätte er dazu mehr Zeit gebraucht, als ihm vergönnt war. Mit 36 Jahren kam er bei einem Autounfall ums Leben. Nach seinem Tod war mir, als sei auch ein Stück von mir gestorben.

Hühner, Gänse und Gemälde

Mama hatte sich entschlossen, auf Hamsterfahrt zu gehen. Die Familie brauchte dringend zusätzliche Kalorien, denn von dem, was es auf Lebensmittelmarken gab, konnte man kaum leben. Zugegeben, ein paar extra Scheiben Brot bekamen wir hin und wieder von den Verwandten aus Bottrop. Aber allzu oft durften wir dort nicht auftauchen, denn selbst ein Bäckermeister hatte nur begrenzte Möglichkeiten, seine ausgehungerte Verwandtschaft mit ausreichenden Backwaren zu versorgen. Ohnehin war der Weg dorthin in jener Zeit sehr beschwerlich: Busse und Straßenbahnen konnten nur streckenweise eingesetzt werden, denn die meisten Brücken hatte man in den letzten Kriegstagen in die Luft gejagt, und die Straßen waren zum Teil durch riesige Schlaglöcher und Bombenkrater unpassierbar. Nur mein Bruder Hans brachte die nötige Geduld auf, sich für zwei, drei Brote einen ganzen Tag lang mit unzuverlässigen Fahrplänen herumzuschlagen und sich zwischen den einzelnen Stationen auf Schleichwegen bis Bottrop durchzumogeln. Dafür aber nahm er sich das Recht, auf der Rückfahrt ein ganzes Brot zu verschlingen - mit Vorliebe eines dieser gelben Kloben aus amerikanischem Maismehl. „Das roch so verlockend", entschuldigte er sich hinterher, „da konnte ich einfach nicht widerstehen." Was sollte man dazu schon sagen?

Nun aber wollte Mama versuchen, auf einer Hamsterfahrt den nötigen Aufstrich fürs Brot zu organisieren: Schmalz, Wurst, Schinken oder was sie sonst ergattern konnte. Doch einfach von Hof zu Hof latschen und nach einer milden Gabe fragen - das brachte natürlich nichts. Die Bauern verlangten schon eine Gegengabe. Inzwischen – hieß es - seien sie recht wählerisch geworden. Einige hätten bereits ihre Kuhställe mit Perser-Teppichen ausgelegt, andere würden mit Vorliebe Ölgemälde sammeln. Ob das wirklich stimmte? Egal! Mama wollte es mit ein paar Dosen Weißlack aus unserem Anstreicherbetrieb versuchen.

Es war einer von den Tagen, an denen sie sich unternehmungslustig fühlte, an denen sie es riskieren wollte, vielleicht sogar ein Tag, an dem sie Glück haben sollte! Doch ganz allein wollte Mama sich nicht in ein solches Abenteuer stürzen. Hamsterfahrten waren ja keineswegs ungefährlich. Man konnte schließlich vom Trittbrett eines überfüllten Zuges fallen oder gar wegen unerlaubten Hamsterns eingesperrt werden. Es konnten noch weit schlimmere Dinge passieren. Jeder kannte doch die Geschichte von der Frau, auf die ein knauseriger Bauer seinen bösartigen Hund gehetzt hatte, der über sie herfiel, sich in ihren Beinen festbiss und sie hinter sich herzog – Gott weiß wohin. Die Frau - hörte man später – sei von ihrer Hamsterfahrt nie mehr zurückgekehrt. Darum hatte Mama beschlossen, mit den Bienroths zu fahren. Doch ob das gut gehen würde? Wir hatten so unsere Zweifel - ausgerechnet mit den Bienroths, diesen Chaoten!

Ach, Sie haben die Bienroths nicht gekannt? Da haben Sie aber was versäumt! Also, die Bienroths, das waren Leute mit all den Marotten, die man sich bei Künstlern so vorstellt. Das heißt, Künstler war eigentlich nur er, *sie* aber hatte die Allüren! Eins muss man jedoch sagen, der olle Bienroth malte wunderbare Blumenbilder, meist in Aquarell, manchmal in Öl. Ein Still-Leben mit einem duftigen Feldblumenstrauß im blau lasierten Steintopf gefiel der Mama so gut, dass sie es dem Bienroth abgekauft und gegen das alte Hitlerbild über dem Lesesessel ausgetauscht hat. Dort wurde es zum heiteren Blickfang unseres Wohnzimmers. Mir jedoch sagten seine späteren Werke, in denen er Ruhrpottszenen verewigte, mehr zu. Die herbe Schönheit der Industrieland-schaft hat er erst mit zunehmendem Alter entdeckt und in violetten Tönen - hier und da mit aggressivem Rot versetzt - auf die Leinwand gebannt. Dabei ist dieser Mensch im Kohlenpott groß geworden, hatte also von jeher die imponierende Kulisse der Zechen, Türme und Schlote vor Augen!

Der Maler selbst war eher ein unauffälliger Vertreter seiner Zunft. Seine Frau dagegen - die einst aus Brandenburger Landen ins Ruhrgebiet kam - gab sich als Berliner Original mit Herz und Schnauze. Ihr Mann war für sie nur *der Alte, der Idiot, der Volks-genosse*. Sie aber blieb stets *sein geliebtes Gretche*n, nach de-ren Pfeife er tanzte wie ein gut dressierter Bär. Kinder hatten die Bienroths nicht, wohl einen weißen Spitz und fünf getigerte Hauskatzen. „Die Tiere machen uns mehr Freude als ein Stall voller Blagen", war ihr Tenor, und entsprechend verwöhnten sie auch ihre Vierbeiner.

Klar, dass sich der Künstler für die Hamsterfahrt einige Bilder unter den Arm klemmte, um sie mit etwas Glück gegen Naturalien einzutauschen. Es war Sommer, die Hitze war drückend und der Zug überfüllt. Selbst auf den Trittbrettern hingen die Menschen in Trauben und hielten sich an den Türgriffen fest. In den Abteilen war keine Unterhaltung möglich, denn jedes Gespräch nährt sich ja aus einer gewissen, auch körperlichen Distanz. In diesem Gedränge verhielten sich die Fahrgäste mürrisch und gereizt, jederzeit bereit, einander mit Fußtritten zu traktieren. Stickig stand die Luft im Raum, das Atmen fiel schwer. Mama und die Bienroths waren fest eingekeilt zwischen schwitzenden Männern, Frauen, Kindern.

„Gretchen, ich kann die Bilder nicht mehr halten." wisperte Wilhelm Bienroth hilflos.

„Stell sie einfach auf den Boden, du Idiot!" brüllte sie über die Köpfe der andern hinweg.

„Geht nicht, Gretchen, hier ist doch kein Platz", flüsterte er zurück.

„Mensch, Alter, stell dich nicht blöder an, als du bist", kam lautstark die Antwort, „lass die Bilder einfach fallen, dann werden die Genossen ihre Quanten schon wegziehen!" Und die Genossen verstanden die Botschaft. Plötzlich gab es Platz zum Abstellen der Bilder, und Wilhelm Bienroth bekam eine Hand frei, um sich den Schweiß von der Stirn zu putzen.

Kurz darauf hielt der Zug mit quietschenden Bremsen auf offener Strecke. Die Fahrgäste fielen gegeneinander. Taschen und Rucksäcke purzelten aus den Gepäcknetzen, und Bienroths Ölschinken kippten zur Seite. Nur gut, dass sie nicht hinter Glas steckten - der Scherbenhaufen wäre enorm gewesen. Langsam rappelten sich die Leute wieder hoch. „Wo sind wir hier?" Aha, irgendwo im ländlichen Bereich, weit ab von einem Bahnhof. Am Rande entdeckte man ein kleines Dorf. Wäre das nicht der richtige Ort für eine Hamstertour? dachte Mama. Diese Idee schien auch den Bienroths zu kommen. Sie und Mama stiegen aus, um dort ihr Glück zu versuchen. Im Dorf liefen Enten und Gänse frei herum, aus der Nähe klang Gegacker von Hühnern. Ein Mönch in schwarzer Kutte ging vorbei. Ob der Pater auch bei den Bauern um Lebensmittel bettelt wollte - sozusagen im Tausch gegen eine Fürsprache bei den Heiligen? Warum sollten Mama und ihre Begleiter dort, wo fromme Menschen wohnten, nicht ebenfalls eine milde Gabe bekommen?

Der erste Bauer, bei dem sie anklopften - ein rotwangiger Kerl, über dessen Speckbauch sich protzig eine goldene Uhrkette breit machte - zeigte höhnisch grinsend auf die Fensterrahmen seines Hauses, die bereits in frischem Lack glänzten. „Nein, ich brauche keine Farbe, da kommen sie zwei Wochen zu spät. Und für Kunst hab ich nichts übrig. Mir reicht's, wenn die Fliegen meine Wände voll klecksen. Und überhaupt, von mir können Sie nichts kriegen, wir haben ja selber nicht genug." Mama und ihre Begleiter ließen sich jedoch so leicht nicht entmutigen. Entschlossen steuerten sie auf den nächstgelegenen Kotten zu. Eine alte Frau in grauem Strick, mit karierter Schürze und Filzpantoffeln stand im Eingang und wusste nicht, was sie von den Fremden halten sollte.

„Ich glaub", sagte der rotznasige Enkel, der neben ihr stand, „die Leute wollen hamstern."

„Jau, das wird's wohl sein", antwortete die grauhaarige Frau und setzte ein kaum merkliches Lächeln auf. Wortlos führte sie ihre ungebetenen Gäste in die Gute Stube und bat sie mit einer knappen Handbewegung, am Tisch Platz zu nehmen. Der Bauer war gerade dabei, trotz der sommerlichen Hitze das Feuer im Herd mit Holzscheiten zu füttern. Schweigend blickte er in die Flammen, so als wolle er aus der Zügellosigkeit ihrer Glut neue Kraft zehren. Die Stimmung wirkte gedrückt, selbst die sonst so lebhafte Künstlergattin wagte nicht, die Stille zu stören. Doch Mama hatte das Gefühl, dass sie dieses Haus nicht mit leeren Händen verlassen würde. Sie riskierte ein schüchternes Lächeln, holte die Lackdosen aus ihrer Tasche und stellte sie behutsam auf den Tisch, während Wilhelm Bienroth seine drei Gemälde einzeln gegen den Küchenschrank lehnte, damit sie entsprechend bewundert werden konnten. Die Augen des Bauern und seiner Frau wanderten von einem Bild zum andern, wanderten weiter zu den Wänden ringsum, an denen nur eine gerahmte Madonna und der obligatorische Christus am Kreuz hingen. War da noch Platz für moderne Kunst?

Nach einigen bangen Minuten löste sich der Bauer aus seiner Erstarrung, packte das erste Bild - das mit den zarten Pastellblumen - und hielt es gegen die weiß getünchte Wand.

„Einen Gockel für das Bild", knurrte er, und sah den Maler dabei beschwörend an.

„Einen Gockel?" fragte dieser. „Na ja, warum nicht?" Und seine Frau schrie aufgeregt dazwischen: „Aber nur einen lebendigen, keinen toten!"

„Und was wollen Sie für das Rosenbild haben?" mischte sich nun die Bäuerin ein.

„Ein Huhn, damit der Hahn nicht so alleine ist", forderte Gretchen Bienroth und offenbarte damit ihre grenzenlose Tierliebe. „Wollen Sie vielleicht auch das Katzenbild haben?"

„Ne', das wollen wir nicht, das können Sie ruhig wieder mitnehmen. Katzen haben wir hier genug", meinte der Enkel, und die beiden Alten nickten zustimmend mit dem Kopf.

Mama hatte schon die Hoffnung aufgegeben, dass auch sie zum Zuge kommen würde, als der Hofbesitzer überraschend eine der Lackdosen in die Hand nahm, sie auf den Kopf stellte und kräftig schüttelte, wohl um festzustellen, ob die Farbe in ihrem Behälter noch blubberte. „Für unsere Türen, Weib, die müssten dringend neu gestrichen werden."

„Und was bekomme ich dafür?" fragte Mama zaghaft.

„Wie wär's mit 'nem saftigen Schinken?"

„Einverstanden!" jubelte Mama.

So kamen die Bienroths zu ihrem Federvieh und wir zu einem nahrhaften Fleischbatzen. Natürlich hielt der gute Schinken bei unserer großen Familie nicht lange vor. Das Künstlerpaar jedoch sollte an seinem Federvieh noch hinlänglich Freude haben, denn sie brachten es nicht übers Herz, ihm den Hals umzudrehen. So mutierten die Viecher zu verhätschelten Hausgenossen, die nun zusammen mit ihren Gastgebern in einer ausrangierten Schule hausten. Die Stadt Gelsenkirchen, die ihren berühmten Sohn gern in ihren Mauern halten wollte, hatte ihnen darin - nachdem ihre Wohnung in der Bismarckstraße durch Brandbomben zerstört worden war - zwei Klassenräume zur Verfügung gestellt. Hier nun konnten Peter, der Hahn und Lenchen, das Hühnchen, nach Herzenslust auf dem leeren Schulhof herum scharren. Und wenn Lenchen Lust verspürte, ein Ei zu legen? Dann begleitete das fürsorgliche Hähnchen sein Hühnchen die Treppen des Schulgebäudes hinauf und krähte so lange vor der alten Klassentür, bis sie geöffnet wurde. Kaum aber hatte die Henne freien Zugang zum Schlafraum, flatterte sie auf Madams Bett und legte darauf ihr obligatorisches Frühstücksei. Sie glauben mir nicht? Aber es ist tatsächlich wahr! Ich hab's mit eigenen Augen gesehen. Dass Gockel und Hühnchen des Nachts auf Bienroths alter Couch schlafen durften, versteht sich wohl von selbst. Und dass sie sich bald gar mit den eigenwilligen Katzen und dem Hund anfreundeten, war in dieser Wohngemeinschaft nicht anders zu erwarten.

Auf nachfolgenden Hamsterfahrten heimsten die beiden Tierfreunde dazu noch zwei beißfreudige Gänse ein. Aber auch Mama hatte allmählich Routine beim Hamstern bekommen und ergatterte hin und wieder ein Federvieh. Doch das landete jeweils ohne Zögern bei uns im Kopftopf, während die Bienrothschen Gänse sich nebst Hühnchen und Hähnchen geradezu unverschämt breit machen konnten vor dem neuen Häuschen einer Schrebergartenanlage, das dem verehrten Künstlerpaar inzwischen - statt der Schulklassen - von der Stadt Gelsenkirchen zur Verfügung gestellt worden war. So lebte das Künstlerpaar fortan mit Hühnern, Gänsen und Gemälden in ihrem eigenen kleinen Paradies.

Der Maler und sein Paradies

Es war etwa ein Jahr nach Mamas großer Hamsterfahrt mit ihren alten Freunden, den Bienroths. Mama hatte sich fein gemacht. Ein duftiges weißes Spitzen-Jabo flutete zwischen ihren Brüsten, während der halblange Schleier des modischen Hütchens ihre immer noch mädchenhaften Gesichtszüge mehr unterstrich als verbarg. Ach, ich liebte es, wenn Mama sich fein machte! Sie wirkte dann so ... so damenhaft. „Willst du ausgehen, Mama?"

„Ja", antwortete sie, „ich wollte die Bienroths besuchen. Hast du Lust mitzukommen?"

Na klar hatte ich Lust! Schließlich war bei den Bienroths immer was los. Das neue Heim des Malers stand in einer Gartenanlage am Rande von Gelsenkirchen und erschien - umgeben von alten Linden und einem dichten Gewoge von Akazien und Fliederbüschen - als gastliche Insel in einem Meer von Grün. Als wir ankamen, trat gerade der Hausherr in den Garten hinaus. Es war früher Nachmittag. Die Sonne beleuchtete von einem mild-blauen Himmel herab die idyllische Szenerie. Da stand er nun, der Meister, mit seiner graumelierten Künstlermähne - den blauen Morgenmantel fest um seinen Leib geschlungen - stand da und schnupperte die würzige Sommerluft, begrüßte die schnatternden Gänse, die zutraulich näher kamen, sprach mit Lenchen, dem Hühnchen und Peter, dem Hahn, die ihm mit leisem „tok-tok-tok" antworteten, während der weiße Spitz mit seiner kalten Schnauze ungestüm gegen seine nackten Beine stupste.

„Kommen Sie nur", rief er einladend, „und keine Bange vor den Gänsen. Die werde ich schon im Schach halten." Mit ihm an der Seite betraten wir unbeschadet das Haus und durchquerten den lang gestreckten Korridor - dieses Exil seiner zahlreichen Gemälde. Als Bienroth mein Interesse an der Malerei bemerkte, versuchte er, mir einiges über die bildende Kunst im Allgemeinen und die großen Meister im Besonderen zu erklären. „Mein Lieblingsmaler", schwärmte er, „ist zweifellos Goya. Seine *Nackte Maya* ist einer der schönsten Akte, die ich kenne." Kaum aber hatte er das Wort Akte ausgesprochen, erschien seine Ehehälfte auf dem Plan, und schon ging der Streit los. „Untersteh dich, Al-

ter! In mein Haus kommt mir kein Aktmodell! Mit solchen Schwei-
nereien will ich nichts zu tun haben."

Fürchtete die Dame etwa, ihr Mann wolle *mich* als Aktmodell
gewinnen? Vorsichtshalber ging ich in Deckung. Doch der Streit
eskalierte auch ohne mein Zutun. Ein Wort ergab das andere,
eins entzündete sich am anderen. Er brüllte, sie keifte. Die Mama
schwieg - sie kannte diesen Zirkus schon. Kaum aber hatte der
Meister seinen Vorrat an Schimpfworten erschöpft, sprang er auf
und rannte geräuschvoll aus dem Haus. Allgemeines Seufzen der
Erleichterung! Die Hausfrau - plötzlich ganz aufmerksame Gastgeberin - servierte den Tee. Man redete, lachte, amüsierte sich
und sog begierig die erfrischende Atmosphäre dieses Hauses
auf. Es dauerte nicht lange, da kam der Maler wieder herein,
stellte sich - als wäre nichts gewesen - an die Staffelei und tupfte
mal hier, mal dort ein bisschen Farbe auf das nahezu fertige
Blumenbild.

Scheinbar teilnahmslos saßen die Katzen auf der Marmorplat-
te des schönen, an den Seiten mit schwarzem Schmiedeeisen
verzierten Ofens. Von dort beobachteten sie aus schrägen Augenwinkeln jede Bewegung des Meisters, mit der er an der Leinwand herumwerkelte. Plötzlich aber sprang Felix - dieser fette
Kater - mit einem Satz vom Ofen mitten hinein in das gerade fertig gestellte Bild. Da verlor der Meister die Beherrschung. „Him-
melherrgottsakra", schrie er aufgebracht, „diese verdammten
Viecher! Sie ruinieren mir meine ganze Arbeit! O, ich könnte sie
zum Teufel jagen!" Sein teures Weib aber hörte gar nicht hin. Sie
wusste genau, ihr Göttergatte liebte die Katzen heiß und innig
und würde ihnen niemals auch nur ein einziges Haar krümmen.
„Hör mal, Alter", sagte sie, nachdem er sich einigermaßen beruhigt hatte und gottergeben daran ging, den angerichteten Schaden auszubessern, „Ich gehe jetzt mit Frau Ludewig und der Eva
zum Café Stallmann. Wenn du mit deiner Pinselei fertig bist,
kannst du ja nachkommen."

„Geht nicht, Gretchen. Ich hab ja keinen Kragen für mein
Hemd", maulte er.

„Quatsch! Binde dir einfach einen Schal um, dann merkt kein
Aas, dass dein Hemd keinen Kragen hat", meinte seine Holde
ungerührt. Und bevor er dagegen protestieren konnte, strebte sie

bereits mit uns dem traditionsreichen Kaffeehaus in der Armin-straße entgegen. Bei dem schönen Sommerwetter saßen die meisten Gäste draußen im Garten. Ein weißer, zitternder Hauch von Irisstaub hing in der Luft. Die leuchtend gelben Sonnen-schirme tanzten auf und nieder wie riesige Zitronenfalter. Wir ließen uns an einem der runden Tische nieder und bestellten je-der eine Tasse heißer Schokolade. Allzu gern hätte ich auch Ge-bäck dazu gegessen – Stallmanns waren berühmt für ihre Schillerlocken. Dafür aber fehlten uns die Lebensmittelmarken. Um mich von meinen Gelüsten abzulenken, beobachtete ich un-geniert den Nachbartisch. Die alte Frau dort hatte sämtliche Zeit-schriften für sich in Anspruch genommen. Sie las, als wenn sie mit der Nase jede einzelne Zeile unterstreichen wollte. Jetzt aber legte sie die Lektüre beiseite und lauschte begierig den Gesprä-chen an unserem Tisch, die mit großem Elan Gretchen Bienroth bestritt.

Es dauerte nicht allzu lange, da erschien auch Wilhelm Bien-roth, eingehüllt in eine Duftwolke von Ölfarbe und Terpentin. Sei-ne graue Künstlermähne umwehte effektvoll sein markantes Gesicht, die Brille saß tief auf der Nase, seine grauen Augen un-ter den buschigen Brauen glänzten, als habe er sich frisch ver-liebt. Tatsächlich trug er ungeachtet des warmen Wetters einen roten Wollschal um den Hals, doch erregte er damit nur diskretes Aufsehen.

„Siehste, Alter", rief sein Gretchen ihm lautstark entgegen, „hab' ich's dir nicht gesagt, wenn du 'nen Schal umtust, dann merkt kein Aas, dass du 'en Hemd ohne Kragen hast?"

Spätestens jetzt waren alle Blicke auf den Maler gerichtet, wanderten dann weiter zu seiner Frau, die sich geschmeichelt in der allgemeinen Aufmerksamkeit sonnte. Und er? Er setzte sich brav wie ein Bernhardiner an unseren Tisch und streichelte zärt-lich ihre Hand.

„Hör mal, Eva", wandte sich die Frau des Malers nun an mich. „Der Alte und ich, wir wollen in den nächsten Tagen für eine Wo-che nach Berlin fahren. Da haben wir einige Bilder untergestellt, die zum Glück den Krieg überstanden haben. Jetzt wollen wir sie

218

zurückholen. Würdest du in dieser Zeit auf unser Haus und unsere Tiere aufpassen?"

„Das mache ich doch gern", stimmte ich zu und freute mich
schon auf eine Woche Ferien in dem kleinen Dorado. Wie hätte
ich auch ahnen können, was dabei auf mich zukommen würde?
Zunächst ließ sich ja alles gut an. Ich hatte Waschzeug mitgenommen, einige Bücher und meine gute Laune. Die Tiere empfingen mich durchaus freundlich; der Hund sprang aufgeregt an
mir hoch, die Katzen strichen neugierig um meine Beine, der
Hahn ließ mir zu Ehren seinen Kamm schwellen und die Hühner
machten leise tuck-tuck-tuck. Nur die Gänse schenkten mir keinerlei Beachtung. Nachdem Katzen und Federvieh versorgt waren, und der Hund mir die Wurst vom Brot stibitzt hatte, wollte ich
den Tag ruhig angehen.

Ein merkwürdiges Dämmerlicht erfüllte den Wohnraum. Die
Luft über dem Garten flirrte. Ein leichter Windhauch bewegte die
Blätter der Bäume, jagte helle Lichtreflexe durch die Fenster und
ließ sie an den Wänden des Zimmers auf und ab tanzen. Dies
sollte für mich die Stunde der Entspannung werden. Ich kramte
Hemingways *Fiesta* aus meiner Tasche und ließ mich in einem
der abgewetzten Sessel nieder. Doch zum Lesen kam ich nicht.
Die verflixten Katzen schienen mich als Kletterbaum zu betrach-
ten und wetzten genussvoll ihre Krallen an meinen nackten Beinen, dass mir um meine Haut angst und bange wurde. Sollte ich
nicht besser meine Siesta im Garten abhalten? Dagegen aber
schienen die Gänse was zu haben. Mit ihrem aufdringlichen Ge-
schnatter verdarben sie mir die Freude an diesem grünen Paradies. Und als ich gar in dringenden Geschäften dem Häuschen
mit dem Herzchen am Ende des Gartens zustrebte, reagierten
sie besonders aufgebracht. Ihre Schnabelhiebe trafen mich wie
spitze Dolche. Schließlich wagte ich mich nur noch mit einem
wehrhaften Stock auf dieses blöde Scheißhaus. Spätestens jetzt
ahnte ich - es gibt kein perfektes Paradies, an dem man seine
Sehnsucht stillen, seinen Frieden finden kann! Nur Wölfi - der
weiße Spitz - wiegte mich in trügerische Ruhe. Er lag den lieben,
langen Tag in seiner Ecke vor dem erkalteten Ofen, schlief den
Schlaf der Gerechten und öffnete seine Augen nicht mal, wenn
der Postbote am Zaun auftauchte. Nein, ein guter Wachhund war

er nicht. Folglich durfte ich auch nicht wagen, das Grundstück zu verlassen.

Heiliger Strohsack! So konnte es doch nicht weitergehen! Wohin sollte ich mich nur zurückziehen? Ins Schlafgemach der Bienroths etwa? Darin hatte ich eigentlich nichts zu suchen; mein Lager war im Wohnzimmer aufgeschlagen. Was aber tut man nicht in seiner Not? So fand ich mich plötzlich in der Intimität eines fremden Schlafzimmers wieder und schaute mich mit neugierigen Augen um. Man merkte, die Frau des Hauses wollte sich nicht den Unwichtigkeiten des Lebens ausliefern. Sie fürchtete wohl die Einengung des Geistes, die Abstumpfung der Seele durch Putzen und Aufräumen, und das schlug sich auf ihre Umgebung nieder: In Schubläden und Schränken herrschte ein geniales Durcheinander, auf den Möbeln flockte der Staub, über den Stühlen hingen Strümpfe, Schlüpfer, Schnupftücher, und der Fußboden war übersät mit angelesenen Büchern. Ich weiß, es war einfach lachhaft – in kindlichem Eifer versuchte ich, ein wenig Ordnung in das Chaos zu bringen. Dabei bin ich eigentlich gar nicht der Typ, der Ordnung liebt, aber ich hatte ja Zeit - Zeit, die ausgefüllt und durchgestanden werden musste. Später jedoch sollte sich zeigen, dass die Frau des Hauses meinen Eifer keineswegs zu schätzen wusste.

„Wer hat dir erlaubt, in meinen Schränken herumzukramen?" keifte sie. „Du willst mich wohl vor meinem Alten als Schlampe hinstellen, was?"

Nein, *das* hatte ich nicht gewollt. Ich hatte wohl noch einiges zu lernen! Und ich hatte – Gott sei es geklagt – noch weitaus Schlimmeres zu beichten. Nämlich, dass in der Nacht vor Bienroths Rückkehr so ein hundsgemeiner Dieb in den Hühnerstall geschlichen ist und dort heimlich, still und leise das schlaftrunkene Lenchen buchstäblich von der Stange gerupft hat. Ausgerechnet Lenchen, das die Bienroths bei ihrer ersten Hamsterfahrt im Tausch gegen ein besonders farbenfrohes Ölgemälde erworben hatten! Ausgerechnet Lenchen, das auf Kommando Küsschen gab! Ausgerechnet Lenchen, das jeden Tag, den Gott werden ließ, ein frisches Ei legte! Und die Gänse, diese sonst ewig kreischenden Vögel, was haben die dagegen getan? Nichts, rein gar nichts! Statt lauthals Alarm zu schlagen, haben sie ausnahmsweise mal ihre Schnäbel gehalten. Und Wölfi, der Wachhund? Natürlich, der hat den Überfall einfach verschlafen! Was konnte man von ihm schon anderes erwarten! Aber Peterle - Lenchens wackerer Gefährte? Ach der! Den hat vor Schreck der Schlag getroffen. Da lag er nun, seine Krallen anklagend 'gen Himmel gereckt und rührte sich nicht mehr. Nicht mal als Braten ließ er sich verwenden, dazu war er einfach zu zäh. Können Sie sich vorstellen, wie mir zumute war, als ich den Heimkehrern diese schreckliche Ereignis beichten musste?

„Herrgottnochmal! Du dummes Gör! Konntest du nicht besser aufpassen?"

Nein, konnt' ich nicht! Wie denn auch? Und so verließ ich - während der große Meister mit schwarzem Anzug und Zylinder am Grabe des armen Hähnchens eine Trauerandacht hielt - gesenkten Hauptes das kleine, verstörte Paradies.

Unser lieber Herr Pilz

Schon halb Acht, und in der ersten Stunde stand eine Englisch-Arbeit an. Also rannte ich im Rekordtempo die Ziethenstraße entlang, dann weiter Richtung Ückendorfer Straße, wo in einer vergammelten Sonderschule unsere Mittelschule untergebracht war, seit die Militärverwaltung sich im ehrwürdigen Prachtbau unserer angestammten Schulgebäude breitmachte. Aus den noch offen stehenden Klassenzimmern drang mir schrill und hell Geschrei und Gelächter entgegen. Wird schon werden, die Arbeit, nur keine Bange! machte ich mir Mut. Seit dem Frühjahr '46 hatte der Schulalltag uns wieder voll im Griff. Jetzt sollte alles nachgeholt werden, was wir im ersten Nachkriegsjahr - als die Schulen noch geschlossen waren - versäumt hatten. Viele fanden die Schule ja zum Kotzen. Ich dagegen bin gern zur Schule gegangen, nur nicht gerade dann, wenn eine Englisch-Arbeit geschrieben wurde.

Ich schaute meine Mitschülerinnen an. Einige gluckten paarweise zusammen. Ihre Nasen glänzten fettig, manche hatten Pickel im Gesicht - so wie ich. Einige zeigten bereits weiblich geformte Becken und hübsche Beine, andere hatten noch gar keine Hüften und dünne Storchenbeinen. Mein Körper hatte sich noch nicht recht entschieden, wie er sich entwickeln wollte. Wie mag es wohl sein, dachte ich, wenn wir nicht mehr da sind mit unseren wirren Sätzen, unseren Ängsten, unseren Leidenschaften, die uns wie warme Pelze einhüllten? Hier wurden Freundschaften geschlossen, die zum Teil die nächsten Jahrzehnte überdauern sollten. Gleichzeitig war es auch eine Zeit, in der alte Seelenverwandtschaften Risse bekamen; in denen sich die einen nach rechts, andere nach links entwickelten. So wie die Zwillinge Maria und Margret, die zunächst unzertrennlich waren und sich so ähnlich waren, dass man sie nur an feinen Nuancen auseinander halten konnte. Langsam jedoch drifteten sie immer weiter auseinander, bis es zwischen ihnen zu offener Feindschaft kam und sie sich so gegenseitig kastrierten. Im Allgemeinen aber haben wir zusammen gehalten, vor allem, wenn es galt, sich mal gegen die Lehrer zu verbünden.

222

Ja, auch ich war dabei, wenn ein Pauker mal in die Pfanne gehauen werden sollte, zum Beispiel unser lieber Herr Pilz. Ach, dieser Herr Pilz! Er war so ein schmales Männchen, dessen blasses Antlitz durch sein fahles Haupthaar noch farbloser wurde. Ein Mann wie eine Trauerweide mit der Seele eines Gänseblümchens! Er ging fürchterlich aufrecht, man konnte geradezu sehen, wie er seine ganze Seele in diesen Gang hineinlegte, und seine Stimme hatte den melancholischen Klang zerbrechenden Glücks. Er war unser Erdkundelehrer, bei dem wir meist tödlich gelangweilt zwischen dem Horror der Realität und einem Haufen idiotischen Wissens hin und her pendelten. Trotzdem, hinter diesem sonderbaren, mit zahlreichen Schrullen ausgestatteten Mann, der aus schmalen Brillengläsern so schwermütig auf uns herabschaute, verschwanden die anderen Lehrkräfte, als wären sie nicht vorhanden.

Wir hatten gerade das Alter erreicht, in der man in der köstlichen Absurdität der Erwachsenen eine Fundgrube des Humors entdeckt. Während einige Mitschülerinnen es jeweils vorzogen, den Unterricht von Herrn Pilz zu schwänzen, um lieber das neue Nonstop-Kino in der Nähe unserer Schule aufzusuchen, schoben wir Zurückgebliebenen uns während seiner endlosen Erklärungen gegenseitig Zettel zu oder lasen heimlich unter der Bank irgendwelche Traktate. Wurde aber sein Vortrag allzu penetrant, baten wir darum, uns doch von seiner Jungenklasse zu erzählen, mit der er die letzten Kriegsjahre in einem Schullager an der Ostsee verbracht hatte. Solange Herr Pilz davon sprach, verschonte er uns nämlich mit seinen Geographie-Weisheiten. Seine Geschichten aus dem Leben - wie die vom Meeresleuchten, das seine Burschen in Blecheimern einzufangen versucht hatten - fanden wir viel amüsanter. Es war sein Lieblingsthema, das er von mal zu mal weiter ausschmückte. Dabei lief er mit am Rücken verschränkten Armen lebhaft hin und her. Dann - wieder ruhiger geworden - zog er plötzlich ein Erdkundebuch aus seiner abgewetzten Aktentasche und blätterte im Stehen darin herum, ohne zu merken, dass er dabei die Seiten eine nach der anderen umknickte. Er wird doch um Himmels willen jetzt nicht wieder von Honolulu oder der Wüste Gobi anfangen! O nein! Um ihn davon abzubringen, fragten wir ihn zum x-ten Mal: „Herr Pilz, was halten

Sie davon, wenn ein Mädchen aus unserer Klasse (wir waren bereits sechzehn/siebzehn Jahre alt) einen Freund hat?" Und schon war er in seinem Element: „Fangt bloß nicht zu früh an", beschwor er uns, „und vor allem eins – ich sag's euch mit Gebühr - nehmt keinen der weniger kann als ihr!"

Wir kicherten leise in uns hinein. „Aber nein", versicherten wir ihm treuherzig, „wir werden bestimmt nicht zu früh anfangen und dabei womöglich den Falschen aussuchen!"

Dieses Versprechen schien ihn zu beruhigen. Eines Tages aber – es war nicht lange danach - da muss für ihn die Welt zusammengebrochen sein. Ganz aufgeregt erschien er während der Pause in unserer Klasse und blickte von einer zur anderen. Dann entfernte er sich wieder, ohne ein Wort zu sagen. Nach der nächsten Stunde tauchte er ein zweites Mal auf und fixierte uns mit einer Eindringlichkeit, die erschreckte. Wir sahen ihn fragend an. Nun fühlte er sich genötigt, eine Erklärung abzugeben: „Ja, ihr wundert euch sicher, warum ich mich hier so umsehe. Aber stellt euch mal vor, da ist mir doch tatsächlich gestern in der Stadt eine Schülerin begegnet, die per Arm mit einem jungen Mann spazieren ging! Und die hat sich nicht einmal geniert, mich dabei zu grüßen!"

„Och", platzte ich heraus, „das war ich mit meinem Vetter, den ich zum Bahnhof begleitet habe." Herrn Pilz wurde noch bleicher als sonst. Sichtlich rang er nach Worten. „So", sagte er dann, „so, *Vetter* nennt man das heute!" Und man merkte ihm an, dass seine Gänseblümchenseele einen Knick bekommen hatte, von dem sie sich nie mehr erholen sollte.

Wohin – an Rhein oder Ruhr

Herbstferien 1947! Die letzten Ferien meiner Schulzeit. Da muss man doch was unternehmen! Mal ein bisschen raus fahren! Aber wohin? In den Süden? *„Mensch Meyer, wat willse inne Toskana? Bleib auffe Scholle und gieß deine Blümken."* Wer das gesagt hat? Egal – er hat jedenfalls damit auf den Punkt gebracht, was die Kumpels im Kohlenpott an ihrem *Pantoffelgrün* so schätzen. Wir aber waren keine Laubenpieper, hatten keinen Schrebergarten, in dem wir uns erholen konnten. Wir fuhren zum Auftanken *anne Ruhr.* Oder sollte es diesmal was anderes sein? Die Ruhr kannten wir ja zur Genüge.

„Wie wär`s mit `ner Fahrt zum Rhein?" schlug Anna vor. „Nur wir beide, ganz alleine!"

Ja, warum nicht? Also auf zum Rhein. Wir besorgten allerhand Proviant, schließlich wollten wir uns selbst verpflegen, denn unsere Reisekasse war nicht gerade üppig. Wir nahmen den Spätzug – das war billiger. Bis Köln saßen wir fast unbeweglich, Schulter an Schulter, die Augen in die Nacht des Fensters gerichtet, durch die man zuweilen die Lichter der Häuser huschen sah. Und wir waren zufrieden, fühlten uns einander nah. Langsam senkte sich der Abend nieder, hüllte die Landschaft, die sich rechts und links von uns ausbreitete, in durchsichtiges Dunkel, das an einen leichten Schleier denken ließ. Der Zug fuhr am Rhein entlang, und wir betrachteten den Fluss, der sich wie ein breites Band aus Metall neben den Schienen ergoss, auf dem die untergehende Sonne purpurrote Reflexe hinterlassen hatte. Allmählich verglomm dieses Leuchten, nahm tiefere Töne an, wurde trauriges Dunkel. Und die Landschaft versank in dem Schwarz, dass jede Dämmerung über die Erde ziehen lässt, und die Melancholie dieses Abends drang allmählich in unsere Seelen ein und machte uns schweigsam.

In Bonn verließen wir den Zug. Es ging auf neun Uhr zu. Das Städtchen, das draußen hinter dem Denkmalplatz anfing in rabenschwarzer Finsternis mit erbärmlich fröstelnden Lichtern, war auch nur wie andere Städte seinesgleichen. Ich glaube nicht, dass wir an diesem Abend noch viel davon sahen. Trostlos war es, kalt und ungemütlich. Kein Hotel, keine Pension, in die wir hätten unterkriechen können, zumindest keine, die unserem Etat entsprach. Was hatten wir uns eigentlich gedacht, ohne Zimmerbuchung aufs Geradewohl loszufahren? Mich fror, dass meine Zähne wie eine Nähmaschine klapperten. Wo sollten wir hin? Mutlos setzten wir uns auf eine Bank an der Uferstraße. Nun waren wir also hier am viel gepriesenen Rhein und kamen uns recht verloren vor. Und zu allem Unglück setzte inzwischen ein leichter Nieselregen ein. Auch das noch! Wie lange würde es dauern, bis wir völlig durchnässt waren?

Ein Fremder sprach uns an; er hatte wohl Mitleid mit den zwei Gestalten, die so einsam in der Abendkälte saßen: „Wo wollt ihr hin? Was habt ihr vor? Was, kein Quartier? Ihr wollt die Nacht draußen verbringen? Ach was! Ein Freund von mir wohnt ganz in der Nähe. Er hat sicher nichts dagegen, wenn ich euch mitbringe. Bei ihm ist immer Platz für ein, zwei Gäste."

Skeptisch blickten wir den Fremden an. Er war unrasiert. Weiße Stoppeln waren über sein Kinn verstreut. In den Falten seines Gesichts schien sich Staub angesammelt zu haben. Seine Stimme klang seltsam spröde, aber wie er es verstand, eben diesen Mangel einzusetzen - heiser zu krächzen, dass man erschrak, tonlos zu flüstern, dass es einen erregte, im natürlichen Sprechton zu reden, so dass im gebrochenen Klang des Organs sein Alter beklagenswert offenbar wurde. Er handhabe die unschöne Stimme wie ein besonderes Instrument, flößte uns damit Vertrauen ein, und so folgten wir ihm wie zwei Lämmer ihrem Schäfer.

Die Wohnung des Freundes war 'ne richtige Bruchbude - eine zerschlissene Couch, ein dunkelbraun gebeizter Tisch, eine alte Holzbank und zwei wackelige Stühle bildeten das armselige Mobiliar. Dabei sollte dieser Freund der Sohn eines bekannten Kölner Schokoladenfabrikanten sein! Doch in diesen Nachkriegszeiten wunderte man sich nicht, wenn auch Söhne reicher Eltern so primitiv wohnten. Im Grunde war es uns egal, wie schäbig es dort aussah, Hauptsache, wir konnten die Nacht im Trocknen verbringen. Wo aber war der Freund dieses Fremden, der sich uns inzwischen als Raul vorgestellt hatte? „Ach der, der musste noch zu irgendeinem Treffen, er wird sicher bald zurück sein", versicherte uns der Fremdling. Während wir geduldig warteten, stolzierte dieser Raul wie ein Storch im Salatfeld unentwegt im Zimmer auf und ab. Anna hatte sich auf einem Stuhl niedergelassen. Sie konnte sich kaum mehr auf den Beinen halten und schloss erschöpft die Augen. Ich setzte mich zu ihr. Auch ich war müde, aber wie hätte ich mich entspannt zurücklehnen können, solange der Besitzer dieser Wohnung nicht gesagt hat, okay, ihr dürft über Nacht hier bleiben?

Mitternacht war längst vorbei, als endlich die Tür aufging und ein großer, schlanker Mann auftauchte, der es offenbar ganz natürlich fand, dass sich unerwarteter Besuch in seinem Heim eingefunden hatte. Er strömte eine warme, kuschelige Sinnlichkeit aus, die mir ein wenig den Atem benahm. Doch meine leisen Ängste vergingen, als der Mann sich höflich und unaufdringlich zeigte. „Hallo", sagte er, „ich bin der Rainer. Natürlich könnt ihr hier übernachten. Ich werde doch so nette Mädchen nicht bei Nacht vor die Tür jagen." Und ohne großes Aufheben bereitete er für Anna und mich auf dem Fußboden ein Schlaflager aus Decken her. Nachdem wir zwei uns wie schläfrige Katzen darauf eingerollt hatten, machte Raul es sich auf der Bank bequem, während Rainer sich zum Schlafen auf der Couch niederließ und das Licht löschte. „Na dann, gute Nacht allerseits."

Ich war beinahe abgetaucht ins Tal der Träume, als ich plötzlich eine leichte Berührung verspürte. Verdammt, da fingerte doch einer mit seiner Pfote an meiner Fußsohle herum! Schlagartig war ich hellwach. Die Berührung war so zart, dass ich sie kaum spürte, mich ihr aber nur schwer entziehen konnte. Da war ein Könner am Werk, ein höchst raffinierter Kerl, ein ausgewachsener Casanova. Die Berührung verursachte einen elektrischen Strom auf meiner Haut, einen Strom, der sich von unten nach oben hin fortpflanzte. Verdammt! Offensichtlich gibt es da an den Füßen gefährliche Stellen, von denen ich bisher nichts ahnte! Überlass sie bloß nicht diesem arglistigen Teufel, sonst ist es um dich geschehen! Eilig zog ich die Beine an und richtete mich auf. Die Hand verschwand. Voller Angst rüttelte ich Anna an der Schulter. „He, wach auf!" flüsterte ich ihr zu, „Diese Männer, die wollen was von uns. Einer hat mich schon berührt. Hörst du nicht, Anna? Schlaf nicht wieder ein! Wir müssen wachsam sein, alle beide." Anna jedoch drehte sich auf die andere Seite und schlief unbekümmert weiter. Ich aber wagte nicht, mich wieder hinzulegen. Steif und verängstigt lehnte ich gegen die Wand und versuchte krampfhaft, meine Augen offen zu halten, um bei einer erneuten Annäherung des Fremden – wer auch immer es von den beiden Männern gewesen sein mag - gewappnet zu sein. Doch die Nacht verging, ohne dass der Verführer einen weiteren Versuch unternommen hat.

Als es Morgen wurde, und das Tageslicht den Raum erhellte, wachte Anna endlich auf. Auch unsere Kavaliere wurden munter, erhoben sich von ihren Schlafplätzen, gingen in die Küche und kochten einen starken Bohnenkaffee, den sie großzügig mit uns teilten. Danach verschwand ich in der Toilette, um mich frisch zu machen. Nach der durchwachten Nacht hatte ich es nötig. An der Wand hing ein Bündel Papier. Da hatte wohl jemand einen billigen Groschenroman fürs Klo zurechtgeschnitten. Eine fettgedruckte Überschrift sprang mir in die Augen: *„Wie Frau B. ihre Tochter zur Hure erzieht"*. Herr im Himmel! In welche Lasterhöhle waren wir hier geraten!

„Wenn ihr wollt", bot Raul uns großzügig nach dem Kaffee an, „könnt ihr gern ein paar Tage bei uns bleiben." Doch mit dem gefährlichen Papier in der Hand konnte ich auch Anna davon überzeugen, dass es besser war, die Einladung auszuschlagen und die sündige Stätte schleunigst zu verlassen.

Das Wetter hatte sich inzwischen gebessert. Der Nieselregen des Abends war einer freundlichen Morgensonne gewichen. Langsam stiegen wir die Fichtenallee bergan. Schwarzgrün standen die Bäume gegen den fahlblauen Herbsthimmel. Lautlose Stille war um uns. Bald standen wir oben auf einer Plattform, die weithin das Land beherrschte. Unter uns lag die Stadt - hingebettet zwischen Berg und Strom. Von hier aus wirkte sie geradezu friedlich. Aus einigen Kaminen stieg bläulicher Rauch empor, wob um das Gewirr der Dächer zarte Schleier. Gleich einer Insel leuchtete der Schlosspark im Schmuck des Herbstes. Im ungeheuren Bogen dehnte sich silbern der Rhein hinab in die unendliche Ebene, bis er sich am Horizont im Nebel verlor. Wir fühlten uns klein hier oben und ein wenig verloren. „Lass uns wieder herunter gehen" bat Anna, „im Tal ist mir einfach wohler. Wir könnten doch auch direkt am Rhein entlang wandern."

„Na, meinetwegen, vielleicht kommen wir so nach Aßmannshausen, wo wir früher mal mit den Eltern waren. Erinnerst du dich
noch an das kleine Hotel, in dem wir gewohnt haben? Papa und
Mama hatten sich ja gleich mit den Inhabern, der Familie Pieroth,
angefreundet und später von ihnen ihren Wein bezogen. Wer
weiß, vielleicht können wir bei ihnen ein paar Tage unterkom-
men."

Also machten wir uns auf den Weg Richtung Aßmannshausen.
Der Rhein war dabei unsere einzige Orientierung. Es war jedoch
schwer, von der einen Seite zur anderen zu gelangen, denn die
meisten Brücken waren zerstört. Wir hatten auch keine Karte
dabei, aber wenigstens war da der Fluss - eine Landmarke, wenn
alle Dinge verschwammen, weil der Himmel so nah war und weil
die Wolken, die vom Osten kamen, immerzu vor den Bergen des
Siebengebirges hängen blieben. Irgendwann hatten wir Bingen
erreicht. Doch seit wir dort ankamen, hatten sich auch die Wolken
dort niedergelassen, hat es ununterbrochen geregnet. Es war
kein lauter, harter Regen, den man ertragen kann, es war nicht
einmal ein richtiger Nieselregen. Ein eisiger, lückenloser Vorhang
war es, der sich unablässig ringsum herunter senkte wie ein wei-
cher Nebel. Immer war er da, durchnässte uns mit einer widerlichen Berührung. Und dann der Wind! Man konnte ihn hinter den
Hügeln pfeifen hören, unablässig, unausweichlich. Wo sollten wir
uns vor dem Wind verstecken, wo vor der Nässe schützen?

In der Rheinebene stolperten wir über ein großes Zeltlager.
Eine Pfadfindergruppe hatte sich dort niedergelassen, um bei
Spiel und Sport die Herbstferien zu verbringen. Von Spiel und
Sport im Freien konnte bei diesem Sauwetter jedoch keine Rede
sein. Der Anblick von zwei einsamen jungen Mädchen durchbrach ihr tristes Tagesprogramm. „Hallo, ihr Zwei, ihr seid ja völlig
durchgefroren. Wollt ihr nicht zu uns kommen und euch ein bisschen aufwärmen? Wir haben auch heißen Tee für euch da."

Na, warum nicht? Es schienen wirklich nette Burschen zu sein.
Sie führten uns in ihr riesiges Hauptzelt, in dem ein anheimelndes
Feuer flackerte. Wir setzten uns zu ihnen ans Feuer, aßen mit
ihnen halb verkohltes Stockbrot, vergruben mit Stanniol umwi-
ckelte Kartoffeln in der langsam verglühenden Asche und sangen
gemeinsam mit ihnen muntere Wanderlieder. Mochte der Regen

inzwischen weiter aufs Zeltdach prasseln – in dieser etwas lauten, etwas rauen, aber herzhaften Jungengruppe fühlten wir uns
gut aufgehoben. Und als sie uns anboten, bei ihnen im Zelt zu
übernachten – wegen des Sauwetters draußen und weil es auch
hier keine Zimmer zu mieten gab – sagten wir ohne Bedenken
zu. Wir vertrauten auf ihre Fairness und ihre Kameradschaftlich-
keit.

Da lagen wir beiden Schwestern nun zwischen acht oder neun
Burschen auf dem harten Zeltboden und versuchten arglos, dem
nächsten Tag entgegenzuträumen. Doch die christlichen Pfadfin-
der – angeregt durch die Nähe junger Weiblichkeit - hatten anderes im Sinn. Von allen Seiten tasteten sich Hände heran, um uns
zu begrapschen. Hauptsächlich hatten die Brüder es jedoch auf
Anna abgesehen, die im Gegensatz zu mir schon reifere Formen
zeigte. So musste ich nicht nur meine eigene Unschuld, sondern
auch die meiner Schwester verteidigen und schlug ihnen entsprechend auf die Finger, wenn sie uns mit ihren gierigen Händen allzu nahe kamen. Ob Anna sich über meine heldenhafte
Abwehr gefreut hat? Wer weiß! Das Zelt jedenfalls hielt meinem
eifrigen Rundumschlag nicht stand. Ohne Vorwarnung fiel es
plötzlich in sich zusammen.

Da standen wir beide nun wieder im Regen, und auch die
Knaben, die inzwischen ernüchtert unter der schlaffen Plane her-
vorgekrochen kamen, schüttelten Gott ergeben ihr nasses Fell.
Das Zelt noch einmal aufbauen, das war nicht drin. Uns blieb
nichts anderes übrig, als abzuwarten, dass es wieder hell wurde.
Anna und ich hatten inzwischen genug von den „netten Burschen" und dem „schönen Rhein". So suchten wir zielstrebig den
nächsten Bahnhof auf und fuhren mit dem nächsten Zug in unser
vertrautes Ruhrgebiet zurück.

Nach diesen Erlebnissen hatte ich nur noch den Wunsch, die
letzten Ferientage in aller Ruhe zu Hause zu verbringen. Anna
dagegen zog es weiterhin zum Wasser, diesmal jedoch zur alt
bekannten Ruhr. Gleich am nächsten Morgen ist sie in aller Frühe aufgestanden, hat sich auf ihr Rad geschwungen, und schon
war sie ein weiteres Mal unterwegs. Fuhr rein nach Steele durch
den frischen Morgenwind - vorbei an den letzten Nachtschwär-

mern, vorbei an den Müllbergen und den Geruchswolken, die noch etwas von der Nacht erzählten - und hatte dieses befreiende Gefühl: „Jawohl, dies ist meine Stunde!"

Schon immer liebte sie die stillen Tage am Wasser, wenn der Nebel das Tal einhüllt und in eine schweigende Insel verwandelt. Schon immer liebte sie den Sprung in die kalten Fluten der an dieser Stelle träge dahin fließenden Ruhr. Stromschnellen konnten sie dabei nicht schrecken; sie wusste um ihre Tücken, kannte ihre gefährlichen Stellen, konnte ihnen ausweichen. Und als erfahrene Rettungsschwimmerin brachte sie genügend Ausdauer mit, um von einer Seite des Flusses zur andern zu wechseln. Dass die Ruhr von Abwässern verdreckt war, der *Blaue Himmel* über der Ruhr noch immer eine Illusion - was scherte es sie als echtes Ruhrpottkind.

Die Sonne war längst im dunklen Abgrund des Häusermeers versunken - der purpurrote Streifen des Abendrots zwischen den grauen Wolken glich dem Widerschein des Feuers, der beim Abstich des Stahls den abendlichen Himmel über dem Ruhrgebiet zum Glühen bringt - als sie erschöpft, aber glücklich wieder daheim war. Als Anna jedoch auch am nächsten Tag und an den weiteren Tagen in aller Frühe ihr Fahrrad sattelte und erst am späten Abend mit leuchtenden Augen nach Hause kam, da wurde es auch dem letzten Familienmitglied klar, dass sie in den Ruhrauen ihre erste Liebe gefunden hatte.

Wenn der weiße Flieder wieder blüht

Der Schnee taute. Nun musste doch irgendwann der Frühling kommen. Den Bäumen aber sah man noch nichts davon an, sie reckten nackte, schwarze Glieder in den Himmel, als suchten sie nach einer Sonne, die für immer verschwunden war. Suchte nicht auch ich nach ein wenig Wärme, ein wenig Frühlingsluft? Ich habe mich immer so verdammt glücklich gefühlt, wenn ich die ersten Dolden des weißen Flieders sah, der seine Zweige großzügig über eine Gartenmauer in der York Straße lugen ließ. Zugegeben, in unserem Stadtteil machte sich der Frühling kaum bemerkbar. Doch nach den üblichen Schneefällen im Januar und Februar und den frühen Märzwinden konnte es passieren, dass wir abends schlafen gingen, und der Frühling über Nacht gekommen war. Wenn wir dann morgens zum Unterricht gingen, entdeckten wir in den Vorgärten der Villen, die der Volksschule gegenüber lagen, die ersten Krokusse auf dem Rasen. Und plötzlich – von einem Tag zum andern - blühten auch die Fliederbüsche, und wir sogen gierig ihren betäubenden Duft ein.

Noch aber waren die wenigen Bäume, die es hier im Viertel gab, hoffnungslos kahl, doch ihre starren Zweige umspielten schon frühlingshafte Winde. Die kleineren und größeren Wäschestücke, die in den Höfen der rußigen Mietshäuser zum Trocknen aufgehängt wurden, blinkten im Sonnenschein. Als hätte die Stadt zu Ehren des Frühlings Flaggenschmuck aufgelegt. In den Gassen lümmelten sich junge Burschen herum. Einige Mädchen standen – heiser kichernd – vor ihnen und stellten sich mal auf das eine, mal auf das andere Bein. Das war die Zeit der jungen Immen. Da gingen sogar die Mauerblümchen selbstbewusster einher. Auch ich fühlte mich an solchen Tagen oft so eigenartig, so ... so wunderbar. Ich wusste nicht, warum. Man hat halt manchmal solche Tage. So war es auch an diesem lauen Frühlingsabend im März 1948. Es dämmerte bereits. Ich öffnete das Fenster und betrachtete die Sterne, wie sie nach und nach am Himmel erschienen. „Meine Schulzeit geht zu Ende", überlegte ich. „Was habe ich schon gelernt? Nicht einmal tanzen kann ich. Wäre es nicht an der Zeit, es endlich zu erlernen?"

Im hinteren Teil einer Ückendorfer Eckkneipe – also nicht weit von uns entfernt – hatte sich eine Tanzschule breitgemacht. Unsere Nordheimer Zwillinge - Rosalinde und Annedore - waren dort bereits gern gesehene Stammgäste. Die beiden Schwestern waren uns ja in manchen Dingen voraus, schließlich hatten sie an unserer Schule schon zwei Ehrenrunden gedreht. Kann man es ihnen da verdenken, dass sie inzwischen – allen Warnungen des guten Herrn Pilz zum Trotz - eifrig Kontakte zum männlichen Geschlecht suchten? Und wo findet man sie leichter, als in einer Tanzschule? Nun lockten sie auch uns, an den Kursen teilzunehmen. Die Leitung hatte nämlich versprochen, dann nicht nur sie selbst, sondern auch ihre angeworbenen Klassenkameradinnen kostenlos zu unterrichten, denn es mangelte ihnen an weiblichen Teilnehmerinnen. Die jungen Herren, die sich dort stets in großer Zahl anmeldeten, mochten sich nicht so gern nur mit ihresgleichen auf dem Parkett drehen. Also, warum nicht ausprobieren, wie man am besten das Tanzbein schwingt? Wer weiß, wozu das gut ist.

An folgenden Freitag war es dann soweit. Zum ersten Mal stand ich im Saal der alten Kneipe an der Bochumer Straße. Doch auf was hatte ich mich da bloß eingelassen? Ich schaffte es einfach nicht, mich gleichzeitig auf die Musik und auf meine Beine konzentrieren, geschweige denn, auf die Zehen des Partners. Ob dies auch ein Tanzkurs für hoffnungslose Fälle war?

Mensch, ist das eng hier! Klaviergeklimper, Bassgebrummel, und jetzt mit Eifer loslegen: *Wenn der weiße Flieder wieder blüht.* Drei Schritte vor, drei zurück... Rückwärtsdrehung auf der Stelle... Zuerst das rechte Bein ... oder doch das linke Bein? Autsch, ich bin mit meiner Nachbarin zusammen geknallt, die hat sich wirklich zu blöd angestellt! Was ist das auch für ein Chaos! Zum Glück bin ich nicht die einzige, die nicht weiter weiß. Das beruhigt mich... Und jetzt das Ganze noch mal von vorn: *Wenn der weiße Flieder wieder blüht...* Und noch einmal... Und noch einmal! Hilfe!!! Ich habe keine Lust mehr. Das Ganze ist mir inzwischen zu blöd! Aber weiter geht's, zwei Stunden lang, bis es endlich heißt: „Danke, das war's. "Und später sagt Anna noch zu mir: „Mensch, bist du aber schlapp heute."

Doch die Schinderei hatte sich gelohnt. Nach einigen Wochen tanzte ich schon verdammt gern, wenn auch immer noch verdammt schlecht. Meine Tanzpartner nahmen es zumindest äußerlich gelassen hin, dass ich ihnen ständig auf die Füße trat. Doch hatte ich erst einmal meinen Rhythmus gefunden, dann konnte ich mich durchaus zärtlich im Takt wiegen. Dann wagte es manch tapferer Tänzer gar, mich – trotz blauer Flecken, die ich ihm vielleicht unbeabsichtigt verpasst hatte - zum Rendezvous einzuladen. Für ein Techtelmechtel aber fühlte ich mich noch zu jung, und so sagte ich grundsätzlich „nein! no! njet!"

Dann kam der Abschlussball. War ich aufgeregt. Welches Kleid ich an diesem Tag trug? Wahrscheinlich einen abgetragenen Fummel meiner älteren Schwester. Neben den Nordheimer Zwillingen in ihren phantastisch schwingenden Röcken - die die Handschrift einer professionellen Schneiderin, ihrer Mutter, erkennen ließen - fühlte ich mich so unauffällig wie ein Butterblümchen und so hässlich wie ein Ochsenfrosch, bis... ja, bis die Musik erklang. Da blühte ich auf wie eine Rose, schwebte so leicht übers Parkett wie eine Pusteblume, und meine Augen strahlten dabei wie zwei Vergissmeinnicht. „Wenn deine Augen weiterhin so funkeln, steckst du damit noch den ganzen Saal in Brand", meinte Rosalinde. Na und? Die Stimmung im Saal war so gelöst und die Kapelle so erstklassig – sie brachte meine Tanzbeine ordentlich in Schwung. Der Traum vom schwebenden Gleiten, hier konnte ich ihn ausleben. Die Musik lockte und forderte immerzu: *Wenn der weiße Flieder wieder blüht.* An diesem Abend tanzte ich mir die Seele aus dem Leib.

Steckte mir die Tanzmusik noch nach Tagen in den Knochen? Ich fühlte mich unternehmungslustig wie schon lange nicht mehr. Dem Vorschlag meiner Freundin Hella, einen Bummel über die Gertrudiskirmes am Wildenbruchplatz zu machen, stimmte ich begeistert zu. Und wie in Kindertagen berauschten wir uns an den bunten Lichtern, den sich im Kreis drehenden Karussells und der aufreizenden Leierkastenmusik, die uns von allen Seiten entgegen schallte. Wir ließen uns treiben von der hin und her wogenden Menge, ließen uns verlocken von den Rufen der Budenbesitzer. Besonders angetan hatte es uns diesmal die Ach-

234

terbahn. Immer höher hinauf, immer tiefer hinunter fuhren die offenen Wagen mit uns über die kurvenreiche Strecke. Wir waren trunken vom Geschwindigkeitsrausch. Am liebsten wären wir die ganze Nacht durchgefahren. Doch ich hatte Mama versprochen, um acht Uhr die Kirmes zu verlassen. Mama wollte dann - nach einem Besuch bei ihrer Freundin, die in der Nähe wohnte - am Rande des Rummelplatzes auf uns warten. Doch als die Zeit gekommen war, verspürten Hella und ich noch keine Lust, die rastlose Kirmes zu verlassen.

„Ach bitte", bettelte Hella, „dürfen wir nicht wenigsten noch einmal auf die Achterbahn?" Mama zögerte. Da traten zwei junge Herren auf sie zu. „Gnädige Frau, erlauben Sie, dass wir die jungen Damen zur Achterbahn begleiten?" fragten sie höflich. Mama stutzte. Kannte sie die Herren? Sie war verunsichert. Da die jungen Männer aber einen durchaus seriösen Eindruck machten, stimmte sie schließlich zu und trat allein den Heimweg an. Wir Mädchen würden sicher bald nachkommen. Hella und ich stiegen indessen mit den unbekannten Rittern in einen Waggon der Achterbahn und sausten übermütig nicht nur einmal, nein, gleich noch ein zweites und ein drittes mal unter dem dunkler werdenden Nachthimmel über die kurvenreiche Strecke. Nach und nach verlöschten die Lichter der Kirmes, die Buden schlossen ihre Läden, die Achterbahn stoppte ihre letzte Fahrt. Der Besucherstrom verlor sich allmählich. Da verließen auch wir den Rummelplatz.

„Eigentlich ist es viel zu früh, um den Abend schon zu beenden", fanden unsere Begleiter. „Hättet ihr nicht Lust, mit uns tanzen zu gehen?" Warum eigentlich nicht? Wozu hatten wir tanzen gelernt? So ließen wir uns willig zu einem Tanzlokal gegenüber dem Hotel zur Post führen. Geblendet traten wir in das jähe Dunkel des Raumes. Ein paar Sekunden lang standen wir blind einem Publikum gegenüber, das uns sah; doch wir konnten die Blicke nicht auffangen, die Geräusche nicht lokalisieren. Ganz allmählich begann ich, einzelne Personen zu erkennen. Sie bewegten sich auf der kleinen Tanzfläche im Takt einer zärtlichen Musik. Entlang den Wänden des Raumes gab es lauschige Sitzecken mit weichen Polstern. Wir hatten gerade Platz genommen, da kam ein Geiger an unseren Tisch und seine Geige schluchzte uns ins Ohr: „*Zwei Märchenaugen so blau*". Hella und ich fühlten uns gleichermaßen angesprochen. Wenn die Haare meiner Freundin auch schwarz waren wie Ebenholz, so waren ihre Augen doch ebenso blau wie meine.

Dann spielte die kleine Kapelle „Wenn der weiße Flieder wieder blüht." Die Musik wirkte animierend. Einer der beiden Freunde – er hieß Wolfram, wie ich inzwischen erfahren hatte – bat mich zum Tanz. Keiner von uns sprach. Jedes Wort war überflüssig. Auch die weiteren Tänze tanzten wir miteinander. Im gleichen Rhythmus bewegten wir uns aufeinander zu, drehten uns im Kreis. Seine Finger ergriffen die meinen, ließen sie wieder los, sein Arm umfasste meine Taille, löste sich davon, seine Hand schmiegte sich um meine Schulter, glitt wieder ab, unsere Augen aber hielten einander fest. Wir tanzten und tanzten und mochten gar nicht mehr aufhören.

Allmählich leerte sich das Lokal. Der Ober brachte die Rechnung. Feierabend! Als wir gingen, sahen wir noch einmal zu den erleuchteten Fenstern hinauf, sahen das aus der Ferne gedämpft wirkende Funkeln der Kristallleuchter und stellten uns die Gesichter der noch zurück gebliebenen Gäste vor, die Münder, die sich auftaten, um zu sprechen und zu lachen. Sonst herrschte Totenstille. „Als ich klein war", sagte ich, „machte diese Stille mir Angst. Und wisst ihr, warum ich plötzlich daran denken muss? Weil ich unsere Schritte höre. Ich glaube, es war das Geräusch meiner eigenen Schritte, dass mich erschreckte und ich mir einbildete, ich würde verfolgt. Wenn ich dann stehen blieb, hörte das Geräusch auf. Ist euch das auch so ergangen?" Noch bevor jemand antwortete, tauchten zwei Schatten hinter uns auf. Unsere Verfolger entpuppten sich als meine Geschwister Toni und Anna. „He, wo kommt ihr denn so spät noch her?" fragte ich verdutzt.

„Du hast gut reden", bemerkte Toni. „Mama hatte Angst, ihr könntet Räubern in die Hände gefallen sein. Schließlich ist es bereits Mitternacht. Sie hat uns sogar zur Polizei geschickt, um eine Suchmeldung aufzugeben. Die Bullen aber haben nur gegrinst und gemeint, die jungen Damen werden wohl Tanzen gegangen sein. Nein, habe ich da widersprochen, meine Schwester tut das nicht! Und Anna meinte, „du solltest ruhig öfter mal abends länger wegbleiben, damit Mama sich daran gewöhnt."

Ja, dachte ich, vielleicht sollte ich wirklich in Zukunft häufiger Tanzen gehen - egal, ob der weiße Flieder blüht oder nicht.

Schule ade – was nun

März 1948. Mit der Mittleren Reife in der Tasche sagten wir der Schule „*Adieu*". Doch, was nun? Ich war gerade achtzehn Jahre alt geworden und hatte keine Ahnung, wie es weitergehen sollte. Der Ernst des Lebens beginnt ja nicht, wenn man in die Schule kommt, sondern wenn man sie verlässt.
Mittlere Reife – welch ein hochtrabendes Wort! Waren wir nun reif oder halbreif? Es gab kein Examen, nur ein Abschlusszeugnis, das uns einen guten oder schlechten Abgang bescheinigte – je nach erbrachter Leistung, je nach Laune der Lehrer. Ich konnte mich zwar nicht über mein Zeugnis beklagen - in den meisten Fächern hatte ich durchaus gut abgeschnitten und es selbst in Englisch nach einem ordentlichen Endspurt noch eine passable Note geschafft – was aber brachte mir das? Was konnte ich damit schon anfangen? Sollte ich nicht zunächst meine neu gewonnene Freiheit in Ruhe genießen, bevor ich mir Gedanken über die Zukunft machte? Andererseits, durfte ich meiner Familie weiterhin auf der Tasche liegen? Nein, sagte ich mir, ich will arbeiten, will endlich ein Ziel haben! Doch welches?
Ich hatte durchaus so manche Interessen. Ich träumte zum Beispiel davon, Architektin zu werden – Quadrate, Kreise, Kegel zu konstruieren und daraus Häuser, Siedlungen, Gemeinschaftszentren wachsen zu lassen. Schon als Schülerin habe ich oft Nächtelang über Plänen gebrütet, um meine Vorstellungen vom Wohnen und urbanem Leben in neue Formen zu fassen – wie sie später auch der 68.er Generation vorschwebten. Medizin hat mich ebenso gereizt – gebrochene Beine eingipsen, das wäre 'ne echte Berufung gewesen. Ebenso faszinierte mich die Archäologie - antike Stätten wieder auferstehen lassen, den alten Göttern und Helden nahe sein. Die Naturwissenschaften wären auch etwas für mich gewesen, um auf den Spuren von Goethes *Faust* der Frage nachzugehen, was wirklich die Welt im Inneren zusammenhält. Und sollte das zu hoch gegriffen sein, hätte ich mich durchaus darauf beschränken können, als Biologin das Geheimnis der Gänseblümchen zu entziffern.
Doch all diese Pläne setzten das Abitur voraus. Dazu aber fehlte inzwischen das Geld. Mama - die nach Papas Tod so tap-

fer den Handwerksbetrieb über die Kriegsjahre hinweg gerettet hatte - konnte ihn jetzt nur noch mit Mühe über Wasser halten. Mein Bruder Georg hatte sich beruflich umorientiert und dachte nicht daran, später die Firma zu übernehmen. Mama war daher gezwungen, einen Fremden als Meister einzustellen, der irgendwo in Amerika seine Ausbildung gemacht hatte und bei den anstehenden Aufträgen nur Pfusch lieferte. Außerdem wurde es den Frauen - deren Arbeitskraft während des Krieges hoch willkommen war – plötzlich schwer gemacht, weiterhin in der Wirtschaft Fuß zu fassen. Zu den neuen Architekten der Unternehmen, die früher zu unseren Kunden zählten, bekam Mama kaum Kontakt. Dementsprechend wurden die Aufträge geringer, die Einnahmen dürftiger.

Also blieb mir nichts anderes übrig, als meine beruflichen Ansprüche herunterzuschrauben und zu versuchen, möglichst bald Geld zu verdienen. Doch wie viele Bewerbungen ich auch losschickte – waren es fünfzig, sechzig oder gar hundert? - ich fand keine Lehrstelle, weder in einem Büro, noch in einem Geschäft, weder in einer Behörde, noch in einem Handwerksbetrieb. Aber ich gab nicht auf, besann mich auf mein Interesse an der Medizin und bewarb mich bei nahezu allen niedergelassenen Ärzten um einen Ausbildungsplatz als Arzthelferin. Als Antwort erhielt ich nur höfliche Absagen, sie hätten im Moment keinen Bedarf. Ein Zahnarzt schickte mir meine Bewerbung ohne Anschreiben zurück, weil ich vergessen hatte, die mit Bleistift gezogenen Striche auszuradieren, mit denen ich meine noch immer krakelige Kinderschrift auf Linie trimmen wollte. Hatte dieser Arzt noch nie einen Tupfer im Mund einer Patientin vergessen? Wie dem auch sei, ich versuchte nun, einen Platz an einer Schule für technisch-medizinische Assistentinnen zu bekommen. Die Gelsenkirchener Fachschule war ausgebombt, die nächste lag in Dortmund. Allerdings war sie hoffnungslos überlaufen und hatte eine Wartezeit von drei Jahren. Drei Jahre! Was sollte ich bis dahin machen? Ich wandte mich an den neuen Schulrat, der früher Lehrer an unserer Schule war. Auf Grund seiner Empfehlung hat man immerhin die Wartezeit für mich um ein Jahr verkürzt. Als weitere Voraussetzung für eine Aufnahme wurde mir jedoch empfohlen, bis dahin noch ein Haushaltsjahr abzuleisten. Und so kam es, dass ich mich bald in einer Gelsenkirchener Familie als Putzfrau, Kammerkätzchen und Blitzableiter wiederfand.

Die verflixten Milchmarken

Sollte ich oder sollte ich nicht? Unschlüssig stand ich vor der Villa Kniepersbusch in der York Straße und zögerte, die Klingel zu betätigen. Dann überwand ich mich. Schließlich brauchte ich die Stelle als Haushaltshilfe – sie war ja Vorbedingung für meine geplante Ausbildung zur technisch-medizinische Assistentin, um später in einem Labor Bakterien und andere Scheußlichkeiten untersuchen zu können. Von Anna hatte ich gehört, dass Frau Kniepersbusch ein Hausmädchen suchte. Sie kannte die Söhne der Familie vom Schwimmverein und meinte: „Da kannst du ruhig hingehen. Die Familie scheint in Ordnung zu sein."

Also warum nicht Kniepersbusch? Ihre Firma war eine bedeutende Größe in unserer Stadt. Sie stellte Eisenwaren und Elektrogeräte her. Wer hätte noch nichts von Kniepersbusch Herden und Öfen gehört? Obwohl, na ja... also seit dem Ende des Krieges konnte man kaum noch ein Fabrikat dieser Firma in den Geschäften entdecken. Hatten sie ihre Produktion auf Anordnung der Militärverwaltung einstellen müssen? Oder horteten sie ihre kostbaren Artikel, um sie nach der bald erwarteten Währungsreform mit Gewinn verkaufen zu können, statt sie jetzt gegen wertlose Reichsmark zu verscherbeln? Denkbar war's. Jedenfalls sollten bereits einen Tag nach der Einführung der neuen D-Mark die Läden mit Kniepersbusch Herden überquellen. Natürlich habe ich die Familie nicht danach gefragt, wie es sich damit verhielt. So reserviert, wie die sich gaben, wagte ich nicht, solch heikle Dinge anzusprechen. Dabei lebten die Kniepersbusch zu jener Zeit – wenngleich in einer schönen alten Villa - ebenso miserabel wie viele andere Bürger dieser von Zerstörungen und Entbehrungen gezeichneten Stadt.

Der Besitzer der Kniepersbusch Fabrik wurde noch irgendwo als Kriegsgefangener festgehalten. Von ihm konnte ich in dessen Haus - das eine steife Gediegenheit atmete - keinerlei Spuren entdecken. Frau Kniepersbusch - groß, hager, distanziert - verbreitete eine leblose Atmosphäre um sich. Vor lauter Vornehmheit bekam sie kaum den Mund auf. Dabei wirkte sie in ihrem mit unzähligen Flicken versehenen Morgenrock wie eine tragisch-komische Figur. Die beiden Söhne – jungenhaft, ungekünstelt, sportlich – schienen in ihrer Gegenwart völlig deplaziert. Begegnete man ihnen außerhalb des Hauses, waren sie offen, freundlich, lebhaft. Unter den kalten Blicken ihren Mutter jedoch wirkten sie wie Marionetten - ihr Temperament gezügelt, ihre Stimmen gedämpft, ihre Gefühle eingefroren.

Einen nicht geringen Anteil an der eisigen Stimmung hatte die Tante, die ebenfalls im Hause wohnte. Sie war eine verhutzelte kleine Gestalt mit dem Ehrgeiz eines Napoleons und dem Geist einer Intrigantin. Sie war die eigentliche Herrin des Hauses, denn sie beherrschte die Küche, auf deren weißen Kacheln sie kein Fleckchen duldete, und zu deren Speisekammer nur sie Zugriff hatte. Die mageren Speisen, die sie kochte, waren völlig phantasielos. Genauso phantasielos verliefen auch die Mahlzeiten am vornehm gedeckten Tisch. Da warteten alle schweigend, bis die Frau des Hauses endlich den ersten Bissen zum Munde führte, erst danach durften die übrigen Tischgenossen mit dem Essen beginnen. Und keiner durfte den Tisch verlassen, bevor nicht auch die Gnädige ihre Suppe ausgelöffelt hatte. Und - bei Gott - das konnte dauern! Nie zuvor und nie danach habe ich jemand so langsam auf einer Suppe herumkauen sehen, wie diese Frau!

Noch schlimmer zu ertragen aber waren die Bosheiten der Tante. Ständig versuchte sie, mir das Leben schwer zu machen. Entweder hatte ich das Geschirr falsch eingeräumt oder die Kartoffeln zu dick geschält oder irgendwo einen Flecken übersehen. Die Situation eskalierte, als sie mich beschuldigte, nach einem Einkauf die Milchmarken der ganzen Woche gestohlen zu haben. Mit kreischender Stimme schleuderte sie mir diese ungeheure Beschuldigung entgegen. Frau Kniepersbusch stand daneben und sagte kein Wort. Ihre Augen aber sahen mich mit vernichtender Kälte an. Ihre Lippen wurden noch schmaler als sonst. Ihre Nasenflügel zitterten. Jetzt hing die Stille wie eine gläserne Wolke mitten im Raum und niemand wagte, daran zu rühren, damit es nicht Splitter rasselte. So standen wir uns gegenüber.

Ich versuchte zu sprechen, meine ohnmächtige Wut herauszuschreien, brachte aber keinen Ton heraus. In mir war alles in Aufruhr: Ich soll Milchmarken unterschlagen haben? Ich bin doch keine Diebin. Natürlich habe ich oft Hunger - wer hat das nicht in diesen Zeiten. Aber deswegen stehle ich doch keine Lebensmit-

242

telmarken. Wie kann man mir so etwas zutrauen? Und wie ge-
hässig sie mich ansieht, diese alte Hexe! Hat doch kürzlich auch
behauptet, ich hätte ein Stück Speck gemopst! Dabei hat sie ihn
wohl selbst gefressen oder einer der Jungen – die sind ja so groß
und werden bestimmt nie satt von ihrer dämlichen Wassersuppe.
Und die Gnädige? Wie eine Scharfrichterin sitzt sie vor mir. Ihr
Urteil scheint bereits festzustehen. Nein, ich werde keine Minute
länger hier bleiben, ich will nur noch weg von hier – egal wohin!

Ohne ein Wort zu sagen, verließ ich das Haus. Die Mauern um
mich herum schwankten, schienen drohend auf mich zuzustür-
zen. Ich beschleunigte meine Schritte, rannte wie gehetzt die
Straße entlang, ließ die in gleichgültiger Ruhe daliegende Villa
zurück. Das Bewusstsein der letzten Minuten ging nur noch von
meinem pochenden Herzschlag aus. Mein Körper bewegte sich
wie der einer Schlafwandlerin. Das ungeweinte Weinen schleppte
ich mit. Ich ging weiter, immer weiter, ohne Ahnung, wohin. Die
Füße schienen weit von meinem Kopf entfernt. Den Menschen,
denen ich begegnete, war ich gleichgültig. Einige schienen vergnügt, andere verärgert, doch niemand hatte solchen Kummer
wie ich! Stöhnen, Stolpern, wieder Gleichgewicht finden:

Guten Abend, gnädige Frau, haben Sie ihre verdammten
Milchmarken wieder gefunden? Vielleicht haben ja die Mäuse sie
gefressen, die Mäuse, die auch den Speck angenagt haben.
Nein, die Mäuse waren es nicht? Komisch, dass Sie denen eher
glauben als mir. Ich jedenfalls werde nicht mehr für Sie arbeiten.
Lassen Sie doch die Mäuse Ihren Dreck wegmachen. Oder die
liebe Tante!

Ich hastete weiter. Die Nacht brach allmählich herein. Abendwind und Straßendunkel klopften klagend gegen die Scheiben.
Eine trübe Straßenlaterne fächelte kaltes Gaslicht und Trostlosig-
keit. Das Gelände wurde unwegsamer. Ich bewegte mich an
Bäumen entlang, stolperte immer wieder über vorstehende Wurzeln. Der Wind stöhnte und weckte Angst in mir. Vorsichtig taste-
te ich mich weiter, blieb hin und wieder stehen, horchte, sah mich
um. Kein Mensch mehr weit und breit. Es war dunkel, still und
bitterkalt. Ich hatte mich im Wald verlaufen wie Hänsel und Gretel. Die Erbsen, mit denen ich hätte zurückfinden können, waren
mir abhanden gekommen. Meine Gedanken liefen im Kreis wie

gefangene Tiere im Käfig. Warum renne ich eigentlich so durch die Nacht? Warum gehe ich nicht einfach nach Hause, weine mich in Mamas Armen aus? Was treibt mich, trotz Furcht vor der Dunkelheit so zu laufen? Plötzlich wusste ich, warum - es war mein eigener Zorn, der mich antrieb, ein wilder, mörderischer Zorn, der so grimmig war, dass ich anfing zu beben. Es war der Zorn über die Hilflosigkeit, die Abhängigkeit von der Willkür anderer. Ich fühlte mit all den Opfern, die unschuldig beschuldigt wurden, denen man keine Chance gab, ihre Unschuld zu beweisen, die verurteilt wurden, ohne sich wehren zu können. In mir fieberte alles danach, mit mir wieder ins Reine zu kommen. Die Kälte musste sich auflösen wie ein Rätsel, damit das Schreckliche schwand. Da! Eine Sternschnuppe zuckte über den Himmel! Ich war zu überrascht von ihrem rasenden Lauf, als dass ich mir noch etwas hätte wünschen können. Seine Leuchtspur am Himmel aber erhellte die Finsternis meiner verwundeten Seele. Seltsam getröstet machte mich auf den Heimweg.

Zuhause angekommen, überraschte Mama mich mit einem großen Blumenstrauß. Den hatten die Söhne der Kniepersbusch als Zeichen der Entschuldigung überbracht. Der Vorwurf der Tante – ließen sie ausrichten – hätte auf einem Missverständnis basiert. Der Milchhändler habe die verflixten Milchmarken für die ganze Woche im Voraus einkassiert.

In der Nacht darauf hatte ich einen seltsamen Traum: Ich bin auf einer Wanderung. Doch wo ist mein Ziel? Nur ein Weg ist da, ein schmaler, endloser Weg. Der Weg zieht sich mit tausend Tücken in die Länge. Ich schlafe fast im Stehen, gehe im Schlaf, schreite Schritt für Schritt vorwärts, weiter, immer weiter. Ich gehe durch tote Wälder. Da stehen die Bäume im Todeskampf. Ersterbend, verwesend, vermodernd müssen sie sich selbst überstehen. Endlich gelange ich an eine Lichtung. Welch grandioser Szenenwechsel! Sanft wiegen sich zarte Gräser im leichten Morgenwind, Bienen summen, Vögel fliegen vor mir her, weisen den Weg zu einer Hütte. Ein Bächlein fließt daran vorbei, speist einen kleinen See, der zum Baden einlädt. Da, was sind das für Geräusche? Tatsächlich, eine Ziege meckert, eine Ziege mit dicken, prallem Eutern, die traulich zu mir kommt, sich willig von mir melken lässt. Diese wunderbare sämige Milch. Welch ein Genuss.

Hier möchte ich bleiben. Hier lässt es sich leben. Hier brauche ich keine Milchmarken mehr!

Tante Luise und die Stadt

Nach dem Fiasko mit den verflixten Milchmarken lehnte ich es ab, mich weiterhin als Hausmädchen den Launen der Familie Kniepersbusch auszusetzen. Was brachte mir schon deren Entschuldigung? Die Atmosphäre dort war mir unerträglich geworden. Doch irgendwo musste ich das Haushaltspraktikum zu Ende führen, wenn ich im kommenden Jahr meine Ausbildung zur technisch-medizinische Assistentin beginnen wollte. Da kam mir Tante Luises Vorschlag sehr gelegen: „Wenn du willst, kannst du zu mir kommen. Ich kenne hier ein nettes Ehepaar, das ein Kindermädchen sucht. Du könntest während der Zeit bei mir wohnen. Du weißt ja, seit ich an der städtischen Grundschule in Rheydt unterrichte, habe ich hier eine schöne Stadtwohnung, in der Du Dich sicher wohl fühlen würdest."

Die Familie Rausch nahm mich freundlich auf. Der junge Familienvater - ein aufstrebender Architekt – hatte viel Sinn für Humor. Seine Frau wirkte auf sympathische Weise modern. Mit der Erziehung der beiden Kinder allerdings fühlte sie sich leicht überfordert. Kein Wunder, denn die vierjährige Tochter und der sechsjährige Sohn hatten vor einem Jahr ihre Mutter verloren und taten sich zunächst schwer, die neue Stiefmutter zu akzeptieren. So durfte ich in erster Linie Mittlerin spielen zwischen ihr und den Kindern. Da ich schnell das Vertrauen der beiden Kleinen gewann, fiel mir diese Aufgabe leicht. Es dauerte nicht lange, und ich fühlte mich als echtes Mitglied dieser Familie, die immer harmonischer zusammenwuchs.

Was mir von jener Zeit aber besonders in Erinnerung blieb, war das Zusammenleben mit Tante Luise. Ich hatte sie schon auf dem Lande erlebt und an der See. Nun aber konnte ich teilnehmen an ihrem Leben in der Stadt. Ein Aufenthalt bei Tante Luise - das bedeutete, einzutauchen in eine andere Welt, sich einzulassen auf Überraschungen und ungewohnte Freiräume - das versprach ein Kennenlernen vieler interessanter Menschen. Jetzt, da ich über sie schreibe, steht sie mir so lebendig vor Augen, dass ich meine, ich könne mit ihr über dieses Buch sprechen. In Erinnerung bleiben ihre Physiognomie - der zerfurchte Vogelkopf mit dem inzwischen schlohweiß gelockten Haarkranz - und eine gewisse Exzentrik, die sie immer umgab. Selbst die Möbel, ja selbst die Luft, in der stets ein leichter Duft ihres herben Parfums schwebte, hatten etwas Besonderes, Individuelles. Dabei will mir scheinen, als bildete alles, was sie umgab, einen Teil von ihr, alles, auch die mit Büchern bedeckten Wände, die eine wahre Fundgrube für mich waren. Hier geriet ich an Flaubert und Zola. Das Erotische in ihren Werken verstand ich nicht, darüber las ich hinweg, aber welch ungeahnte Welt eröffnete sich mir da. Ich hatte nie gedacht, dass Romane *so* sein könnten! Stücke aus dem Leben nämlich, wirkliches Leben, das sich jeden Augenblick so abspielen konnte. Und dann *Zarazustra* oder die *Morgenröte* von Nietzsche! Welche Weisheit! Welche Gedankenschwere!

Tante Luise öffnete ihr Zuhause, ihre Schätze, auch anderen Menschen. Sie nahm alles auf, was zu ihr kam, was ihre Hilfe brauchte – junge Hunde, Katzen, Kinder. Nein, nein, junge Hunde ließ sie draußen vor - gab sie in andere Hände. Aber Kinder! Kinder durften immer zu ihr kommen – ihre Schüler, die jungen wie die alten. Für Tante Luise war die Schule nie zu Ende. Fast täglich klingelten Schulkinder an ihrer Tür, brachten ihr Blumen, wollten ihr nahe sein. Oder die Eltern kamen, boten ihre Hilfe an, holten sich Rat, wollten ein Schwätzchen halten. Ich war also daran gewöhnt, dass meistens jemand da war, wenn ich gegen Abend die Familie Rausch verließ und zum Haus meiner Tante zurückkehrte. Umso mehr freute ich mich darauf, mal einen Abend allein unter dem grünen Blätterdach der Zimmerlinde in ihrem Wintergarten schmökern zu können. Tante Luise war nämlich zu einer Geburtstagsfeier bei ihrem Kollegen eingeladen und würde erst spät zurückkehren. Doch als ich die Wohnungstür öffnete, lief mir ein Schauer über den Rücken. Aus dem Dunkel des Raumes kam mir ein leibhaftiges Gespenst entgegen. Nein, ein Gespenst konnte es nicht sein, denn die haben keinen Körper. Dieses jedoch hatte zumindest Verdauungsorgane. Eine widerwärtige Wolke von Mundgeruch wehte mir ins Gesicht. Ansonsten aber war das Wesen wirklich geisterhaft – eingehüllt in ein wallendes weißes Nachtgewand, die Gesichtszüge ebenso zerbrechlich wie die ganze ätherische Gestalt. Mein Herz raste, meine Kehle fühlte sich an wie zugeschnürt. Gleichzeitig suchte mein Gehirn fieberhaft nach Auswegen aus der Bedrohung. Da öffnete das Wesen den Mund und krächzte mit heiserer Stimme: „Sie brauchen keine Angst zu haben, ich bin kein Gespenst."

Ganz still und schweigend standen wir uns nun gegenüber, unsere Gesichter bildeten weiße, in der Luft schwebende Flecken und unsere Körper verschwammen in der undurchsichtigen Dunkelheit des Raumes. Was für ein blutleeres Gespenst von einer Frau, dachte ich verstört. „Setzen wir uns doch", hörte ich sie sagen, und wieder klang ihre Stimme, als käme sie aus einer tiefen Gruft. Wir ließen uns im Wintergarten nieder. In einer seltsam abgehackten Art erzählte sie mir nun ihre wirre Geschichte, von der ich an diesem Abend nur so viel verstand, dass sie krank sei, dass sie einsam sei, dass sie kein Zuhause hätte, und dass meine Tante ihr angeboten habe, vorübergehend bei ihr zu wohnen. Sie könne ja auf der Couch im Wohnzimmer schlafen.

„Seit wann kennen Sie meine Tante denn schon?" fragte ich neugierig geworden.

„Ach, die Frau Ecker, die habe ich heute Nachmittag beim Einkaufen kennengelernt."

Typisch Tante Luise! Spontan und hilfsbereit auch den seltsamsten Vögeln gegenüber!

Abrupt stand die Fremde auf, zündete sich eine Zigarette an und begann im Zimmer auf und ab zu gehen. Wie ein Schatten huschte sie durch den Raum und blies kreisförmige Rauchwolken durch das kleine Loch in der Mitte ihrer fest aufeinander gepressten Lippen. Mit der geöffneten Hand wischte sie zuweilen diese leichten Spuren weg und betrachtete mit ernster Aufmerksamkeit, wie die Rauchsäulen langsam verschwanden. Später erst wurde mir klar, dass dieser seltsame Gast im Hause meiner Tante drogensüchtig war.

Ich habe mich nie so recht an jenes Mädchen gewöhnen können. Ihre Großmutter, sagte sie, sei Zigeunerin. Auch sie selbst hatte etwas seltsam Fremdes an sich. Ich kam nicht recht an sie heran. Tante Luise aber lebte in ihrer Gegenwart förmlich auf. Irgendwie hatten sich hier wohl zwei verwandte Seelen gefunden. Bald aber sollte auch ich von der Anwesenheit der Fremden profitieren. Eines Tages nämlich brachte sie Helga Brase mit - eine junge Frau die gerade aus England gekommen war, um hier ihren ersten Heimaturlaub zu verbringen. „Ich mache in England eine Ausbildung als Krankenschwester", erklärte sie. „Die Engländer nehmen dafür gerne Frauen aus Deutschland, weil sie im eigenen Land nicht genügend Personal bekommen. Und sie zahlen gut!"

Hatte ich richtig gehört? Da gab es tatsächlich ein Land, wo junge Menschen Arbeit finden konnten? Wäre das nicht was für mich? dachte ich. Warum sollte ich hier in Deutschland noch weiter auf eine vernünftige Ausbildung oder Anstellung warten, wenn ich in England schneller vorwärts kommen konnte?

„Welche Voraussetzungen braucht man für eine Bewerbung in England? Wie lange dauert die Ausbildung dort? Wie ist die Unterbringung? Das Essen?" fragte ich Helga Brase.

Die Antworten waren so befriedigend, dass mein Entschluss schon bald feststand: Ich werde nach England fahren und mich dort als Krankenpflegerin ausbilden lassen! Wenn diese Helga Brase dort zurechtkam, warum sollte mir das nicht auch gelingen? Und so schlecht waren meine Englischkenntnisse gar nicht – wozu hatte ich mich schließlich sechs Schuljahre lang mit dieser blöden Sprache herumgequält. Warum also nicht nach England gehen? Mal raus aus der Enge des Kohlenpotts! Mal jenseits des Kanals den Wind der großen weiten Welt um die Nase wehen lassen! Und hatte ich nicht immer schon Menschen helfen wollen? Als *Nurse* würde ich jede Menge Gelegenheit dazu haben. Auch in England dürfte es genügend Kranke geben, die gepflegt werden wollen. Na also, dann nichts wie hin! Wenn ich will, kann ich ja jederzeit wieder heimkehren. Oder nicht?

Als Gastarbeiterin nach England

„Man muss weggehen können und doch sein wie ein Baum, als bliebe die Wurzel im Boden, als zöge die Landschaft und wir ständen fest" – schrieb Hilde Domin in einem ihrer Gedichte. Weggehen! Die meisten Menschen verschieben ihre Träume auf später. Wenn ich groß bin! Wenn ich Geld habe! Wenn ich in Rente gehe! Ich jedoch habe - da ich in dieser chaotischen Nachkriegszeit in meiner Heimat keine Arbeit fand - beschlossen, fortzuziehen. Ich wollte jetzt leben, jetzt meine Träume verwirklichen, jetzt etwas von der Welt sehen. Eine neue berufliche Orientierung? Ein anderes Land? Etwas anderes machen? Warum nicht? Warum nicht in England Krankenschwester werden? Ja, warum nicht? Jeder Neuanfang ist ein Versprechen. Doch ... der Abschied fiel schwer. Meine Seele war auf halbmast, meine Wurzeln wollten die angestammte Erde nicht loslassen – das Elternhaus, den Kohlenpott, die Heimat! Und das auf unbestimmte Dauer! *Auf unbestimmte Dauer* – wie lange wird das sein? Ich wusste es nicht, aber ich ahnte, es könnte für lange, lange Zeit sein.

Ungeheuer lebendig steht mir noch der Abschied von Mama vor Augen. Da mein Zug schon bei Tagesgrauen abging, hatten wir uns bereits am Abend vorher Lebewohl gesagt. Doch als ich mich dann in der Frühe leise aus der Wohnung schleichen wollte, stand Mama plötzlich vor mir – barfuss, im langen Nachthemd, das schneeweiße Haar offen, die Augen groß geöffnet, diese klaren, tiefblauen Augen, die mich so oft so zärtlich angeschaut haben, die sich jetzt mit Tränen füllten. „Ach, Kindchen", sagte sie, während die Tränen über ihr Gesicht rannen, „ach Kindchen, fahr du ruhig! Es wird sicher gut für dich sein." Und tapfer wischte sie sich die Tränen fort und drückte mich noch einmal an sich. Dabei sah sie aus, wie aus einem Traum gerufen, und sie selber wirkte wie ein Traum.

Ich hatte nicht gewollt, dass Mama mich zum Bahnhof begleitete. Ich hasse öffentliche Abschiedsszenen. Ein Taxi brachte mich mit meinem kleinen, armseligen Gepäck zum Bahnhof. Allenthalben auf dem Bahnsteig war Leben, standen Leute, die gesetzt, heiter, traurig, ernst, gleichmütig oder erregt waren.

Schon lief der Zug ein. „Einsteigen bitte", rief der Beamte aus, und sofort kam Bewegung in die wartenden Gruppen. Man sah Personen einander umarmen, sich innig die Hände drücken, weinen, lachen, sich schnell noch einmal umdrehen und dann hastig in die Wagen klettern. Schon kam der Augenblick der Abfahrt. Die Wagentüren wurden geschlossen, das Pfeifsignal ertönte, die Lokomotive stöhnte auf, die Räder begannen sich zu drehen. Die Reisenden winkten den Zurückgebliebenen zu, die ebenfalls ihre Tücher schwenkten. Man konnte sie noch sehen, schließlich wurden sie kleiner und kleiner, bis der Zug um eine Biegung fuhr und der Bahnhof verschwand. Großer Gott, dachte ich, ich fahre! Die Mama wird morgen früh um sechs Uhr aufstehen – wie jeden Tag. Wo aber werde ich dann sein? Und wann werde ich wieder bei Mama sein? Doch dies war nicht die Zeit, bereits an die Rückkehr zu denken. Zunächst einmal musste ich ja mein Ziel in England erreichen.

In Hook van Holland angekommen, vertrödelte ich gut eine Stunde am Hafen, dann ging ich zum Pier, an dem die Fähre nach Harwich vor Anker lag. In der Umgebung der Fähre herrschte grauer Alltag. Berge von Kisten und Fässern mussten noch verladen werden. Kräne und Hebebäume schwenkten in verwirrendem Rhythmus hin und her. Motoren dröhnten, Ketten rasselten. Das Schiff selbst aber lag da, als habe es mit dem hektischen Treiben nichts zu tun. Menschen wimmelten über den Pier, Wasser schlug aufgebracht gegen die Kaimauer. In der Luft hing ein Übelkeit erregender Gestank, eine Mischung aus verbranntem Teer und faulendem Fisch. Ich legte den Kopf in den Nacken und betrachtete mit zusammengekniffenen Augen die dunklen Wolkenbänke, die sich über der Küste stapelten.

Es herrschte nasskaltes Novemberwetter, als ich – die linke Hand am Griff meines billigen Pappkoffers, die rechte am Geländer einer wackeligen Gangway - die Fähre nach England bestieg. Abschiedsrufe erklangen, weiße Taschentücher flatterten im Wind, Motoren erwachten zum Leben. Ein Mann und eine Frau standen an der Reling. „Wo liegt England?" fragte er. Sie deutete nach links: „Da hinten, da liegt England, ist doch wohl klar, oder?" Plötzlich hatte der Dampfer es eilig. Mit einem wehmütigen Tuten legte er ab und ganz allmählich entschwand der Hafen aus meinem Gesichtsfeld. Der Bug des Schiffes drückte tief ins Wasser. Die Ferne sank vom Himmel nieder. Der Frieden des beginnenden Abends lag in der Luft. Von der Küste her blinkten noch drei oder vier kleine Lichter, ansonsten war nichts zu erkennen, nichts als schwarzes Meer und schwarzer Himmel, so schwarz, dass vom Horizont keine Spur war. Vor uns, hinter uns und unter uns Meer – nichts als Meer. Das war ein ganz neues Gefühl für mich. Ich starrte auf die Weite des Meeres, als ob in seinem blaugrauem Widerschein die Rätsel der Vergangenheit geschrieben stünden. Ich erinnerte mich an das Erbstück meiner Großmutter - den Bernstein. Dabei befand ich mich mit meinen achtzehn Jahren erst am Anfang meines Lebens, sollte meine eigenen Schätze entdecken, meine eigenen Erfahrungen machen.

Die achtstündige Fahrt über den Ärmelkanal stellte ich mir wundervoll vor. Ich hatte Bilder gesehen von schönen Schiffen mit herrlichen Speisesälen, Treppenaufgängen mit Palmen und roten Teppichen, auf denen die Stewards geschäftig hin und her liefen. Es musste eine Lust sein, so zu reisen. Und was es dort alles zu essen gab! In der Zeitschrift „Daheim" war mal eine Speisekarte mit vielen Schnörkeln abgebildet, sie enthielt *sechs* Gänge. Mir lief das Wasser im Mund zusammen, wenn ich daran dachte. Nun ja, im Nachkriegsdeutschland gab es nicht viel, da musste man das Fehlende durch Phantasie ersetzen. Auf diesem Schiff aber, da wollte ich auch einmal wenigstens am Tisch des Kapitäns sitzen und speisen wie eine Königin. Doch dazu sollte es nicht kommen, erstens, weil ich nur ein Ticket der einfachen Klasse hatte, also keinerlei Anspruch auf die Gesellschaft des Schiffsführers erheben konnte und zweitens, weil mir schon allzu bald kotzübel wurde. Dabei fand ich es absolut unwürdig, seekrank zu werden. Aber ich muss gestehen, dass ich bereits beim ersten Schlingern der Fähre schleunigst das Unterdeck aufsuchte, um in allerletzter Minute die rettende Tür zu Ladys Room aufzureißen. Erst Stunden später sollte ich – immer noch grün im Gesicht – das stille Örtchen wieder verlassen. Eine mitfühlende Mitreisende hielt mir schweigend einen Becher mit Brandy hin, den sie aus ihrer Thermosflasche gezaubert hatte. Danach wankte ich zu meiner Kabine, blieb stöhnend in der Koje liegen und dachte nicht mehr daran, den Diningroom aufzusuchen, oder an

Deck das Gleiten des Schiffes durch die relativ ruhige See zu bewundern. Stattdessen beobachtete ich durch das Bullauge, wie die Wolken über den Nachthimmel trieben und sich im Mondschein in bronzefarbene Schiffe verwandelten - und langsam kehrten meine Lebensgeister zurück. Als sich die Fähre dem Hafen von Harwich näherte, stieg im Osten wie eine goldene Seifenblase die Sonne über dem Wasser auf.

,Ich bin dabei, in England zu landen, im gelobten Land der Poesie, dem Land von Shakespeare und Lord Byron, in dem Land, das sich bis heute noch einen echten König leisten kann. Endlich werde ich mich mit echten Engländern auf Englisch unterhalten können', dachte ich und fieberte aufgeregt diesem Augenblick entgegen. Im Zeitlupentempo legte die Fähre an, und das Dröhnen der Schiffsmotoren ging unter im dröhnenden Wortschwall des Lautsprechers, der mit großem Stimmaufwand irgendwelche Ansagen kläffte. Doch so sehr ich mich auch bemühte, ich verstand kein Wort.

O Scheiße! dachte ich, jetzt sitze ich in der Falle und kann nicht mehr zurück! Mir rieselte es kalt den Rücken herunter. Da stand ich nun allein in einem fremden Land, dessen Sprache ich wohl doch nur unzureichend beherrschte. Ich schien die einzige zu sein, die von der Nachtfahrt übers Meer noch übrig geblieben war. Die übrigen Passagiere hatte der Wind in alle Himmelsrichtungen verweht. Wie sollte es weitergehen? Wie sollte ich hier zurechtkommen? Und überhaupt, wie konnte ich erwarten, dass man mich - ein junges Mädchen aus ehemaligem Feindesland – in diesem England freundlich aufnehmen würde? Plötzlich fühlte ich mich jämmerlich verloren.

Die Luft war schwer wie Nebel, durchdrungen vom Geruch nach Meer und Tang. Salz füllte die Augen, die Nase, den Mund. In milden, matten Farben graute der Morgen. Eigentlich hatte ich erwartet, dass jemand aus meiner künftigen Arbeitsstelle - dem Colchester Essex-County-Hospital - mich bereits am Hafen in Empfang nehmen würde. Doch niemand wartete auf mich. Was nun? Sollte ich mich davon unterkriegen lassen? Nein, dachte ich, irgendwie werde ich schon weiterkommen. Ich wandte mich dem Bahnhof zu, der in unmittelbarer Nähe des Piers lag und studierte dort den ausgehängten Fahrplan. Aber von diesem Plakat starrten mich nur unbekannte Namen an. Mein Ziel – Colchester – entdeckte ich darauf nicht.

Unsicher blickte ich mich um. Da kam ein älterer Herr auf mich zu - ein Gentleman mit einem verknitterten, aber nicht unsympathischen Gesicht. „Trau keinem Engländer, sie sind zwar höflich, aber kalt bis in die Nasenspitze", hatte mich Helga Brase – deren Vermittlung ich den Arbeitsplatz in Colchester verdankte - in ihrem letzten Brief gewarnt.

Dieser Mann jedoch strahlte trotz seiner unverkennbar britischen Art soviel Wärme aus, dass ich Vertrauen zu ihm fasste. Er hatte sicher nichts Böses im Sinn, wohl nur Mitleid mit dem jungen Mädchen, das so einsam und verlassen auf dem Bahnsteig stand. „May I help you, Madam?" fragte er freundlich, und dankbar erzählte ich ihm in meinem holprigen Englisch, dass ich gerade von Deutschland gekommen sei und nach Colchester weiter fahren müsste, wo ich als neue Praktikantin in einem Hospital erwartet würde und nun nicht wüsste, wie ich dahin gelangen sollte."

Geduldig hatte der Gentleman mir zugehört. Als ihm mein ganzes Dilemma klar geworden war, suchte er den Bahnhofsvorsteher auf und erkundigte sich bei ihm, wie ich am besten nach Colchester weiter reisen könnte. Er telefonierte auch mit der Oberin des Essex County Hospitals und bat darum, mich dort vom Bahnhof abholen zu lassen. Nachdem all dies geklärt war, ließ es sich der gute Mann nicht nehmen, mich zu einer obligatorischen Cup of Tea im Wartesaal einzuladen, um dabei in Ruhe das Einlaufen meines Zuges abzuwarten.

„Eigentlich habe ich meine Frau erwartet, die auch mit Ihrem Schiff aus Holland anreisen wollte", erklärte der Gentleman, „doch wahrscheinlich hat sie die Fähre verpasst und wird nun wohl erst mit dem nächsten Dampfer in vier Stunden ankommen. Ich habe also noch Zeit und werde Sie bis Ipswich begleiten, damit Sie dort den richtigen Anschluss erwischen.

So fuhren wir die nächsten drei Stationen gemeinsam. Dort brachte mich mein edler Ritter zu dem Zug, der mich endgültig nach Colchester bringen sollte. „Bitte", bat er die Mitreisenden, „passen Sie gut auf, dass die kleine deutsche Lady ihr Ziel nicht verfehlt." Und die Mitreisenden nahmen diese Bitte ernst, kümmerten sich rührend um mich und überschlugen sich beim Versuch, mir während der Fahrt noch allerlei englische Wörter beizubringen. Meine anfängliche Beklommenheit war restlos vergangen - bei so viel Freundlichkeit ging meine Seele auf wie ein Hefekuchen. Dies war sicher die schönste Englischstunde, die ich je erlebt hatte. Und als hätten meine Reisebegleiter nicht schon genug für mich getan, gaben sie mir zusätzlich noch eine kurze Lektion in englischem Humor. Als nämlich unser Zug ohne Halt an der nächste Station durchfuhr, beobachteten wir, wie der Hund des Bahnhofsvorstehers aus dem Wärterhäuschen stürzte und mit wütendem Gekläff dem Zug nachrannte.

„Macht er das immer?" fragte einer der Reisenden.

„Ja, jeden Tag", antwortete ein anderer.

„Was denkt er sich dabei?"

„Keine Ahnung. Ich frage mich bloß, was er wohl mit dem Zug anfangen wird, wenn er ihn wirklich mal zu fassen kriegt."

Willkommen in einer neuen Welt

„How do you do?" Die Stimme klang befehlsgewohnt.

„How do you do?" stotterte ich verlegen zurück.

So – hatte man uns in der Schule beigebracht – läuft in England eine klassische Begrüßung ab. Ist das nicht komisch? Der eine fragt: „Wie geht es Ihnen?" und der andere sagt daraufhin nicht, dass er sich überhaupt nicht wohl fühlt oder dass er sich Sorgen um seinen Kanarienvogel macht. Nein, er antwortet nur mit der Gegenfrage: „Wie geht es Ihnen?" weil es im Grunde keinen interessiert, wie sich der anderen wirklich fühlt. Doch ich schien meine erste Prüfung bestanden zu haben. Die Lady hinter dem Schreibtisch lächelte mir plötzlich freundlich zu, und auch ich knipste tapfer ein Lächeln an. Ich sah mich Auge in Auge meiner neuen Arbeitgeberin gegenüber, der Oberin des Essex-County-Hospitals in Colchester.

Sie hatte ein angenehm hässliches Gesicht mit weit auseinander stehenden Augen. Gelassen saß sie vor mir in ihrem großen Sessel. Um ihren Mund spielte ein weises Lächeln, und ihre Augen waren unergründlich. „Ich hoffe, Sie werden sich bei uns wohl fühlen", sagte sie und es klang, als meinte sie es ehrlich. „Übrigens habe ich Frau Brase, Ihrer Landsmännin, für heute freigegeben", fuhr sie fort, „damit sie Ihnen die Stadt zeigen kann." Und mit einem huldvollen Lächeln, das selbst der Königin von England Ehre gemacht hätte, beendete sie meine erste Audienz in ihrem Allerheiligsten.

Auf dem Flur des Verwaltungsgebäudes traf ich mit Helga Brase zusammen, die ich während ihres Besuchs bei meiner Tante nur flüchtig kennen gelernt hatte. Helga - rundes Gesicht, runde Brillengläser, pottrunder Haarschnitt - gab sich distanziert, ja manchmal geradezu zynisch. Sie trug ihre jungen Jahre auf kräftigen Beinen, mit denen sie voll im Leben stand. Auf mich wirkte sie wie ein Igel - jederzeit bereit, die Stacheln auszufahren, wenn ihr jemand zu nahe kam. Ihrem Aufenthalt in England vermochte sie scheinbar nicht mehr viel abzugewinnen. Ich dagegen war empfänglich für alles Neue, denn ein fremdes Land könnte einem ja gerade das bieten, was man zu Hause nicht erwarten kann.

Es war ein wundervoller Herbsttag, ja, die Sonne strahlte inzwischen geradezu verschwenderisch vom azurblauen Himmel. Dabei hatte Helga noch in ihrem letzten Brief geschrieben, in Colchester herrsche seit Tagen ein echtes Lumpenwetter mit Regen, Donner, Hagel und Wind. Was man sonst als Himmel bezeichne, der überall aus blauen Tuchen und wechselnden Wolkengruppen bestehe, senke sich hier als riesiges Bett aus grauen Federn über die Stadt herab und ergösse sich über sie. So nahm ich den Sonnenschein, der mich an diesem ersten Tag umfing, als gutes Omen und freundlichen Willkommensgruß. Das Leben, das mich in der fremden Umgebung umgab, war voller Zauber - wie eine aus einem unbekannten Buch herausgerissene Seite.

Zunächst schlenderte Helga mit mir durch die Stadt. Uralte Gässchen zogen sich die flachen Hügel entlang, altes Winkelwerk, seltsam geformte Häuser umsäumten die Straßen. Ich weiß nicht, weshalb, aber an manchen Stellen krampfte sich mein Herz zusammen. Dieses oder jenes alte Tor kam mir so bekannt vor, als hätte ich schon vor undenklichen Zeiten einmal hier gelebt. Es war lächerlich, und doch bedrückte mich ein eigenartiges Gefühl, wenn ich die Formen der Häuser betrachtete. Warum schien mir alles so vertraut? Es erinnerte mich doch an nichts. Die Menschen, die hier lebten, waren mir fremd, nur die Häuser und die Straßen nicht. Merkwürdig, wirklich merkwürdig!

Nun führte mich Helga Brase ins Colchester Heimatmuseum, damit ich erfahre, wie die Stadt - die nun für längere Zeit meine Heimstatt sein sollte - sich entwickelt hat, welche Geschichte ihre Mauern geprägt, welche Ereignisse ihre Menschen umgetrieben haben. Eilfertig steuerte der Museumsleiter auf uns zu. Er war ein großer, dürrer Mann. Sein Gesicht war länglich, sein Mund schmal und seine Augen kugelig wie gesottene Stachelbeeren. Er schien uralt alt zu sein und in allen Gelenken zu knarren. Komischer Mensch, sah aus wie ein vertrockneter Fisch, glaubte aber, er sei ein flotter Terrier. Der Anblick zweier junger Mädchen schien ihn zu elektrisieren. „Are you Germans?" fragte er. „Yes" antwortete Helga, „we are Germans." „Oh how lovely", hauchte der gute Mann so andächtig, als hätten wir uns als orientalische Prinzessinnen geoutet, und mit großem Eifer breitete er die Museums-Schätze vor uns aus. Während sich Helga jedoch bald gelangweilt abwandte, war ich durchaus an seinen archäologischen Ausführungen interessiert. Hatte er etwa meinen Wissensdurst falsch interpretiert? Jedenfalls bat er mich, am nächsten Tag allein wiederzukommen. Er würde mir dann die Scherbe einer antiken Vase schenken. Ein Überbleibsel der alten Römer also, die zu Urzeiten auch in England gehaust haben! War denn eine solche Tonscherbe nicht viel zu kostbar für ein unbekanntes Mädchen? Als der Mann beim Abschied seinen Namen auf eine Ansicht des Museums kritzelte, zitterte seine Hand so, als stände er kurz vor einem Schlaganfall. Nein, die angebotene Tonscherbe wollte ich lieber nicht abholen. Doch war ich dem Mann dankbar dafür, dass er mir durch sein schillerndes Interesse das Gefühl vermittelt hatte, ich könne auch diese fremde Welt erobern.

Meine ersten Tage im Hospital

Am nächsten Morgen stand mir meine erste Berührung mit dem Krankenhaus bevor. Eigentlich hatten wir Greenhorns zunächst eine sechswöchige Schulung zu absolvieren, bevor man uns auf die Krankenstationen ließ. Da ich jedoch für den nächsten Lehrgang eine Woche zu früh gekommen war, schickte man mich zunächst auf die Privatstation. Dort – dachte man – könne ich als Anfängerin wohl kaum irgendwelchen Schaden anrichten. Beim Betreten des Hospitals kroch mir sofort der Geruch von Desinfektionsmitteln in die Nase. Der Eingangsbereich und die abzweigenden Korridore hatten ihre besten Zeiten bereits hinter sich, an einigen Stellen löste sich der Putz von den Wänden. Der blank gewienerte Fußboden war voller Schrammen, und die Flurbeleuchtung verbreitete ein diffuses Licht. „Ich hasse Krankenhäuser", flüsterte mir die blutjunge Pflegerin zu, die mich zur Ester-Klasse-Station begleitete. „Hier schwirren mehr Bakterien rum als sonst wo auf der Welt." Die Privatstation aber machte einen freundlichen Eindruck auf mich. Die Patienten lagen in hellen, geräumigen Einzelzimmern. Jedoch musste ich einen schlechten Tag erwischt haben. Schwestern rannten wie von Hunden gehetzt über den verwinkelten Korridor, Türen wurden aufgerissen und wieder zugeworfen, Stimmen schwollen an und wieder ab. Irgendeine Art von Ordnung war in diesem Chaos nicht zu erkennen. Was sollte ich hier? Niemand kümmerte sich um mich. Alle rannten an mir vorbei, als ob ich nicht existierte. Ich fühlte mich so klein und so unsicher. Ich *war* klein und unsicher!

In englischen Krankenhäusern herrschte offensichtlich eine preußische Rangordnung. Die Ungelernten standen ganz unten, danach folgten die Schwesternschülerinnen – die so genannten *„Nurses"*. Vom dritten Lehrjahr an zeichneten sie sich mit einem Winkel am Ärmel ihrer Schwesterntracht als *„Fortgeschrittene"* aus, und wer nach Abschluss der dreijährigen Ausbildung sein Examen mit Erfolg bestanden hatte, durfte zwei Winkel tragen und sich *„Staff-Nurse"* nennen. Die Stationsleiterinnen aber wurden *„Sister"* genannt. Sie benötigten keine Winkel mehr. Ihre Art der Schwesterntracht hob sie um Klassen vom einfachen Fußvolk ab. Sie waren die wahren Göttinnen des Krankenhauses, diejenigen, die das gesamte Geschehen auf der Station lenkten, diejenigen, die mit den Ärzten die tägliche Visite abhalten durften, diejenigen auch, die sich die größten Hoffnungen machten, sich einen Arzt als Ehemann angeln zu können. Entsprechend war ihr Auftreten.

Wenn ich aus meiner Untätigkeit herauskommen wollte, wurde mir klar, musste ich mich wohl an die Stationsleiterin wenden. Doch wo war sie bei all der Hektik, die mich umgab? Da, am Ende der Station entdeckte ich sie. Ihre wohlgeformten Beine steckten in Nylonstrümpfen, die es zu dieser Zeit bereits in England gab, während sie in Deutschland noch unbekannt waren. Eine kompakte Make-up-Schicht ließ ihr Gesicht aus der Distanz fast mädchenhaft erscheinen. Ihr Haar war perfekt gestylt, und ihre Augen wirkten durch die künstlichen Wimpern groß wie Untertassen. Musste ich sie mit „Hoheit" anreden? Ach was! „Sister", stammelte ich, „I want to help. What can I do?"

„Gehen Sie ins Zimmer Nummer Zwei. Die Patientin dort ist gleich nach ihrer Ankunft gestorben und muss nun fertig gemacht werden. Kümmern Sie sich mal darum."

„Okay", sagte ich, als wäre es das Natürlichste der Welt. Dabei schlotterte mir das Hemd. Doch tapfer öffnete ich die Tür mit der Nummer Zwei und betrat den Raum. Da saß eine zierliche alte Dame im Bett mit blumenzarten Händen - Händen, die viel kleiner waren als meine. Saß da, in sich zusammengefallen wie eine Marionette, der man die Fäden abgeschnitten hatte, bekleidet mit einem zarten Spitzennachthemd, ihre weißen Locken über die hoch aufgetürmten Kissen gebreitet, saß da und schaute mich an mit unbeweglichen toten Augen. Die Stille, die sie umgab, die plötzliche Leere, sie hat ihrem Körper die Worte genommen.

Ich hatte noch nie einen Toten gesehen! Ganz komisch wurde mir zu Mute bei diesem Anblick, doch konnte ich meine Gefühle nicht richtig definieren. Irgendwie fühlte ich mich betroffen, ja, schon, aber Trauer, nein, Trauer empfand ich nicht. Ich hatte die Frau zu ihren Lebzeiten ja nicht gekannt. Für mich war sie eben eine Fremde. Sie sah auch gar nicht so aus, als ob man Mitleid mit ihr haben müsste. Sie war uralt und hatte sicher ihr Leben gelebt, und sie schien ganz sanft eingeschlafen zu sein, nur die Augen waren noch weit geöffnet. Doch was erwartete man nun von mir? Wie macht man eine Tote fertig? Zum Glück schaute in diesem Moment die Staff-Nurse herein. „Du musst die Patientin flach legen und ihr die Augen schließen", sagte sie. „Danach musst du sie von Kopf bis Fuß waschen und das Kinn mit einem Verband hochbinden, damit sich der Mund nicht mehr öffnet. Und ein neues Nachthemd solltest du ihr anziehen. Das ist alles." Und damit rauschte sie wieder hinaus.

Na, fein, nun wusste ich also, was zu tun war. Ich versuchte, der Toten die Kissen unterm Kopf wegzuziehen, damit sie flach zu liegen kam. Ihr Kopf wackelte dabei missbilligend hin und her. Als ich endlich das Haupt der Toten in die richtige Lage gebracht hatte, drückte ich ihr so sanft - wie ich es mal in einem Film gesehen hatte – die Augen zu. Doch die Frau sperrte sich mit der ganzen Kraft ihres noch warmen Körpers gegen diesen Eingriff. Kaum war das eine Auge geschlossen, öffnete sich das andere wieder. Erst nach mehreren Versuchen gelang es mir, ihre beiden Augen zu schließen. Der weiße Verband, mit dem die Kinnlade am Oberkiefer festgezurrt war, schmückte ihr weißes Haar wie einen Brautkranz. Wieder öffnete sich die Tür und die Staff-Nurse schaute nach, wie weit ich gekommen war. „Du musst noch die unteren Körperöffnungen mit Watte verschließen", wies sie mich an.

„Ach Gott", fragte ich, „wozu soll denn das gut sein?"

„Weil Leichen nach dem Tod noch Ausscheidungen von sich geben können", erklärte sie in einem Tonfall, als wäre es das Selbstverständlichste der Welt.

„Und was ist mit den Männern?"

„Ach, denen binden wir meist ein hübsches Schleifchen aus Mull um ihr bestes Stück", antwortete sie und grinste dabei frivol. Endlich erschien der Stationsarzt, um sich die Leiche anzusehen. „Exitus", eröffnete ernüchtern. „Ist ja plötzlich gekommen, aber bei dem Alter eigentlich nicht verwunderlich!" Na, das hatte ich mir auch schon gedacht. Jedenfalls hatte ich meine Feuertaufe bestanden, ohne dabei umzukippen!

Einige Tage später hatte ich auf der Privatstation eine Begegnung ganz anderer Art. Aus einem der Krankenzimmer ertönte durchdringendes Geschrei. Was konnte dort los sein? Ich warf einen Blick durch die geöffnete Tür und entdecke vor dem Krankenbett die versammelte Schwesternschaft, die mit schriller Stimme auf den Patienten einhämmerte, hatte sie doch Bedrohliches entdeckt – eine Urin-Lache, die sich vom Krankenbett bis zum Waschbecken hinzog. Dadurch war der Patient überführt, dass er heimlich zum Waschbecken geschlichen ist, um zu trinken. Dummerweise war sein Pimmel nach einer Prostata-Operation über einen Schlauch mit einer Flasche verbunden, an deren Skala man feststellen konnte, wie viel Urin der Patient jeweils ausgepinkelt hatte. Es sollte übereinstimmen mit dem, was er zu trinken bekam, und zu trinken bekam er jede Stunde gerade mal eine einzige Unze Wasser. Der Patient - ein erfolgsgewohnter Selfmademan – aber bewies mehr Instinkt als die Ärzteschaft in damaliger Zeit, denn inzwischen gilt als erwiesen, dass Patienten nach einer Prostata-Operation viel trinken müssen, um dieses halbamputierte Organ ordentlich durchzuspülen. Unser Patient war also aufgestanden, um am Wasserkran seinen Durst zu löschen. Doch diese verdammte Pulle, die musste er hinter sich hertragen. Dabei hatte sich sein Fuß im Schlauch verfangen und die Flasche mit der hellrot verfärbten Flüssigkeit umgekippt, sodass ihr Inhalt sich auf dem frisch geputzten Boden ergoss. Sein lauter Fluch hatte die Schar der Krankenschwestern ins Zimmer gelockt. Da standen sie nun - allen voran die Staff-Nurse - und ließen eine Kanonade von Schimpfwörtern auf den armen Patienten herab. Keine von ihnen aber machte den Versuch, die Bescherung zu beseitigen. Wie ein armer Sünder ließ der Patient seinen Kopf hängen. Noch war er nicht so weit, dass er sich um ein Stühlchen im Himmelreich bemühen musste, aber zufrieden? Nein! Wenn die verdammten Doktoren nicht wären und die verdammten Schwestern, die ihm einfach das Trinken verboten hatten!

Welch ein Lärm um nichts, dachte ich, nachdem sich der Schwarm der Schwestern verzogen hatte: Ich lächelte dem Mann aufmunternd zu, holte Aufnehmer und Eimer und begann wortlos den Boden aufzuwischen. Als er mir nun einige Münzen zustecken wollte, wehrte ich ab - nein, ich wollte dafür kein Trinkgeld. Da ließ der Patient – während ich noch am Boden die letzten verschütteten Tropfen entfernte – sie einfach vor meine Füße fallen.

Drei Guinness, soviel Geld! Wie ein trotziges Kind sah er dabei aus. Ich musste lachen, hob die Münzen auf – warum sollte ich mit ihm streiten, davon hatte er in den letzten Minuten genug bekommen - und verließ die Stätte des absurden Theaters.

Nach diesem Vorfall im Krankenhaus hatte ich den Patienten nicht mehr gesehen, denn am nächsten Tag fing für mich die theoretische Schulung an. Zwei Wochen später war es, da erhielt ich einen Brief, auf dem in eigenwilliger Handschrift mit riesigen Buchstaben meine Adresse stand. Als Absender war der Name des ehemaligen Patienten, Mister Miller, angegeben. „Dear Madam!", stand in dem Brief, „Ich möchte Sie herzlich am nächsten Sonntag zu meiner Genesungsfeier einladen. Meine Frau und meine Töchter würden sich freuen, Sie dabei begrüßen zu dürfen."

Dem Brief lag als wahrhaft großzügiges Fahrgeld eine Zwanzigpfund-Note bei. Am nächsten Wochenende machte ich mich also auf den Weg zu Mister Miller und seiner Familie. Der Bus durchquerte die engen Gassen von Colchester, bog dann in das Gewirr winziger Landstraßen. ‚Wie hübsch es hier ist, die Hügel und die rote Erde und alles ist so üppig. Es lässt sich sicher gut leben in dieser lieblichen Landschaft', dachte ich. Wir fuhren einen steilen Weg hoch und dann im Zickzackpfad hinunter in das Städtchen, dessen Namen ich vergessen habe. Hier residierte offensichtlich die Prominenz der Grafschaft Essex - hier wurde in großen Backsteinhäusern mit mächtigen Schornsteinen englische Lebensart konserviert - sehr nobel, leicht unterkühlt, very British. Vor dem Haus meines Gastgebers parkten eine Reihe von Autos der Nobel-Klassen - mindestens drei Rolls-Royce darunter.

Also, von einer einfachen Fete konnte wohl keine Rede sein. Das große Herrenhaus im Viktorianischen Stil war umgeben von einem wunderschönen Garten. Ich stellte mir vor, wie er im Frühjahr aussehen würde: junge Birken mit ihren weiß-borkigen Stämmen, Weißdorn und rote Rosen, kleine Wacholderbäume. Jetzt jedoch war Herbst und auch dafür war vorgesorgt. Das goldrote Laub des Ahorns, bunte Essigbäume, dazu Sträucher, strotzend von roten Beeren. Alles, was in diesem Garten wuchs, sah aus, als wäre es von allein gewachsen, nichts schien mit

Vorbedacht gepflanzt zu sein, und doch wusste ich, dass der Schein trog, dass alles genau geplant war, von der winzigsten Pflanze bis zum größten Strauch. Es muss etwas ganz Besonderes sein, was die Engländer mit ihren Gärten verbindet. Zwischen Rosen und Rhododendren scheinen sie alles zu vergessen, manchmal sogar sich selbst.

Den Eingang des Hauses bewachte eine Ritterrüstung aus dem vierzehnten Jahrhundert. Ich betätigte den Türklopfer aus Messing. Es dröhnte unüberhörbar. Schritte kamen näher, die Tür öffnete sich, und der Hausherr erschien persönlich am Eingang. Seine Art, sich zu kleiden, war die jener britischen Besitzenden, die Reichtum als verbrieftes Recht und Untertreibung als lebenslange Verpflichtung erachten, und die sich - wenn sie sich noch so schlicht kleiden, sich noch so unauffällig geben - doch verraten. Sie verströmen einfach den Geruch der Wohlversorgtheit, den Geruch der Oberschicht. Auch der Hausherr wirkte auf den ersten Blick einfach und schlicht, wie ein Rentner, der in seinem dahinplätschernden Leben nie etwas Aufregendes erlebt hat. Aber wenn er anfing zu reden, wenn er bissig lachte und man seine großen, weißen Zähne sah, wenn seine intensiven blauen Augen voller Wut, Spott oder Rührung blitzten, dann spürte man, wie viel Selbstironie in diesem Menschen steckte, wie viel Energie und wie viel Verletzlichkeit.

Im Salon der Familie Miller flackerte das Kaminfeuer, die Dame des Hauses servierte Tee, während der Hausherr mich den übrigen Gästen als seinen Ehrengast vorstellte:„Dieser kleinen Miss habe ich es zu verdanken, dass ich nach der Operation nicht gleich aus dem verdammten Krankenhaus geflohen bin. Sie hat mir das Leben gerettet."

Junge, hat er da auf die Pauke gehauen. Über meine Verlegenheit bei so viel Lob halfen mir seine Töchter mit ihrem natürlichen Charme hinweg. Von ihnen erfuhr ich, dass ihr Vater keineswegs auf einem Landsitz groß geworden sei, sondern aus ganz kleinen Verhältnissen kam. Inzwischen aber hätte er sich als Architekt einen Namen gemacht und einflussreiche Freunden gewonnen. Und mit diesen Leuten durfte ich nun an einem Dart-Wettbewerb teilnehmen. Das Dart-Spiel – damals in England schon sehr beliebt - war in Deutschland noch weitgehend unbekannt. Ich hatte also keinerlei Übung darin, wie man die Pfeile passgenau ins Zentrum der runden Wurfplatte platziert. Egal – ich wurde zwei echten Klassespielern zugeteilt, und schon ging es los. Ich zielte, warf meine Pfeile und traf ... zwar nicht ins Schwarze, immerhin aber noch den Rand der Platte. Und siehe da, als das Spiel beendet war, da rief man *mich, ausgerechnet mich* zur Siegerin aus. Und unter dem großen Hallo der Gäste überreichte man mir als Ehrenpreis einen wunderschönen Bildband über England.

So viele Begegnungen

War meine Entscheidung richtig, eine Krankenpflegeausbildung in England zu machen, statt darauf zu warten, doch noch irgendwann einen Ausbildungsplatz in Deutschland zu bekommen? Ich glaube schon, denn zum einen war es wichtig, den eigenen Horizont zu erweitern und andere Menschen und Länder kennen zu lernen. Zum andern waren die Arbeitsbedingungen in englischen Hospitälern ungleich günstiger als das zu jener Zeit in deutschen Krankenhäusern der Fall war. Die Ausbildung war gründlicher, die Bezahlung großzügiger, die Unterbringung war komfortabler. Statt wie daheim in Zwanzig-Betten-Sälen untergebracht zu werden, stand jeder Nurse ein Einzelzimmer zur Verfügung. Und während die Pflegerinnen in Deutschland auch beim Ausgang ihre Schwesterntracht tragen mussten, gab uns die englische Oberin gleich zu Beginn unserer Ausbildung den Rat, außerhalb der Arbeitszeit unsere Dienstkleidung im Schrank hängen zu lassen. „Vergesst während eurer Freizeit, dass Ihr Krankenschwestern seid, denn wie wollt ihr frischen Wind auf die Stationen tragen, wenn ihr nicht zwischendurch abschaltet und Krankheit und Tod aus Euren Gedanken verbannt?" Ich muss sagen, diese Rede hat alle sehr beeindruckt und dafür gesorgt, dass wir uns gleich relativ frei fühlten. Wir - das war eine bunt zusammen gewürfelte Gruppe von Individuen aus verschiedenen Ländern, die sich zu dem sechswöchigen Vorbereitungslehrgang eingefunden hatte. Der Unterricht fand in einem Schulgebäude statt, in dem wir Praktikantinnen auch während des Lehrgangs wohnen konnten.

Unsere Lehrschwester, Mrs. Smith, sprach mit einem unverkennbar herzhaften Londoner Akzent, und wenn man sie näher betrachtete, fand man heraus, dass sie auch aus keiner anderen Stadt hätte kommen können. Sie hatte eine kräftige Statur. Zuweilen war sie sehr direkt, manchmal geradezu bissig, nie aber bösartig. Ihre dunklen Haare waren glatt gekämmt, die dicke Schildpattbrille ließ ihre grauen Augen auf eigenartige Weise größer erscheinen, und in ihrem Gesicht mengte sich Autorität mit einer gewissen knurrigen Menschlichkeit. Sie sah aus wie jemand, der in arger Versuchung ist, zu lächeln, sich aber unablässig gegen das geringste Zeichen von leichtem Sinn verwahrt, um nicht unwiderruflich die Selbstachtung zu verlieren. Nicht, dass Mrs. Smith alt ausgesehen hätte – sie zählte kaum mehr als fünfunddreißig Jahre - trotzdem sprach ihr Gesicht von einer Erfahrung jenseits der Zeit. Uns Schülern gegenüber war sie fair, unseren Schwächen gegenüber durchaus großzügig. „Man kann ruhig mal ein Auge zudrücken", war ihr Leitspruch, „mit dem andern sieht man noch genug."

Für Deutsche hatte sie eine besondere Schwäche. Die wären so *brainy*, meinte sie, was wohl heißen sollte, sie wären nicht gerade dumm. Und da sie das auch von mir annahm, ertrug sie selbst mein holpriges Englisch, ohne dabei ihr Gesicht zu verziehen. Der theoretische Unterricht, mit dem uns Mrs. Smith auf die Arbeit im Hospital vorbereitete, war angefüllt mit Wissen über Anatomie, Gesundheitslehre, Hygiene und allerlei andere kuriose Dinge. Schwierig fand ich dabei vor allem das Lernen der lateinischen Fachausdrücke, die in England selbstverständlich englisch ausgesprochen wurden. Einmal hatte ich bei einer schriftlichen Arbeit den lateinischen Ausdruck für Darmzotten mit dem lateinischen Namen einer Läuseart verwechselt. Der Gedanke, dass ich profane Läuse im Bauch herum krabbeln ließ, hat selbst Mrs. Smith amüsiert. Im Übrigen machte mir das Lernen in dieser Gruppe, die aus so unterschiedlichen Individuen bestand, viel Spaß. Einigen von ihnen blieb ich während der ganzen Ausbildungszeit verbunden, obwohl wir uns später seltener sahen, weil unsere Einsatzorte und unsere Schicht-Zeiten häufig wechselten.

Da war zum Beispiel Heather, ein nettes Mädchen, das mit naivem Blick neugierig in die Welt schaute. Wegen ihrer honigblonden Haare und ihren veilchenblauen Augen hielten viele sie für eine Landsmännin von mir. Komisch, dabei hatte ich immer geglaubt, gerade Engländer wären vorwiegend blond. Okay, dunkelblonde Typen liefen mir viele über den Weg, aber hellblonde? Fehlanzeige. Leider verlor mein eigenes Ansehen als blond gelockte deutsche Maid allmählich an Strahlkraft, weil meine Haarfarbe von Jahr zu Jahr nachdunkelte - schließlich wurde ich bald Zwanzig. Heather aber musste außer ihren goldenen Haaren noch etwas Besonderes an sich gehabt haben. Jedenfalls angelte sie sich in kürzester Zeit den hübschesten Assistenzarzt des Hospitals. (Mich haben nicht einmal die Hässlichen zur Kenntnis genommen.) Im Allgemeinen hielten sich die Ärzte ja an die geltende Hierarchie und sprachen nur mit Ihresgleichen - eine einfache *Nurse* existierte für sie gar nicht. Dagegen konnte sich eine *Sister* als Stationsleiterin schon eher Chancen ausrechnen. Um diese weiter zu erhöhen, opferte so manche von ihnen morgens eine volle Stunde für ihre Kriegsbemalung; schließlich konnte das Make-up darüber entscheiden, ob sie später mal als gut situierte Arztfrau oder weiterhin als schlecht honorierte Sister dastehen würde. Ob es aber Heather gelungen ist, ihren Assistenzarzt irgendwann zum Traualtar zu schleppen, habe ich nicht mehr erfahren. Wenn nicht – na und? Es wuchsen ja noch weitere Assistenzärzte nach.

Dann war da Jessica, eine temperamentvolle Irin. Sie hatte vergnügte Sommersprossen, grüne Augen und einen wilden roten Haarschopf. Sonnenlicht ließ ihre Mähne in orangerote Flammen aufgehen. Mit ihrer etwas zu langen Nase und dem energischen Kinn war sie nicht im eigentlichen Sinne schön, doch sie strahlte Frische und einen natürlichen Charme aus, dem man sich kaum entziehen konnte. Die leichte Unbeholfenheit ihrer Bewegungen machte sie nur noch liebenswerter. Ihre zarte, schlanke Figur und ihre bleiche, wie in Milch gebadete Haut standen im krassen Gegensatz zur Grobschlächtigkeit ihres Freundes, der sie häufig besuchte. Es war, als hätte sie sich eine Art Froschkönig eingefangen, der noch immer auf den erlösenden Wurf gegen die Wand wartete.

Ein völlig anderer Typ war Christina, die Österreicherin. Sie sah aus wie ein verschlafener Engel. Man fragte sich, wo verdammt noch mal sie den Heiligenschein hernahm, mit dem sie ständig herumwedelte. Die dunklen Haare hatten am Hinterkopf noch das Kopfkissennest, die Augenlider spielten Schläfrigkeit, nur die Pupillen verrieten, wie sehr ihr inneres Radar herumforschte. Ihre Stimme hatte eine milde Temperatur und ihr Englisch einen wehmütigen Tropfen österreichischer Farbe. Diese Christina, sie passte so gar nicht in dieses kühle England, fühlte sich hier auch nicht wohl. Sie fiel völlig aus dem Rahmen, wenn sie mit lasziven Bewegungen über die Stationen schritt, um Bettpfannen auszuteilen, die sie so feierlich vor sich her trug, als seien es hochherrschaftliche Silbertabletts.

„Eva", sagte sie eines Tages zu mir, „ich bleibe nicht hier, ich gehe nach Paris. Über eine Anzeige habe ich dort Arbeit gefunden bei einem Briefmarkenhändler, einem gebürtiger Tscheche. Er ist vierzig Jahre alt und spricht fünf Sprachen, unter anderem auch deutsch."

„Was, du willst deine sichere Stelle hier aufgeben? Du weißt doch noch gar nicht, ob es dir in Frankreich gefallen wird. Und Französisch kannst du auch nicht."

„Ach", meinte sie, „vor der Sprache habe ich keine Angst. Viele französische Wörter sind doch ähnlich wie im Deutschen oder im Englischen. Was kann da schief gehen?"

„Warum nimmst du nicht erst mal Urlaub und siehst dir die Sache dort an?" schlug ich vor. „Solltest du dich dann entscheiden, dazubleiben, kann ich dir dein Gepäck ja nachschicken."

Christina reiste ab. Bald danach erhielt ich eine Ansichtskarte vom Eiffelturm. „Paris ist wie ein Traum", stand darauf, „ich denke gar nicht daran, zurückzukommen. Nur die französische Sprache habe ich schon oft verflucht."

Ich schickte Christina den Koffer nach. Ein halbes Jahr später teilte sie mir mit, sie habe ihren Briefmarkenhändler geheiratet. Verwunderlich war das nicht. Ihr lasziver Reiz hat schon immer ältere Herren angezogen wie Motten das Licht.

Und wie war das mit Catherine, die aus Jamaika kam? Unsere Zimmer lagen im Schulungspavillon nebeneinander. Wenn unsere englischen Kolleginnen an den freien Wochenenden zu ihren Familien fuhren, blieben nur wir beide im Haus zurück. Wir versuchten dann, es uns gemütlich zu machen. Catherine strahlte einen gewissen Kreolinnen-Charme aus. Ihre samtbraune Haut, ihre feuchtschwarzen Augen, ihre stämmige Figur, ihre langsamen Bewegungen, ihr heiseres Lachen nahmen mich für sie ein. Sie erzählte mir viel von ihrer Heimat, ihrer Familie, ihrem ungezwungenen Südseeleben. Eines Abends, als wir wieder einmal allein das Haus hüteten, holte sie eine Flasche Jamaika-Rum aus ihrem Koffer und füllte mir etwas davon in ihren Zahnbecher. Als sie ihn jedoch mit Wasser auffüllen wollte, protestierte ich. „Entweder pur oder gar nicht", sagte ich großkotzig, hatte ich doch keine Ahnung, dass so ein echter Jamaika-Rum mehr als achtzig Prozent Alkohol in sich hat. Teufel noch mal! Was habe ich danach gehustet und gespuckt! Ich dachte, die Kehle wäre mir verbrannt. Jedenfalls aber hat mich das Zeug ordentlich aufgewärmt. Catherine dagegen schien weiter zu frieren. Sie hatte sich noch nicht an die kühlen Herbstabende in England gewöhnt. „Es ist lausig kalt hier", stellte sie zitternd fest. „Wir haben schon November und die Heizungen sind noch immer abgestellt. Willst du nicht heute Nacht bei mir schlafen, damit wir uns gegenseitig wärmen können?"

Ich dachte an meine Schwester Anna - in deren Bett ich mich als Kind so gern aufgewärmt habe - und blieb. Kaum war das Licht gelöscht, schlief ich ein. Irgendwann in der Nacht – ich weiß nicht, wie spät es war – wachte ich auf. Ein merkwürdiges Gefühl beschlich mich. Was war das? Ich lag auf dem Rücken, halb über mir hing Catherine, und während ihre Hände meinen Leib liebkosten, rieb sie sich leise stöhnend an meinem Knie. Verkrampft lag ich da, wie im Schock. Was sollte ich tun in dieser unsäglichen Situation? Ich drehte mich auf die Seite, rückte an den Rand des Bettes, stellte mich weiter schlafend. Da ließ Catherine von mir ab und startete keinen weiteren Versuch, sich mir wieder zu nähern.

Sobald es hell wurde, stand ich auf, verließ das Zimmer und versuchte, Ruhe in mein aufgewühltes Gehirn zu bringen. „Catherine ist lesbisch, du liebe Güte, sie ist lesbisch!" ging es mir immer wieder durch den Kopf. Ich war völlig irritiert. Wie sollte ich damit umgehen? Bei den Nazis sind Schwulen und Lesben verfolgt worden, auch nach dem Krieg wurden sie in Deutschland noch diskriminiert. Homosexualität war etwas Unanständiges, Verbotenes, und entsprechend ekelte ich mich plötzlich vor dieser Frau, mit der ich mich bisher so gut verstanden hatte. Es war mir nicht möglich, mit ihr darüber zu sprechen, es war mir nicht einmal möglich, überhaupt noch mit ihr zu sprechen. Ich ging ihr aus dem Weg, und wenn ich doch mal mit ihr zusammen traf, wies ich ihr die kalte Schulter.

270

„Warum bist du mit einem Mal so unfreundlich zu der armen Catherine? Was hat sie dir getan?" fragte Heather mich nach einer solchen Begegnung. Ich habe es ihr nicht gesagt. Doch nachdem ich etwas Zeit hatte, darüber nachzudenken, war ich beschämt über mein eigenes Verhaltens. Bin ich nicht immer stolz darauf gewesen, keine Vorurteile zu haben? Und nun? Ich wäre gern noch einmal zu Catherine gegangen und hätte sie um Entschuldigung gebeten. Nicht, dass ich jetzt ihre homosexuelle Neigung besser verstanden hätte, ich wollte sie aber zumindest akzeptieren. Ich hätte ihr ja sagen können „du, ich bin nicht lesbisch, also unterlass bei mir solche Annäherungen." Nun war es dafür zu spät. Wir waren inzwischen ins große Schwesternhaus übergesiedelt, wo unsere Zimmer weit auseinander lagen und arbeiteten ständig auf unterschiedlichen Stationen. Catherine ist mir nie wieder begegnet. Das Bedauern aber - die Gelegenheit verpasst zu haben, einen Fehler gutzumachen – ist als Stachel in meiner Erinnerung zurückgeblieben.

Wir hatten auch einen männlichen Schüler in unserer Gruppe - Peter. Er war ein großer Junge, der das ruhige Wesen und das rotblonde Löwenhaar hatte, die nun mal – in Romanen immer und manchmal auch in der Wirklichkeit – zu einem frisch-fröhlichen englischen Jungen gehören. Immer, wenn er mich sah, lächelten seine Augen mich an - diese grau-grünen Augen, die für sein schmales Jungengesicht viel zu groß schienen. Wie er daherlief – breitbeinig, Arme schlenkernd, mit eingezogenem Kopf. Er war wohl noch auf der Suche nach sich selbst. Irgendwann lud Peter mich ein, seine Familie zu besuchen, und so fuhren wir am Wochenende zusammen in seine Heimatstadt Clacton-on-Sea. Der Tag war golden und warm, ein ruheloser Herbsttag, die grüne englische Landschaft wirkte um Peters Gesicht wie ein Rahmen, der zart und lebensecht mit seinem schüchternen Lächeln übereinstimmte.
Peters Familie wohnte in einem windschiefen, altertümlichen Giebelhaus. Es stand in der ungleichmäßigen Zeile ein wenig hervor, als wäre es von seinen Nachbarhäusern herausgequetscht worden. Die ganze Familie war versammelt, um mich zu begrüßen – die leicht überdrehte Mum mit Lockenwicklern im

Haar, der freundliche Dad mit gepflegtem Schnauzer und die drei kichernden Schwestern in typischer Teenager-Manier. Sie alle waren rührend bemüht, Peters deutsches Girlfriend herzlich aufzunehmen. Ein Festessen stand auf dem Tisch – Irish-Stew, saftige Steaks, dazu salzlos gekochte Kartoffeln ohne Soße. Nach dem Essen servierten meine Gastgeber den traditionellen englischen Tee. Ich saß auf dem Sofa, aß gehorsam die verschiedenen kleinen Kuchen und hörte dem monotonen Geplätscher ihrer Stimmen zu. Die Langeweile – diese lautlose Spinne - webte im Schatten ihre Netze in allen Winkeln des Hauses. Ach, sie alle waren einfach zu lieb, zu bemüht, und auch Peter, ja, auch Peter war einfach zu sehr bestrebt, nett und brav zu sein.

Als Peter sich am Abend vor dem Schwesternhaus von mir verabschiedete, fragte er schüchtern, ob er mich küssen dürfe. Und was antwortete darauf ein anständiges Mädchen? „No, dear, no!" Hätte Peter mich einfach in den Arm genommen, vielleicht hätte ich mich dann küssen lassen. Doch er respektierte sofort mein „Nein", sagte gut erzogen „Good night" und „God bless you" und zog enttäuscht von dannen. Was soll's! Da war einfach kein Funke, der übergesprungen ist. Peter war ein netter Kumpel, aber nicht der Mann, in den ich mich verlieben konnte. Und die ständigen Neckereien der Kolleginnen - „Peter loves Eva and Eva loves Peter" - gingen mir gehörig auf den Geist. Und so beendete ich diese Beziehung, bevor sie richtig begonnen hatte.

Eine enge Freundschaft dagegen habe ich zu Vivienne aufgebaut. Das war nicht von Anfang an so. In den ersten Tagen unseres Praktikums bin ich ihr aus dem Weg gegangen. Sie war mir zu laut, zu direkt und sie sprach einen englischen Slang, den ich nur schwer verstand. Wie sollte ich mich da mit ihr unterhalten? Doch Anne suchte meine Nähe, gab nicht auf. Sie war ein unkomplizierter Mensch mit einer unbekümmerten Haltung. Ihrem offenen Lachen konnte ich auf Dauer nicht widerstehen. Der wirkliche Beginn unserer Freundschaft? Das war der Tag, an dem sie mich mitnahm zu sich nach Hause in Frinton-on-Sea. Der Besuch bei ihrer Familie unterschied sich sehr von dem Gastspiel bei Peters Familie. Vivienne wohnte mit ihrer Mutter und ihrem Bruder Tommy in einem altmodischen, kleinen Haus, gleich an der

Bucht, mit einer herrlichen Aussicht auf Schiffe und offenes Meer. Es sah aus wie das Haus eines Seefahrers, und das war es auch wirklich. Viviennes Vater hatte es erbaut, als er sich für immer von der Seefahrt zurückzog. Und er hatte es nett und behaglich gebaut und so, dass er seine geliebte See stets hören, sehen und riechen konnte. Inzwischen jedoch lag er auf dem kleinen Friedhof, über den der Seewind manchmal zärtlich, manchmal rau herüber strich.

Mrs. Penn – Viviennes Mutter - machte kein Tamtam mit mir, sondern behandelte mich wie eine alte Bekannte. Ich war noch keine Stunde dort, da übergab sie mir einen Schlüssel für ihre Haustür. „Damit du jederzeit bei uns rein kommst", sagte sie. „Du und Anne, ihr werdet ja demnächst nur noch selten zur gleichen Zeit dienstfrei haben. Du kannst dann auch ebenso gut mal allein herkommen. Das Gästezimmer steht immer für dich bereit."

Viviennes Bruder Tommy - ein schlaksiger Kerl, eins-achtzig groß, störrisches braunes Haar, zerklüftetes Gesicht, der Körper knochig, robust und hart wie ein Fels – bot mir gleich an, mit mir zum Strand zu fahren. Als er sich dann auf sein Motorrad schwang, blieb mir nichts anderes übrig, als mich hinter ihn zu klemmen und meine Arme um seinen Leib zu schlingen. Der alte Feuerstuhl fuhr knatternd über die ungepflasterten Wege, rollte holpernd über Steine und Geröll und ließ einen Kometenschweif von gelbem Staub hinter sich, als er über einen einsamen Ufer-pfad dahin rollte. Die Küste war von schwermütiger Gleichförmig-keit, fast ohne Konturen, als sei sie noch im Werden. Einige Häuser kamen in Sicht, standen feierlich da wie Schiffe, die vor Anker liegen, und ich sah, wie sich der Horizont zu beiden Seiten öffnete. Da draußen war das Meer, die Luft wurde kühler, ich konnte das Salz riechen. Hin und wieder versuchte Tommy, mir etwas zu erklären, dabei stolperten die Worte nur so über seine Lippen, doch der scharfe Fahrtwind trug sie ungehört davon.

Später jedoch, als wir im Living-Room zusammen saßen und Tee tranken, spürte ich, dass dieser Bursche und ich uns eigent-lich nichts zu sagen hatten. Es gab einfach zu wenige Gemein-samkeiten zwischen uns. Mit seiner Schwester Vivienne dagegen fühle ich mich noch heute - über Jahre und Landesgrenzen hin-weg – verbunden.

Bettpfannen und Karbolgeruch

Auf dem Weg zur chirurgischen Station schlug mir der scharfe Geruch von Karbol entgegen. Langsam schritt ich durch die Abteilung. Es war ein langer Schlauch. Die Patienten lagen wie Strafgefangene in Reih und Glied, und aus ihren Augen schien der stete Vorwurf zu sprechen, der die Weißkittel dafür verantwortlich machte, dass sich die Gemeinde außerstande sah, für würdigere Unterkünfte ihrer Kassenpatienten zu sorgen. Aus dem ersten Bett sahen mich zwei Hilfe heischende Augen an: ‚Komm zu mir, ich brauche deinen Trost.' Doch als ich näher kam, drehte sich der Patient lachend um und zeigte mir seinen nackten Hintern. Aus dem nächsten Bett schrie mir ein anderer seinen Schmerz entgegen, während er mir seinem blutigen Beinstumpf entgegen hielt. Doch kaum ging ich auf ihn zu, zog er unter der Bettdecke einen Krückstock hervor und schlug mir damit scherzhaft auf die Finger. Auch die übrigen Patienten lehnten meine Hilfe ab. Enttäuscht und gedemütigt verließ ich die Station.

Waren diese Impressionen etwa reale Geschehnisse von meinem ersten Arbeitstag im Hospital nach bestandener Vorprüfung? Nein, natürlich nicht! Es waren nur surreale Szenen aus einem vorangegangenen Alptraum. Die Wirklichkeit sah zum Glück freundlicher aus. Zwar war die Station wirklich ein langer Schlauch, in dem sich links und rechts die Krankenbetten drängelten - zehn Stück auf jeder Seite. Jedoch erinnere ich mich deutlich, dass die Stimmung in diesem Krankensaal - trotz Enge und fehlenden Rückzugsmöglichkeiten – recht entspannt, ja, teilweise geradezu heiter war. Die Patienten – Männer wie Frauen - gaben sich durchweg friedfertig und waren dankbar für jede Hilfe, für jedes freundliche Wort.

Während der ersten Zeit beschränkten sich meine Handgriffe weitgehend darin, vor und nach den Mahlzeiten Bettpfannen auszuteilen, sie wieder einzusammeln, zu leeren, mit Karbol zu desinfizieren und sie dann im entsprechenden Kabuffchen zu schwindelnder Höhe aufzutürmen. Bei dringendem Bedarf gab es auch den Bettpfannen-Einzelservice außerhalb der Massenabfertigung. Ein Klingelton genügte, um uns Schwestern in Windeseile mit einem Pinkelpöttchen herbeizulocken. Nur wenige Patienten

274

wagten allein den Gang zu der Toilette, die am Ende der Station lag, sodass wir gezwungenermaßen ständig mit Bergen von Bettpfannen durch die Gänge jonglierten. Manchmal kam ich mir dabei vor wie eine Serviererin beim Münchener Oktoberfest.

Natürlich gab es auch noch andere Arbeiten für Anfängerinnen wie mich, zum Beispiel Bettenmachen, dabei nach preußischer Ordnung die Kanten so fest umlegen, dass die Insassen keine Chance hatten, ihre Zehen unter der Bettdecke zu bewegen. Außerdem Patienten waschen, das Essen verteilen, mit der Teekanne Gänge entlang laufen, am Abend Blumen auf den Flur stellen. Die Bettpfannen aber und der Geruch von Karbol verfolgten mich noch lange bis in den Schlaf. Allmählich aber durfte ich auch wichtigere Aufgaben übernehmen wie Pflaster aufkleben, Wunden säubern, Verbände anlegen. Und da ich dabei durchaus geschickt vorging, überließ man mir mit der Zeit selbst die Pflege größerer Operationswunden, die sonst nur der Staff-Nurse vorbehalten blieben. So kam es, dass die Patienten immer häufiger nach mir riefen, wenn sie ein Bedürfnis hatten oder Hilfe benötigten.

Dass ich Deutsche war, schien niemanden zu stören. Niemand lastete mir irgendwelche Nazigräuel an, niemand kramte mir gegenüber alte Ressentiments gegen Deutschland hervor, niemand ließ mich fühlen, dass ich nur *Gastarbeiterin* war in ihrem Land. Im Gegenteil, wann immer die Personen, mit denen ich zu tun hatte, erfuhren, dass ich Deutsche bin, waren sie besonders nett zu mir, zitierten einen Bruder oder Vetter, der mal in unserem Land stationiert war oder erzählten mir von ihrer Lieblingspuppe *Made in Germany*. Und das, obwohl unsere Flugzeuge auch englische Städte bombardiert haben. Ja, es verging kaum eine Woche, an der ich nicht von Patienten oder deren Angehörigen zu einem Besuch in ihrem Heim eingeladen wurde. Nur einmal bekam ich eine Ahnung davon, dass auch die englische Kriegspropaganda ihre Feinde verteufelt haben muss. Da fragte mich doch eines Tages eine ältere Patientin ungläubig:

„Nurse, are you really German?" – „Sind Sie wirklich Deutsche?"

„Yes why not?" – „Ja, warum denn nicht?" antwortete ich lächelnd.

„But you are so nice!" – „Aber Sie sind doch so nett!"
War das nicht rührend? Diese Frau muss wirklich geglaubt
haben, dass alle Deutschen Menschenfresser seien. Damals –
jedenfalls zwischen 1948 und 1950, als ich in England war - hatte
sich die britische Boulevard-Presse noch nicht so an den ‚Deutschen Krauts' fest gebissen, die Bevölkerung noch nicht so gegen die Deutschen aufgehetzt, wie dies später der Fall sein
sollte. Noch hatten die englischen Klatschblätter vor allem die
Reichen und die Schönen ihres Landes ins Visier genommen.
Die ganze schmutzige Wäsche der Berühmten – ob Filmstar oder
Politiker - wurde erbarmungslos in aller Öffentlichkeit ausgebreitet. Das war ich von unserer Presse nicht gewöhnt. Diese rüde
Art erschreckte mich geradezu. So habe ich die Klatschillustrier-
ten weitgehend gemieden und mich mehr an die Times gehalten.
Doch auch dies war nicht unbedingt ein reines Vergnügen für
mich, denn immer wieder wurde mir schmerzlich bewusst, dass
meine Englischkenntnisse zwar für den Alltag reichten, nicht aber
für anspruchsvolle Lektüre. Dabei war es schon erstaunlich, wie
freundlich die Menschen zu mir waren - trotz der Sprachdefizite,
die mich als Fremde auswiesen. Sie halfen mir, wann immer ich
Hilfe brauchte. Womit hatte ich das nur verdient? Zu Hause, ja,
da hab ich auch so manchen Leuten geholfen. Gegenwärtig aber
waren die Andern die Gebenden und ich die Nehmende. Natürlich war ich dankbar dafür, dass ich in diesem Land ohne Hass
und ohne Vorurteile meiner Arbeit nachgehen konnte. Und natürlich versuchte ich auch, meine Arbeit gut zu machen. Manchmal
aber war ich unsicher, ob ich den Anforderungen wirklich genü-
gen würde.

Einmal hatte ich einen Alptraum, ich träumte ich, die Oberschwester sei unzufrieden mit mir: „Sie machen dauernd Fehler,
dauernd machen Sie Fehler!" murmelte sie. „Das ist zuviel für
mich", rief ich, stürzte aus dem Raum und versteckte mich in der
Besenkammer. Nach langer Zeit öffnete die Oberschwester die
Kammer, reichte mir die Hand und begleitete mich zurück zur
Station. „Nurse", schallte es mir da von allen Seiten entgegen,
„Nurse, die Bettpfanne bitte!" Und schon war ich wieder mitten
drin in der alltäglichen Arbeit.

Irgendwann wurde ich zum Nachtdienst auf der Männerstation eingeteilt. Das Schwesternzimmer war ein kahler, unendlich nüchterner Raum. Das ganze Mobiliar bestand aus einem weiß lackiertem Krankenbett, einem Waschbecken, einem Tisch, einem Stuhl und einem Medikamentenschrank. Kein Bild hing an den graugrün gestrichenen Wänden. Kein Läufer dämpfte den Schritt auf dem nackten Steinboden. Dabei herrschte eine unerträgliche, trockene Hitze, eine wahre Backofenglut, denn das Schwesternzimmer lag direkt über der Heizungsanlage der Klinik. Die Nacht um mich her schien von einer geheimnisvollen Unruhe erfüllt. Klingeln schrillten, Schritte dröhnten auf den Fluren, irgendwo ertönte regelmäßig das dumpfe Stöhnen eines Kranken.

Meine erste Schicht bei Nacht! Auf mir allein ruhte die Verantwortung für die 20 Kranken, die da in ihren Betten schliefen - der Genesung oder dem Tod entgegen. Ich hatte aufzumerken, wenn sich der Zustand eines Patienten plötzlich verschlechterte. Ich hatte einzuschreiten, wenn irgendetwas passierte. Ich hatte zu entscheiden, wann ich den diensthabenden Arzt rufen musste. Zunächst lief alles ruhig an. Ich machte meine Runde durch die Station, sah nach, ob alles in Ordnung war, gab dem einen oder anderen Patienten auf Bitten eine Schlaftablette, denn nichts ist der Genesung abträglicher, als eine ganze Nacht wach zu liegen zwischen lauter stöhnenden Mitpatienten. Danach studierte ich die Krankenblätter - unterbrochen nur vom aufdringlichen Geklingel nach einer Bettpfanne.

Plötzlich aber kam Unruhe auf. Ein neuer Patient wurde eingeliefert. Der begleitende Krankenpfleger flüsterte mir bedeutsam zu: „Blasenverschluss!" Eine schlimme Sache, wusste ich. Wenn der angesammelte Urin nicht abfließen kann, platzt irgendwann die Blase und es kann zu einer gefährlichen Infektion der Bauchhöhle kommen. Ein zweiter Pfleger tauchte auf, ließ sich kurz informieren und rannte dann los, um einen Arzt aufzutreiben. Ja, ein Arzt musste her, so schnell wie möglich, denn es war bereits Gefahr im Verzug - der Patient hatte entsetzliche Schmerzen und sein Leib schwoll immer mehr an. Ein Arzt aber war nicht aufzufinden. Vielleicht befand er sich bei einer Notoperation oder in der Intensivstation. „Wir können nicht länger warten", sagte der Pfleger, „ich werde eine Kanüle einsetzen." Schale, Desinfektionsmittel und Kanüle hatte ich schon bereitgestellt. Der Pfleger versuchte nun, den Schlauch durch den Penis einzuführen, doch es gelang ihm nicht, in die Blase vorzudringen. Vielleicht war er zu nervös. „Lass mich das mal versuchen", sagte ich. Und obwohl ich keinerlei Erfahrung darin hatte, blieb meine Hand ganz ruhig, und der Schlauch glitt willig in die Blase, und der Urin floss wie ein sanftes Bächlein in die bereit gehaltene Schale. Die Spannung ließ nach, wir atmeten erleichtert auf. Auch der Patient spürte, dass der Druck im Innern seines Bauches nachließ. In seine Wangen kehrte die Farbe zurück. In diesem Moment erschien der Arzt.

„Gut gemacht", lobte er und gab Anweisung für die weitere Behandlung des Patienten. In den darauf folgenden Stunden fühlte ich mich wie im Tran. Teils war ich stolz darauf, dass mir das Einführen des Schlauches so gut gelungen war. Andererseits aber schlotterten mir im Nachhinein die Knie. Was wäre gewesen, wenn mein kühner Eingriff daneben gegangen wäre, wenn ich bei meinem Herumfummeln die Blasenwand eingerissen hätte?

Ach, lieber nicht darüber nachdenken! Es ist ja alles gut gegangen. Konzentriere dich jetzt lieber darauf, das Frühstück für die Patienten vorzubereiten! Doch während ich in der winzigen Küche die Brote schmierte, entdeckte ich plötzlich vor mir eine Maus. Sie musste hinter dem Schrank hervorgekommen sein. Nun saß sie da, mitten auf der Anrichte und guckte mich an, irgendwie verwundert, so als wollte sie sagen: „Was machst du in *meiner* Küche?"

Sollte ich schreien? Dann hätte ich ja die Patienten geweckt. Sollte ich weglaufen? Das wäre auch keine Lösung – das Frühstück musste fertig sein, wenn die Frühschicht kommt, damit sie gleich mit dem Austeilen beginnen kann. Also klatschte ich nur in die Hände. Da verschwand die Maus im Spalt hinter der Anrichte. Doch ich ahnte – so eine Maus ist stärker als ich; sie wird ihr Reich so schnell nicht aufgeben, sie wird wiederkommen. Aber lohnte es sich, gegen eine Maus anzukämpfen? Ich entschied mich dafür, Frieden mit ihr zu schließen und legte ihr jeweils, wenn ich das Frühstück der Patienten herrichtete, ein paar Brotkrümel auf die Arbeitsplatte. Und siehe da, das kleine Mäuschen ließ sich weder vom Karbolgeruch meiner Hände vertreiben, noch erwartete es eine Bettpfanne von mir. Stattdessen leistete es mir von nun an jeden Morgen für einige Minuten Gesellschaft, und seine schwarzen Knopfäugelchen blinzelten mir dabei verschmitzt zu.

Eine afrikanische Prinzessin

A d e j o k e! Adejoke Ogunmuku!
Allein ihr Name klang in meinen Ohren wie eine Urwelt-
Melodie, wie das Dröhnen der Buschtrommeln, die zu einem Fest
rufen, wie der Sprechgesang afrikanischer Frauen, die auf einem
Dorfplatz tanzen. Sie war so jung, so schwarz, so überaus lebendig. Hier - im Essex-County-Hospital von Colchester - bin ich ihr
zum ersten Mal begegnet und war gleich beeindruckt von ihrer
Ausstrahlung, ihrer Persönlichkeit. Sie sei – so hörte ich - eine
echte Prinzessin, die Tochter irgendeines großen Stammesfürs-
ten aus Nigeria. Ihr Clan hatte sie - zusammen mit ihrer Cousine
Adebisi Volami - nach England geschickt, um sich in der Kran-
kenpflege ausbilden zu lassen, wie man auch ihre Brüder und
Vettern hergeschickt hatte, um Medizin zu studieren und die Lebensart der Weißen zu ergründen. Hier aber, im fremden Land -
konfrontiert mit dem alltäglichen unterschwelligen Rassismus -
entwickelte Adejoke ihre eigene Überlebensstrategie und erober-
te sich mit Mut und Witz ihren Platz in dieser weißen Welt, ohne
sich selbst dabei aufzugeben. Sie ließ sich weder einschüchtern
von der Kühle der Engländer, noch von dem kaum verdeckten
Hochmut, mit dem einige von ihnen den Schwarzafrikanern begegnete. Einmal wurde ich Zeugin, wie eine allzu weiße, allzu
englische Schwesternschülerin ihr verächtlich entgegen schleuderte: „Vor einigen Jahren, da wart ihr noch unsere Sklaven."
„Und ihr, ihr seid doch nur in unser Land gekommen, um unsere silbernen Löffel zu stehlen", antwortete Adejoke darauf gelassen. Ja, Adejoke war schlagfertig und stolz und so
temperamentvoll wie ein Vulkan, der jeden Augenblick ausbrechen konnte. Wenn sie lachte – und sie lachte gern allen Widrig-
keiten des Lebens zum Trotz – dann sprühten ihre Augen
Funken, und in ihrem Mund leuchteten die weißesten Zähne auf,
die ich je gesehen habe. Ich besitze noch ein Foto von ihr. Auf
dem blickt sie mir mit ihren dunklen Augen selbstbewusst entgegen. Etwas ist in diesem Blick, dass mich tief im Innern berührt.
Ihre Haut ist schwarz wie dunkle Schokolade. Die Frisur mit den
eingeflochtenen Muscheln und Federn verleiht ihrer Trägerin
gleichzeitig etwas Heiteres und Gelassenes, Wildes und Majestä-

tisches. Auf diesem Foto erscheint sie mir wie das Abbild der Großen Mutter Afrikas, der Hüterin allen Lebens.

Ganz anders dagegen ihre Cousine Adebisi Volami! Sie wirkte eher wie eine scheue Antilope, die bei der geringsten Witterung einer Gefahr in schnellen, gleichwohl graziösen Sprüngen die Flucht ergreifen würde. Adebisi war nur Einsfünfzig groß, dabei schlank wie ein Schilfrohr und so schwarz, wie ich noch nie einen Menschen gesehen hatte. Sie hatte ein schönes, ausdrucksstarkes Gesicht. Zuweilen wirkte sie wie ein Kind, dann wieder wie eine Frau, die bereits die Leiden dieser Welt kennen gelernt hat. Manchmal zeigte sie ein verhaltenes Lächeln, das ihr Gesicht aufblühen ließ wie eine Rosenknospe, ihr Mund aber blieb meist verschlossen.

„Du müsstest Adebisi mal in Afrika erleben, du würdest sie dann nicht wiedererkennen. Also bei uns zu Hause, da ist sie ganz anders, richtig ausgelassen", erklärte Adejoke. „Ja, wirklich, ob du's glaubst oder nicht, wenn wir unsere Stammesfeste feiern, dann ist Adebisi die temperamentvollste aller Tänzerinnen. Wenn sie um unseren Hikorybaum tanzt, schweigen selbst die Geister. Hier in England aber, da stirbt Adebisi fast vor Heimweh. Du weißt nicht, was Elend ist, solange du nicht als Afrikanerin fortgeschickt worden bist, um in der Welt der Weißen zu leben. Du fragst, was Adebisi hier am meisten vermisst? Vor allem ein bisschen Wärme, ein bisschen Fröhlichkeit und auch ein wenig Anteilnahme. Die Ärmsten, Einsamsten können unter fremdem Himmel untergehen, können ertrinken auf den Pflastersteinen einer fremden Stadt, ohne dass sich nur ein einziger Passant nach ihnen umdreht."

Adejoke seufzte tief auf und fuhr dann fort: „Nimm dazu noch die englische Küche! Die verträgt Adebisi überhaupt nicht. Wenn wir uns nicht hin und wieder selber etwas zubereiten würden, dann wären wir längst verhungert."

Ja, das mit dem Essen, das konnte ich nachempfinden, denn auch mir schmeckte die englische Küche nicht. Zu fade! Zu saftlos! Zu einfallslos! Und so nahm ich die Einladung der beiden Cousinen zu einem von ihnen bereiteten Mahl gern an. Im Schwesternhaus gab es eine Teeküche mit Gaskocher und zwei oder drei Töpfen in der Anrichte. Aus einem Paket, das sie am

Tag zuvor aus Nigeria erhalten hatten, zauberten meine Gastgeberinnen zwei Dosen Ölsardinen, ein Glas Chili-Schoten, einige undefinierbare, schlangenförmige Gebilde und allerlei geheimnisvolle Pülverchen hervor. Das alles wanderte zusammen in einen Topf und wurde mit Wasser und einem ordentlichen Schuss Brandy zum Kochen gebracht. Zehn Minuten später war der Eintopf fertig. Adebisi füllte die Teller und forderte mich zum Essen auf. Mutig langte ich zu. Doch, Himmel und Hölle! Das Zeug brannte ja wie Feuer! „Großer Gott", krächzte ich nach Luft schnappend, „ich verstehe nicht, wie ihr so was nur essen könnt? Das ist ja so scharf, wie...wie... also dafür fehlen mir die Worte."

Da ließ Adejoke ihr schallendes Gelächter erklingen. „Kannst du dir nicht denken, warum wir scharfe Gewürze brauchen? Weil sie uns innerlich so schön aufwärmen! Ohne sie würden wir in diesem nass-kalten England doch jämmerlich erfrieren."

Ja, doch, das konnte ich irgendwie nachvollziehen. Da aber in meinem Heimatland ähnliche Temperaturen herrschten wie in Großbritannien, war ich auf solche Aufwärm-Mittel nicht angewiesen. Adebisi und Adejoke zeigten durchaus Verständnis dafür, dass ich künftig auf ihre afrikanischen Mahlzeiten verzichten wollte. Sicher hätten auch sie dankend abgelehnt, wenn ich sie zu deutscher Hausmannskost a 'la Sauerkraut mit Eisbein eingeladen hätte - falls ich es ihnen im Merry-Old-England überhaupt hätte anbieten können.

Mit Adejoke gemeinsam auf einer Station zu arbeiten aber tat ich gern, denn meine schwarze Freundin verbreitete stets gute Laune, und auch die Patienten mochten sie. Als Pflegerin in einem Krankenhaus kommt man jedoch nicht umhin, auch mal Verstorbene anfassen zu müssen, sie zu waschen, zu versorgen, auf eine Bahre zu legen. Wenn es eben ging, drückten sich Adebisi und Adejoke allerdings vor solchen Aufgaben. Sie fürchteten die Berührung der Toten. Einmal - während einer Nachtschicht – wurde ich Zeugin ihrer panischen Angstattacken. Eine mit weißem Tuch bedeckte Leiche sollte auf einer Bahre zur Totenkammer des Hospitals gebracht werden. In heilloser Angst zogen Adebisi und Adejoke mit ihrer traurigen Fracht den spärlich beleuchteten Weg entlang. Ich hörte ihr Keuchen, hörte das Ras-

seln des Schlüssels im Schloss, vernahm den schwachen Auf-
prall, als der starre Körper sich zu seinen eiskalten Gefährten
gesellte. Dann ein abgrundtiefes Seufzen, das wie von Furien
gehetzte Zurückeilen und das anschließende Ersterben alle Geräusche! Als ich Adejoke am nächsten Morgen traf, wirkte ihre
dunkle Haut bleicher als sonst.

„Die Geister", murmelte sie, „die Geister der Toten! Sie jagen
nun ständig hinter mir her!"

„Glaubst du wirklich an Geister?" fragte ich sie.

„Natürlich gibt es Geister", antwortete sie. „Wenn jemand gestorben ist, sucht sein Geist einen neuen Körper, in dem er weiter
leben kann. Solange er den nicht gefunden hat, bedrängt er alle,
die mit seiner Leiche in Berührung gekommen sind. Und gestern
Nacht ist es passiert, die Geister all derer, die in der Totenkammer lagern, jagen nun hinter mir her. O Götter dieser Erde! Wie
kann ich sie nur abschütteln?"

Da fielen mir die Worte unserer alten Zeichenlehrerin ein, die
sie uns beim Abschied von der Schule mit auf den Weg gegeben
hat: „"Wenn ihr einmal Sorgen habt, nicht wisst, wie ihr ein Problem lösen könnt, dann greift zu Pinsel und Farbe und malt einfach
drauf los. Lasst die Farben sprechen! Lasst die Pinsel Konturen
zeichnen! Haltet fest, was euch bedrückt! Lasst eure Gefühle die
Feder führen! Und ihr werdet erleben, dass euch das Malen befreit."

Diesen Rat gab ich nun an Adejoke weiter. Und Adejoke, die
zuvor noch nie gemalt hatte, setzte sich hin und malte, malte sich
ihre Angst von der Seele. Später zeigte sie mir die Bilder, die so
unter ihren Händen entstanden waren. Sie wirkten unglaublich,
ganz anders als alles, was ich bisher gesehen hatte. Auf einigen
explodierten die Farben geradezu, andere waren in sanftem Blau
gehalten, auf manchen herrschte warmes Rot vor, auf allen aber
tummelten sich Figuren in den verschiedensten Formen. Manche
wirkten mit ihren überlangen Armen und kurzen Beinen harmlos
wie Strichmännchen auf Kinderzeichnungen. Andere wieder
standen auf stämmigen Gliedmaßen und hatten einen kompakten
Körperbau. Bedrohlich aber wirkte keine dieser Figuren.

„Schau nur", sagte Adejoke, „dass sind die Geister, die sich von mir haben einfangen lassen. Sie leben nun friedlich auf meinen Bildern und denken nicht mehr daran, mir Angst einzujagen."

Auf der Zeichnung, die sie für mich ausgesucht hat, steht im Mittelpunkt eine Gestalt mit großen Brüsten und kräftigen Beinen. Sie erscheint mir wie die Verkörperung der afrikanischen Frau schlechthin. Sie könnte ein Abbild Adejokes sein. Sehe ich mir dieses Bild heute an, so strömen die Erinnerungen an meine nigerianische Freundin mit Macht auf mich ein. Ich weiß nicht, ob sie noch lebt oder inzwischen selbst schon ins Reich der Geister eingegangen ist. Von dieser Zeichnung aber lacht sie mir entgegen wie in alten Zeiten, und ich sehe wieder ihre weißen Zähne aufblitzen und bin mir nun ganz sicher, dass sie mehr als 32 Zähne in ihrem herrlichen dunkelroten Mund hatte.

Kamingeflüster

Im Schwesternhaus gab es einen großen Aufenthaltsraum mit Tischen und Stühlen und einigen halbwegs gemütlichen Korbsesseln. Das imposanteste im Raum aber war der große Kamin. Bisher kannte ich solch offene Feuerstellen nur aus Büchern, in denen dann die Rede war von charmanten Plaudereien am Kamin, oder aus Filmen, in denen vornehme Grafen sich lässig an säulengestützte Kamine lehnten, während sie genießerisch ihren uralten Whisky schlürften. Doch diese Szenen fanden stets in Schlössern oder hochherrschaftlichen Herrensitzen statt. Nun aber stellte ich fest, dass sich selbst im Aufenthaltsraum eines einfachen Schwesternhauses ein feudaler Kamin befand. Die Schwestern des Hospitals versammelten sich in ihren Freistunden gern vor dem Kamin, um miteinander zu plaudern, zu scherzen oder zu jammern. Dieser Kamin wirkte ausgesprochen repräsentativ. Dennoch war er für mich zunächst gewöhnungsbedürftig. Er hatte nämlich zwei merkwürdige Eigenschaften: Wenn er nicht brannte, dann gähnte einem höhnisch sein leeres Feuerloch entgegen, und er wirkte entseelt und unwohnlich. Brannte aber das Feuer in ihm, dann wurde man von vorne gebraten und gesotten, während der Rücken vor Kälte erstarrte. Das war wohl der Preis für die englische Vornehmheit, die den typisch unterkühlten englischen Gesichtsausdruck erzeugt. Und während meine Gefährtinnen unberührt von den Temperaturunterschieden ihre Stricknadeln klappern ließen, saß ich weiter verkrampft vor dem flackernden Feuer, bis mein Bauch verbrannt und mein Rücken erfroren war. Nein, dachte ich, an diesen launischen Kamin werde ich mich nie gewöhnen, niemals! Wenn ich jedoch die wenigen kostbaren Freistunden nicht allein in meinem Kämmerlein verbringen wollte, musste ich durchhalten, um jeden Preis. Ich versuchte, mich mit Lesen abzulenken. Doch meine Nase in Bücher zu stecken - während die Gefährtinnen sich unterhielten – dass wurde mir als unkollegial vorgehalten. „Wie wär's, wenn du dir Wolle besorgst und auch anfängst zu stricken?" riet man mir. Und tatsächlich, Wolle aufwickeln und ungeschickt mit Stricknadeln hantieren, lenkte mich von den ungleichen Wärme-Kälte-Graden ab, und ich begann allmählich, die Stunden am Kamin zu genießen und dabei mit den anderen über das verdammte Krankenhaus zu lästern, über das Wetter und natürlich über die Männer. Ja, worüber denn sonst?

Doch je näher es auf Weihnachten zuging, desto mehr beschäftigte alle nur noch ein Thema – der große Ball. Ja wirklich! Jeden Winter wurde im Aufenthaltsraum des Schwesternhauses ein Tanzabend veranstaltet, so ein richtiger Ball, zu dem in erster Linie das Offizierskorps eingeladen wurde. Schließlich war Colchester eine Garnisonsstadt, und mit dem Militär wollte man sich gut halten. Das Ereignis warf schon früh seine Schatten voraus. Der Raum musste festlich geschmückt, Stühle und Tische an den Wänden aufgereiht und so eine großzügige Tanzfläche geschaffen werden. Doch was sollte man zu einer solchen Veranstaltung anziehen? „Ein Abendkleid natürlich", war die Antwort. Ein Abendkleid? Wo sollte ich das hernehmen? Im Nachkriegsdeutschland war so etwas ohne Kleidermarken und Beziehungen nicht aufzutreiben, im Übrigen bestand zuhause auch kein Bedarf dafür, denn was gab es da schon zu feiern?

Vor meiner Reise nach England hatte Mama mir noch ein Kleid genäht aus einem schwarzen Verdunklungsstoff, eine Winterjacke aus Papas altem Mantel und einen Rock aus einer roten Fahne, von der zuvor der weiße Kreis mit dem schwarzen Hakenkreuz abgetrennt worden war. Eine Freundin von Mama besaß einen Strickapparat und hat damit weiße Verzierungen darauf gekurbelt und dem Kleidungsstück damit einen beinahe luxuriösen Glanz verliehen. Aus solchen Schätzen also setzte sich meine Garderobe zusammen. Doch konnte ich mich damit auf einem englischen Ball sehen lassen? Es schien mir nun doch an der Zeit, etwas Neues anzuschaffen. Das war jedoch einfacher gesagt als getan. Mein Einkommen reichte mal grade für die üblichen Kleinigkeiten, die ein junges Mädchen so braucht. Da blieb nichts übrig für funkelnagelneue Kleidung. Doch der große Abend rückte immer näher; zum Sparen blieb keine Zeit mehr. So entschloss ich mich, gleich zu Beginn des nächsten Monats den gesamten Lohn in ein Ballkleid zu investieren, auch wenn ich die nächsten Wochen dann ohne einen Penny auskommen musste. Zwar zeigte sich bald, dass mein Reichtum für ein klassisches Abendgewand nicht reichte, aber es langte für einen schwarzer

Taftrock und eine festliche weiße Bluse aus Nylon – einem zarten Wundergewebe, das es in Deutschland noch nicht gab.

Inzwischen war ich richtig neugierig auf den Abend und auf das Publikum, das sich dort tummeln würde. Neben dem örtlichen Offizierskorps hatte man auch sonst jedermann eingeladen, der jemand war. Sogar ein echter Herzog soll schon mal auf dem Ball erschienen sein. Kurz und gut, es sollte eine Veranstaltung werden, bei der viel Lametta und große Stammbäume zur Schau gestellt wurden, und Rang und Namen wichtiger waren als der richtige Wein. Schon auf dem Weg zum Ballsaal drängelten sich eine Menge Leute mit römischen Nasen und lauten Stimmen, und in der Luft lag nichts als Überlegenheit. Ich fühlte mich - genau genommen - im höchsten Maße unbehaglich. Das Grammophon spielte neue Tänze, und die jungen Leutnants wirbelten die jungen Schwestern herum, dass ich Mühe hatte, zum Büfett zu gelangen, wo man nicht nur kleine Häppchen erhaschen, sondern sich auch mal in Ruhe unterhalten konnte. Die Gespräche aber, die dort geführt wurden, drehten sich fast ausschließlich um das Königshaus, die nächste Fuchsjagd und das englische Wetter, und die Herren Offiziere verhielten sich so steif und so britisch, wie man das nicht anders von ihnen erwartete.

„Was für eine langweilige Gesellschaft!", dachte ich. „Ach, zum Teufel mit diesen Leuten. Was hat sich meine große Schwester nur dabei gedacht, als sie schrieb, ich könne mir in so einer Garnisonsstadt doch einen feschen Offizier angeln. Ich will aber keinen von diesen blassen Fish & Chips Typen! Igittigitt! Und die Ärzten des Hospitals? Zugegeben, da wären schon einige drunter, die mir gefallen könnten. Aber sobald ein neuer Assistenzarzt auftaucht, stürzen sich gleich zwanzig liebeshungrige Schwestern auf ihn. Soll ich mich etwa an einer so unwürdigen Jagd beteiligen? Übrigens sind die Ärzte ein scheues Wild. Nicht einer von ihnen hat sich auf dem Ball blicken lassen. Kann man ja verstehen – wir Schwestern treten ihnen doch während der Dienstzeit schon ständig auf die Füße."

Nachdenklich verweilte ich am Kamin und betrachtete das Feuer, dessen Flammen zum Klang der Grammophonmusik schwebten und tanzten und meine Sinne verwirrten. Noch ahnte ich nicht, dass Flammen und Nylongewebe sich unwiderstehlich anziehen. Erst als ich aus meinen Träumen erwachte, bemerkte ich, dass einige Funken der flackernden Flammen winzige Löcher in meine Nylonbluse gebrannt und sie in ein skurriles Spitzenhemd verwandelt hatten. Und während ich frustriert den Saal verließ, torkelte die Grammophon-Musik weiter dahin wie ein müder Schmetterling.

Dieses London

Nie werde ich den Tag vergessen, an dem ich zum ersten Mal nach London kam. Vivienne hatte mich mitgenommen zu ihren Verwandten, die in einem Arbeiterviertel am Rande von London wohnten. Ihr Onkel - ein kahlköpfiger, stiernackiger Mann - wirkte auf den ersten Blick ziemlich rätselhaft, wahrscheinlich als Ergebnis eines langjährigen Versuchs, typisch englisches Verhalten mit der Burschikosität eines Londoner Dockarbeiters zu verbinden. Sein Gesicht aber war durchaus gutmütig und trug meist ein gewisses Grinsen. Seine Frau dagegen – eine große, hagere Gestalt – wirkte ein wenig fahrig und überreizt. Sie sprach sehr schnell, dazu einen unverkennbaren Londoner Slang. Ich hatte Mühe, sie zu verstehen, ahnte aber, dass alles, was sie sagte, freundlich gemeint war, dass sie einfach besonders nett zu mir sein wollte. Beide – Mister Putman und Misses Putman - waren geradezu begierig darauf, mir *ihre* Stadt vorzuführen, auf die sie sichtlich stolz waren. Er setzte gleich unternehmungslustig seinen breitkrempigen Hut auf, der beinahe aussah wie ein Heiligenschein, und auch sie machte sich eilfertig stadtfein. Wenig später schritten wir zu viert Richtung U-Bahn-Station - Misses Putman mit weit ausholenden Schritten einer Frau, die sich im gewohnten Milieu befand, Mister Putman in einem energischen Trott, der jeder Besonderheit bar war, während Vivienne und ich aufgeregt neben ihnen hertänzelten.

Der Stadtteil, den wir zunächst durchquerten, gehörte nicht gerade zu den polierten Ecken der Metropole. Zwar waren die düsteren Gassen inzwischen weit entfernt von den Elendsquartieren des Neunzehnten Jahrhunderts, wie Dickens sie beschrieben hat, doch erzeugten zu viele Schatten immer noch eine trostlose Stimmung. Doch kaum hatten wir die City erreicht, änderte sich das Bild schlagartig. Überall hingen wehende Fahnen, und laut und feierlich ertönten die Glocken von Big Ben. „Heiliger Bimbam!" rief ich aus. „Ist das nicht herrlich? Ganz London hat sich für mich geschmückt. Selbst Big Ben läutet zu meinem Empfang!"

„Bild dir nur nichts ein!" grinste Vivienne. „Das ganze Tamtam wird nur veranstaltet, weil King George heute das Parlament eröffnet."

Na, wenn schon! Ich wollte lieber weiterhin annehmen, dass dieser Festtagsrummel mir galt. Dies war schließlich *mein* Tag, *der Tag*, an dem ich - die klene Schickse aussem Kohlenpott - zum ersten Mal die Weltstadt London besuchte. Es war eine verwirrende Stadt. Annes Verwandte hatten sich vorgenommen, das ganze Touristen-Programm durchzuziehen, um „the little German visitor" ordentlich zu beeindrucken. Der Himmel über der Themse war wolkenlos. Die Sonne - die Kirchen und Kuppeln, Schiffe und Brücken in goldenes Licht tauchte - verzauberte selbst die klapprigsten Autos auf den Straßen und machte aus den bescheidensten Häusern kleine Paläste. An diesem Tag haben wir aber auch so viele echte Prachtbauten besichtigt, dass ich davon fast erschlagen war. Ja, selbst King George habe ich gesehen, als er – eskortiert von seinen Leibgardisten mit Federbuschhelmen und blitzenden Säbeln - in seiner Prunkkalesche zum Parlamentsgebäude fuhr und dabei huldvoll seinen Untertanen zuwinkte. Dieses höfische Zeremoniell beeindruckte mich sehr – schließlich haben wir so etwas in Deutschland nicht aufzuweisen. Im Nachhinein aber kam es mir auch ein wenig lächerlich vor. In modernen Zeiten so antiquierte Rituale, als hätte Queen Victoria sie noch persönlich eingeführt! Doch gönnen wir den Engländern den Spaß an ihrem Königshaus. Worüber sollen sie sonst reden, wenn nicht über ihre heiß geliebten Royals?

Weiter bummelten wir die Straßen entlang, weiter und weiter. Unablässig schoben sich rote Doppeldeckerbusse und schwarze Taxen durch die Oxford Street, bahnten sich Menschen einen Weg durch das lärmende Verkehrsgewühl, vorbei an windschiefen Lastwagen und unaufhörlich hupenden Autos. Schließlich fanden wir uns wieder in einer Nebengasse, wo wir - eingezwängt zwischen grauen Häuserwänden - einen kleinen Tempel entdeckten. Da war eine Zeremonie im Gange mit riesig viel Weihrauch, Gebetsgesumm und Trommelklang. Vor einer Art Altar ein älterer Mann, ganz in Weiß gekleidet, auf dem Kopf einen blauen Turban. Sein Gesicht war rosig, ein echtes Europäergesicht, doch der wallende weiße Bart gab ihm einen orientalischen Anstrich. Ein Wandbehang im Hintergrund zeigte die Umrissen asiatischer Götter, die ihre zahlreichen Arme wie Kraken durch die Gegend schwangen. „Irgendeine religiöse Andacht", flüsterte Vivienne mir zu. „Wahrscheinlich buddhistisch! Du findest hier wirklich eine bunte Kollektion verschiedenster Volksgruppen, Hautfarben und Religionen. London ist eben eine offene Weltstadt." Minuten der Ruhe fanden wir später in der St. Pauls Kathedrale. Ihre riesige Kuppel faszinierte mich. Wie konnte es geschehen, dass unsere geflüsterten Worte sich wie gefiederte Schlangen um die Galerie herumschlängelten und vernehmbar den Weg zu uns zurück fanden? Ich durfte nicht daran denken, dass diese herrliche Kathedrale bei einem Luftangriff durch deutsche Bomben zerstört worden ist. Doch von den Schäden war inzwischen nichts mehr zu sehen – nach außen hin waren die Kriegswunden verheilt. An anderen Stellen aber zeigten einige Ruinen noch an, dass hier gegen Ende des Krieges deutsche V-2-Raketen eingeschlagen hatten. Viviennes Verwandte aber mieden Gespräche über den Krieg und seine Schrecken – sie waren bemüht, mir all das Schöne, Große von London zu zeigen. Und sie entdeckten dabei so manches, was sie – obwohl in London geboren – bislang selbst nie gesehen hatten. Und sollte man es glauben? Sie hatten auch nie zuvor einen Fuß in den Tower gesetzt. Dabei - was gab es da nicht alles zu entdecken! Mit einem wohligen Schauer starrte ich auf die mittelalterlichen Folterwerkzeuge, auf denen durch schmale Fensternischen die Sonnenstrahlen brannten, als sähe man sie durch einen Regen von Blut.

Alles war so neu, so überwältigend für mich. Es gab ja noch kein Fernsehen, das Bilder fremder Städte bis in die letzte Stube trug. Und wer von meinen deutschen Freunden hatte je eine Reise nach London unternommen? Mit kindlichem Erstaunen nahm ich die weiteren Sehenswürdigkeiten in mich auf, bis mir allmählich der Kopf schwirrte. Doch hätte ich bereits sagen können, ich hätte die Seele dieser unergründlichen Stadt entziffert? I wo! Als wir am Trafalgar Square eintrafen, atmete ich befreit auf. Natürlich reizten mich dort die Tauben mehr, als die Statue des ollen Nelson, und ich konnte nicht widerstehen, diesen aschgrau gefiederten Vögeln, die sich zutraulich auf meinen Schultern niederließen, mein letztes Sandwich zu opfern.

„Du meine Güte", stöhnte Viviennes Tante, „ich bin inzwischen völlig k.o. Wir sollten mal eine Pause einlegen, bevor wir zum Höhepunkt des Tages kommen." „Was, noch 'ne Besichtigung?"

fragte ich nun doch ein wenig erschrocken. „Nein, was viel Besseres! Wir haben für euch Mädchen noch Karten für die Aufführung von ‚Schwanensee' mit Anna Palowna ergattern können."

Diese Überraschung haute mich fast um. Dass ich das erleben durfte! Theater hatte mich ja immer schon fasziniert. Ballett dagegen war etwas absolut Neues für mich. Und so sehr ich erschöpft war von unserer ausgedehnten Sightseeing Tour, so sehr fieberte ich nun der Tanzveranstaltung entgegen. Während wir die Treppe zum ersten Rang emporstiegen, atmete ich in vollen Zügen den Staubgeruch in den Gängen ein. Der Saal begann sich zu füllen, die Operngläser wurden aus den Futteralen genommen, die Leute sahen sich um, nickten einander zu, reckten ihre Hälse oder lehnten sich einfach entspannt zurück.

Als die Musiker ihre Instrumente stimmten, liefen Wellen seltsamer Erregungen durch den Raum. Das Licht erlosch. Im Saal wurde es ganz still. Dieses Zittern, bevor der Vorhang hochging! Und dann dieses Ausgeliefertsein, dieses Herzklopfen! Wie betörend die Musik! Wie sinnlich die Bewegungen der Tänzer! Mir stockte der Atem. Vor allem die Primaballerina rührte mich zu Tränen. Ich gestehe, ich habe richtig geheult. Nie werde ich Anna Palowna - diese großartige Tänzerin - vergessen. Sie tanzte die Liebe, die Sehnsucht, den Schmerz mit jeder Faser ihres Wesens, mit jeder schwebenden Bewegung ihres biegsamen Körpers - sie war die Schwanenkönigin!

Ein Baron auf der Station

Was macht ein österreichischer Baron auf unserer Männer-Station?"

Große Frage – einfache Antwort: Er ließ sich, wie so viele Männer seines Alters, die Prostata operieren. Und warum gerade hier in England? Nun. Das ist eine lange Geschichte: Er – ein hochwohlgeborener Baron von Wallerstein und Marnegg – hatte zusammen mit seiner Frau – der Baronin von Wallerstein und Marnegg – fluchtartig seine väterliche Burg in den österreichischen Alpen verlassen müssen, als dieser Landstrich gegen Ende des Zweiten Weltkrieges von den Russen besetzt wurde. Nach vielen Irrfahrten quer durch Europa konnte er sich endlich nach England zu seiner Tochter durchschlagen, die mit ihrem Mann – einem englischen Bankier – in der Grafschaft Essex ein altes Landhaus bewohnte.

Für Männer ist der Gang zum Urologen eine unangenehme und beklemmende Angelegenheit. Dieser ständige Druck auf die Blase und dann nicht pinkeln können! Was bleibt den armen Kerlen also übrig, als sich in die Hände eines Urologen zu begeben, um die defekte Leitung reparieren zu lassen? Auf unserer Chirurgischen Station trafen sich Männer aus den unterschiedlichsten Bevölkerungsschichten, die normalerweise kaum etwas miteinander zu tun hatten – hier fanden sie einen gemeinsamen Nenner – ihre Schwierigkeiten beim Pinkeln. Zunächst wurden alle möglichen Tests durchgeführt. Die Neugier der Ärzte war unerschöpflich. Täglich kam ein Arzt auf die Station und prüfte sie auf Herz und Nieren. Man klopfte ihnen mit Hämmern auf die Knie, kratzte mit Nadeln über ihre Haut, spähte mit Taschenlampen in ihre Augen, horchte ihr Herz ab und röntgte sie von Kopf bis Fuß. Die Patienten lebten nur noch für die Wissenschaft, denn die Herren in den weißen Kitteln machten ihre Sache gründlich. Doch letzten Endes landeten alle Prostata-Patienten unterm Messer der Chirurgen. So ging es auch dem Herrn Baron. Klar, dass er sich nach der Operation nicht besonders wohl fühlte. Wie ein nasser Sack ließ er sich hängen, gab sich gesprächsfaul und mürrisch. Wenn wenigstens die Schwestern einen erfreulichen Anblick geboten hätten! Aber er bekam – wie er meinte – nur die

Hässlichen mit den fetten Hintern zu sehen. Wann immer also eine von ihnen seinen Puls messen wollte, machte er die Augen zu und stellte sich schlafend.

Ich sah den Baron einige Tage nach dem chirurgischen Eingriff das erste Mal. Da lag er mit seinem mächtigen, steirischen Bauernschädel und seiner prachtvollen silbergrauen Löwenmähne wie eine lahme Ente in den Kissen. Als ich ihn auf Deutsch ansprach, begannen seine Augen zu leuchten, und sein ganzer Körper straffte sich, so als ob er plötzlich zehn Jahre jünger geworden wäre. Vielleicht hatte ihm hier im Krankenhaus nur eins gefehlt – die Muttersprache. Sein Englisch war tatsächlich ausgesprochen miserabel, deswegen wohl war er so maulfaul gewesen. Nun hatte er in mir ein williges Opfer gefunden, dass für sein plötzlich ausbrechendes Mitteilungsbedürfnis ebenso offen war wie für seine Klagen und Wünsche. Als seine Tochter zu Besuch kam, ließ es sich der Baron nicht nehmen, mich als *„seine kleine deutsche Krankenschwester"* vorzustellen. Mrs. Summerfield - so hieß die Dame - merkte gleich, wie sehr ihr Vater nach einer deutschen Gesprächspartnerin hungerte, und so lud sie mich ein, ihren Papa nach seiner Genesung doch hin und wieder auf ihrem Landsitz in Dedham Vale zu besuchen. Das versprach ich gern.

Es war einer dieser warmen Sommertage, die sich in den Herbst verirrt hatten. Ich war mit dem Bus in Dedham Vale angekommen. Der Baron holte mich an der Haltestelle ab. Seine alte aus dem ersten Weltkrieg stammende Husarenuniform, die er trug, wirkte angemessen abgetragen. Die ehemals silbernen Kordelverschnürungen über seiner Brust erinnerten mich an die Schlafanzüge meiner Kindheit, die ich besonders geliebt habe. Sein silbergraues Haar leuchtete vor dem Hintergrund der grünen Lindenallee, seine grauen Augen blitzten unter den buschigen Augenbrauen, und seine frische Gesichtsfarbe ließ darauf schließen, dass er sich inzwischen von seinem Krankenhausaufenthalt erholt hatte. Zwei Irische Setter begleiteten ihn. Die gutmütigen Tiere schienen mich für einen Spielgefährten zu halten. Sie sprangen mit ihren Vorderpfoten auf meine Schultern, rissen mich zu Boden und schlabberten mir genüsslich das Gesicht ab. „Die Hunde mögen dich wohl", lachte der Baron, nachdem ich mich aufgerappelt hatte und ihn endlich begrüßen konnte. „Sag nicht *Herr Baron* zu mir" bat er, „nenn mich einfach *Papi Marnegg.* Und nun komm, Eva, wir haben noch ein Stück zu laufen."

Von den nahen Weiden hörte ich das Wiehern der Pferde und das Muhen der Kühe, aber sehen konnte ich sie nicht. Das Grün war kräftig in dieser Jahreszeit. Die Vegetation erzählte noch immer vom Sommer, obgleich sich von den Bäumen schon das eine oder andere goldene Blatt löste. Das Korn auf den Feldern stand hoch und gelb, und der süße Duft des Heus wehte herüber. Die Mohn- und Kornblumen wurden bereits welk, während in den Brombeerbüschen die Beeren gerade anfingen zu reifen. Die Vögel schwiegen - satt von Liebe und von der warmen Mittagssonne. Trotzdem spürte man den ersten Anflug von Herbst in der Luft, dem bald der Winter folgen würde.

Das Herrenhaus war ein alter, lang gestreckter Bau mit einem Schilfdach, das einen verhalten vornehmen Eindruck machte. Hinter dem Haus erstreckte sich ein herrlicher Park mit riesigen Platanen. Das Innere des Hauses erreichte man über eine Eingangshalle, deren Fußboden mit antiken Kacheln belegt war. Die holzgetäfelte Bibliothek mit eingebauten Bücherregalen stammte aus dem achtzehnten Jahrhundert. Im großen Wohnraum mit seinem wuchtigen Kamin aus Natursteinen luden bequeme Sessel zum Sitzen ein. Die schlicht gehaltenen Schlafräume befanden sich im ersten Stock. An den Fenstern waren Vorhänge aus grober weißer Baumwolle aufgehängt, und auf den Fußböden lagen handgewebte Teppiche, die aus der Wolle einheimischer Schafe gefertigt waren.

Wir ließen uns in den mit buntem Chintz bezogenen Sesseln nieder. Hier gab es zur Begrüßung nicht den üblichen englischen Tee, hier wurde herrlich duftender Kaffee serviert. Die Sahne war frisch und gelb und verwandelte das tiefe Schwarz des Kaffees in ein warmes Goldbraun. Dazu gab es englisches Teegebäck. Inzwischen hatte sich auch die Baronin zu uns gesellt. Sie machte nicht den bäuerlichen Eindruck, den der Baron - pardon: Papi Marnegg - vermittelte. Sie war – obwohl schlicht gekleidet - ganz Dame von Welt. Den Hochmut ihres Standes aber hatte sie nicht.

„Die Balken dieses Hauses", erzählte die Baronin, „sind aus den Streben der *Mayflower* gezimmert worden, dem Schiff, mit dem die ersten Auswanderer von Europa 1620 nach Amerika gesegelt sind." Ich bewunderte die bunten Blumen auf den mit den Jahren schwarz gewordenen Deckenbalken. „Ach die Blümchen", plauderte die Baronin mit gedämpften Stolz, „die stammen nicht von der *Mayflower,* die hab ich selber in mühevoller Handarbeit auf die Querbalken gemalt." Vielleicht war die Beschäftigung mit dieser Bauernmalerei für die Baronin eine Art der Selbsttherapie, um den Verlust ihrer österreichischen Heimat besser verkraften zu können. Sie erzählte von ihrer Burg in Österreich und von der langen Odyssee durch das nachkriegszerstörte Europa, bevor sie hier auf dem Gutshof ihrer Tochter eine Bleibe gefunden hatten – vorübergehend jedenfalls, bis die Zeit gekommen sei, dass sie wieder zurück dürfen auf ihre heimatliche Scholle.

Baron von Wallerstein und Marnegg - der mütterlicherseits zwei Grafen zu seinen Vorfahren zählte - konnte seine Familie bis ins dreizehnte Jahrhundert zurückverfolgen. In den Zweigen seines Stammbaums hockten neben einigen Raubrittern und Kreuzfahrern aber auch zwei brave Bischöfe. Die Baronin berief sich auf die Abstammung eines ungarischen Fürstenhauses. Sie berichtete gern von der *guten, alten Zeit,* und dass die Leute ihres Dorfes sonntags nach dem Kirchbesuch ihrer hochwohlgeborenen Herrschaft ergeben die Hände küssten. „Natürlich schützten wir uns gegen Anstecken, indem wir bei solchen Gelegenheiten stets Handschuhe trugen", beteuerte sie treuherzig, „und damit unsere Kinder ein herzliches Verhältnis zu unseren Untergebenen bekommen sollten, schickten wir sie auch auf die Volksschule des Ortes."

Ich glaube, die Baronin erzählte mir das alles, um sich dafür zu rechtfertigen, dass ihre Familie stets zu den Herrschenden gehört hatte. Dass die andern notgedrungen ihre *Untergebenen* waren, das stellte sie nicht in Frage. „Wir sorgten doch immer gut für sie", fuhr sie fort. „Was war denn so schlimm daran, dass wir Aristokraten uns um unser Volk bemühten? Was haben wir denn falsch gemacht? Ich möchte gern ehrlich von Ihnen wissen, wie Sie als junger Mensch heute darüber denken."

Ach Gott, dachte ich, hat nicht vor einem Jahrhundert bereits Annette von Droste Hülshoff entnervt gestöhnt, *„warum um alles* *in der Welt die Adeligen alle ein rostiges Gewissen haben müssen, das sie erst sauber brennen müssen?"* Ich schluckte dreimal heftig und nahm dann meinen Mut zusammen. „Wissen Sie, Frau Baronin, ich glaube schon, dass Sie und Ihre Familie sich stets bemüht haben, Ihren Leuten gegenüber gut und gerecht zu sein. Doch was war mit den Menschen, die unter einem grausamen und ungerechten Tyrannen leben mussten? Das Volk konnte sich seine Fürsten ja nicht selbst aussuchen. Sein Wohl und Wehe hing also ganz vom Charakter seines Landesherrn ab."

Wir haben noch an so manchen Abenden heiße Diskussionen darüber geführt, denn ich kam von da an häufig in dieses gastliche Haus. Wir sind uns dabei näher gekommen und haben viel voneinander gelernt. Der Baron allerdings beteiligte sich kaum an den Gesprächen. Er liebte es mehr, lange Spaziergänge mit mir und den Hunden zu unternehmen. „Ich freue mich immer, wenn *du* kommst, Eva, denn dann kann ich unbesorgt meine alten Klamotten anziehen und muss mich nicht in Schlips und Kragen zwängen."

Sobald ich dort morgens in dem kleinen, gemütlichen Gästezimmer erwachte, brachte mir das Hausmädchen mein Frühstücktablett ans Bett - mit frischem Brot, Butter, Honig, selbst gemachter Marmelade und einer großen Kanne duftenden Kaffees. Gegen zehn Uhr - nachdem ich längst aufgestanden war - erschien Papi Marnegg. „Lass uns rausgehen", sagte er dann, „die Hunde werden schon unruhig." Meistens trug er eine alte, abgewetzte Tweedjacke und eine weite, schlabberige Hose, dazu derbe, halbhohe Schnürschuhe und einen dicken, gestrickten Wollschal, der ein Altersstadium erreicht hatte, wo er nur noch eine endlose Länge darstellte. Die Enden hingen in zwei Strippen herunter - in einer kurzen und einer langen. An jeder befand sich ein Bommel, der hin und her pendelte. So liefen wir über die Wiesen hinter dem Haus und plauderten dabei munter über dies und das. Und je lebhafter Papi Marnegg wurde, desto mächtiger bammelten die Bommeln seines Schals hin und her.

Von unserer Wanderung zurückgekehrt, wartete bereits der Lunch auf uns. Oft gab es gebratenen Fisch aus heimischen Gewässern mit Meerrettichsoße, dazu Apfelschorle aus selbst gepressten Äpfeln, während der frühe Herbstwind den Duft des frisch gemähten Heus durch die geöffneten Fenster hereinwehte. Nach dem Essen wurde es dann Zeit für meine Rückkehr. Papi Marnegg ließ es sich nie nehmen, mich zur Bushaltestelle zu begleiten. Wenn der Bus dann anfuhr, stand er ein wenig verloren da, und die Enden seines Schals flatterten zum Abschied im Wind. Die sonst so lebhaften Hunde saßen reglos neben ihm, als ob auch sie traurig wären, dass wieder ein schöner Tag zu Ende ging.

Zwischen Leben und Tod

Das war keine fröhliche Geschichte. Es war überhaupt keine Geschichte, sondern die unbarmherzige Wahrheit, die höchst tückisch in einem Anfall von Schwermut begann und deren Ende ... nun, Sie werden sehen!

Auf einer Trage hatte man sie hereingebracht. Sie war ungekämmt; der Blusenkragen war aufgerissen. Ihr Gesicht war blass - von einem gespenstisch fahlen Grau - und die Augen mit den übernatürlich vergrößerten Pupillen wanderten blicklos hin und her. Sie atmete noch schwach, lag aber in tiefer Bewusstlosigkeit. Ich hatte den Eindruck, dass bereits die Schatten des Todes auf ihrem Gesicht lagen. „Suizid-Versuch", erklärte der Pfleger, der sie auf die Station gebracht hatte. Der junge Stationsarzt bemühte sich redlich um sie. Er pumpte ihr den Magen aus, gab ihr eine Spritze, legte einen Tropf an, klopfte auf ihre Wangen. „Hören sie mich?" fragte er. Keine Reaktion. Hilflos zog er die Schultern hoch. „Das ist nun schon ihr fünfter Selbstmordversuch", murmelte er. „Was kann man da noch für sie tun?" Plötzlich riss die Frau ihre Augen weit auf. Dieser entsetzte Blick, als sie langsam zu sich kam; als sie merkte, dass sie noch lebte - immer noch lebte!

Sie war eine linkische, verbraucht aussehende Frau mit glanzlosem Haar und matten bernsteinfarbenen Augen. Sie sah so zerbrechlich aus, so elend, so krank. Ihr Leben war eine lange Straße mit vielen Windungen gewesen, und sie hatte sich gewünscht, dass es nun endlich zu Ende ginge. Die Ärzte aber hatten sie wieder einmal ins Leben zurückgeholt. Wir Schwestern versuchten, sie aufzubauen, ermunterten sie zu essen, damit sie wieder zu Kräften käme. Sie aber starrte auf ihren Teller mit ausdruckslosem Gesicht. Wie eine kahl gefegte Ebene vor dem Sturm erschien sie mir. Sie hatte ihre Träume verloren, ihre Neugierde, ihren Elan. Nun ließ sie alles auf sich zukommen, alles an sich abprallen - unbeeindruckt, unberührbar, unwissend, abgestumpft. Ihre Gefühle waren eingefroren, ihre kleinen Freuden nur kaum wahrnehmbare Tupfer in ihrem sonst so freudlosen Alltag. Und die Ärzte? Die schickten sie nach einigen Tagen zurück in ihr altes Leben, das keines mehr war. Und wir Krankenschwestern? Ach, auch wir hatten ihr nicht helfen können.

Wie die Geschichte weiter ging? Wie sie endete? Ehrlich ge-sagt, ich weiß es nicht. Wir haben nie wieder etwas von dieser Unglücklichen gehört.

Doch die Frau, die den Tod gesucht hatte, wollte nicht aus meiner Erinnerung weichen. Ich konnte ihren entsetzten Blick nicht vergessen, als sie sich aus einem Grenzbereich in ihr altes Leben zurückgeworfen sah. Es muss entsetzlich schwer sein, sich in dieser Welt einen Platz zu suchen, wenn man nichts wei-ter hat als seine guten Absichten. Muss man wirklich Leben um jeden Preis erhalten, auch gegen den Willen des Leidenden? Wer aber bin ich schon, darüber urteilen zu können? Vielleicht hätte man die Patientin ja dazu bringen können, das Leben zu lieben, statt es wegzuwerfen. Vielleicht hätte sie einfach nur ei-nen Menschen gebraucht, der ihr zuhörte, einen, der sie liebte. Meine Hilflosigkeit machte mir bewusst, dass Medizin ihre Gren-zen hat, und dieser Gedanke ließ mich plötzlich zweifeln, ob der Beruf der Krankenschwester für mich das Richtige war. Ich hatte das Bedürfnis, mit jemandem darüber zu reden, suchte den Auf-enthaltsraum im Schwesternhaus auf, doch niemand war zuge-gen. Ich setze mich vor den Kamin und starrte ins Feuer. Ich sah es flammen und brausen, sich krümmen und verflackern und all-mählich in eine stille Glut übergehen.

Ständig wird man im Krankenhaus mit dem Tod konfrontiert, ging es mir dabei durch den Kopf, und doch kann ich den Tod nicht erfassen. Wie lebendig bin ich denn selber? Wie tot? Wie real ist der Tod? Manchmal sehe ich einen Menschen – er ist bereits tot, ein lebloser Körper, ohne Persönlichkeit - er sagt mir nichts mehr. Da sind die Patienten, die haben Krebs. Der Arzt schneidet ihnen den Bauch auf, schaut hinein, näht die Wunde gleich wieder zu. In ihrer Krankenakte steht dann *Inoperabel*. Oft fühlen sich die Patienten nach diesem Eingriff besser – die Diag-nose hat man ihnen verschwiegen. Irgendwann aber werden sie nach Hause geschickt, um dort in Frieden zu sterben. Dann ist da die junge Frau, die an Muskelschwund leidet. Unheilbar. Sie ist dankbar dafür, wenn ich ihr auch zum vierten Mal am Tag den schmerzenden Rücken einreibe, den wunden Po versorge, ihr ein aufmunterndes Lächeln schenke. Nicht jede Schwester tut das! Mit der Zeit stumpfen manche ab, werden unfreundlich, gar zynisch. Ich könnte nie so werden. Eine hilfreiche Geste, ein tröstendes Wort ist neben der Pflege doch das Mindeste, was man einem so kranken Menschen geben kann. Dann ist da die alte Frau, deren Leib von Krebs zerfressen ist und die am Steißbein vom langen Liegen ein riesiges Loch hat, durch das man bis ins Innere ihres Körpers sehen kann. „Nurse", fragt sie mich, „Nurse, will I die on it? – Werde ich daran sterben?" Wie reagiert man auf eine solche Frage? Was mag barmherziger sein, die Lüge oder die Wahrheit? Ich habe noch nicht gelernt, wie man mit der Realität umgeht. Und dann der kleine Junge mit Leukämie im fortgeschrittenen Stadium. Man kann nicht mehr viel tun für ihn. Das ist das Schlimmste, ein Kind hinsiechen zu sehen, ohne ihm helfen zu können!

Und ich frage mich, ob ich das auf Dauer durchstehe? Bin ich nicht doch zu weich für den Beruf der Krankenschwester? Oder bin ich im Moment nur allzu pathetisch? Es ist ja nicht so sehr der Tod, der mich mitnimmt. Es ist meine eigene Unzulänglichkeit. Irgendwie muss ich mit mir ins Reine kommen, muss mich entscheiden, ob ich weiterhin im Krankenhaus arbeiten will oder nicht."

Plötzlich schreckte ich aus meinen Gedanken auf. Du liebe Zeit, dachte ich, wohin mich hat meine Grübelei geführt? Hat die Oberin uns nicht davor gewarnt, die Leiden der Kranken in unser Privatleben hineinzunehmen? Ich weiß ja, irgendwann müssen wir alle einmal sterben. Eines Tages werde auch ich genug gelebt haben und dann zufrieden sein, dass es zu Ende geht. Bis dahin aber ...

Es war kalt geworden! Das Feuer im Kamin war niedergebrannt. Ich löschte das Licht und verließ den Raum. Morgen, dachte ich, beginnt wieder ein neuer Tag.

Rotkäppchen trifft Wolf

„Na, mal wieder zu lange durchgefeiert?" Die Kollegin grinste anzüglich.

„Wie kommst du darauf?" fragte ich irritiert.

„Schau dir doch deine Augenränder an, "antwortete sie, „die werden immer dunkler."

„Ach was", sagte ich, „meine Augenränder sind keine Trophäen langer Nächte, sie sind bei mir eher lästige Naturerscheinungen und gehören zu meinem Gesicht wie das Muttermal auf meiner linken Wange. Mag ja sein, dass ich wegen dieser Schatten unter den Augen ein wenig verrucht wirke, dabei tendiert mein Liebesleben immer noch gegen Null. Ich würde mich von Herzen gern verlieben, aber wo, bitte, soll ich hier den Märchenprinzen finden?"

Zugegeben, ich liebte das Flirten, diese knisternde erotische Spannung. Doch Sex? Nein danke! Darauf war ich einfach nicht neugierig genug. War das nicht komisch - bei meinem Alter? Nun, vielleicht lag es daran, dass ich noch keinem Mannsbild begegnet bin, dem es gelungen ist, mich wach zu küssen. So blieb mir nur das Flirten. Dazu aber gab es in England wenig Gelegenheit. Flirten Sie mal mit einem Engländer! Das ist, als wolle man mit einer Bohnenstange einen flotten Walzer tanzen. Vivien – meine lebenslustige englische Freundin – hatte offensichtlich Mitleid mit mir. „Komm doch mal mit zur nächsten Tanzveranstaltung in einer dieser Kasernen. Da geht es oft ganz schön her. Die Burschen dort sind längst nicht so verkrampft, wie du das von den Offizieren kennst."

Ich ließ mich überreden und verbrachte tatsächlich einen netten Abend in einer für den Tanz aufgemotzten Baracke, die zur Garnisons-Kaserne gehörte. Zunächst traf ich auf einen Soldaten, der sich als Geheimniskrämer wichtig machte, doch allzu gern entwischte er in die Kalauerecke und hütete die Narben an seiner Seele wie Zwerg Alberich das Rheingold. Dann tauchte ein wilder Tänzer auf, der mich beim Tanzen so fest an sich drückte, dass er mir fast die Rippen zerquetschte. Als ich wieder zu Atem kam, forderte mich ein großer Bursche mit dunklen Haaren und einem Grübchen im Kinn zum Tanzen auf. Okay, er wirkte durchaus passabel. Für einen Engländer sah er eigentlich zu unenglisch aus. Nette Augen irgendwie. Schien Humor zu haben, machte auch einen leidlich intelligenten Eindruck. Seine Stimme klang sympathisch, und er gab sich durchaus charmant. Als er mich fürs nächste Wochenende ins Kino einlud, sagte ich zu. Ich machte mich für das Treffen extra fein, setzte mir eine leuchtend rote Baskenmütze aufs rechte Ohr und fand mich damit ausgesprochen chic.

„Wie Rotkäppchen siehst du aus. Sieh nur zu, dass dich der böse Wolf nicht frisst", lachte Vivien. Ja, auch sie kannte unsere deutschen Märchen.

Wenn ein junger Mann mit einem jungen Mädchen ins Kino ging, dann natürlich „Loge". Dort waren die Sitze mit rotem Samt gepolstert – je Box zwei Sitze nebeneinander, drum herum eine diskrete Abtrennung durch eine rot gepolsterte Wand. Welcher Film an diesem Abend gezeigt wurde? Das kann ich weiß Gott nicht sagen. Ich weiß nur, dass es in diesem Kino möglich war, zu rauchen, Getränke zu kaufen, Popcorn zu futtern und ... sich zu küssen. Von der letztgenannten Möglichkeit machte mein Begleiter so stürmischen Gebrauch, dass mir mein rotes Käppchen vom Kopf flog und für immer unter den Plüschsesseln des Kinos verschwand. Als wir wieder ins Freie kamen, musste ich mir erst einmal den Dunst aus dem Gehirn schlagen. Nein, dieser Kavalier war nicht der Prinz meiner Träume. Er kam mir eher vor wie der böse Wolf, der nichts anderes im Kopf hatte, als das arme Rotkäppchen mit Haut und Haar zu vertilgen. Und überhaupt, worüber hätte ich mich mit ihm schon unterhalten können?

Nach dieser Episode begann ich allmählich unruhig zu werden. ‚Was will ich überhaupt?' dachte ich. ‚Ich weiß es nicht, ich weiß bloß, dass ich unglücklich bin. Ja, ich bin unglücklich. Ich glaube, ich habe Heimweh.' Ja, das musste es wohl sein, ich hatte Heimweh! Wie ein böser Wolf nagte es in meinem Innern. So sehr es mir in England gefiel – etwas fehlte mir dort. Lag es nicht auch an der englischen Sprache, die ich inzwischen zwar einigermaßen gut, jedoch noch immer nicht perfekt beherrschte? Es gab Tage, an denen ich mir vorkam wie amputiert, weil mir die rechten Worte fehlten, um das auszudrücken, was mir auf der

Seele lag. Im Englischen habe ich mich einfach nie wirklich sicher gefühlt. Selbst nach zwei Jahren Englandaufenthalt waren meine Träume noch in der Muttersprache verankert. Irgendjemand hat mal gesagt: „Aus seiner Muttersprache kann man nie auswandern." Wer war das? Rose Ausländer? Egal, so es ist eben.

Ich begann, Gedichte zu schreiben, beschrieb in ihnen die sanfte englische Landschaft, aber nicht in englischer, sondern in deutscher Sprache, um – nach Hilde Domin - *„heimzukehren ins Wort":*

„Wiesen und Felder, unendliche Weite
grün, braun, gelb
Blumen und Gräser wiegen sich heiter
ein Baum, der das Sonnenlicht hält."

Meine Nächte füllten sich mit Träumen. Ich träumte von der Rückkehr in den Ruhrpott mit seinen verborgenen Schönheiten, seinen ins Auge springenden Scheußlichkeiten, seinen Ecken und Kanten, seinen gewichtigen Zechen und den alles beherrschenden Fabriken. In meinem Kopf tanzten die Erinnerungen an Zuhause – jagten, umringten, verwirrten mich: Gelsenkirchen, meine Heimatstadt. Der Ückendorfer Stadtgarten. Kreischende Kinder in den Straßen. Das Riesenrad auf der Gertrudiskirmes. Und –vor allem - unser Haus, Tante Marthas Milchladen, Mama an der Schreibmaschine. Mir krampfte sich das Herz zusammen. Ja, ich sehnte mich nach meiner Familie, meinen Freunden, dachte voll Wehmut an die Menschen im Revier, die das Herz auf dem rechten Fleck haben und reden, wie ihnen der Schnabel gewachsen ist – offen, direkt, ungekünstelt. Während ich noch gegen das Heimweh ankämpfte und überlegte, erreichte mich ein Brief von Miriam, die seit zwei Jahren in Stuttgart lebte und dort als Dolmetscherin bei einer amerikanischen Militärbehörde arbeitete.

„Ich werde demnächst mit meiner Familie nach Kanada auswandern", teilte sie mir mit.

„Was willst du in Kanada?" fragte ich.

„Glücklich sein!" schrieb sie zurück.

„Wirst du nie wieder nach Deutschland zurückkehren?"

304

„Nein", antwortete sie. „Ich hab es satt, all die Trümmer, den Hunger und das Elend um mich herum zu sehen. Ich will nicht mehr so leben, so unsicher und voller Angst."

Während sie den Atlantik überquerte, sollte sie jedoch noch Höllenängste ausstehen, denn ihr Schiff geriet in die gefährlichsten Herbststürme, die es seit Jahren auf dieser Route gegeben hat. Neun Tage hindurch war sie so seekrank, dass sie glaubte, sie würde die Fahrt nicht überleben.

Miriam hat überlebt, und sie hat nie bereut, nach Kanada ausgewandert zu sein! Michael, ihr Mann, fand schon bald eine Anstellung in seinem erlernten Beruf als Ingenieur. Miriam dagegen kam als Maklerin in einer großen Immobilienfirma unter. Und irgendwann schaffte sie es gar, in diesem noblen Laden zur Präsidentin aufzusteigen. Als sie sich zur Emigration entschloss, konnte sie von dieser Zukunftsperspektive nichts ahnen. Während ich vom Heimweh geschüttelt wurde, wurde sie zur gleichen Zeit vom Fernweh in die Fremde getrieben.

Nur wenige Tage waren vergangen, seit ich von Miriams Auswanderungsplänen erfahren hatte, da erhielt ich eine alarmierende Nachricht von zu Hause. „Der Mama geht es nicht gut", schrieb meine Schwester Anna, „du weißt ja, ihr Herz!" Da hielt mich nichts mehr. Die Sorge um Mama, das Heimweh und der Wunsch, beruflich Neues ausprobieren zu wollen, all das traf nun zusammen und erzwang eine Entscheidung. Ich ging zur Oberin und bat um meine Entlassung. Sie zeigte Verständnis dafür, bedauerte aber, mich als Mitarbeiterin zu verlieren. „Sie haben das Zeug zu einer guten Krankenschwester", sagte sie „Ich mache Ihnen daher einen Vorschlag: Wenn Sie in ein bis zwei Jahren wiederkommen, können Sie dort weiter machen, wo sie aufgehört haben. Sie hätten dann auch die Möglichkeit, später als Lehrerin an unserer Schwesternschule zu arbeiten."

Ich war gerührt! Die gute Oberin! Sie bot mir tatsächlich einen Rettungsring an für eine noch ungewisse Zukunft! Ihr großzügiges Angebot erleichterte mir den Entschluss, unverzüglich meinen Koffer zu packen und nach Deutschland zurückzukehren.

Wer hat Dornröschen wach geküsst?

Es war ein kühler Morgen, als ich mit meinem Köfferchen am Colchester Bahnhof eintraf. Über den sonderbar gefärbten Himmel zogen seltsam geformte Wolken. Ich war allein auf dem Bahnsteig. Da tauchte plötzlich wie aus dem Nichts ein Matrose auf. Seine Haare waren braun, tiefbraun - eine Orgie von Braun. Selbst seine Augen sahen aus wie Zwillingsopale aus Gold und Braun. Er stand da mitten im Licht der Morgensonne auf dem Bahnsteig, den Kopf ein wenig schräg geneigt und schaute mich an. Ein leichtes Lächeln umspielte seine Mundwinkel. Das Lächeln aber in seinen Augen schien nicht von dieser Welt. Da passierte es: Ich fühlte mich wie von einem fremden Willen gelenkt. Es war mir unmöglich, nicht von Zeit zu Zeit zu ihm hinüber zu sehen, und jedes Mal begegnete ich einen Augenblick lang seinem Blick. Das machte mich unruhig, flößte mir Angst ein. Vielleicht war es Verwirrung, vielleicht auch ein Verlangen, dass ich ihm mein Gesicht nun ganz zuwandte. Ich hatte das Gefühl, mich vorbehaltlos einer allmächtigen Kraft zu überlassen, mich ihr auszuliefern. Wie von unsichtbaren Fäden gezogen gingen wir aufeinander zu.

„Fahren Sie auch nach Southend?" fragte der Fremde.

O, diese weiche Stimme, die eine so zärtliche Heiserkeit in sich barg und dann dieses Lächeln!

„Nein", antwortete ich, „ich warte auf den Zug nach Harwich. Von da werde ich mit der Fähre nach Hook van Holland übersetzen und dann mit der Bahn weiterfahren nach Deutschland."

„Ach, Sie sind Deutsche? Kommen Sie denn wieder hierher zurück?"

„Nein, wahrscheinlich nicht. Ich habe zwei Jahre hier in Colchester in einem Hospital gearbeitet. Nun fahre ich in die Heimat zurück und werde wohl auch dort bleiben."

„Schade", sagte der Matrose, "I like you – Sie gefallen mir". Nach einer kurzen Pause setzte er hinzu: „You walk like a real woman – ja, wirklich, Sie gehen wie eine richtige Frau. Nicht viele Mädchenhaben einen so weiblichen Gang, wissen Sie?"

Und er, dachte ich, dieser Matrose, er hatte den wiegenden Gang eines Mannes, unter dessen Vorfahren sich bereits Generationen von Seeleuten tummelten. Sollte ich ihm das sagen? Lieber nicht! Wir hatten eh' nur wenig Zeit füreinander. War es dieses Wissen, dass uns nur Minuten blieben, was uns alle Konventionen beiseite schieben ließ? Er nahm meine Hand, hielt sie fest. Ich entzog sie ihm nicht. Zwischen uns war eine seltsame Spannung, eine ungewohnte Intensität, ein Erahnen des Unbekannten - es war die uralte Geschichte zwischen einem Mann und einer Frau, die dich trifft wie ein Keulenschlag, die du noch bei keinem andern Menschen gefunden hast. „Verdammt!" dachte ich. „Das ist doch nicht möglich, das gibt es doch nicht!" Ich wollte mich in mein Schneckenhaus zurückziehen, machte mich ganz steif. Doch unter seinem Blick schmolz ich dahin. Schweigend gingen wir nebeneinander her zum Ende des Bahnsteigs, wo signalrot leuchtend ein Telefonhäuschen stand.

Ohne ein Wort zu sagen öffnete er die Telefonzelle, führte mich hinein, ließ die Tür hinter uns ins Schloss fallen. Da standen wir nun auf engem Raum dicht aneinander gedrängt. Die Berührung unserer Körper ließ mich erzittern. Wie im Zeitraffer erlebte ich die nächsten Augenblicke, diese seltsame Übereinstimmung unserer Gefühle, unserer Sehnsüchte. Unbeholfen legte er mir den Arm um die Schulter, blickte mich an. Ich wagte nicht, mich zu rühren. Das Lächeln war aus unseren Gesichtern verschwunden, bange Erwartung an seine Stelle getreten. Nun beugte er sich vor, küsste zart meinen Mund. Seine Lippen waren weich und sanft. Mein Herz hämmerte so laut, dass ich es hören konnte. Wir bewegten uns weiter aufeinander zu, bis unsere Lippen verschmolzen zu einem Kuss, der uns in ein Meer versinken ließ, aus dem wir nur zögernd, verwirrt und atemlos wieder auftauchten, überrascht von den eigenen Gefühlen, dem unerwarteten Taumel, der uns erfasst hatte. Plötzlich ließ er mich los, stieß mich zurück.

O mein Gott, dachte ich, was ist passiert? Ist das bereits Liebe? Immer noch klopfte mein Herz wie rasend. Und er, was fühlte er?

„Oh my God", hörte ich ihn flüstern, „I didn't know, that German girls can kiss like that."

Er hat nicht gewusst, dass deutsche Mädchen so küssen können? Nein, woher auch! Ich habe es ja selber nicht gewusst bis zu den Minuten, als seine Lippen die meinen berührten. Küssen, das kann man nicht lernen, das kommt einfach über einen, wenn es der Richtige da ist. Der Richtige? dachte ich, ist *er* der Richtige? Nicht einmal das wusste ich.

Uns blieb keine Zeit mehr, weitere Geheimnisse voneinander zu ergründen, die herbe Süße noch einmal auszukosten. Erbarmungslos fuhr in diesem Augenblick mein Zug am Bahnsteig ein. Benommen stieg ich in den nächsten Waggon, öffnete das Abteilfenster, schaute hinaus, suchte ernst und forschend seinen Blick, ohne dass es mir gelang, die Tiefe dieser Augen zu durchdringen, die mich an das unergründliche Dunkel des Meeres gemahnte. Ein durchdringender Pfiff ertönte, und schon setzte sich der Zug - gleichgültig gegen unseren Abschiedsschmerz – zischend und dampfend in Bewegung.

„Good-bye, Darling. God bless you!" Seine Worte wehten mit dem Fahrtwind davon. Ich lehnte mich weit aus dem Fenster. „Leb wohl, mein Freund. Gott schütze auch dich."

Ich sah ihm nach, bis seine Gestalt mit dem Horizont verschmolzen war. Nicht einmal seinen Namen kannte ich und er nicht den meinen. Ein Fremder war er, einer, dem ich zufällig begegnet bin. Die zärtlichen Gefühle aber, die dieser Fremde in mir entfacht hatte - so leicht wie Schmetterlingsschwingen – sie haben mir das Tor eröffnet zu einem neuen Leben. Sein leises Lachen - hell wie ein Vogellied im wilden Rauschen der Meeresbrandung – seine Blicke, die mich für einen kurzen, glücklichen Moment sanft umfangen haben, sie würden mich weiter begleiten. Und während der Bummelzug im Schneckentempo durch das flache Land in Richtung See dahin zockelte, rasten in mir die Gefühle wie neugeborene Sturzbäche. Ich war erfüllt von einer unglaublichen Körperwärme, als hätte ich eine Flasche Champagner getrunken. In Harwich angekommen, konnte auch der starke Seewind meine innere Glut nicht löschen.

Das Ende einer langen Reise

Dumpf und ein wenig schaurig klingt das Tuten der Schiffssirene. Die Fähre, die im täglichen Rhythmus zwischen England und Holland hin und her pendelt, nähert sich dem Hafen. Am Himmel sind Wolken aufgezogen, Haufenwolken, die ständig neue zu gebären scheinen, grau sind sie, nicht aus Schwarz und Weiß, eher eine Mischung aus Blau und Orange, an den Rändern violett gefärbt. Die Haufenwolken plustern sich auf, türmen sich mehrere Stockwerke hoch mit ständig wechselnden Licht- und Schattenspielen. Schon fährt das Schiff in den Hafen ein, drückt dabei das schmutzig braune Seewasser in großen Wellen seitlich weg, an seinem Tiefpunkt lautlos, mit abgeschalteten Motoren, plötzlich wieder röhrend, um endlich - gegen die Kaimauer gelehnt - zum Stillstand zu kommen. Nun geht es Schlag auf Schlag, zwei Brücken werden ausgefahren und die Passagiere - bleich, seekrank, übernächtigt - in wirren Knäueln ausgespuckt, um Platz zu machen für neue Reisende, die in die entgegengesetzte Richtung wollen. Kaum sind wir an Bord, kaum haben wir uns auf dem Deck verteilt, da werden schon die Anker gelichtet. Ein Ruck lässt den Rumpf erzittern, ein holpriges Anziehen, und wir schweben förmlich über dem Wasser, leicht schwankend, leicht stampfend nur; noch ist die See spiegelglatt. Kaum merklich entweicht der Hafen mit seinen immer blasser werdenden Lichtern unseren Blicken.

Auf dieser Reise bleibe ich nicht - wie bei meiner ersten Überfahrt nach England - an der Reling stehen. Ich gebe auch nicht dem Bedürfnis nach, mich in den Diningroom zu setzen und eine Mahlzeit zu mir zu nehmen, die doch anschließend nur - über die Reling gespuckt - als Fischfutter dienen würde. Nein, diesmal suche ich - einem guten Rat folgend - gleich meine Kabine auf, lege mich angezogen in die Koje und versuche, mit den sanften Wellenbewegungen des Schiffes mitzuschwingen, statt dagegen anzukämpfen. So bleibe ich dieses Mal von der Seekrankheit verschont. Als am frühen Morgen die Sonne leuchtend rot am Horizont aufsteigt und das gekräuselte Wasser des Meeres mit einem Hauch von Kupfer und Gold überzieht, verlasse ich mit neuem Unternehmungsgeist diesen halb verrosteten Pott, der inzwischen im Hafen von Hoek van Holland angelegt hat.

Zwei Stunden Aufenthalt! Da bleibt noch Zeit, als Geschenk für die Mama eine Dose Nescafe' zu kaufen, eine Kostbarkeit, die in Deutschland nur zu hohen Schwarzmarktpreisen erhältlich ist. Ein halbes Pfund, sagt man mir, kann zollfrei eingeführt werden. Doch die Zollbeamten, die wenig später im Niemandsland zwischen Holland und Deutschland den Zug anhalten und die Mitbringsel der Reisenden kontrollieren, gönnen meiner Mama den Kaffee nicht. „Neueste Bestimmung!" klären sie mich auf. „Seit heute muss jedes einzelne Gramm Kaffee verzollt werden." Woher aber soll ich das Geld dafür nehmen? Meine Barschaft an holländischen Gulden habe ich bereits für die Dose Nescafe' ausgegeben, und mehr ausländische Devisen mit sich zu führen, ist immer noch verboten. Also lasse ich schweren Herzens mein kostbares Geschenk auf der Zollstation zurück und tröste mich damit, dass ich wenigstens drei Tafeln Schokolade an der Kontrolle vorbeischmuggeln konnte.

Eine geschlagene Stunde lang durchsuchen die Kontrolleure die Abteile und hindern den Zug an der Weiterfahrt. Kein Wunder, dass jenseits der Grenze der D-Zug nicht auf mich gewartet hat. Na, macht nichts! Nehme ich eben den nächsten Bummelzug. Doch was für ein fürchterliches Gedränge und Geschiebe vor den Waggons! Alle wollen gleichzeitig die Abteile stürmen und benutzen rücksichtslos ihre Ellenbogen. Ach du liebe Zeit, geht es mir durch den Kopf, ist es das, wonach ich mich in England gesehnt habe, dieses unerfreuliche Geschubse, diese Rücksichtslosigkeit anderen gegenüber? Und ein wenig wehmütig denke ich an die höflichen Briten, die stets so diszipliniert Schlangen an den Bushaltestellen bilden, ohne dass auch nur einer aus der Reihe tanzt. Trotzdem oder vielleicht gerade deshalb überkommt mich nun ein warmes Heimatgefühl. Ich lausche gerührt dem kehligen Geplapper der deutschen Mitreisenden und fühle mich fast wieder zu Hause. Ich habe nicht mehr ihre Gewohnheiten; dafür aber kann ich als Außenstehende sie besser verstehen und so das wahre Wesen dieser Menschen, die überwiegend aus dem Ruhrpott kommen, erfassen. Schon bald erkenne ich, dass das Leben in Großbritannien mich nur scheinbar von meinem früheren Ich entfernt hat. Die Zeit dort scheint bereits einer weit zurückliegenden Vergangenheit anzugehören.

Das Zugfenster ist beschlagen. Ich wische mit dem Ärmel meiner Jacke die Scheibe ab, nun gibt sie den Blick frei nach draußen. Meine Augen bohren sich in die Landschaft, versuchen, Vertrautes zu erkennen. Meine Nasenflügel flattern, nehmen Witterung auf. Station nach Station fliegt vorbei. Ich starre auf die Fabrikschornsteine, auf die bauchig-runden Gasometer, die Zechenhalden, die Fördertürme, an denen der Zug entlang rast und denke an früher. Riecht die Luft nicht schon nach Schwefel und Kohlenstaub? Ist die Dunstglocke hier nicht bereits dichter, das Licht der Sonne gedämpfter als anderswo? Und doch, und doch!

Als der Zug in den Heimatbahnhof einfährt und aus den Lautsprechern das vertraute *„Hier Gelsenkiiiechen Hauptbahnhof, hier Gelsenkiiiechen Hauptbahnhof"* dröhnt, da rieselt mir ein wohliger Schauer über den Rücken.

Ausklang

Wer wohnt noch in der Ziethenstraße?

Eine geschäftliche Angelegenheit hat sie mal wieder nach Gelsenkirchen verschlagen. Als sie sich in die Gegend verirrt, wo sie einmal gelebt hat, kommt ihr plötzlich die Vergangenheit entgegen und hängt sich bei ihr ein. Da fließen die Erinnerungen an die dort verbrachten guten und bösen Tage zusammen und werden schön, und es zieht sie unwiderstehlich zu ihrem Elternhaus zurückzog, wo sie die ersten Jahre ihres Lebens verbracht hat. Kurz entschlossen lenkt sie ihr Auto in ihren alten Stadtteil. Hier hat sich jedoch so vieles verändert, dass ihr die Orientierung schwer fällt. Erst nach einigem Herumkurven findet sie die Straße wieder, in der sie damals gewohnt hat. Nun aber heißt sie nicht mehr Ziethenstraße – sie wurde bereits in der Ära der Entnazifizierung in „Herner Straße" umbenannt, obwohl der preußische General *Ziethen* nichts mit den Nazis und die Straße rein gar nichts mit Herne zu tun hat. Auf dem Parkplatz gleich an der Ecke lässt die Frau ihren Wagen stehen und geht zu Fuß weiter.

Hier aber, in dieser kleinen, fast vergessenen Seitenstraße, gibt es nur wenige Veränderungen. Fast alles ist wie ehedem. Hier erkennt sie den Hintergrund, vor dem sich die Jahre ihrer Kindheit abgespult hatten. Die alten Läden - die Metzgerei, der Lebensmittelladen, das kleine Milchgeschäft - sie gibt es schon lange nicht mehr, nur die von innen verhängten Schaufenster künden weiterhin von ihrer früheren Existenz. Neue Lokale waren nicht entstanden - man kauft jetzt im Supermarkt an der Hauptstraße. Und so scheint es, als wäre diese Straße in einen Dornröschenschlaf gefallen. Noch immer stehen die Häuser eng aneinander gedrängt und lassen kaum das Sonnenlicht ein; noch immer tragen die einfachen Backsteinbauten ihr schmuddeliges Altersgrau - die dunkle Patina vom Zahn der Zeit nur ein wenig verstärkt. Und wie in früheren Jahren lehnt auch heute noch hier und dort eine Hausfrau behäbig im Fenster und beobachtet mit Hingabe das Geschehen auf der Straße, so als gäbe es dort etwas Besonderes zu entdecken.

312

Vor einem Fenster hängt ein Vogelbauer mit einem schmutzig-grauen Kanarienvogel darin. Dieser Vogel gibt jeden Augenblick einen lauten und verzweifelten Quietsch-Ton von sich. Es klingt wie der Pfiff einer fernen Eisenbahn, einer Eisenbahn, die niemals ankommen wird. Im Vogelfenster erscheint von Zeit zu Zeit ein zahnloser Alter, der etwas kaut, wobei sich sein ganzes Gesicht wie das einer wiederkäuenden Kuh bewegt. In einem anderen Fenster schüttelt eine knochige Frau ihr Kopfkissen aus. Da, die Alte nebenan, die mit dem runzeligen Gesicht und dem weißen Haarknoten im Nacken, warum starrt die mich so an? Hat sie nicht damals schon in diesem Haus gewohnt? Ob sie noch weiß, dass ich ihr als Kind mal die Zunge herausgestreckt habe? Schau an, sie nickt mir freundlich zu. Es dürfte jedoch unwahrscheinlich sein, dass sie in mir das freche Gör von damals wiedererkannt hat.

Stück für Stück sucht die Frau ihre Kindheit zusammen, schreitet sie weiter auf dem Weg in die Vergangenheit. Gleich müsste sie ihr Elternhaus erreichen. Wird es immer noch so aussehen wie früher? Im Mittelpunkt der Straße gelegen, hat es sich mit seiner leuchtend gelben Fassade und den karminroten Fenstersimsen wohltuend von den Ruß geschwängerten Backsteinbauten der Nachbarschaft abgehoben. Ihr Vater hatte stets besonderen Wert auf den Anstrich des Hauses gelegt. Eine gut gestaltete Fassade – fand er - sei die beste Visitenkarte für seinen Malerbetrieb. Unsicher sieht die Frau sich um, lugt die Häuserzeile entlang – zunächst nach rechts, dann nach links - doch kein strahlendes Gelb leuchtet ihr entgegen.

Erst nach längerem Suchen entdeckt sie an einer Hauswand das kleine, unscheinbare Schild mit der ihr so vertrauten Hausnummer 31. Was aber ist aus ihrem Elternhaus geworden? Der ursprüngliche Farbton ist zu einem schmutzigen Grau verblichen, die Fensterornamente zu einem Zerrbild verkommen. Großflächig bröckelt der Putz vor sich hin und sammelt sich in schmutzig vergilbten Fetzen auf dem Bürgersteig. Die hässlichen Narben verleihen dem Gebäude ein morbides Aussehen. Warum nur hat man ihr Elternhaus so hoffnungslos verrotten lassen? Nach dem Tode ihres Vaters waren Haus und Grundstück in den Besitz der Stadt übergegangen, die die Wohnungen vorwiegend an „Gastarbeiter" vermietete. War das vielleicht der Grund, weshalb die Bauverwaltung keine Renovierungen hat durchführen lassen? Wehmütig betrachtet die Frau das heruntergekommene Gebäude und versucht dabei, alte Erinnerungsbilder lebendig werden zu lassen: Sie sieht das geöffnete Küchenfenster ihrer Wohnung vor sich, den schattigen Hof mit der Werkstatt im Hintergrund, sieht ihre Schwester, die unermüdlich ihren roten Ball gegen das mächtige Tor der alten Werkstatt warf. Wie kommt das nur? Manchmal überleben belanglose kleine Erinnerungen tausendmal Wichtigeres in unserem Gedächtnis. So deutlich sieht sie dieses Bild vor sich, dass der Schmerz ihr die Kehle zusammenpresst. Und während die Fremde so in Gedanken versunken vor dem Haus steht, öffnet sich zur Straße hin ein Fenster. Der türkische Bewohner - ein Mann mittleren Alters – hat sie offensichtlich schon seit einiger Zeit durch die Gardine beobachtet.

„Suchen Sie jemanden?" fragt er in einem verständlichen, jedoch nicht ganz fehlerfreien Deutsch.

„Eigentlich nicht", antwortet die Frau, „ich bin nur auf der Suche nach meiner verlorenen Kindheit. Wissen Sie, hier in diesem Haus bin ich zur Welt gekommen, hier habe ich meine Jugend verbracht."

"Ach, wirklich? Dann kommen Sie doch herein, trinken sie eine Tasse Tee mit uns!

Dieses Angebot kommt der Suchenden sehr entgegen, und sie nimmt die Einladung dankbar an. Der Hausherr öffnet die Wohnungstür und führt seinen unerwarteten Gast in die Wohnküche, in der die Hausfrau bereits den Tee in einem Samowar zubereitet. Überrascht stellt die Besucherin fest, dass der Alltag der türkischen Familie sich nicht allzu sehr von dem unterscheidet, den ihre eigene Familie vor langen Jahren in diesen Räumen durchlebt hatte. Wie eh und je spielt sich das pralle Leben in der Küche ab. Hier wird gekocht und gegessen, gestritten und geredet, geweint und gelacht. Neugierig tritt die Fremde ans Küchenfenster und blickt hinunter in den Hof, in dem türkische Kinder ausgelassen mit ihren deutschen Freunden spielen. Das fröhliche Lachen weckt in ihr Erinnerungen an eigene Kindheitserlebnisse: an sommerliche Wasserschlachten, Versteckspiele und vieles mehr, das seit langem in ihrem Gedächtnis verschüttet war. Auch die Mütter, die miteinander plaudernd im Hof sitzen, passen in dieses Erinnerungsbild.

„Der Tee ist fertig. Setzen Sie sich doch zu uns", fordert die Gastgeberin sie auf und holt damit die Besucherin aus ihren Träumen zurück. Noch einen letzten Blick wirft die Frau in den Hof, dann dreht sie sich um und geht zum blank gescheuerten Tisch, auf dem bereits die gefüllten Teegläser auf sie warten. Und während sie gemeinsam den türkischen *Cay* trinken, erzählt das Ehepaar von ihrer anatolischen Heimat, die sie vor vielen Jahren verlassen haben. „Gleich nach unserer Ankunft in Deutschland hat es uns in diese Stadt verschlagen", erzählt der Vater. „Meine Tochter Suna und mein Sohn Ahmed sind ebenso wie Sie in diesem Haus zur Welt gekommen. So ist Ihr altes Haus auch für unsere Kinder zur Heimat geworden. Leider werden wir jedoch nicht mehr lange hier bleiben können, denn das Haus soll demnächst abgerissen werden. Warum? Ja, aus welchen Gründen auch immer will die Stadt hier - genau an dieser Stelle - einen Durchbruch zur Parallelstraße bauen."

Was, dieses Haus – ihr Elternhaus - soll abgerissen werden? Mit Bestürzung nimmt die Besucherin die Hiobsbotschaft auf. Plötzlich fühlt sie sich leer und ausgebrannt. Doch dann wird ihr bewusst, dass der geplante Abbruch ihre Gastgeber noch stärker treffen würde, als sie selbst, denn die verlören nicht nur den Gegenstand einer Erinnerung, sondern auch ein Heim, in dem sie endlich ein Zuhause gefunden hatten. Die Besucherin fühlt sich plötzlich hilflos. Dabei hätte sie diesen Menschen so gern Trost gespendet. Zum Abschied bleibt ihr nur das Versprechen, in Kürze wieder bei ihnen vorbeizuschauen.

Doch die Zeit geht um, ohne dass die Frau Gelegenheit findet, ihre Zusage einzulösen. Ein Jahr später erst führt ihr Weg sie wieder in das alte Stadtviertel. Was aber hatte sich seit ihrem letzten Besuch alles verändert! Die einstige graue Straße sieht sie mit fremden Augen an. Sie hat ein dickes Make-up aufgelegt, wie ein Bauernmädchen, das sich stadtfein gemacht hat. Die Gehsteige sind neu gepflastert, die alten Laternen durch moderne Leuchten ersetzt und die Fahrbahn durch Blumenkübel zum Slalomweg umgewandelt. Eng aneinander gedrängt stehen die

alten Backsteinbauten entlang der Straße und schweigen ver-
stockt. Alles scheint in gefrorener Stille verstummt. Die Häuser
wirken kalt und unzugänglich. Zwar tragen einige von ihnen jetzt
an Stelle des alten Grauschleiers frische Farben, doch man ahnt,
dass hinter den Fassaden noch tiefe Schatten liegen. Um die
Schornsteine flattern keine Tauben mehr. Diesmal hängt auch
keine Hausfrau im Fenster, um den Eindringling zu beobachten.
Das früher übliche Gaffen passt wohl nicht mehr zum Image der
aufgeputzten Straße. Und die einst mit Leben erfüllten Hinterhöfe
und Gassen sind - dem neuen Trend entsprechend - durch hohe
Zäune gegen die Nachbarn abgeschottet. Wie ausgestorben wirkt
die Straße; kein Kinderlachen, kein Stimmengewirr ist zu hören.
Das ungewohnte Auftauchen einer Fremden in der stillen Gasse
beunruhigt nur ein paar Hunde und verscheucht einige Katzen,
die sich lautlos entfernen - grau und rund - um ihr von der siche-
ren Höhe eines Fenstersims mit gehässigen Blicken nachzu-
schauen.

Irritiert geht die Frau weiter, bis sie zu dem Grundstück
kommt, auf dem früher ihr Elternhaus gestanden hatte. Das Haus
aber existiert nicht mehr, ist ausradiert, dem Erdboden gleichge-
macht! An seiner Stelle befindet sich nun der Durchgang zur Parallelstraße - getarnt als Minigrünanlage mit mageren Büschen
und ein paar dürren Bäumen, deren Zweige sich hilflos über einer
einsamen Bank ausbreiten, die niemanden zum Verweilen ver-
lockt. Das armselige Grün, das die dunkle Gasse verschönern
sollte, kann jedoch die Lebendigkeit spielender Kinder nicht ersetzen. Auch die alte Werkstatt ihres Vaters ist verschwunden,
ebenso wie anderen Erinnerungsnischen im Hof, die nur ihr etwas bedeutet hatten. Vorbei!

Von leiser Trauer erfüllt, betrachtet die Frau die ungewohnte
Szenerie; hier gibt es nichts mehr, was sie an *Damals* erinnert,
nichts, was ihre frühen Jahre wieder lebendig werden ließ. Ohne
das Herzstück mit der Nummer 31 wirkte die kleine, notdürftig
aufgeputzte Straße wie ein Leichnam, der vergeblich auf ein er-
weckendes Element wartet. Einige Augenblicke verharrt die Frau
regungslos - so, als wolle sie Abschied nehmen für immer von
der ihr nun fremd gewordenen Stätte, in der sie vor langen Jahren ihre einsamen Kinderträume zur Ruhe gebettet hatte. Sie

ahnt, ihre Welt ist dem Untergang geweiht; hat seinen einmaligen Charakter verloren. Sie gehört zur alten Legende des Ruhrpotts wie die Zechenschlote, die nicht mehr qualmen und die Fördertürme, die sich nicht mehr drehen.

„Verstümmelt ist, wem man den Ort nimmt, von dem er kommt." Hatte das nicht Else Lasker-Schüler gesagt? Erst jetzt versteht sie diese Worte. Doch allmählich löst sie sich aus ihrer Erstarrung. „Mit Trauer allein kommt man nicht weiter", denkt die Frau. „Wo sich das Alte verabschiedet, entsteht das Neue. Und gibt es nicht immer mehrere Wahrheiten? Mag sein, dass ich zu sentimental, zu rückwärts gewandt bin, wenn es um meine Kindheit geht. Vielleicht sollte ich das Neue nicht gleich ablehnen! Die Zeiten haben sich eben geändert. Wir Menschen ändern uns ja auch. Und wer weiß, vielleicht gefällt den derzeitigen Anwohnern der jetzige Zustand besser als der alte. Wie löcherig, wie fragil doch die Fundamente der eigenen Zufriedenheit sind! Wo ist die Großartigkeit meines früheren Lebens geblieben? Man macht Ausflüge. Ins eigene Leben. Noch mal zu all den Irrtümern. Zu den jungen Jahren, wo man sich so viel vorgenommen hatte. Zu den späteren Jahren, in denen man so vieles unterlassen hat. Unwiderruflich!"

Ein Fensterladen wird aufgestoßen, und aus dem Dunkel des Raumes erscheint das Gesicht der ehemaligen Nachbarin. „Da, schau her", denkt die Frau, „nicht einmal die Veränderung ihrer Umwelt hat die Alte von ihrem gewohnten Lebensstil abbringen können. Da sitzt sie nun wieder und starrt auf das, was tief unter ihr liegt; sitzt da wie eine Statue, an der der Strom des Lebens in der Straße unter ihr achtlos vorüberzieht. Oder doch nicht so spurlos? Könnte es nicht sein, dass die Alte aus ihrer Vogelperspektive dort oben das Treiben in der engen Gasse nur anders wahrgenommen hat, als ich es damals aus meinem kindlichen Blickwinkel heraus vermochte? Vielleicht sollte ich sie mal aufsuchen! Ja, dies sollte ich wohl tun! Ich sollte mit ihr reden, ihr zuhören, aufschreiben, was sie noch weiß von den alten Zeiten, bevor alles in Vergessenheit gerät. Vielleicht fügen sich danach ihre Erinnerungen mit meinen zu einem völlig neuen Mosaik zusammen. Und, wer weiß, vielleicht erscheint dann die Geschichte dieser kleinen, dieser gehassten, dieser geliebten Ziethenstraße

in einem völlig neuen Licht, und die Wurzeln, die ich hier geschlagen habe, werden deutlicher sichtbar, und der Kreis schließt
sich, denn nichts geht wirklich verloren, nichts hat ein Ende."

Danksagung

Dieses Buch wäre nicht möglich gewesen ohne die Unterstützung meiner Familie.
Ich danke Rudi, meinem Mann, der mich stets zum Schreiben ermutigte hat, meiner Tochter Vivien, die mit viel Geduld meinen oft so widerspenstigen Computer für mich gezähmt hat und meiner Tochter Melanie, die mit großer Beharrlichkeit meine Geschichten durchgesehen und wertvolle Tipps dazu beigetragen hat.
Danken möchte ich auch Vera Konietzka für ihre kritisch-freundschaftliche Erstdurchsicht meines Manuskripts und Dr. Hans-Joachim Behnen für das End-Lektorat des Buches. Ihre Anregungen und Anerkennungen waren mir eine große Hilfe.

Brigitte Wiers

bw@wiers.de
www.wiers.de